La caída del Príncipe de Fuego

ELISE KOVA

La caída del Príncipe de Fuego

VOLUMEN DOS

UMBRIEL

Argentina · Chile · Colombia · España
Estados Unidos · México · Perú · Uruguay

Título original: *Fire Falling*
Editor original: Silver Wing Press
Traducción: Guiomar Manso de Zuñiga Spottorno

1.ª edición: enero 2023

ISBN: 978-84-19030-12-2
E-ISBN: 978-84-19413-24-6
Depósito legal: B-20.486-2023

Fotocomposición: Ediciones Urano, S.A.U.
Impreso por: Romanyà-Valls – Verdaguer, 1 – 08786 Capellades (Barcelona)

Impreso en España – *Printed in Spain*

Para mis mayores fans:
Mamá, Papá y Mer.
Las personas a las que les debo todo. Literal.

EL CONTINENTE MAYOR

VANGAR

GRA

SOLARIS, «LA CAPITAL»

RIVEND

MOSANT

GRAN VÍA IMPERIAL

OPARIUM

EL SUR
LYNDUM

PACA

SHAN

LEOUL

EL DELTA
DEL FINSHAR

HAST

EL
ESTI
CYVEN

EL
CONTINENTE DE
LA MEDIALUNA

ISLAS BARRERA

EL
OESTE
MHASHAN

QUI

XIA

NORIN

LAU

YON

LA
ENCRUCIJADA

ORE

SILME

ANTO

POHEAT

EL DESFILADERO

DAMACIUM

SORICIUM

LAGO
IO

ALDA

EL
NORTE
SHALDAN

CAPÍTULO 1

El mundo era un infierno.

Humo espeso. Cenizas. Calor abrasador.

Vhalla corría entre figuras oscuras. Más y más deprisa, corría a través de la noche, de una escena horripilante a la siguiente, como si corriera hacia el fin del mismísimo mundo. Las personas oscuras y sin rostro empezaban a cerrarse a su alrededor, la estorbaban, la asfixiaban.

Las lágrimas ya rodaban por sus mejillas cuando estiró una mano para empujar a la primera figura. La aparición soltó un grito desgarrador antes de quedar hecha pedazos y disolverse en un humo tipo viento. Las yemas de los dedos de Vhalla se apoyaron en la siguiente. Otro grito. Vhalla no quería seguir adelante, pero su corazón tamborileaba dos únicas palabras: más deprisa, más deprisa, más deprisa.

Así que Vhalla corrió. Corrió y cada aparición sombría con la que entraba en contacto se disolvía en la oscuridad que se cerraba poco a poco sobre ella. Nada podía impedir los gritos moribundos de las personas de sombras, gritos que reverberaban en el alma de la joven... ni las palmas de sus manos apretadas sobre las orejas, ni siquiera sus propios gritos.

Y de repente, silencio.

Vhalla bajó las manos despacio, abrió un ojo, luego el otro. No había nada detrás de ella, nada a su lado; el camino que tenía delante estaba iluminado por una última llama titilante que consumía un edificio que se había desplomado. Atraídos por una fuerza invisible, sus pies se arrastraron centímetro a centímetro hacia los escombros. Ya llegaba demasiado tarde. Siempre llegaba tarde, todas las noches.

Vhalla empezó a retirar los escombros, un bloque grande tras otro. Las llamas lamían sus manos, pero no la quemaban. Ni siquiera las notaba calientes. Él estaba al fondo, esperándola, y Vhalla estrechó entre sus brazos el maltrecho y ensangrentado cuerpo de su amigo muerto y lloró hasta tener la garganta en carne viva.

—Sareem —sollozó contra su hombro sanguinolento—. Te prometo que la siguiente vez seré más rápida. Por favor, no me esperes.

Las manos del joven cobraron vida de pronto y la agarraron de los brazos. Con una fuerza repentina, su amigo invirtió sus posiciones y la estampó contra el suelo. Su cadáver la apretó contra la calle de adoquines. La mitad de su cara no era más que una masa viscosa que goteaba sangre sobre el hombro de la chica.

—Vhalla —masculló. Parte de su mandíbula había desaparecido y el hueso restante se movía con una inclinación extraña—. ¿Por qué no viniste?

—¡Lo intenté! —chilló, suplicante—. ¡Lo siento, Sareem, lo siento!

—No estabas ahí. —El cadáver de su amigo se inclinó hacia delante, casi tocó su cara—. No estabas ahí y morí por tu culpa.

—¡Lo siento! —gritó Vhalla.

—Estabas con él. —Su agarre le estaba cortando la circulación y los dedos de Vhalla se quedaron insensibles—. ¡Estabas con él! —Sareem la sacudió—. ¿Dónde está ahora? ¿Dónde está ahora? —exigió saber su amigo de la infancia, mientras la sacudía como a una muñeca de trapo. Su cabeza rebotaba contra el suelo.

Vhalla forcejeó contra los brazos que la agarraban cuando la sacudieron otra vez.

—¡No, no! ¡Intenté salvarte! —sollozó.

—¡Vhalla, despierta! —le ordenó una voz diferente, y Vhalla abrió los ojos rápidamente.

Las palmas de las manos de Larel resbalaban arriba y abajo por los brazos de la joven. Sus oscuros ojos occidentales estaban cargados de preocupación. Vhalla parpadeó al mirarla, al sustituir la imagen de su amigo muerto. El recuerdo de Sareem hizo que se le revolviera el estómago y rodó hacia el lado de la cama para vomitar en una bacinilla muy bien colocada.

—Esta es la tercera noche seguida —dijo una voz desde la puerta. La misma voz que había oído las dos noches anteriores.

Vhalla levantó la vista al tiempo que se secaba la saliva de la barbilla. Había un hechicero en la puerta, y no parecía precisamente contento.

—Dale un poco de cuartel. —Larel tampoco sonaba contenta.

—Dame a mí un poco de cuartel. —La persona bostezó, pero hizo caso del tono de advertencia de Larel y lanzó una mirada significativa en dirección a Vhalla antes de dar un sonoro portazo para recalcar su partida.

Vhalla tosió una última vez, su estabilidad mental y física más recuperadas cuanto más se alejaba del sueño. Se incorporó hasta quedar sentada, se frotó los ojos con las palmas de las manos y parpadeó para eliminar los últimos restos de la visión.

—Vhalla —susurró Larel con dulzura, y puso una mano sobre la coronilla de la joven. La otra mujer se sentó en la cama y la abrazó.

—Estoy bien. De verdad. Estoy bien —murmuró Vhalla contra el suave consuelo de su amiga.

—Me quedaré contigo.

—No, no puedes quedarte todas las noches. —Vhalla negó con la cabeza, pero no se quitó de encima la mano consoladora que acariciaba su maraña enredada de pelo castaño.

—¿Quién lo dice? —La mujer adoptó su posición entre Vhalla y la pared. La cama era demasiado estrecha para las dos, pero Vhalla estaba demasiado agotada para protestar.

Se quedaron tumbadas frente a frente, las manos juntas y apretadas. Vhalla guiñó los ojos en la oscuridad y aprovechó la luz de la luna para distinguir la cara de Larel. La mujer la estaba mirando. Como Portadora de Fuego, Larel podía conjurar una llama y proporcionarles luz con solo un pensamiento, pero no lo hizo.

—Larel —gimoteó Vhalla con suavidad.

—Deberías dormir un poco. —Larel era consciente del inminente colapso de Vhalla solo por el tono de su voz.

—Mañana es el último día. —Después del sueño, sus emociones eran como una avalancha que bajaba a toda velocidad hacia el borde de un precipicio. Vhalla no podía hacer nada más que soportarlo. No había sido capaz de hacer absolutamente nada desde su juicio hacía cinco días.

—Lo es, y la mayor Reale solo te hará trabajar más duro. —La voz de Larel era una extensión de su determinación, tan inamovible como una montaña. Ella era el único pilar que le quedaba a Vhalla.

—¿De qué servirá? —susurró Vhalla con labios temblorosos—. Estaré muerta en el momento en que entremos en combate de verdad. —Al principio, Vhalla había fantaseado con lo que encontraría en el Norte, en la tierra destrozada por la guerra a donde le habían ordenado ir como recluta del imperio. Pero las pesadillas y la culpa habían corroído su determinación hasta que ya no quedaba más que una cáscara hueca.

—No es verdad —insistió Larel.

—¡Apenas puedo hacer nada! —Su voz sonaba patética, incluso a sus propios oídos, pero a Vhalla ya no le importaba nada de eso. Había hecho acopio de una falsa fuerza para soportar su juicio, pero había desaparecido toda.

—Calla —le ordenó Larel. El tema ya no estaba abierto a discusión—. *Debes* dormir.

Vhalla apretó los labios.

—¿Me despertarás? —preguntó al final.

—Sí —repuso Larel, como hacía cada noche.

—No sé cómo voy a dormir sin ti durante la marcha al Norte —murmuró Vhalla con suavidad.

—No te preocupes por eso ahora. Solo descansa.

Larel besó los nudillos de Vhalla con ternura y Vhalla por fin cedió cerrando los ojos.

Durmió poco, pero al menos lo hizo. Larel solo tuvo que despertar a Vhalla una vez más, lo cual era una mejora con respecto a las cuatro noches anteriores.

A la luz del día, Larel tenía la cortesía de no mencionar los miedos nocturnos de Vhalla. Cuando llegaba el amanecer, se iba del cuarto de Vhalla en silencio y dejaba que la joven oriental se vistiera y se preparara para el día.

Vhalla notaba todo el cuerpo rígido y dolorido, lo que hizo que vestirse le costara el doble de tiempo de lo normal. Rotó los hombros e inclinó la cabeza a un lado y otro mientras se ponía su túnica negra. Su reflejo captó su atención: unos ojos de color marrón oscuro salpicados de dorado asomaban desde una cara macilenta y demacrada, acentuados por oscuros círculos. Incluso el habitual moreno oriental de su piel se había vuelto ceniciento. Vhalla levantó una mano hacia su pelo corto mientras recordaba la tarde después de su veredicto, cuando se lo había cortado todo.

«Lo odio», había declarado Vhalla, sin tener muy claro si le estaba hablando a su pelo o a su reflejo entero.

Sus pies la llevaron contra la corriente de gente que se dirigía a las cocinas. No tenía hambre. No creía que fuese a ser capaz de comer ni un bocado ese día. Solo le quedaba un día antes de partir y alejarse de todo lo que había conocido jamás. Su apetito, que ya de por sí solía ser escaso, se había encogido para dejar solo un agujero duro como una roca.

Entró en las salas de entrenamiento de la Torre, que ocupaban el centro de un piso entero. La sala circular estaba rodeada de un muro bajo que actuaba como barrera para espectadores y aprendices que esperaban su turno.

Ya había una mujer en la sala, detrás de un escritorio alto.

—Mayor —saludó Vhalla al entrar.

—Yarl. —La mayor Reale era una mujer sureña que estaba hecha de acero y cuya actitud era igual de cálida. Llevaba un parche de metal sobre el ojo izquierdo, fundido directamente al hueso—. Llegas pronto.

—Estaba impaciente por entrenar —replicó Vhalla con tono sarcástico, un tono que empezaba a colarse siempre entre sus palabras. No sabía de dónde provenía, y estaba demasiado cansada para que le importase.

—Bueno, pues hoy no vas a trabajar conmigo. —La mayor levantó la vista un segundo antes de volver a marcar los papeles que tenía sobre el escritorio.

—¿No? —Vhalla no sabía dónde más podría ir. No podía salir de la Torre por orden del Senado. Seguiría siendo propiedad de la corona hasta que terminara la guerra en el Norte... o hasta que muriera.

—El ministro quiere verte.

Vhalla sabía reconocer cuándo la estaban mandando a retirarse, y la mayor Reale no era precisamente la más amistosa de las mujeres con la que estar.

Con el desayuno en pleno apogeo, el pasillo de la Torre estaba desierto. La mayoría de los residentes estaban apelotonados en las cocinas unos cuantos pisos más arriba. Cuando pasó por delante del comedor, el ruido llegó hasta ella, pero Vhalla estaba demasiado aturdida para oír nada.

Más allá de su dormitorio y casi en la cima de la Torre estaban la oficina y las dependencias del ministro de Hechicería. Todas las demás puertas de la Torre tenían delante una placa con el nombre de su ocupante, pero la que tenía ahora frente a ella mostraba el símbolo de la Torre de los Hechiceros labrado en plata. Un dragón enroscado sobre sí mismo y cortado en dos: la luna rota.

Vhalla levantó la vista.

Había una puerta más, justo visible en la curva del pasillo en pendiente. No tenía marca alguna y, aunque nadie podía confirmarlo con certeza, Vhalla sospechaba a quién pertenecía. No había visto ni tenido noticias de su fantasma desde hacía días y no tenía forma de ponerse en contacto con él, sin importar en qué medida se lo pidiera el lado menos sensato de su ser. Vhalla tragó saliva y llamó a la puerta que tenía delante, antes de que la idea de seguir hasta la siguiente pudiera apoderarse de ella.

—Un momento —dijo una voz desde dentro. La puerta se abrió un instante después y la recibió un hombre del Sur con el pelo corto y rubio y ojos color azul hielo; la perilla que rodeaba su boca se curvó en una sonrisa—. Vhalla, pasa, pasa —la instó el ministro Victor.

La hizo pasar a la lujosa oficina, que rezumaba un nivel de riqueza al que Vhalla todavía no estaba acostumbrada. La mullida alfombra cerúlea bajo sus botas le recordó a la Biblioteca Imperial de un modo físicamente doloroso. Vhalla se apresuró a sentarse en una de las tres sillas situadas delante del escritorio.

—Justo estaba terminando de desayunar. ¿Tienes hambre? —El ministro le hizo un gesto hacia un plato lleno de un surtido de masas.

—No. —Vhalla negó con la cabeza, cruzó las manos y se retorció los dedos.

—¿No? —El ministro ladeó la cabeza—. No puede haberte dado tiempo de comer.

—No tengo hambre.

—Vamos, Vhalla —la regañó en tono familiar—. Tienes que conservar tus fuerzas.

Vhalla miró la magdalena que le ofrecía. Su educación ganó la partida y Vhalla hizo caso del hombre que era su superior. Le dio un mordisquito sin mucho entusiasmo, pero eso pareció ser suficiente para el ministro.

—Así que mañana es el día —comentó lo obvio.

—Lo es. —Vhalla asintió.

—Me gustaría hablar de un par de cosillas contigo, antes de que te marches. —Vhalla continuó jugueteando con su comida mientras el hombre hablaba—. En primer lugar, quiero que sepas que nadie en la Torre tiene nada contra ti. —Vhalla lucía unos cuantos moratones del entrenamiento con la mayor Reale que podrían indicar otra cosa, pero ocupó su boca con la magdalena—. He informado a toda la

Legión Negra de que deben tenerte bajo vigilancia constante y deben defenderte en todo momento —continuó Victor—. Como primera Caminante del Viento en casi ciento cincuenta años, me gustaría verte vivir el tiempo suficiente para estudiar en la Torre.

—¿Ha informado al Senado de esta decisión? Estoy bastante segura de que quieren verme muerta —repuso Vhalla en tono inexpresivo.

—El rencor no te queda bien. —El ministro se echó atrás en su silla y juntó los dedos delante de él.

—Perdón —farfulló Vhalla, una disculpa poco entusiasta, luego devolvió con discreción la magdalena medio comida al plato del ministro.

—Tienes que volver con vida, Vhalla. —El ministro Victor la miró pensativo—. Necesito que creas que serás capaz de hacerlo.

Vhalla no sabía cómo podían esperar que se mantuviera con vida si apenas era capaz de hacer nada con la magia. *Madre*, apenas lograba cerrar los ojos durante más de unos minutos sin que una multitud de horrores la atormentaran.

—Vale. —Vhalla fingió estar de acuerdo. El ministro se limitó a suspirar al oír su respuesta.

—¿Te ayudaría que le diera un propósito a tus días? —El ministro Victor se inclinó hacia delante y apoyó los codos en la mesa, como si fuese a contarle un gran secreto—. Hay algo que necesito... y que solo tú, como Caminante del Viento, puedes encontrar.

Por instinto, Vhalla se sentó más erguida.

—¿Qué? —preguntó por fin, cuando las palabras del ministro quedaron flotando en el aire.

—Hay algo muy poderoso oculto en el Norte. Cuanto más tiempo pase ahí, hay más posibilidades de que caiga en manos equivocadas o sea utilizado contra nuestras fuerzas, si los clanes norteños descubren el significado de lo que poseen.

Vhalla se preguntó cómo se suponía que iba a ayudarla eso.

—¿Qué es? —preguntó, pues la curiosidad ganó la guerra de sus emociones.

—Es un arma antigua, de un tiempo muy diferente, un tiempo en el que la magia era más salvaje y más divina. —El ministro hizo una pausa y rumió un poco sus siguientes palabras—. Es un hacha que se dice que es capaz de cortar cualquier cosa, incluso un alma.

—¿Por qué existiría algo así? —A Vhalla le costaba encontrar una razón válida.

—Bueno, los últimos registros que se tienen al respecto podrían ser tanto realidad como ficción. —El ministro se frotó la perilla pensativo.

—¿Cómo está tan seguro de que es real?

—Sé de muy buena fuente que lo es. —El ministro volvió al tema—: Necesito que la encuentres y la traigas aquí de vuelta. —Dio unos golpecitos en el escritorio.

—Pero si es tan peligrosa… —caviló Vhalla en voz alta. Le daba la impresión de que le faltaba una parte importante de la información, pero el ministro no parecía interesado en aportársela.

—Como he dicho, queremos evitar que caiga en las manos equivocadas. Más allá de eso, el que la tenga sería *casi invencible*. —El ministro Victor dejó las palabras ahí colgadas y Vhalla era lo bastante lista como para atar los cabos sueltos de lo que estaba diciéndole. Si el que la tuviera fuese casi invencible y ella lograse encontrarla, entonces quizás consiguiera salir del Norte con vida—. ¿Me ayudarás con esto, Vhalla?

La joven dudó durante un último y largo instante. Miró a los ojos color azul hielo del ministro, los ojos del hombre que la había raptado cuando se vieron por primera vez. Pero también eran los ojos de un hombre que la había acogido, la había curado y la había protegido cuando el mundo estaba dispuesto a hacerla pedazos miembro a miembro. La Torre era un lugar misterioso, pero Vhalla sabía reconocer la sinceridad cuando la veía.

—Por supuesto, ministro —dijo Vhalla, obediente.

La Torre cuidaba de su gente.

CAPÍTULO 2

Vhalla no durmió esa noche. Se quedó despierta, luchando durante las horas inquietas con un libro que se dio cuenta enseguida de que no podría terminar. Lo cerró con un suspiro suave y lo guardó en su armario cuando el cielo empezó a clarear.

Dos grandes hojas de cristal hacían las veces tanto de ventanas como de puertas y daban a la estrecha franja de piedra con barandilla que le servía de segunda puerta al mundo; lo que, siendo generoso, podría llamarse un balcón. Los primeros indicios de un invierno malo se colaban en la ciudad al final de cada brisa. Vhalla dejó que el frío entumeciera sus mejillas mientras observaba cómo la línea del horizonte se volvía poco a poco color carmesí con el despertar de la Madre Sol.

Una llamada a su puerta atrajo la atención de Vhalla hacia el interior. Larel le había dicho que le llevaría su armadura y la ayudaría a ponérsela por primera vez. Así que Vhalla respiró hondo y trató de reunir las briznas de valor que había recopilado durante la víspera.

El aire desapareció de sus pulmones con un leve ruido atragantado al ver a la persona que la esperaba.

Tenía el pelo tan negro como la medianoche, los ojos labrados en una oscuridad penetrante, posados sobre unos pómulos altos cincelados en una impoluta piel de alabastro. Llevaba ropa de elegante confección, sin una sola puntada fuera de sitio, planchada a la perfección. Era lo contrario a la joven mujer desaliñada cuya ropa colgaba más flácida a cada día que pasaba. Aunque era de esperar, puesto que se trataba del príncipe heredero.

Vhalla se quedó plantada delante de él sin saber qué hacer, y él parecía igual de perdido que ella al verla. Ninguno de los dos dijo nada.

Vhalla se dio cuenta de pronto, muy cohibida, de que esta era la primera vez que la veía desde que se había cortado el pelo. Tuviese el pelo corto o largo, ¿podía él soportar siquiera volver a verla?

—Tengo tu armadura. —La voz del príncipe resonó con suavidad a través de la mente inquieta de Vhalla.

La joven oyó la petición en esa afirmación y se apartó a un lado para que él pudiera maniobrar con el pequeño maniquí de madera sobre el que llevaba su armadura. Entró con él en la habitación.

El sonido de la puerta al cerrarse detrás de él le provocó a Vhalla un escalofrío de nerviosismo por la columna. La última vez que había estado a solas con el príncipe había sido el día de su veredicto. La última vez que lo había visto, dos guardias armados la estaban escoltando fuera de la sala del tribunal, después de que leyeran su sentencia, una sentencia que le daba al príncipe la potestad de matarla si desobedecía.

Pero Aldrik no la mataría. La forma en la que la miraba revelaba esa certeza. No podía matarla, si la fuerza mágica… el Vínculo… entre ellos era real.

—¿Dónde está Larel? —Vhalla sintió ganas de estrellar la cabeza contra la pared. *¿Eso era lo que decidía decir?*

—Pensé que podría ayudarte yo. —Era incómodo. Todo entre ellos parecía incómodo. Daba la impresión de que habían pasado cinco años, no cinco días.

Todo había cambiado.

—No puedo negarle nada, mi príncipe. —Vhalla se retorció las manos con nerviosismo.

En lugar de la habitual regañina del príncipe por su tic, el joven tomó sus dedos entre los suyos.

—¿Por qué tanta formalidad? —preguntó con voz dulce mientras deslizaba los guantes en las manos de Vhalla.

—Porque... —Las palabras se atascaron en su garganta.

—Sabes que Aldrik es suficiente y que puedes tutearme —le recordó el príncipe.

Vhalla asintió sin decir nada, pues aún trataba de deshacer el nudo de sílabas enmarañadas detrás de sus labios. Con los dos guantes ya puestos, Aldrik le pasó una túnica de cota de malla. Tenía mangas largas, que se extendían hasta la parte superior de sus guantes, y Vhalla se sorprendió de ver que tenía una capucha hecha con pequeños eslabones. Su pelo llegaba justo por encima de donde se arremolinaba en la parte de atrás de su cuello. El peso de la mirada del príncipe atrajo sus ojos hacia los suyos y la mano de Vhalla cayó de donde jugueteaba con las puntas de su pelo.

—Has hecho que te cortaran el pelo. —Las manos de Aldrik se quedaron un momento quietas sobre la armadura.

—Me lo corté yo —lo corrigió, los ojos perdidos en una esquina de la habitación. Le daba la sensación de estar en el juicio otra vez.

—Me gusta —dijo Aldrik después de lo que pareció una eternidad.

—¿Sí? —Se quedó boquiabierta por la sorpresa.

—Largo o corto... te sienta bien.

El príncipe se encogió de hombros y Vhalla no mencionó que se acababa de contradecir. Notaba un revoltijo de sensaciones en su interior y, de repente, tenía ganas de llorar. *¿Le gustaba su pelo?* ¿Qué quedaba en ella para que le gustara a nadie?

La armadura que se enfundó estaba hecha de pequeñas escamas de acero negro. Colgaba hasta la mitad del muslo y tenía unas hombreras que solo entorpecían sus movimientos un pelín. Su corazón latía desbocado, lleno de emociones encontradas, mientras observaba los largos dedos del príncipe demostrar dónde estaban los cierres de la parte delantera.

—Y después solo quedan las grebas y los guanteletes. —Aldrik hizo un gesto hacia las piezas restantes sobre el maniquí. Vhalla asintió en silencio. El príncipe se quedó quieto durante un momento largo antes de dirigirse a la puerta—. Yo también tengo que prepararme. —Aldrik. —La mano ligeramente temblorosa de Vhalla agarró la manga de su chaqueta antes de que ella se diera cuenta de que se había movido siquiera.

—¿Vhalla? —El príncipe se detuvo al instante, la miró a los ojos.

—No puedo —susurró ella.

Un fogonazo de dolor cruzó el rostro del príncipe al percatarse de lo que significaban esas palabras.

—Sí puedes. —Aldrik se dio la vuelta despacio, como si ella fuese un animal salvaje que podría asustarse en cualquier momento. Una mano cálida se cerró en torno a la de Vhalla; fue un contacto delicado que parecía llevar el peso del mundo entero en él.

—To… todo se me da fatal y yo…

—¿Recuerdas lo que te dije? —le preguntó Aldrik, como si percibiera que las emociones estuviesen a punto de sobrepasarla—. ¿El último día de tu juicio?

—Sí. —Vhalla recordaba la palma de su mano apretada contra el costado del príncipe, sobre un punto que había sido una herida mortal no hacía más de un año, cuando Aldrik había irrumpido a caballo en su vida durante una tormenta eléctrica. Hubiese muerto a consecuencia de esa herida si ella no lo hubiese salvado con su magia, formando sin querer el Vínculo mágico que ahora vivía entre ellos.

—Vhalla, yo… —Una puerta se cerró de golpe en el pasillo y el sonido de las ruidosas pisadas de alguien con armadura se perdieron por el pasillo. Aldrik clavó los ojos en la puerta durante unos segundos—. Tengo que irme. —Vhalla asintió—. Te veré mañana cuando iniciemos la marcha. —¿A quién de los dos quería tranquilizar? Vhalla asintió de nuevo—. Tenemos mucho tiempo antes de llegar al Norte. Me aseguraré personalmente de que estés preparada —juró el príncipe, con lo que aceptaba hacerse responsable de ella.

—Gracias. —Solo esa palabra no parecía suficiente, pero era todo lo que tenía para ofrecerle y Aldrik la aceptó antes de escabullirse en silencio.

Vhalla se quedó ahí de pie unos segundos mientras trataba de calmar la tempestad que soplaba dentro de su pecho. Tan preparada como lo estaría nunca, agarró la pequeña bolsa donde le habían dicho que empacara sus efectos personales. En un rincón de su armario estaban las notas de Aldrik, el brazalete de Larel y tres cartas dirigidas a su viejo maestro en la biblioteca, a su amiga Roan y a su padre. Vhalla le había hablado a Fritz, el bibliotecario *de facto*, y a su amigo Grahm, de su existencia. Si ocurriera lo peor, esas cartas se enviarían.

Sus ojos se posaron en el espejo otra vez y Vhalla dedicó un minuto a mirar su imagen. No reconocía a la mujer que le devolvía la mirada: ojos vacíos y pelo desgreñado enmarcados por armadura negra. Era la imagen de una guerrera y una hechicera.

Respiró hondo y salió al pasillo sin mirar atrás. Ni siquiera se molestó en cerrar la puerta. La rampa en espiral estaba llena de gente, pero nadie parecía interesado en hablar y solo el coro de armaduras llenaba el aire. Las armaduras de los demás eran similares a la suya, pero no parecían ni la mitad de refinadas. Vhalla tomó nota de los pequeños adornos dorados en la parte de delante de su acero. Algunos de los otros parecieron darse cuenta también del detalle, pero no dijeron nada.

El pasillo terminaba en un gran vestíbulo al pie de la Torre, la única entrada pública. Vhalla se apoyó contra la pared exterior sin hablar con nadie. La Torre, en general, había sido amable con ella, pero solo había tenido dos amigos de verdad ahí, y todavía estaban dormidos en sus camas.

Vhalla sintió una punzada de soledad. La sala estaba llena del estereotípico pelo color negro y piel aceitunada del Oeste, el tono ámbar y los anodinos rasgos marrones del Este, y la piel pálida con el pelo color dorado de la gente del Sur. Eran todas combinaciones de ojos y pelo que conocía bien, pero aun así nadie le resultaba familiar.

Algunos de los soldados charlaban con nerviosismo. Otros estaban demasiado tranquilos como para que esta fuese su primera vez. Aunque Aldrik hubiese dicho otra cosa, Vhalla estaba sola. Se miró las puntas de los pies... ella traía muerte y destrucción; *era mejor así.*

Por encima de su autocompasión, Vhalla oyó una voz familiar.

—¿Ves? Te dije que no llegaríamos tarde —estaba diciendo un hombre.

—Lo hubiésemos hecho de no haberte arrastrado fuera de la cama —repuso una mujer.

—Pues ya puedes dejar de arrastrarme.

Vhalla levantó la cabeza de golpe para ver a Larel conducir a Fritz hasta la sala, una mano cerrada con fuerza sobre su brazo. Vhalla abrió los ojos como platos. Iban vestidos de un modo muy parecido a todos los demás, completamente enfundados en armadura.

—¿Fritz, Larel? —los llamó con timidez.

—¡Vhal! —El hombre sureño de alocado pelo rubio la saludó con la mano entusiasmado antes de pasar por al lado de Larel y dejar a la mujer para que lo siguiera con calma.

—¿Qué estáis haciendo aquí? —preguntó Vhalla estupefacta, mientras ellos dejaban sus mochilas en el suelo.

—¿No es obvio? —respondió él, al tiempo que trataba de alisar sus rebeldes rizos—. Vamos contigo.

—Pero ninguno de los dos estáis en la milicia —objetó.

—Somos nuevos reclutas. —Fritz sonrió de oreja a oreja.

Vhalla se giró hacia Larel para encontrarle algún sentido a aquello.

—No creerías que iba a dejar que mi primera aprendiza se fuese corriendo a la guerra sin mí, ¿verdad? —La regañó Larel con tono bromista, sin mencionar por qué había sido el príncipe y no ella el que le llevara la armadura hacía un rato—. ¿Qué tipo de mentora crees que soy? —Cruzó los brazos delante del pecho.

—N... no podéis. —A Vhalla se le aceleró el corazón. Puso las manos sobre los hombros de Fritz y vio cómo la miraban otro par de ojos azules sureños. Los ojos de un hombre con el que había crecido, que había sido un gran amigo; los ojos que ahora pertenecían a un hombre muerto—. No puedo permitir que nadie más muera por mi culpa. —Vhalla centró todos sus esfuerzos en evitar que se le quebrara la voz.

—No nos trates como si fuésemos niños. —Larel puso los ojos en blanco y Fritz agarró las manos de Vhalla.

—No es tarea tuya protegernos. Sabemos lo que estamos haciendo. —Le dio un apretoncito en los dedos. Vhalla sintió que la impotencia aumentaba en su interior.

—Sois unos idiotas —murmuró. Fritz se echó a reír.

—Me han llamado cosas peores. —Sonrió—. ¿Larel?

—Mucho peores —confirmó la occidental con una sonrisa irónica.

—Por cierto, ¡estás fantástica, Vhal! —Fritz estiró los brazos de Vhalla a los lados para inspeccionar su armadura—. No me sorprende que seas nuestra Caminante del Viento.

Vhalla dejó que Fritz hiciese todo lo que quisiera mientras Larel tarareaba y sonreía. Estas habían sido las únicas personas que la habían hecho sentir algo humana en los últimos días y, aunque aún estaba anonadada por verlos con armadura, una pequeña parte egoísta de ella se alegraba en secreto. Vhalla miró a Larel por el rabillo del ojo mientras respondía las preguntas de Fritz sin demasiado entusiasmo.

El sureño sobreexcitado se calló cuando la sala se sumió en un silencio expectante. La mayor Reale entró en el vestíbulo, también vestida de negro con una capa color obsidiana ondeando a su espalda; tenía una luna rota bordada en plateado sobre ella. Vhalla hizo un saludo marcial junto con el resto de la sala: llevó sus puños al pecho, los nudillos juntos, y giró una mano hacia abajo, la otra hacia arriba, aún conectadas por las muñecas para imitar el símbolo.

La luna era el punto en el que se encontraban el día y la noche, luz en la oscuridad donde no pertenecía. Dentro de ella, se decía que el Padre había atrapado a una criatura de puro caos. La luna rota de la Torre representaba fuerza, que los que llevasen la marca tendrían una magia lo bastante fuerte como para perforar los cielos y poner fin a lo que los dioses habían empezado hacía una eternidad.

Vhalla había estado demasiado cansada desde que se había unido a la Torre como para pensar en el símbolo más allá de aprender su significado. No obstante, cuanto más pensaba en él, mejor parecía encajar con ella. Había algo roto y áspero en ella, algo mancillado y, sin embargo, al mismo tiempo, esos pedazos irregulares eran la creación de algo temible. Se había querido convertir en alguien que el Senado temiera. *¿Por qué no hacer añicos el cielo?*

—Vaya grupo lamentable que tengo el gran honor de liderar a la guerra. —La mayor miró a su alrededor—. ¿Quién de los presentes marcha hoy hacia la gloria?

La sala estalló en un grito instantáneo de afirmación.

—Salid de mi vista —gruñó la mujer, lo cual silenció al instante a los alegres soldados. La mayor acabó con su determinación con una rápida mirada de su ojo bueno—. Los héroes no tienen cabida a mis órdenes. La mayoría de vosotros marcha hacia una muerte ingrata. Vuestros camaradas vestidos de plateado os temerán, os odiarán, harán caso omiso de vuestros logros y reclamarán para sí vuestras victorias.

La mente de Vhalla derivó hacia el Senado y le pareció que las palabras de la mujer podrían aplicarse a personas muy diferentes.

—Pero aquellos de vosotros que no sois del todo estúpidos... —Los picó la mayor Reale con una sonrisa salvaje en los labios—..., aquellos de vosotros que podáis enfrentaros a nuestro enemigo con la misma crueldad, la misma astucia y la misma destreza que ellos, tal vez veáis el final de esta guerra. Así que manteneos a mi lado, manteneos al lado de vuestros hermanos y hermanas de negro. Marchamos hacia el horizonte de la victoria, y quienquiera que no vea el camino hacia allí debería marcharse ahora.

La mayor salió de la Torre sin mirar atrás para comprobar si alguien la seguía.

Lo hacían todos.

Cuando la luz del sol golpeó la cara de Vhalla, miró atrás y arriba hacia la Torre, que proyectaba una sombra oscura hasta fusionarse con el castillo en la ladera de la montaña.

Su hogar. Este palacio magnífico había sido su hogar desde los once años. Había llegado ahí como hija de un granjero y ahora partía como soldado. Vhalla se echó el petate al hombro y agarró las correas de cuero con fuerza. Intentó hacer un ovillo con los nervios, los miedos y las inseguridades y luego los guardó en algún agujero oscuro en lo más profundo de su ser.

Caminaron por un sendero interior hasta las cuadras. Nadie dijo ni una palabra. Los sonidos del palacio al despertar y el estrépito metálico de la armadura de la Legión Negra se unieron pronto a la sinfonía de los caballos y los hombres más abajo.

Las cuadras superaban su imaginación más fantasiosa. Cientos de personas llenaban cada espacio posible. Cada una iba enfundada en armadura plateada. Algunos estaban pertrechando a los corceles, otros preparando carros.

Su asombro se cortó en seco cuando la mayor ladró una orden y envió a Vhalla a un establo en un lado. No había esperado tener su propia montura. El caballo de Vhalla era un semental casi negro con una mancha blanca en la frente. Acarició su cuello y el animal sacudió una crin oscura en dramática protesta. *Un poco de fuego en la bestia me iría bien,* decidió. Un mozo de cuadra joven, apenas un chiquillo, se apresuró a ensillar al caballo y a ponerle la cabezada, pero se mantuvo a buena distancia de ella. Vhalla oía el eco de una voz en su interior que quería tranquilizar al niño, que estaba claro que le tenía miedo, pero no pudo encontrar fuerzas para consolar a nadie más. Se sentía demasiado oscura por dentro como para sonreír siquiera, así que no fue ninguna sorpresa cuando el chico casi se muere del susto cuando le habló.

—¿Cómo se llama?

—Es... es nuevo. Hasta esta semana no lo había visto. No creo que tenga nombre. —El chico terminó de preparar al caballo y de enganchar una pequeña alforja a cada lado de la silla. Una llevaba raciones; las escasas posesiones de Vhalla cupieron en la otra y sobró algo de espacio.

Vhalla fue hasta la parte delantera del caballo y lo miró unos instantes.

«Relámpago», decidió. No era un nombre demasiado original, pero necesitaba un nombre y Relámpago era tan bueno como cualquier otro. Un relámpago era fuego en el firmamento, un relámpago era brillante, un relámpago era rápido y un relámpago cortaba los cielos.

Metió el pie izquierdo en el estribo y pasó la pierna derecha por encima con facilidad antes de agarrar las riendas. A Vhalla nunca le habían enseñado a montar bien, pero su familia siempre tenía un caballo o dos en la granja. Desde pequeña había montado a horcajadas, así que estar sentada en una silla le parecía una postura natural. Miró a los otros reclutas a su alrededor; para muchos de ellos no era algo tan natural.

Agarró las riendas en una mano, apretó los talones contra los flancos del animal y lo sacó de la cuadra. Su armadura tintineó mientras encontraba el ritmo del caballo. Vhalla se dirigió a donde la mayor empezaba a formar la fila.

—Mayor —se presentó.

—Da gusto ver que sabes lo que hay que hacer con un caballo. —La mayor evaluó a Vhalla, desde sus pies en los estribos hasta su agarre sobre las riendas—. Te quedarás cerca del centro Yarl, a mi derecha. —Luego se dirigió a Fritz y a Larel por sus apellidos—. Charem a tu lado, luego Neiress. Y después, todos aquellos en los que pueda confiar para no morir en la primera oportunidad en una escaramuza irán en la parte exterior y atrás.

Vhalla colocó a su caballo en fila con espacio suficiente a ambos lados. Hubo una pequeña conmoción detrás de ella y Vhalla se giró en la montura. Las gigantescas puertas ceremoniales del palacio se abrieron con el chirrido y el estrépito metálico de una gran cadena, y la familia imperial salió al sol matinal.

El príncipe Baldair llevaba su habitual armadura dorada, que brillaba cegadora a la luz del sol. El emperador llevaba un atuendo similar, con una gran coraza, solo que todo de blanco. Aldrik marcaba un claro contraste. Llevaba una armadura de escamas negras que cubría su cuerpo entero, parecida a la de Vhalla. Amarradas sobre las escamas llevaba unas grandes placas negras ribeteadas de dorado que iban de sus manos a sus codos, de los pies a las rodillas, y sobre los hombros y la parte superior del pecho. Los tres llevaban yelmos remetidos debajo de los brazos, además de largas capas blancas que aleteaban alrededor de sus pantorrillas.

No se parecía en nada al príncipe que había visto hacía apenas unas horas, pero seguía resultándole muy familiar.

A los otros miembros de la familia real les llevaron sus caballos, pero nadie parecía interesado en llevarle a Aldrik el suyo. Fue hasta el enorme animal, que no hacía más que manotear, lo calmó con una mano y lo sacó de su cuadra.

La llegada de Larel y Fritz interrumpió la mirada contemplativa de Vhalla.

—Charem, a la derecha de Yarl. Neiress, a continuación —ladró la mayor, y Fritz y Larel se colocaron en sus sitios alrededor de Vhalla.

—Estás sujetando las riendas demasiado tensas —le dijo Vhalla en voz baja a Larel por encima de Fritz. La mujer parecía tener problemas para controlar a su caballo y le lanzó a Vhalla una mirada de agradecimiento. Aunque esta preferiría verlos a salvo en la Torre, se alegraba de tener a sus amigos cerca.

Empezó a notar miradas extrañas de los otros soldados a medida que más de ellos se colocaban en fila. Había una división clara entre los que iban vestidos de plata y blanco y los que iban de plata y negro. No iba a tener demasiados amigos durante esa marcha.

Se hizo el silencio detrás de ella y la mayor se giró. Aldrik, sentado sobre su gran caballo de batalla, cruzaba la brecha en dirección a la mayor Reale.

—Mi príncipe. —La mayor inclinó la cabeza.

—Mayor Reale. —La voz de Aldrik sonaba seca—. ¿Cuántos tenemos? —Sus ojos se deslizaron sobre los reclutas.

—Casi cincuenta —informó la mayor, lo cual confirmaba las sospechas de Vhalla de que ellos formaban el grupo más pequeño.

—Entonces, quiero que casi cincuenta regresen a casa. —El príncipe tomó las riendas en sus manos al tiempo que la mayor asentía. Luego condujo a su caballo entre las filas, en dirección a la parte de delante, aunque dedicó un segundo a mirar a Vhalla. Sus ojos conectaron, la cara de Aldrik se relajó un pelín y un remolino de emociones encontradas se acumuló detrás de su mirada.

Vhalla endureció sus ojos todo lo que pudo y le dedicó un leve asentimiento. Aldrik apretó los talones contra los flancos de su caballo y partió al trote hasta la cabecera del grupo.

El tiempo para la tristeza y la compasión había terminado. La chica que había llegado al palacio con once años y había vivido su vida en la biblioteca estaba muerta; la habían matado los senadores que siempre le habían enseñado que juraban protegerla. La mujer sentada a caballo ahora mismo tenía que encontrar un corazón tallado en acero negro. Tenía que sobrevivir a esto, aunque solo fuese para fastidiar al mundo.

Las tropas estaban en sus puestos y los hombres y mujeres se movían inquietos en sus sillas. Vhalla agarró las riendas con fuerza. *Puedo hacerlo*, se dijo por encima de las mentiras mentales de que sus rodillas no estaban temblando en los estribos.

—¡Que abran las puertas! —bramó el emperador.

Las verjas inferiores empezaron a moverse con un sonoro chirrido y se abrieron para la horda de guerreros que aguardaba tras ellas.

El emperador encabezaba la marcha a medida que los soldados salían a la ciudad de montaña con un retumbar atronador. En alguna parte más adelante, empezaron a gritar, un alarido informe de sed de sangre, miedo, victoria y esperanza.

Vhalla no hizo ni un solo ruido.

CAPÍTULO

3

El estruendo de los cascos de los caballos sobre las calles adoquinadas llenó sus oídos. Fijaron un ritmo fuerte a través de la ciudad y entre el gentío ahí reunido. Más de una persona observó pasar a la Legión Negra con curiosidad mórbida o miedo, y Vhalla tuvo que hacer un esfuerzo para no prestar atención a las masas.

Sin embargo, a pesar de sus esfuerzos, sus ojos la traicionaron y Vhalla se encontró con una mezcla de horror, miedo e ira. Hechiceros. Eran criaturas indeseadas y parias y, por lo que respectaba a mucha de esa gente, había excedido sus límites en el momento en que salieron de la Torre. Más de una vez, alguien fue tan atrevido como para tirarles algo, aunque solían fallar y darle a alguno de los soldados con pica delante de ellos o a un arquero detrás. La Legión Negra era mucho más pequeña que los otros grupos.

Por los crecientes daños de la ciudad, Vhalla se dio cuenta de que estaban cerca de la plaza de la Luna y el Sol. Habían pasado solo unos días desde la ya famosa Noche de Fuego y Viento, y la mayoría de las cosas estaban todavía por reparar. La culpabilidad bulló en el interior de la joven hasta niveles casi insostenibles.

Cuando llegaron a la muralla inferior de la ciudad, las casas se volvieron más bajas, menos opulentas. Estas hacían que la muralla pareciese aún más impresionante. La primera línea de defensa de la capital era una estructura inmensa que utilizaba los elementos naturales y la piedra de la montaña. El puente levadizo de la puerta principal ya lo estaban bajando para que los soldados pudieran salir de la ciudad.

—¡Juntad bien a los caballos! —gritó la mayor Reale desde la izquierda.

Vhalla acercó a su caballo al centro de la columna y pasaron a través de la puerta. La ciudad continuaba más allá de la muralla, al otro lado del foso, un foso que permanecería seco durante los meses de invierno. La ladera de la montaña hasta el valle en lo bajo estaba ocupada por casas aún más pobres.

Al cabo de un rato, la calle por la que avanzaban desembocó en la Gran Vía Imperial, una carretera que discurría desde la frontera del imperio en el Norte hasta el mar en el Sur. El batallón giró a la izquierda y emprendió rumbo hacia elnoroeste. Las losas de piedra dispuestas en el suelo hacían que el camino fuese lo bastante ancho como para que el batallón entero pudiese marchar lado a lado en filas de entre once y quince hombres.

Cuando llegaron al bosque, un cuerno emitió una llamada larga y grave. Los soldados ralentizaron el paso y los líderes ordenaron un cambio en la formación.

La mayor Reale agitó un brazo hacia la derecha.

—Abrid paso —ordenó, y ellos obedecieron.

Vhalla fijó la vista al frente; el ejército entero siguió avanzando al tiempo que dejaban un agujero en el centro. Aldrik, a la izquierda de su padre, frenó un poco a su caballo y los soldados siguieron adelante pasando a su alrededor. A continuación, el emperador detuvo a su montura y por último lo hizo el príncipe dorado. La familia imperial ocupó sus puestos entre los soldados.

El príncipe Baldair se quedó de la mitad hacia delante, con todos los soldados que llevaban espadas. El emperador cabalgaba detrás de él, entre las picas. Unas cuantas filas detrás estaban Vhalla y el príncipe heredero, que ahora ocupaba el espacio entre ella y la mayor. Su caballo de batalla era un animal enorme, y la cintura de Vhalla quedaba a la misma altura que la rodilla de Aldrik.

Vhalla levantó la vista hacia él y lo sorprendió mirándola. Le dedicó una leve inclinación con la cabeza.

—Mi príncipe —dijo con tono respetuoso. Él apenas asintió y se volvió otra vez hacia la mayor. Vhalla miró hacia delante. Quería creer que había sido pura suerte cómo había acabado la formación, pero era demasiado lista para eso. El hombre a su izquierda no dejaba nada librado al azar.

En verdad, estaba segura de que ese era el lugar más seguro de todo el ejército: cerca del centro y al lado de uno de los hechiceros más poderosos del mundo. Vhalla se dijo que el alivio era la razón del calor que relajó sus hombros ante la idea de que él estaría cerca de ella.

Las legiones habían ralentizado el paso a poco más que una marcha animosa y se recogieron los estandartes. El tiempo para la pompa había terminado y todo el mundo parecía resignado a emprender el largo viaje al Norte. La guerra se disputaba ya desde hacía cuatro años, y la victoria estaba a un invierno de distancia; al menos eso era lo que había dicho el emperador.

Vhalla miró detrás de ella; entre las dos legiones de atrás, iban carros de suministros. Parecían muchas cosas para una victoria que se suponía que solo costaría unos pocos meses más. Se preguntó si el emperador habría sido del todo sincero en sus cálculos de tiempo.

El bosque se volvió más denso y pronto dejó de haber casas. En ocasiones veían senderos dejados por los animales o estrechos caminos para los cazadores, pero había poco más. Los árboles fracturaban la luz de la Madre Sol, por lo que la carretera se veía moteada. El murmullo de las conversaciones pronto llenó el aire y el trayecto prosiguió de manera bastante pacífica.

No obstante, Vhalla no sabía si podía sentirse en paz, no sabía si podía quedarse ahí sentada tan contenta charlando de nimiedades. Cada movimiento de su armadura le recordaba por qué estaba ahí. Ahora era soldado, *propiedad de la corona.*

—¿Hace cuánto tiempo que no salías de la ciudad? —preguntó Fritz. El sureño tenía otros planes y no la dejaría ir sentada en silencio y rumiar su mala suerte.

—Hace tiempo —repuso Vhalla al cabo de un instante.

—¿En serio? —Parecía sorprendido de verdad—. ¿Cuántas veces vas a casa?

—La última vez que fui a casa... —Las palabras de Vhalla se perdieron en el aire mientras pensaba en una granja en medio de un campo de trigo dorado. Le había enviado una carta a su padre hacía solo unos días, tratando de ponerse en contacto con él antes de que pudieran llegarle los rumores. La idea le hizo un nudo en la garganta, como si de algún modo hubiese mancillado los recuerdos felices de su familia con su hechicería y sus delitos—. Por mi mayoría de edad, creo.

—¿Qué? —Fritz estaba escandalizado—. ¿A los quince años? ¿Han pasado tres años desde la última vez que fuiste a tu casa? Mi madre y mis hermanas me despellejarían vivo si no volviese a casa en tres años. —Fritz se rio con su risa contagiosa. Vhalla esbozó una sonrisa.

—Sí, ya habías mencionado una vez que tenías hermanas... ¿Cuántas? —Como hija única, a veces se preguntaba cómo sería tener un hermano.

—Cuatro —aportó Larel desde la derecha de Fritz. Parecía mucho más cómoda sobre su caballo ahora que apenas se movía—. Deberías verlas a todas juntas. Gracias a la Madre que no son todas hechiceras, porque si no sería la familia Charem contra el mundo.

—¿Las has conocido? —le impulsó a preguntar su curiosidad.

—Las vi una vez. —Larel asintió.

—¿Hace cuánto tiempo que os conocéis?

Los dos intercambiaron miradas antes de volverse hacia Vhalla otra vez.

—Siete años —dijo Larel.

—Ocho años —declaró Fritz.

Los dos se miraron ceñudos.

—No, fue hace siete. Llegaste al año siguiente a mi mayoría de edad —insistió Larel, mientras contaba con los dedos.

—No, ocho. Justo cumplí trece años —objetó Fritz.

—Exacto, cumpliste trece años, pero después de conocernos.

—Me recordáis a un viejo amigo y a mí —caviló Vhalla en voz baja.

—¿Quién? —preguntó Fritz, ajeno a la tristeza que impregnaba sus palabras.

—Se llamaba Sareem. —Jugueteó con la crin de Relámpago.

—¿Está en palacio? —Fritz ladeó la cabeza.

—Murió en la Noche de Fuego y Viento. —Vhalla se vio golpeada de repente por sus visiones nocturnas del cuerpo magullado y roto de su amigo. *Era culpa suya.* Había sido demasiado lenta y él la había estado esperando.

—Lo siento, Vhal. ¿Era alguien especial? —preguntó Fritz, sacando a Vhalla de su autoinfligido maltrato mental.

—Era un buen amigo... especial, como un hermano. —Vhalla sacudió la cabeza para quitarse las imágenes de la mente, y sintió que otros ojos se posaban en ella desde su izquierda. Su cordura no podría soportar otra pregunta sobre Sareem, así que decidió tomar las riendas de la conversación—. ¿Cuánto tiempo vamos a cabalgar hoy?

—Otras dos o tres horas —dijo una voz, oscura como la medianoche. Vhalla se giró y levantó la vista hacia el príncipe heredero.

—¿Solo?

Aldrik asintió.

—Un batallón de este tamaño tardará un buen rato en detenerse y montar un campamento. No queremos hacerlo en la oscuridad.

Vhalla asintió y apartó la mirada antes de quedarse demasiado cautivada por él. Fritz y Larel empezaron a charlar entre ellos, pero Vhalla se excluyó de la conversación. Se sentía exhausta y pasó el resto del día un poco embotada.

Cuando el sol había recorrido dos tercios de su camino por el cielo, la trompeta sonó dos veces con la orden de detener la marcha.

—Acampad al lado izquierdo —ladró la mayor Reale, y la Legión Negra acató su orden.

Aldrik se apartó un poco y echó pie a tierra entre la Legión Negra y los soldados con picas. La tienda de su padre se erigió en el centro de la legión de delante, y a la de Aldrik la levantaron al borde.

Los soldados más expertos que sabían lo que había que hacer empezaron a montar tiendas de campaña. Las tiendas de los miembros de la familia imperial eran bastante más grandes, cuadradas, con un tejado piramidal. Grupos enteros de personas acudieron a la carrera para ayudar a cada miembro a instalar su residencia temporal.

Era agradable no estar sentado en la montura. Vhalla estiró las piernas e ignoró sus músculos rígidos y doloridos mientras ataba a Relámpago a una rama baja. En cualquier caso, sospechaba que el caballo era lo bastante listo como para no escapar.

—Vhalla, tú y yo compartimos tienda —le dijo Larel, que se dirigía hacia ella con un fardo de lona en las manos.

La invadió una sensación de alivio mientras desenganchaba su saco de dormir de la silla de Relámpago. *Larel estaba con ella.* Se sentía culpable por que la mujer hubiese tenido que convertirse en su cuidadora, pero Vhalla estaba demasiado exhausta mental y físicamente como para malgastar mucha energía en una culpa tan pequeña.

Los soldados veteranos agarraron efectos personales de sus alforjas, como mantas y pequeñas almohadas, y se pusieron cómodos en sus estrechos habitáculos. Algunos la miraban con curiosidad, otros con ambivalencia, que era mejor que las dos o tres miradas de animadversión que recibió incluso dentro de la Legión Negra.

Larel clavó dos postes en el suelo, con un trozo de lona colgado entre ambos. El resultado fue una simple tienda triangular. La privacidad vino en forma de dos solapas por delante y por detrás que podían atarse para mantenerlas cerradas. El espacio era apenas lo bastante grande para sus dos sacos de dormir.

—La cena estará lista pronto —anunció Larel cuando terminaron de instalarse.

—¿Qué hay para cenar? —Vhalla siguió a la mujer occidental cuando se dirigió hacia las hogueras.

—Lo que sea que los cazadores puedan encontrar deprisa —contestó Larel.

Esa noche parecían ser unos ciervos, liebres y faisanes que ya goteaban grasa en las hogueras sobre las que giraban en sus espetones. Vhalla recibió un trozo de carne directamente en la palma de la mano. Pensó en la comida que había compartido con el príncipe Baldair en su mesa formal. ¿Estaría él también comiendo con los dedos ahora mismo?

—No está mal —caviló Vhalla mientras mordisqueaba una esquina de la carne con poco entusiasmo.

—Siempre he oído que el Bosque del Sur es el tramo más fácil de la marcha. —Larel arrancó una tira de carne con los dientes y masticó con voracidad—. Los soldados dicen que el Páramo Occidental lo compensa en dificultad y, si metemos mano en nuestras raciones ahora, jamás lograríamos cruzar el desierto.

De repente, todo el mundo estaba en pie y hacía el saludo de la Legión Negra. Vhalla fue más lenta a la hora de llevarse los puños al pecho. El príncipe heredero fue hasta el círculo, las manos cruzadas a la espalda en una pose autoritaria. Después de un largo momento de evaluación, asintió y la compañía se relajó. Aldrik fue hasta uno de los extremos y se sentó al lado de una mujer a la que Vhalla no había visto nunca.

Tenía la piel de un moreno oscuro, el pelo con la misma textura de los norteños, y Vhalla se sintió incómoda al instante. Se llevó las yemas de los dedos a la mejilla para tocar la tenue línea roja de la piel recién curada, mientras recordaba la Noche de Fuego y Viento. El pelo de la mujer se rizaba como sacacorchos en todas direcciones, aunque llevaba un pañuelo rojo alrededor de la frente que lo retiraba de su cara. Tenía rasgos angulosos y unos impresionantes ojos verdes. Sin tener en cuenta la inquietud de Vhalla, la mujer era guapa.

Observó el extraño intercambio a medida que el tono acuoso del cielo se volvía negro como el carbón. Aldrik estaba sentado con una rodilla flexionada, un brazo apoyado en ella. Se había quitado la capa y parecía muy cómodo, ahí sentado con su armadura. La mujer estaba riendo y Vhalla vio incluso cómo una leve sonrisa asomaba a los labios de Aldrik de vez en cuando. Era una sonrisa que Vhalla solo le había visto dedicarle a ella.

—¿Quién es ella? —Vhalla habló para no oír en el viento el susurro de la risa ahumada del príncipe con la otra mujer.

—¿Quién? —Larel intentó guiñar los ojos por encima de la hoguera.

—La mujer con la que está hablando el príncipe. Nunca la había visto. —Si la mujer había estado en la Torre, era asombroso que a Vhalla se le hubiese escapado. Su mero aspecto la hacía sentir inquieta.

—Ah, esa. —Dio la impresión de que Larel la veía bien por fin—. Fritz, ¿tú la conoces?

—¿A ella? —Fritz la miró también, pero sacudió la cabeza—. No estoy seguro. Creo que oí algo de que iban a traer a gente nueva con conocimientos sobre el Norte.

—¿Creéis que podemos confiar en ella? —preguntó Vhalla, incapaz de quitarse de encima la sensación de inquietud.

—Al parecer, el príncipe sí se fía —repuso Larel con un encogimiento de hombros.

Vhalla devolvió su atención a los susodichos. Su conversación parecía haber cambiado a algo más acalorado y discutían por turnos. Aldrik se movió un poco y, como si hubiese percibido que lo miraba, sus ojos oscuros la sorprendieron *in fraganti*. Vhalla se apresuró a apartar la vista.

Durante el resto de la cena, hizo hincapié en evitar mirarlo y mordisqueó la carne. Seguro que era una discusión sobre el Norte, si esa era la razón de que esa mujer viajase con ellos. Aunque las sonrisas casuales y las actitudes relajadas hacían que pareciese que la guerra no era el tema de su conversación.

—Come, Vhalla —la regañó Larel—. Necesitarás todas tus energías.

Vhalla se obligó a tragar la mitad de la comida como si fuese medicina. Su deseo de interacción social se había volatilizado, así que se levantó.

—Me voy a dormir —les anunció a sus amigos.

—Sí, mañana nos espera un largo camino —convino Larel.

—Os veré por la mañana —se despidió Fritz con una sonrisa.

Vhalla dio media vuelta y se alejó. No estaba cansada para nada.

CAPÍTULO 4

Estaba atrapada en el laberinto de sus pesadillas. Cada figura de sombras se agrietaba y se convertía en niebla que se disipaba en cuanto la tocaba. Corrió por al lado de todas ellas. Sentía el viento rugir en el límite de su conciencia. Vhalla corría gritando entre la oscuridad y el fuego.

Dos brazos la incorporaron y la sacudieron para despertarla.

Vhalla forcejeó de inmediato para intentar soltarse del agarre de la otra persona. Tenía la frente perlada de sudor, la ropa casi empapada. El viento aullaba entre las montañas como heraldo de una inminente tormenta.

—Vhalla, *para*. —Larel tiró de Vhalla hacia ella y apretó la cara de la chica contra su propio pecho para protegerla del mundo—. Estás bien, no pasa nada. Estoy aquí contigo.

Vhalla tiritaba, abrazada a Larel como todas las otras noches que se había despertado así. Su manta parecía menos enredada en sus piernas, dado que la mujer podía despertarla de sus pesadillas nocturnas más deprisa cuando estaba a su alcance. Enterró la cara contra el cuerpo de la occidental mientras se recordaba que la persona a la que abrazaba no era el cuerpo destrozado de su amigo muerto.

—Perdón —musitó Vhalla cuando por fin estuvo lista para enfrentarse al mundo otra vez.

—No tienes nada por lo que disculparte —la tranquilizó Larel, de tal modo que Vhalla le creyó.

Como el amanecer ya estaba próximo, decidieron no volver a dormir. Se ayudaron la una a la otra a ponerse la armadura antes de desmontar la tienda. Vhalla notaba la piel caliente y fría al mismo tiempo. Era como si todavía pudiese sentir el calor de la pesadilla, el frío de los gritos en la oscuridad. Si no lograba sobrevivir sola a una noche, ¿cómo iba a sobrevivir a la guerra?

—¿Quieres hablar de ello? —le preguntó Larel. No era la primera vez que la mujer le hacía esa pregunta.

—No —repuso Vhalla, pues no tenía ningún interés en compartir la oscuridad que bullía en su interior, tan agorera como las nubes de tormenta que se cernían sobre el horizonte del amanecer.

—Buenos días —dijo una voz desconocida, que interrumpió cualquier otra pregunta por parte de Larel.

Vhalla podría haberle dado las gracias a la persona, de no ser por la cara que acompañaba a la voz. Hizo una pausa a medio doblar la lona de la tienda y se topó con unos ojos esmeraldas que brillaban con intensidad a la luz de la primera hora de la mañana.

—Buenos días —saludó Vhalla en voz baja. Ver a esa mujer y a sus rasgos norteños tan cerca después de sus pesadillas inquietó a Vhalla al instante.

—Buenos días —respondió Larel con educación—. ¿Podemos ayudarte?

—Vhalla Yarl, la Caminante del Viento. —No era una pregunta e hizo que Vhalla sintiera algo de ansiedad—. No sé lo que esperaba a raíz de las historias, pero seguro que no eras tú —comentó con una risa.

—¿Y tú eres? —preguntó Larel.

—Oh, ¿dónde están mis buenos modales? Elecia. —Extendió la mano en dirección a Larel, luego a Vhalla. Esta última la estrechó después de un breve momento de vacilación—. Dime, ¿de verdad provocaste esa tormenta de viento de la que todo el mundo me habla? Da la impresión de que una simple brisa podría hacerte caer.

—Elecia se echó a reír y, a pesar de ser un sonido dulce, hizo que a Vhalla le rechinaran los dientes.

—Sí, fui yo. Pregunta a cualquiera de los senadores. Sé de uno o dos que estarían encantados de proporcionarte un recuento colorido de aquella noche. —Vhalla le dio la espalda a la mujer para atar su saco de dormir a la montura de Relámpago. No le importaba si estaba siendo maleducada. Esa mujer era la última persona con la que querría hablar de la Noche de Fuego y Viento.

—Bueno, supongo que ya lo veremos —dijo con alegría—. El príncipe heredero me ha pedido que te diera un mensaje.

Vhalla hizo una pausa. ¿Aldrik le enviaba un mensaje por medio de esta mujer? Apenas parecía más mayor que la propia Vhalla.

—Te va a ayudar con tu entrenamiento. Empezáis esta tarde. —Vhalla consiguió morderse la lengua y asentir en dirección a la mujer—. Excelente. —La mujer dio una palmada—. Muy bien. Entonces, os veré más tarde señoritas. —Y se marchó antes de que ninguna de las dos tuviese ocasión de responder.

Vhalla cerró los ojos con fuerza y se tragó las náuseas que le había producido ver a esa mujer. Estaba molesta consigo misma.

—Voy a llevar esto al carro —anunció, tras agarrar los palos de la tienda—. Necesito dar un paseo.

Larel asintió en silencio y recogió la lona, que llevó a sus alforjas después de repetir el proceso con su saco de dormir.

Vhalla respiró hondo varias veces y se recordó que no tenía ninguna razón para estar enfadada. Era probable que Aldrik estuviese ocupado, y la noche anterior había estado hablando con Elecia. Mencionó esto y le pidió un favor, se explicó Vhalla en su mente. Debería estar contenta, entusiasmada incluso por entrenar con Aldrik. Sin embargo, las palabras de la mujer resonaban en su cabeza. *Os veré más tarde.* ¿Significaba eso que Elecia también estaría ahí? ¿O era solo una forma coloquial de despedirse? Para empezar, ¿por qué hablaba siquiera de una manera tan casual con Aldrik?

Vhalla esperó en fila ante el carro para devolver los palos de la tienda. El sol ya casi había salido y había espantado a las nubes de tormenta en el proceso. Supuso que las tropas se pondrían en marcha pronto.

—Gracias —le farfulló al hombre que cargaba el carro. Vhalla dio media vuelta y chocó con un hombre grande de pelo castaño claro—. Perdón —musitó, aunque mantuvo la cabeza gacha. Esquivó al hombre para volver a su sección del campamento cuando una mano grande se cerró sobre su hombro.

—Vaya, vaya, ¿te crees muy especial, *armadura negra*? —preguntó con desdén, y tiró de ella hacia atrás. Vhalla se tambaleó.

—Te he pedido perdón. —Levantó la mirada hacia el hombre. Esta no era la mañana ideal para poner a prueba su paciencia.

—¿En serio? No te he oído. —Se agachó hacia ella.

—Lo siento —se forzó a decir, con los dientes apretados. No quería montar una escena delante del pequeño grupo que empezaba a acumularse a su alrededor.

—Para empezar ya es bastante malo que tengamos que lidiar con la Legión Negra —refunfuñó el hombre—. ¿Ahora también tenemos que soportar tonterías de chiquillas?

Vhalla frunció el ceño.

Un brazo con armadura pasó alrededor de su cuello y Vhalla parpadeó sorprendida.

—Vamos, vamos, no te lo tomes como algo personal, Vhalla. Este Grun no ha comido todavía y por la mañana siempre está muy cascarrabias —dijo Daniel con una sonrisa.

—Venga, Grun. —Craig apareció al otro lado del hombre—. Metamos algo de comida en esa gran barriga tuya.

Vhalla no había visto a los dos soldados desde su juicio. Habían sido sus guardias cuando la tenían detenida; *los buenos*. Daniel era oriental como ella, piel color ámbar y pelo moreno oscuro por todo el cuerpo. El pelo ondulado y rubio de Craig, junto con su cutis más pálido, lo marcaba como sureño. A Vhalla le habían gustado los dos de inmediato y esta mañana había una razón más para añadir a esa lista creciente.

—¿Quieres desayunar con nosotros, Vhalla? —preguntó Daniel.

—No estoy segura de que sea tan buena idea. —Echó un vistazo hacia el hombretón que Craig se estaba llevando del lugar.

—¡Tonterías! —exclamó Craig, y casi sin darse cuenta la estaban llevando hacia la parte delantera de la tropa.

—¿Qué estáis haciendo vosotros dos aquí? —le preguntó Vhalla a Daniel cuando retiró el brazo de sus hombros. Craig se llevó a ese mamotreto de hombre bien lejos antes de reunirse con ellos otra vez.

—Somos soldados. —Daniel se rio, y el movimiento hizo ondular el pelo que casi le llegaba a los hombros—. Yo diría que este es nuestro sitio mucho más que el tuyo, señorita Caminante del Viento.

—¿No sois guardias de palacio? —preguntó con una sorpresa genuina.

Daniel negó con la cabeza y levantó su brazo. Uno de sus guanteletes estaba chapado en oro, y el metal del antebrazo captó el destello del sol de la mañana.

—Somos de la Guardia Dorada —explicó.

Vhalla ya había oído del escuadrón personal del príncipe Baldair; se rumoreaba que eran los mejores entre los mejores, con solo los más sofisticados lores y damas en sus filas.

Mientras ella observaba su brazo, él la miró a ella.

—Me gusta tu pelo; te queda muy bien.

Vhalla levantó una mano hacia las puntas irregulares de su pelo, que apenas tocaban la capucha de cota de malla de su armadura. Tenía el pelo espantoso. Vhalla frunció el ceño cuando le plantaron un trozo de carne fría en la palma de la mano. Estaba un poco chamuscada por un lado y las grasas naturales se habían coagulado en una capa gelatinosa que retiró y dejó caer al suelo mientras se sentaban alrededor de los restos aún humeantes de una fogata.

—No creo que a la gente le guste que esté aquí. —Otros soldados le lanzaban miradas, pero ninguno era lo bastante valiente para acercarse a ella con dos de los miembros del escuadrón de élite del príncipe Baldair a su lado.

—¿No crees que esa es parte de la diversión? —preguntó Craig con una leve sonrisa.

Vhalla negó con la cabeza.

—Además, tenemos un aspecto *muy exótico* con nuestra amiga de la Legión Negra. —Daniel dio un bocado grande a su carne.

—¿De dónde sois? —preguntó Vhalla, que solo daba mordisquitos a la suya.

—De la capital —dijo Craig, lo cual era de esperar.

—De Cyven —anunció Daniel.

—¿De dónde en Cyven? —Vhalla tenía un interés sincero por cualquiera que fuese del Este.

—La mayoría de la gente no la conoce. Es una ciudad pequeña. —Daniel se rio cuando vio cómo lo miraba Vhalla con los ojos guiñados—. Se llama Paca.

—¿Paca? —exclamó.

—¿La conoces? —Daniel arqueó las cejas.

—Yo soy de Leoul.

—*No.* —Parecía tan emocionado como se sentía ella.

—¡Sí! ¡Sí! Iba al Festival del Sol de Paca todos los años con mis padres. —Vhalla sintió una punzada dulce de nostalgia.

—¿Con la anciana que vendía las nueces garrapiñadas? —preguntó incrédulo.

—¿Y el hombre que nunca dejaba de cantar? —afirmó Vhalla.

—*¡Oh Paaaaaaaca, no desaparezcas nunca!* —Daniel se llevó una mano al pecho mientras cantaba a voz en grito. Luego los dos se echaron a reír a carcajadas—. ¡Es verdad que la conoces! —Le regaló una sonrisa radiante que fue demasiado contagiosa como para no devolvérsela.

—Oh, qué adorable. Por fin tienes a alguien que comprende tu amor por los animales de granja —comentó Craig en broma, pero ellos hicieron caso omiso de su comentario. Toda la atención de Daniel estaba puesta en Vhalla.

—La granja de mi familia está como a medio día a caballo de la posada Caldero Humeante. Nos quedábamos a dormir ahí durante el festival —explicó.

—Yo conocía a la familia que regentaba la posada. De hecho, trabajaba ahí a veces cuando mi padre no necesitaba ayuda en los campos. Me pregunto si nos vimos alguna vez. —Daniel lo pensó muy en serio.

—¿Quién sabe? —Vhalla se encogió de hombros y ocupó la boca con un trozo de carne. No recordaba a ningún niño en particular, pero no quería desilusionar a Daniel. Era agradable tener una conexión con casa.

—Preparaos para partir —bramó el príncipe Baldair mientras caminaba entre las tropas.

—Debería irme. —Vhalla se puso de pie y le pasó su desayuno casi íntegro a un ansioso Craig.

—¿Por qué no montas con nosotros hoy? —la invitó Daniel.

—No creo que me lo permitan —repuso Vhalla dubitativa.

—Solo son estrictos con la formación en público. Ahora ya no les importará. —Craig ya se había comido la mitad de la porción de Vhalla.

La joven abrió la boca para contestar, pero oyó unas pisadas tronar en el suelo a su espalda.

—Estás lejos de casa.

—Mi príncipe. —Vhalla se giró hacia el príncipe Baldair e hizo una reverencia. Su presencia le resultaba incómoda. Al principio, no había sido para ella nada más que el príncipe Rompecorazones, un hombre directamente salido de los cuentos de los sirvientes. Un hombre al que solo había conocido un día en la biblioteca por pura casualidad. Luego, se había convertido para ella en el hermano de Aldrik y su conspirador para colarse en la gala que cerraba el último Festival del Sol. Esa también había sido la Noche de Fuego y Viento. La última vez que había visto al príncipe Baldair, él le había curado las heridas por orden de Aldrik. *¿Qué pensaría de ella ahora?*—. Estaba a punto de volver.

—Baldair. —Daniel se puso de pie al tiempo que se limpiaba las palmas de las manos en los pantalones, sorprendentemente relajado en presencia de su príncipe y comandante—. ¿Sería un problema si Vhalla cabalgase con nosotros hoy?

—Sabes bien que será un problema con los otros soldados si ella está por aquí. —Baldair se rio, como si la idea fuese más divertida que desalentadora—. Pero a mí no me importa, si sus superiores no ponen objeciones. —El príncipe le dedicó a Vhalla una sonrisa mientras hacía una pausa en la palabra *superiores*.

—Ya veremos... —Vhalla evitó su mirada presuntuosa.

—Uno de los dos acompañadla de vuelta, ¿vale? No quiero problemas ya al primer día —les indicó el príncipe, lo bastante perspicaz para darse cuenta de las tensiones que provocaba la presencia de Vhalla.

—Iré yo —se ofreció Daniel al instante.

—Excelente. —El príncipe Baldair asintió y se alejó.

—¿Vamos? —Daniel dio un paso hacia la Legión Negra.

—Te veré luego, señorita Caminante del Viento —se despidió Craig con una sonrisa.

—Cuídate, Craig. —Vhalla le hizo un gesto de despedida con la mano y echó a andar al lado de Daniel.

El campamento estaba casi desmontado del todo mientras volvían atrás. Los restos de las hogueras bien apagados y los soldados empezaban a montarse en sus caballos. El corto trayecto estuvo lleno de cómo la familia de él cultivaba patatas y la de ella trigo, y los procesos necesarios para cada uno. A pesar de las circunstancias en las que se habían conocido, Vhalla sintió una conexión inmediata con su compatriota del Este.

Cuando llegaron a donde estaba la Legión Negra, Vhalla vio que la tienda de Aldrik estaba ya casi cargada por completo en el carro con el resto de los artículos imperiales, pero no vio al hombre por ninguna parte.

—No dejes que los otros soldados te molesten —dijo Daniel al pararse—. No son mala gente, son solo... —hizo una pausa y levantó la vista a los cielos en busca de inspiración— ... un poco estúpidos.

Vhalla sonrió.

—¡Vhal! —Fritz llegó a la carrera—. Te estábamos buscando. —Casi derrapó al parar en seco para mirar a su escolta de arriba abajo.

—Fritz, este es Daniel. Daniel, Fritz —los presentó.

Daniel le tendió la mano para saludar.

—¡Más te vale ser agradable con nuestra Vhal! —lo advirtió Fritz, haciendo caso omiso de la mano que le ofrecía Daniel para apuntar con un dedo hacia su cara.

—Vaya, no me avisaste de que tuvieras guardaespaldas. —Daniel se rio, retiró la mano de Fritz de su cara y se la estrechó—. Tienes mi palabra: solo amabilidad y cuidado por mi parte. —La larga llamada de un cuerno resonó a través del bosque y los últimos soldados ocuparon sus puestos como una gran migración—. *Ups*, tengo que volver. ¡Ven a montar con nosotros si puedes! —le gritó Daniel, que ya había echado a correr hacia la parte de delante del grupo.

—Es *mono* —murmuró Fritz, embelesado.

—¡Fritz! —lo regañó Vhalla.

—¿Qué? No me digas que no te has dado cuenta. —Fritz puso los ojos en blanco.

En verdad, no; Vhalla no se había fijado. Corrió hasta Relámpago para encontrar a Larel ya a caballo y esperando al lado de la montura de Fritz.

—Perdón —se disculpó.

—Una vez más, Vhalla, no tienes nada por lo que disculparte. —Larel esbozó una sonrisa radiante—. Pareces más animada.

Vhalla se subió en Relámpago con un asentimiento mientras disimulaba una sonrisa culpable. *En efecto*, se había divertido.

Resultó ser justo como habían dicho Craig y Daniel. El batallón era una masa poco estructurada en ese momento, comparado con

LA CAÍDA DEL PRÍNCIPE DE FUEGO 51

las filas ordenadas y la meticulosa colocación del día anterior. No obstante, Fritz, Larel y ella acabaron ocupando más o menos el mismo sitio en la fila. Sus dos compañeros se sumieron de inmediato en una discusión acalorada que arrastraban desde el desayuno y Vhalla conectaba y desconectaba de la conversación, mientras pensaba en la oferta de Daniel y Craig.

Hasta que Aldrik se movió en su montura no se dio cuenta siquiera de que estaba ahí.

Vhalla se giró hacia él y se quedó boquiabierta.

—Tu... *pelo.* —Fue un pensamiento que escapó como sonido. El pelo negro como el carbón del príncipe caía lacio y perfectamente liso alrededor de su cara. Tenía el flequillo largo, un pelín más corto por delante, pero caía por debajo de sus cejas, con capas irregulares de un lado al otro. Eran elementos de un Aldrik que Vhalla no había tenido ni idea de que existiese siquiera, muy diferente a como solía llevar el pelo en el palacio.

Él la miró un momento y una irritación momentánea frunció su ceño.

—No creerías que me iba a tomar el tiempo de arreglarme el pelo en medio de una guerra, ¿verdad? —El tono ligero de Aldrik delató su diversión y puso a Vhalla de inmediato bajo su hechizo.

—Bueno, puede que me guste —caviló Vhalla. La sonrisa reservada de Aldrik animaba al atrevimiento.

El príncipe hizo una breve pausa, sus labios entreabiertos. Vhalla lo miró a los ojos color ébano, pero él miró al frente al instante, como si no supiese qué hacer al ser el único objeto de su atención.

—Supongo que Elecia te ha dado mi mensaje, ¿no?

Vhalla recuperó la seriedad enseguida al oír el nombre de la mujer.

—Así es. ¿Entrenamiento?

—La mayor Reale dijo que había empezado a trabajar contigo, pero que aún te queda mucho por aprender. Preferiría supervisar tus progresos en persona.

De haberle dicho esas palabras a cualquier otro, era probable que hubiesen inspirado miedo, pero para Vhalla eran casi un consuelo.

—Por supuesto, mi titiritero. —La intención de Vhalla había sido referirse a sus viejos miedos con un comentario ligero, así que le sorprendió ver a Aldrik mirarla con gran intensidad.

—Si quieres que salga de tu vida, lo único que tienes que hacer es decirlo. —No hubo ninguna levedad en su declaración.

Vhalla apartó la mirada a toda velocidad, para salvarlos de cualquier falta de decoro y ocultar el rubor que había trepado hasta sus mejillas ante las aparentes atenciones del príncipe heredero.

—Creo —comentó con voz suave—, que me gusta jugar con fuego.

Aldrik le dedicó una mirada larga. Vhalla no podía descifrar su expresión sin girar la cabeza, pero lo que sí pudo ver era confuso e hizo que su estómago burbujeara.

CAPÍTULO
5

No mucho después de que las tropas se detuvieran esa tarde, Elecia llegó hasta la tienda de Vhalla y Larel, casi terminada de montar. Fritz se puso de pie en donde justo acababa de desenrollar su esterilla y su saco de dormir.

La imagen de la mujer aún le ponía a Vhalla los pelos de punta. Una advertencia fantasma.

—Vhalla, Larel, Fritz —dijo con una sonrisa, ajena a la incomodidad de Vhalla—. El príncipe espera, y preferiría no perderme el primer turno de la cena.

—¿Adónde vamos? —preguntó Vhalla, la última en echar a andar detrás de Elecia.

—Lo bastante lejos como para que no nos molesten. —Ya estaban a medio camino del borde del campamento.

—Bueno, ¿de dónde eres? —preguntó Larel, para entablar conversación.

—De Norin. —Elecia ni siquiera miró atrás para dar su respuesta.

—*Fiarum Evantes* —dijo Larel con tono reverente.

Vhalla levantó la vista hacia su amiga, sorprendida. Jamás había oído a nadie hablar nada más que el sureño común. Las viejas lenguas eran un recuerdo que se estaba perdiendo a causa del avance del Imperio Solaris. Solo podía asumir que las palabras de Larel habían sido en el idioma de Mhashan, el viejo reino del Oeste.

—*Kotun un Nox* —respondió Elecia. Su tono había cambiado a un registro más profundo, menos altivo que el acento arrogante que había usado hasta entonces.

—Norin es una ciudad preciosa —comentó Larel con educación, en referencia a la capital del Oeste.

—Lo es. —Elecia asintió.

Vhalla empezó a sentir que su inquietud se diluía. No tenía ninguna razón para desconfiar de Elecia. De hecho, tenía un montón de razones para confiar en ella. Estaba claro que Aldrik lo hacía, y eso debería ser razón más que suficiente para Vhalla. Además, era de Norin, lo cual la hacía occidental y no norteña como había sospechado Vhalla al principio. Respiró hondo antes de hablar.

—Yo soy de...

—De Leoul, en Cyven —dijo la mujer de pelo rizado, interrumpiendo a Vhalla con una mirada de soslayo.

—Sí. —Vhalla frunció un poco el ceño y su inquietud volvió—. ¿Cómo lo has sabido?

—Mi trabajo es saber, Vhalla Yarl —repuso Elecia de forma engreída.

Fritz entrelazó un brazo con Vhalla en ademán protector, como si hubiese percibido la inquietud que la invadía. Vhalla acababa de darse cuenta de que estaban muy solos con Elecia. Y aunque la otra mujer dijese ser del Oeste y hablara en la lengua antigua, tenía un aspecto tan norteño que Vhalla se sentía más incómoda de lo que quería admitir.

De no haber estado Fritz y Larel con ella, quizás hubiese perdido los nervios.

—Ya era hora —resonó la voz de Aldrik desde el otro lado de un pequeño claro. Estaba apoyado contra un árbol, los brazos cruzados delante del pecho—. Gracias por traerlos, Elecia. Ya te puedes ir.

Vhalla se preguntó por un momento por qué no los había acompañado hasta ahí el propio Aldrik. ¿Eran secretas estas reuniones?

—Noup —casi canturreó Elecia—. No soy tu chica de los recados. Quiero quedarme.

—Vale. —Aldrik puso los ojos en blanco, resignado.

Vhalla juntó las manos y se retorció los dedos. Elecia acababa de llevarle la contraria al príncipe de manera abierta, pública y engreída... y él la había dejado. Cuando Elecia se puso a la izquierda de Aldrik, Vhalla se dio cuenta de que la mujer actuaba del mismo modo en que lo hacía ella misma en compañía del príncipe. Vhalla se mordió el labio; a lo mejor Aldrik tenía más confianza con Elecia de la que tenía con ella.

—Vhalla. —La voz de Aldrik llamó su atención—. Quiero que veas hacia qué estás trabajando. Reale me ha informado de que todavía no has dominado lo básico.

Vhalla asintió e hizo caso omiso de la carcajada desdeñosa de Elecia.

—Larel, Fritz, me gustaría que os emparejarais para una demostración —ordenó Aldrik.

—¿Y yo qué? —gimoteó Elecia.

—Tú ni siquiera deberías estar aquí. —Aldrik la miró ceñudo y la mujer se rio. El sonido le puso a Vhalla la carne de gallina—. También quiero ver en qué punto estáis vosotros dos, así que nos os lisiéis ni os matéis, pero tampoco os reprimáis.

Larel y Fritz asintieron, al tiempo que se ponían serios.

—Empezad a mi señal. Y evitad poneros en ridículo. —Aldrik levantó una mano.

Fritz y Larel se separaron unos pasos y adoptaron posiciones de pelea muy diferentes. Fritz se mantenía más erguido, las piernas más separadas y las manos abiertas y más bajas, cerca del abdomen. Larel había flexionado las rodillas, los puños cerca de la cara, lista para saltar.

Aldrik bajó la mano y Larel atacó antes de que Vhalla pudiera parpadear siquiera. Echó un puño hacia atrás, como si fuese a dar un gancho de derecha, pero en el último momento, bajó el hombro para lanzar un *uppercut* de izquierda. Fritz levantó la palma de la mano abierta para crear un escudo de hielo, que chisporroteó y se hizo añicos cuando el puño de Larel, ahora envuelto en llamas, impactó contra él.

Fritz proyectó su otra mano hacia delante contra el hombro de Larel. La mujer soltó una exclamación ahogada al sentir que se le congelaba una parte, pero dio un paso atrás y el hielo se convirtió enseguida en un charco alrededor de sus pies. Larel no tuvo tiempo de recuperar la respiración antes de que Fritz atacara de nuevo. Hizo un gesto brusco con la muñeca y, de repente, tenía una daga de hielo en la mano. Larel desvió el golpe levantando el brazo, y la daga se hizo pedazos contra su guantelete.

Luego se puso en cuclillas y barrió con una pierna por el suelo para impactar contra el tobillo de Fritz y hacerlo caer hacia atrás. Larel cargó el brazo, el puño envuelto en llamas, y le infundió todo su impulso. Fritz movió las manos como para bloquearlo, pero fue demasiado lento.

Vhalla se llevó las manos a la boca mientras reprimía un grito, temerosa por su amigo.

El puño de Larel se estrelló contra la cara de Fritz justo cuando su cuerpo se disolvía en una nube de humo. La mujer occidental se giró con un quejido gutural. Vhalla captó un cambio en la luz detrás de ella. Hubo un fogonazo de hielo y Fritz reapareció ante ellos con una daga de hielo apretada contra el cuello de Larel.

—¡Siempre igual! —Larel levantó las manos por los aires y Fritz retrocedió con una sonrisa. Tiró el afiladísimo carámbano a un lado—. ¡Siempre igual! —se quejó la mujer otra vez, dando un par de pisotones al suelo en señal de frustración.

Vhalla los miraba asombrada.

—El ministro me habló de ti —comentó Aldrik, al tiempo que daba un paso hacia Fritz—. Un ilusionista de gran talento.

—No sé si tengo talento —dijo con timidez, mientras se frotaba la parte de atrás del cuello.

—¿Qué... qué ha sido eso? —balbuceó Vhalla alucinada cuando su lengua empezó a trabajar de nuevo.

—¡Es como un conejito recién nacido! —Se rio Elecia como una tonta en dirección a Aldrik, como si Vhalla ni siquiera estuviese ahí—. Nunca ha visto ilusiones.

Aldrik le lanzó a la mujer una mirada significativa antes de volverse hacia Vhalla otra vez, su expresión más relajada.

—Fritz, ¿quieres explicárselo tú? —le dijo al hombre del Sur, aunque no apartó los ojos de Vhalla.

—Las afinidades de agua pueden usar la humedad del aire para distorsionar la luz, para crear pantallas de humo, nieblas —empezó Fritz, al que se veía claramente incómodo con tanto elogio y tanta atención.

—E ilusiones, si el hechicero tiene la habilidad suficiente. —Aldrik hizo un gesto hacia Fritz para dirigir la mirada de Vhalla de vuelta a su amigo.

Fritz agitó una mano por el aire a modo de demostración, y se formó una imagen idéntica de él a su lado.

Vhalla soltó una exclamación suave y dio un paso hacia la aparición. Se parecía a Fritz en todos los aspectos. Vhalla levantó una mano y nadie la detuvo. La ilusión se disipó bajo las yemas de sus dedos convertida en poco más que una nubecilla de vapor.

Vhalla abrió los ojos como platos.

Ya no estaba de pie en ese claro del bosque, sino que vivía una pesadilla andante. Sus sueños retorcidos se fusionaron con la realidad ante ella y los horribles recuerdos que había borrado de su conciencia. Había viento, había fuego, había muerte, y había sangre salpicada por sus brazos y su cara mientras observaba cuerpos hechos trizas por las ráfagas aullantes. Había sido su deseo. Había querido que murieran. Los había querido más que muertos, había querido que los norteños *sufrieran*.

Vhalla dio un paso atrás, negando con la cabeza. *Ella no era así.*

—No —susurró. Alguien dio un paso hacia ella, pero lo único que veía eran sombras de sus sueños. Sombras que hacía trizas al tocar—. No te acerques más —advirtió, temblorosa. Vhalla se llevó las manos a las orejas, los gritos de la gente a la que había asesinado llenaron su conciencia. Se dio cuenta con una claridad horrible de qué era lo que la había estado atormentando, la sangre en sus manos que había estado ignorando.

Se sentía mareada. Sus piernas cedieron debajo de ella y su cuerpo se desplomó.

—Vhalla, ¿qué pasa? —preguntó Fritz, su voz lejana.

—Marchaos —jadeó. No deberían estar cerca de ella. En la periferia de su conciencia abrumada por la culpa, oía un viento rugir. Vhalla se agarró la cabeza más fuerte. Había tenido la intención de matar a esos norteños en la Noche de Fuego y Viento, pero no había sabido lo que significaba *matar*.

Dos manos fuertes la agarraron por la cintura y ella se revolvió, sacudiendo la cabeza y retorciendo el cuerpo. Vhalla trató de quitarse a la persona de encima con una ráfaga fuerte, pero no pareció sentirla siquiera.

—Vhalla. —La voz de Aldrik sonó fuerte y serena, cortó a través del estruendo del caos en su cabeza—. Para. Respira —le indicó, y ella se forzó a obedecer. La voz del príncipe resonó por encima de la tormenta que arreciaba en su interior—. Abre los ojos.

Vhalla abrió un ojo despacio, luego el otro. Aunque era casi de noche, el mundo tenía como un resplandor turbio. Aldrik estaba rodeado de la llama dorada, casi blanca, con la que ya le había visto alguna vez antes. Ardía con más brillo que cualquiera de los otros ahí reunidos. Vhalla pugnó por que su vista volviera a la normalidad y sus ojos aletearon y se cerraron.

—Mírame. —Aldrik la sacudió.

Vhalla abrió los ojos y se concentró en la cara del hombre, hasta que fue recuperando poco a poco el control de su vista mágica. Respiraba de manera entrecortada y le temblaban las manos.

La preocupación estaba grabada a fuego en el ceño fruncido de Aldrik.

—Que la Madre me salve, de verdad los maté —exclamó Vhalla espantada.

Aldrik se quedó boquiabierto un momento, pero se recuperó enseguida y relajó su agarre sobre sus muñecas. Se puso de pie y ayudó a Vhalla a levantarse. Cuando parecía poder mantenerse en pie por sí sola, por fin la soltó y dio un paso atrás.

—Fritz, llévala de vuelta al campamento —ordenó con tono seco.

—¿Es buena idea que yo...? —Fritz sonaba inseguro.

—*No* pongas a prueba mi paciencia, Charem —gruñó Aldrik, en plena encarnación del Señor del Fuego.

Eso fue todo lo que necesitó Fritz para ponerse en funcionamiento. Corrió hasta ella y se detuvo un momento.

—¿Puedes andar? Quiero decir, ¿necesitas ayuda?

Vhalla negó con la cabeza.

—Puedo hacerlo.

Elecia se acercó a Aldrik. Le habló en voz baja, pero lo bastante alta para que Vhalla pudiera oírla.

—No está preparada. Tienes que olvidarte de esto ahora; no hay nada que puedas hacer por ella.

—Neiress. —Aldrik ignoró a Elecia y ladró el apellido de Larel—. Me vendría bien disputar una ronda, si tienes ganas.

—Sería un honor para mí, mi príncipe. —Larel hizo una reverencia.

Fritz apartó la atención de Vhalla de la escena al tirar de ella hacia el bosque que estaba entre ellos y el campamento. Vhalla se giró hacia atrás cuando una furia de llamas brotó en la oscuridad cada vez más cerrada. Elecia estaba apoyada contra un árbol. Las llamas iluminaron su rostro y deslizó un pulgar por sus labios, pensativa. Vhalla se giró hacia delante, aliviada de que la mujer no los estuviese siguiendo después de que Aldrik la hubiese hecho marchar.

Fritz y Vhalla caminaron en un silencio incómodo mientras los sonidos de la armadura al entrechocar y los fogonazos de llamas empezaban a perderse detrás de ellos y a fusionarse con los crecientes ruidos del campamento. Vhalla clavó los ojos en el suelo y dejó que él la guiara de la mano. Iba rumiando sus palabras, tratando de encontrar algún tipo de explicación.

—Vhalla, de verdad que lo siento *muchísimo* y no sé qué hice, pero no tenía la intención de disgustarte. —Fritz rompió el silencio y fue como si una presa se hubiese roto—. Pensé que sería interesante que lo vieras, y no sé si se enredó con tu magia o algo, pero prometo que no volveré a hacerlo nunca.

—No es tu culpa. —Sacudió la cabeza con un sentimiento de culpabilidad—. Me recordó a algo… No podías haberlo sabido. Por favor, no te sientas mal. En realidad, fue alucinante.

—Si quieres hablar de ello… —se ofreció, y volvió a su lado cuando retomaron la marcha.

—No. —Zanjó el tema con brusquedad.

Fritz la acompañó todo el camino, hasta la mismísima tienda de campaña. Cuando Vhalla insistió en que no tenía hambre, Fritz se fue a cenar con la promesa de guardarle una ración. Vhalla no estaba segura de que fuese a tener éxito, pero estaba demasiado cansada como para que le importara. Apenas encontró la energía necesaria para quitarse la armadura antes de desplomarse en su saco de dormir.

A pesar de estar abrumada y al borde del agotamiento, no consiguió dormir. Observó cómo las sombras de las hogueras danzaban sobre las paredes de su tienda. Cerró los ojos unos minutos, pero cada vez que lo hacía un nuevo horror la aguardaba. Vhalla no estaba segura de cuánto tiempo había pasado, pero la llegada de Larel fue un alivio.

—Bienvenida —susurró Vhalla.

—¿Estás despierta?

—No puedo dormir —explicó Vhalla, aunque era obvio.

—Tienes que intentarlo —le ordenó Larel con dulzura mientras dejaba su armadura al pie de su esterilla.

—¿Qué tal fue el resto del entrenamiento? —preguntó Vhalla para cambiar de tema.

—Cuando el príncipe entra en liza, tu recuerdo siempre perdura. —Larel se frotó el hombro de manera ostentosa mientras se colaba debajo de su manta.

El silencio se asentó pesado entre ellas y ahogó las palabras que necesitaban decirse. Duró tanto que Vhalla estaba segura de que Larel se había quedado dormida. Sin embargo, su compañera respiró hondo.

—Vhalla.

—¿Sí? —susurró esta de vuelta.

—Sé que no es asunto mío... —El comienzo dubitativo de Larel hizo que a Vhalla se le acelerase el corazón—. Pero sabes que le importas, ¿verdad?

Vhalla contempló el contorno borroso de Larel en la oscuridad. Se movió y volvió a sentir esa sensación extraña en el estómago. Supuso que sería porque no había comido nada.

—Es un amigo —le confesó por primera vez a alguien. Vhalla recordó la noche en la capilla y su mente también la traicionó inundándola de recuerdos de un baile en los jardines de agua del palacio en la noche de la gala. Todo parecía un sueño desde el lugar en el que estaba ahora.

—¿Un amigo? —Larel caviló sobre la noción en voz alta.

—Un amigo *cercano*... —Vhalla sintió la extraña necesidad de precisarlo.

Larel chasqueó la lengua pero se reprimió de comentar nada más.

Vhalla se hizo un ovillo con un suspiro y por fin cerró los ojos. Los horrores no fueron a su encuentro, sino que había un príncipe con una diadema dorada pintado en sus recuerdos.

CAPÍTULO
6

—Vhal… Vhal. —Fritz la meneó con suavidad.

—¿Qué? —Vhalla bostezó.

—Tienes que comer algo.

Otra vez lo mismo.

—No tengo hambre. —Se frotó los ojos con el cuero suave que cubría las palmas de sus manos. Habían pasado tres días desde la noche del bosque, y nadie había vuelto a mencionar la posibilidad de entrenar. Hacía que Vhalla se sintiera aún más deficiente, rota.

—¿Cuándo fue la última vez que comiste? —Ahora también insistía Larel.

—Yo… —Vhalla hizo un esfuerzo por contestar a la pregunta con sinceridad—. Desayuné ayer, y cené la noche anterior.

—¿A eso le llamas comer? —Fritz negó con la cabeza—. Esos fueron apenas tentempiés.

—Déjalo ya. —La irritación afloró en su voz.

—Vhalla —dijo una voz severa a su izquierda.

La aprensión la invadió al oír su voz. Aldrik apenas le había dirigido la palabra desde la noche en que Vhalla se había venido abajo, y ella no había tenido el valor de decirle nada a él. Estaba muy bien imaginar que podía cortarse el pelo y convertirse en alguien fuerte, en el monstruo que el Senado tenía todo el derecho del mundo a temer. Pero en cuanto se dio cuenta de la bestia que era, se había

LA CAÍDA DEL PRÍNCIPE DE FUEGO   63

desmoronado. Era débil, así que tenía sentido que él no quisiera tener nada que ver con ella.

—Ya eres un riesgo para todo el mundo al no tener destreza en combate y no tener el control de tu magia. Lo menos que puedes hacer es mantener tu cuerpo en buenas condiciones, y para ello tienes que comer. —La miró durante unos segundos eternos—. Y dormir —añadió el príncipe, como si acabase de percatarse por primera vez de las sombras oscuras bajo sus ojos.

Con un suspiro, Vhalla agarró la carne que le ofrecía Fritz y le dio un mordisco. Estaba fría, viscosa e insípida. La comida de la marcha había perdido enseguida su novedad y ahora era solo otro recordatorio de dónde estaba, de *quién* era.

—Cómetelo todo —le dijo Aldrik con sequedad—. Será más elegante que te lo comas tú sola a que uno de nosotros la forcemos a presión por tu garganta.

Vhalla dio mordisquitos pequeños, pero consiguió comérselo todo... y mantenerlo dentro. La comida cayó como una piedra en su estómago y amenazaba con salir de vuelta al exterior con el meneo del caballo.

Como para empeorar su mal humor, Elecia apareció de la nada y consiguió meterse entre Aldrik y ella.

—¡Buenos días! —saludó con alegría.

Aldrik le dedicó un asentimiento. Fritz y Larel la saludaron con educación. Vhalla siguió mirando la carretera que tenían delante.

—Venga mujer, no seas maleducada —dijo Elecia con una sonrisa condescendiente.

—Hola. —Vhalla ni siquiera la miró.

—Madre mía, alguien se ha levantado con el pie izquierdo. —Elecia se rio y plantó una mano sobre el hombro de Vhalla—. ¡No estés tan seria! —Elecia sonrió, pero Vhalla siguió ignorándola—. O sí. —La mujer se encogió de hombros y se giró hacia Aldrik—. No sé si lo sabes, pero hace poco he empezado a estudiar remedios para los bloqueadores de Canales mágicos...

Vhalla se vio obligada a pasar las siguientes dos horas escuchando a Elecia y a Aldrik hablar sobre las propiedades de los Canales y cómo podrían alterarse o bloquearse. La conversación tenía lugar por encima de la cabeza de Vhalla, así que intentó ignorarlos. La irritaba; *ellos* la irritaban de un modo irracional. Esta mujer, a la que apenas conocía, mantenía una conversación con Aldrik que hacía que Vhalla se sintiese estúpida.

Al final, su frustración sin sentido se apoderó de ella y se giró para interrumpir la conversación.

—Bueno, ¿cuándo vamos a entrenar otra vez? —preguntó, con más convicción de la que sentía. Sus cuatro compañeros la miraron pasmados.

—¿Entrenar? —Elecia se rio—. ¿Por qué querrías entrenar?

—Porque voy a la guerra —repuso Vhalla en tono cortante.

—Pero la última vez...

—¿Estás segura de que te sientes con ganas? —interrumpió Larel a Elecia.

—¿Es buena idea? —intervino Fritz, dubitativo.

—Puedo hacerlo. —Vhalla asintió para sí misma—. Lo haré. —Se volvió hacia Aldrik y escudriñó su silencio en busca de ánimos, de aprobación... de *algo*.

—Muy bien —aceptó el príncipe después de lo que pareció una eternidad—. Tenemos que trabajar primero en tu Canalización, así que nos centraremos en eso esta noche.

—¿Canalización? —repitió Vhalla.

—Espera, ¿pretendes decirme que ni siquiera sabe cómo Canalizar? —Elecia miró de Vhalla a Aldrik—. Tienes tus esperanzas puestas en ella y ni siquiera...

—No es decisión tuya —ladró Aldrik con brusquedad.

Vhalla estaba contenta por las veces que estaban interrumpiendo a Elecia. El sentimiento no era compartido y la mujer ajustó su pañuelo rojo antes de alejarse de ellos indignada.

—¿Qué es Canalizar? —se forzó Vhalla a preguntar. Se odiaba por no saberlo, pero no preguntar solo exacerbaría el problema. Aldrik lo había mencionado de pasada hacía unos meses, pero nunca se había molestado en explicárselo.

—Es la forma en que un hechicero utiliza su magia —empezó Fritz.

—Yo puedo usar mi magia —replicó Vhalla a la defensiva, con voz cansada.

—Sí, puedes pero... —Fritz hizo girar las riendas en torno a sus dedos—... pero no bien.

Sus palabras fueron como una puñalada en el estómago. Incluso él la veía como una inútil. Vhalla se tragó esa certeza y la forzó a alejarse de sus ojos, donde podría notarse.

—Piensa en ello del siguiente modo —empezó Larel con amabilidad—. Tienes una jarra y un vaso. Tienes que meter el agua de la jarra en el vaso. Una forma de hacerlo es sumergir el vaso en la jarra, pero eso es sucio y quizás no quepa bien y demás.

—Así que mejor viertes el agua desde la jarra —terminó Vhalla con el razonamiento lógico. Larel asintió y sonrió. Era una imagen bienvenida que le dio a Vhalla algo de consuelo.

—Exacto, podemos sumergirnos en nuestra magia para conseguir cosas por capricho, como has estado haciendo tú. Pero es agotador, difícil y, por lo general, irregular. Por eso abrimos un Canal para que fluya... para que se vierta... con facilidad en nuestro interior —terminó Larel.

—Y por eso, esta noche vas a trabajar conmigo —anunció Aldrik, lo bastante alto como para llamar la atención de la mayor Reale.

—Gracias, mi príncipe —farfulló Vhalla.

—Confío en que no me decepcionarás.

Después de esa declaración, un silencio frío envolvió al hombre, de costumbre cálido, durante el resto del día. Nunca habían tenido una oportunidad de charlar, no de verdad, así que Vhalla se sorprendió de lo mucho que le molestaba su silencio. Era como un peso sobre sus hombros, hasta que Aldrik apareció esa tarde al lado de la tienda que compartía con Larel.

—¿Estás lista? —preguntó el príncipe.

Vhalla asintió en silencio.

—¿Voy a buscar la cena de Vhalla? —preguntó Larel con una mirada considerada entre sus incómodos acompañantes.

—No es necesario; yo me aseguraré de que coma —repuso Aldrik con un tono especialmente cortante. Vhalla se concentró en el polvo que ensuciaba la punta de sus botas—. Vamos.

La tienda de Vhalla y Larel no estaba lejos de la de Aldrik. Los demás hechiceros tuvieron la decencia de reprimir sus miradas, pero unos pocos miraron con curiosidad a la mujer nueva que seguía al príncipe. Detrás de ella, Vhalla oyó susurros y distinguió las palabras «Caminante del Viento» más de una vez. Parecía ser la explicación que asignaban de inmediato cuando algo diferente o especial ocurría cerca de ella. Era una buena excusa para evitar rumores de nada inapropiado, razonó Vhalla, aunque aun así la atención la hizo sentir incómoda.

Aldrik agachó la cabeza para pasar por debajo de la solapa y entró en el resplandor anaranjado de la tienda. Vhalla hizo una pausa y se dijo que no había ninguna razón para estar nerviosa. Solo estaba a punto de entrar en las dependencias personales del príncipe heredero del reino, por muy improvisadas que fuesen. Se apretó los dedos con fuerza, hizo acopio de determinación y entró detrás de él.

La tienda parecía más espaciosa en el interior. A la izquierda de la entrada, había pieles y mantas gruesas apiladas sobre juncos cortados para fabricar una especie de jergón. Sus noches de insomnio debían de estar empezando a cobrarse factura porque la mera imagen le pareció extrañamente tentadora. Alrededor del perímetro, colgaban finos discos, y unas llamas ardían de manera imposible sobre sus braseros. A la derecha, habían desenrollado sobre el suelo crudo una alfombra grande y de lo más elegante, con unos cuantos almohadones y una mesita baja sobre ella.

Aldrik había ido al otro extremo de la estancia para quitarse las grebas y los guanteletes.

—¿Me ayudas con la armadura? —le preguntó a Vhalla con un tono casual que la tomó desprevenida.

—¿M... mi príncipe? —Vhalla se trabó con las palabras. Era como si en el mismo instante en que habían desaparecido de la vista estuviese en un mundo distinto con un hombre diferente.

—¿Desde cuándo eres tan formal en privado? —Aldrik arqueó una ceja—. ¿Algo de ayuda?

Dio media vuelta y levantó los brazos. Vhalla vio una pequeña unión en el lado izquierdo de la parte posterior de la armadura. Se apresuró a cruzar el espacio y empezó a desabrochar los cierres que había debajo.

—¿Cómo, *uhm*, cómo te la pones? —preguntó, desesperada por hablar para acallar el sonido de su propia sangre zumbando en sus oídos.

—Tengo ayuda. Un escudero —explicó, como si fuese lo más lógico. Los dedos torpes de Vhalla por fin abrieron el último cierre y él separó la coraza y se deslizó fuera de ella por el lateral. Aldrik dejó la armadura en el suelo y empezó a desabrochar las escamas imbricadas.

—Aldrik, ¿crees que esto es...? —Vhalla tragó saliva, dio un paso atrás y desvió la mirada.

—¿Crees que voy desnudo debajo de la armadura? —Una leve sonrisa curvó las comisuras de su boca mientras se quitaba esa capa de protección y dejaba solo la cota de malla debajo.

—Tu armadura es igual que la mía —comentó Vhalla, mientras inspeccionaba los finos eslabones con curiosidad.

—Por supuesto que lo es. —Aldrik se pasó una mano por el pelo y Vhalla observó cómo caía en cascada de vuelta a su lugar alrededor de sus dedos.

—¿Por qué? —Le daba la sensación de que se le estaba pasando por alto algo obvio.

—La hice yo. —Los ojos de Aldrik conectaron con los suyos y, entre su sorpresa y la mirada que le estaba lanzando, Vhalla no pudo encontrar las palabras.

—¿Por qué? —repitió, al tiempo que recordaba que Larel le había dicho una vez que los Portadores de Fuego a menudo eran joyeros o herreros debido a su habilidad para manejar las llamas a su antojo.

—¿Por qué? ¿Por qué fabrico mi propia armadura, mi lorito? —Aldrik tenía que saber que no solo preguntaba por qué él fabricaba *su propia* armadura—. Porque no le confío a ningún otro artesano algo tan importante como mi vida.

Había un significado oculto entre sus palabras y Vhalla se sintió abrumada al intentar comprender todas sus capas. Aldrik le ahorró la tarea al quitarse la última capa de su armadura... porque entonces se le quedó la mente en blanco. El príncipe llevaba una camisa blanca holgada, de manga larga, con varios botones abiertos en el cuello. Sobre las piernas llevaba un par de pantalones negros de buena confección que le quedaban bastante ceñidos. Era un atuendo más informal y ligero de lo que le había visto nunca, y solo verlo la hizo sonrojarse.

Si el príncipe se fijó en su modestia, fue lo bastante educado como para no decir nada. Aldrik se sentó en uno de los almohadones cerca de la mesita baja. Un papel captó su atención y soltó un suspiro suave.

—¿Qué pasa? —preguntó Vhalla, que todavía estaba de pie sin saber muy bien qué hacer.

—Oh, nada. Solo unas cosas que tengo que ver con mi padre. —Aldrik la miró—. Si quieres ponerte más cómoda —le ofreció, con un gesto hacia un asiento. Sus ojos se deslizaron otra vez hacia el papel y se pellizcó el puente de la nariz, pensativo.

Vhalla se retorció los dedos. Era una armadura; siempre que había estado con Aldrik había llevado menos ropa encima. Sin embargo, algo sobre quitarse *cualquier cosa* ahí, en su tienda, hacía que su corazón se acelerase. Con una respiración profunda, Vhalla se recordó que debía portarse como una adulta y dejar de actuar como una chiquilla emocionada. Al final, se decidió por un término medio: se quitó las botas y los guantes, así como las escamas imbricadas, pero se dejó puesta la cota de malla.

Se sentó en el almohadón de enfrente de él y cruzó las piernas. Los cojines eran cómodos, tan elegantes como la alfombra, de un tejido de nudo apretado que parecía algún tipo de seda.

—Oh, perdón. —Vhalla soltó el almohadón con una risita nerviosa cuando notó que Aldrik la miraba.

—¿Qué le pasa al almohadón? —preguntó Aldrik, mientras devolvía el papel al montón.

—Son muy bonitos —dijo con sinceridad.

—¿Eso crees? —Parecía sorprendido, como si se fijase en ellos por primera vez.

—Bueno, a mí me lo parecen. —Vhalla esbozó una leve sonrisa. Aldrik olvidaba con mucha facilidad que provenían de mundos diferentes.

—En cualquier caso —cesó en su propia inspección—: Canalización. Larel lo explicó bastante bien. Tienes que conectar con la fuente de tu poder, cosa que en tu caso debería resultarte fácil, dada tu Afinidad.

—Vale, ¿y cómo lo hago?

—Bueno, en cierto modo, depende de ti. Yo te ayudaré a entender lo básico, pero al final es tu conexión contigo misma y con el mundo. —Era una explicación críptica y Vhalla sintió cómo sus posibilidades de lograrlo menguaban para dar paso a la impotencia—. La mayoría de los hechiceros tienen un gatillo que abre y cierra su Canal. Suele ser algo físico. A muchos les resulta más fácil unirlo a un acto tangible.

—¿Cuál es el tuyo?

—La mayor me dijo que tienes vista mágica, ¿no? —Vhalla asintió; eso al menos podía hacerlo—. Muy bien. Observa.

Aldrik estiró las manos delante de ella, las palmas hacia arriba. Vhalla ajustó su vista y lo vio bañado en esas familiares llamas doradas. El príncipe cerró los puños y, de repente, el resplandor se extinguió por todo su cuerpo.

—¿Estás bien? —preguntó a toda prisa al ver su figura ahora apagada. Aldrik se rio entre dientes y asintió.

—He cerrado mi Canal. Sigue mirando. —Se relajó y abrió los dedos. Luego los cerró de golpe otra vez y las llamas blancas y doradas reaparecieron.

—Es magnífico —murmuró Vhalla, y se ganó una leve sonrisa con el cumplido. Vhalla bajó la vista de su cara e hizo una pausa—. Aldrik... —murmuró, cuando sus ojos se posaron en una mancha oscura. Ya la había visto antes en el jardín, antes de que supiera nada siquiera sobre la vista mágica. Vhalla alargó una mano para tocarlo, pero se detuvo a tiempo. No debería ser tan descarada; él seguía siendo el príncipe heredero.

Aldrik sabía qué era lo que había visto.

—El veneno se cristalizó y se arraigó tanto que no pude eliminarlo del todo. Esto fue lo mejor que pude hacer.

—No permite que tu Canal funcione bien, ¿verdad? —Vhalla frunció el ceño. Acababa de darse cuenta de lo que significaba esa mancha negra.

—Exacto... —La voz de Aldrik empezó a ponerse grave—. Por eso no pude protegerte como debería haberlo hecho aquella noche. —Aldrik hizo una pausa—. Vhalla, es mi culpa.

—¿El qué? —La aprensión deslizó sus dedos gélidos por su columna. Aldrik tomó la mano de Vhalla, que aún flotaba en el aire, entre las dos suyas.

—No deberías haber tenido que matarlos. Si yo hubiese sido más capaz, no te hubieras visto obligada a ello. —La emoción ardía detrás de los ojos del príncipe y la realidad golpeó a Vhalla más clara que el día. La Canalización era un proyecto secundario para él. Su objetivo principal era la Noche de Fuego y Viento. Estaba jugando a ser el titiritero de nuevo y estaba claro que Larel lo estaba ayudando.

—*No quiero hablar de eso.* Enséñame Canalización o hemos terminado. —Vhalla retiró la mano de malos modos.

—Tenía catorce años —empezó Aldrik, ignorándola. La boca de Vhalla seguía retorcida del enfado—. La primera vez que maté a un hombre. —El rostro de Vhalla se relajó—. En retrospectiva, ni siquiera tenía una buena razón para matarlo.

Vhalla se acercó más, la voz de Aldrik tenue, sus ojos vidriosos. Parecía estar mirando a través del mundo que los rodeaba.

—Me dijeron que era un mal hombre, que iba a hacer daño a mi familia y que su muerte nos haría más fuertes. —Aldrik se rio con amargura—. Como si la muerte hiciese más fuerte a nadie... —La presión de su mirada era como una losa sobre cada centímetro de la piel de Vhalla—. Jamás olvidaré que al final pidió misericordia de su príncipe. Pidió mi perdón y yo le di muerte. —Aldrik estaba muy quieto, pero sus ojos buscaron los de Vhalla, ansiaban algo.

—Aldrik —susurró Vhalla. No sabía qué podía ofrecerle—. Lo siento. —Ella inició el contacto ahora y tomó la mano de Aldrik en la suya. Él no la retiró.

—Después de aquello, matar se volvió más fácil. Pronto, olvidé sus rostros, sus gritos, sus historias. Se fundieron todos en una sola fosa común en mi mente, que se convirtió en una herida abierta en la que cae todo el que muere a mis manos. Pero jamás olvidé la cara de aquel primer hombre. He intentado tirarlo dentro de ese abismo vacío y quitármelo de la cabeza, pero *nunca* he podido olvidarlo.

Vhalla lo miró con una mezcla de horror y compasión. Apretó su mano y se sorprendió cuando sintió un apretón de vuelta.

—Te veo dar pasos por este camino y no quiero que te pierdas en esa oscuridad. —Se rio y mostró la tristeza más clara que Vhalla le había visto jamás—. Y lo que es peor, gracias a la extraordinaria sabiduría del Senado de la gente, no puedo protegerte de eso.

—Entonces, ¿qué hago? —Vhalla por fin buscó consejo para su culpa.

—No olvides nunca quién eres y no dejes que los muertos te definan. —Hablaba como si llevara varias semanas leyéndole los pensamientos—. Habla conmigo o con Fritz o con Larel. No creo que ninguno de nosotros estemos dispuestos a perderte a manos de tus demonios.

Vhalla lo miró; no quería pensar en la Noche de Fuego y Viento. Quería que desapareciera de su mente. Él la había atraído con un engaño a su guarida y ahora era cautiva de sus miradas y su contacto. Vhalla cerró los ojos y respiró hondo.

—Todas las noches, los veo. Oigo sus gritos y siento su sangre en mis manos, en mi cara. —Se estremeció y retiró la mano de la de él para envolver los brazos a su alrededor—. Al principio no sabía lo que eran, pero esa noche, en el bosque, lo recordé. —Parecía tonto por su parte decir que había olvidado la primera vez que había matado a una persona, pero su mente había sido muy eficaz a la hora de apartarlo a un lado.

—Desearía poder ser mejor consuelo para ti —murmuró él con suavidad. Se inclinó hacia ella y, solo con las yemas de sus dedos, apartó unos mechones de pelo despeinados. Los dos parecieron contener la respiración cuando la piel de sus dedos rozó apenas la cara de Vhalla. Aldrik retiró la mano y cerró el puño.

—Lo eres —se apresuró a decir ella, lo cual le consiguió una mirada de sorpresa.

—¿Lo soy? —repitió él con escepticismo.

—Yo... —Vhalla se trastabilló con sus palabras—. Estoy... más contenta... contigo, cerca de ti. —Algo en Aldrik se suavizó, pero había una tristeza en el gesto que hizo que Vhalla se sintiese culpable por su confesión.

—En cualquier caso... —Ya estaba evitando otra vez sus atenciones—, mis oídos y mi puerta siempre estarán abiertos para ti.

—Gracias. —Vhalla se preguntó a cuántas personas les habría ofrecido eso. No creía que fuesen demasiadas.

—No obstante, por el momento, deberíamos asegurarnos de que aprendes a Canalizar. —Aldrik parecía tan incómodo como lo estaba ella y el momento... fuese lo que fuere... desapareció.

Se pusieron manos a la obra en lo que Vhalla descubrió que era una tarea aparentemente imposible de Canalizar. Vhalla vio sombras del fantasma con el que había intercambiado notas hacía meses, mientras Aldrik citaba el equivalente a varias enciclopedias de teoría de la magia con una facilidad pasmosa. Su elocuencia despertaba el intelecto de Vhalla y tentaba a su paladar mental con la necesidad de más información.

Pero el deseo de aprender y la ejecución práctica tenían mucho que ver con lo que él le había dicho hacía unos meses: era más difícil hacer que pensar. A cada intento, Aldrik le decía que «solo tenía que encontrar la magia en su interior» o «echar mano de su poder», pero Vhalla tenía la sensación de estar disparando a una diana desconocida en la oscuridad.

Para cuando Aldrik fue en busca de algo de cenar, Vhalla descubrió que estaba exhausta. Su conversación se volvió casual y Vhalla se relajó, tanto que se comió todo lo que tenía delante sin darse ni cuenta. Aldrik hizo que le doliera la tripa de tanto reírse cuando le contó la historia de cuando enseñó a su hermano pequeño a montar a caballo por primera vez. Vhalla le contó la primera vez que había ido a ayudar al campo pero había acabado solo jugando en el barro la mayor parte del día. Aldrik pareció encontrarlo tan sorprendente como divertido. Durante esa breve hora, los horrores que Vhalla había visto, los que había cometido, no parecieron importar.

Sin embargo, no podían escapar de la realidad durante demasiado tiempo. En cuanto terminaron de cenar, volvieron al tema de la Canalización.

—Me da la impresión de que esto es inútil —suspiró Vhalla, y dejó caer los brazos, derrotada. Los había estado agitando como una tonta en un intento por encontrar la «esencia del aire».

—Hay una cosa más que podríamos intentar, puesto que no dispones del lujo del tiempo —dijo Aldrik pensativo después de un largo silencio—. Pero no es un método convencional. De hecho, es más bien teórico.

—¿Oh? —Aldrik sabía muy bien qué decir para hacer que su curiosidad fuese insaciable.

—Tiene más que ver con el Vínculo que con la Canalización.

—Se inclinó hacia delante—. ¿Tuviste ocasión de leer algo sobre los Vínculos antes de dejar la Torre?

—No encontré gran cosa —admitió.

—Eso es porque no hay gran cosa —afirmó Aldrik—. Los Vínculos ocurren con muy poca frecuencia y son difíciles de entender porque, según creen los mejores eruditos, consisten en la apertura literal de un conducto mágico entre dos personas. Tú abriste tu magia a mí para salvarme la vida.

Se empaparon de esas palabras durante unos instantes.

—Pero como suele decirse, las puertas y las verjas se abren desde los dos lados —terminó Aldrik, aliviando esa extraña tensión con la que flirteaban cada vez que estaban juntos.

—Espera. —Vhalla parpadeó—. ¿Estás diciendo que tengo algo de tu magia en mí?

—No solo algo; puede ser un conducto entre nosotros.

—Eso es asombroso —susurró Vhalla.

—Por eso creo que tu magia no es tan eficaz contra mí como lo es contra otros. A mí no me golpeará tan fuerte. Nuestra propia magia no puede hacernos daño. —Aldrik negó con la cabeza—. Hay una serie de teorías interesantes que podríamos discutir y explorar en otro momento. Por el momento, vamos a intentar una Unión.

—¿Qué es una *Unión*? —preguntó, arriesgándose a hacer otro comentario de loro.

—Es difícil de explicar. Piensa en el Vínculo como un Canal latente. Unirnos lo activará, ensanchará el Vínculo. —Aldrik se inclinó hacia ella y el corazón de Vhalla latió más fuerte—. Puede que ni siquiera funcione, pero para que tenga alguna oportunidad de hacerlo, no te resistas a mí.

Aunque Vhalla lo hubiese intentado, no hubiera podido. Estaba tan pasmada por las insinuaciones del príncipe, por los dedos que tocaron con suavidad sus sienes, que apenas podía hablar. Los ojos de Aldrik aletearon y se cerraron, respiró hondo. Vhalla se mordió el labio sin saber si se suponía que debía hacer lo mismo. Aunque si no lo hacía, pasaría el tiempo estudiando las facciones cinceladas de Aldrik a la luz del fuego... y podría morirse de la vergüenza si la sorprendía.

Así que también cerró los ojos.

Al principio, no hubo nada. Vhalla oía su propia respiración y sentía las manos de Aldrik sobre ella. Las yemas de sus dedos se calentaron y entonces, a lo lejos, oyó su corazón latir. No, pensó, no era su corazón, *era el de él*. Su reacción inicial fue asustarse ante la sensación de otro corazón latiendo dentro de su pecho, pero Vhalla se forzó a quedarse quieta y conservar la calma. Pronto, el coro de sonidos se extendió a la respiración de Aldrik, superpuesta sobre los sonidos de su propio cuerpo. El estruendo alcanzó un *crescendo* que amenazaba con consumir su conciencia. Pero Vhalla recordó las palabras del príncipe y se entregó a ello, *a él*, y dejó que la ola se estrellara sobre ella.

Había una sola inspiración, una espiración, un latido entre ambos.

Vhalla se derritió en el extraño calor de su existencia en común y cedió los últimos de sus sentidos físicos. Era distinto de cualquier cosa que hubiese experimentado hasta entonces. Como vida y muerte todo empaquetado en un momento de belleza. Intentó encontrar dónde terminaba su propio ser, encontrar dónde empezaba él, pero no había finales ni principios en ninguna parte. Eran infinitos.

Ella sentía lo que él sentía, y él pensaba lo que ella pensaba.

De repente, notó que una brisa cálida soplaba sobre su ser metafísico. Era fuerte. Algo que había conocido desde que nació, algo que había conocido toda su vida, sin haber tenido nunca palabras de verdad para ello antes. Cuando Aldrik abrió su Canal, el de ella se abrió a su lado en toda su brillantez.

Vhalla sintió cómo él se apartaba de ella y, en su mente, protestó. Había una seguridad ahí, una tranquilidad, una compasión, y más cosas a las que no se atrevía a dar palabras. Fue una partida suave, pero una partida de todos modos. Vhalla soltó un leve suspiro al tiempo que sus párpados aleteaban antes de abrirse. Aldrik la estaba mirando y su pecho se expandía despacio con cada inspiración profunda.

Durante mucho tiempo, se quedaron ahí sentados, quietos. El cuerpo de Vhalla parecía el mismo, pero todo había cambiado. Las manos del príncipe se apartaron despacio de su cara y la última conexión fue a través de la mirada.

—Vhalla, yo... —musitó Aldrik con la lengua pastosa.

Una especie de locura se apoderó de ella y agarró las manos del príncipe.

—Aldrik —susurró, aferrada a él con desesperación. Vhalla buscó algo que validara lo que había encontrado durante su breve periodo de existencia compartida.

Aldrik la miraba y, mucho antes de que retirara las manos de las de ella, Vhalla vio un momento de pánico, *un momento de deseo...* y Aldrik se retiró mentalmente. Vhalla se dio cuenta de que tal vez el príncipe ya no fuese capaz de ocultarle nada nunca más en la oscuridad de sus ojos, pues ella lo había visto todo como si estuviese mirando a un espejo. No estaba segura de si esta Unión era una bendición o una maldición.

—Creo que hemos conseguido suficiente por esta noche. —Aldrik apartó la mirada y se sentó más erguido, más compuesto.

—Aldrik —susurró Vhalla. Incluso esta mínima retirada le dolía más de lo que debería. Vhalla lo sintió como si le arrancaran un pedazo de dentro.

—Todo lo que tienes que hacer es repetir ese proceso, lo que sentiste. Creo que eso lo puedes averiguar por ti misma. —Aldrik seguía sin querer mirarla.

—*Aldrik* —suplicó Vhalla.

—También puedes pedirle ayuda a Larel. Solo elige un movimiento y repítelo como tu Canal. Repite la acción cada vez que lo intentes, para que cuando lo logres, empieces a asociar el acto con ese gatillo.

Aldrik se volvió hacia la mesa y recuperó el pergamino que había estado leyendo antes. Vhalla no estaba segura de qué había hecho mal, pero Aldrik se había cerrado por completo a ella. Había sido él el que había sugerido lo de la Unión; ¿de qué tenía tanto miedo de repente? Suspiró y se puso en pie.

Aldrik no la miró mientras se volvía a poner la armadura. Era un trayecto corto, pero lo último que quería era salir de la tienda de campaña de un hombre, de la tienda del príncipe heredero, menos vestida que cuando entró. Él no dijo nada.

—Bueno —dijo Vhalla dubitativa—, gracias. —Un toque de amargura se coló en su voz. Aldrik no se movió cuando ella dio media vuelta para marcharse.

—Ya te llamaré —dijo Aldrik de pronto, justo cuando Vhalla estaba a punto de retirar la solapa de la tienda.

—¿Qué? —Vhalla se giró, el corazón acelerado por la esperanza.

—Trabaja en tu Canalización, la necesitarás para lo que te voy a pedir —dijo Aldrik, y ahora sí que se giró hacia ella—. Empezaremos cuando esté satisfecho con tu progreso.

Vhalla asintió y miró sus ojos reservados durante unos segundos largos. Las vio ahí todavía, su confusión y su agitación. *Pero ¿agitación por qué?* Esa era una pregunta para la que aún no tenía respuesta.

—Muy bien. Buenas noches, Aldrik. —Vhalla abrió la solapa de la tienda y salió por ella.

—Buenas noches, Vhalla.

CAPÍTULO

7

*E*l día había amanecido cubierto y caluroso. Había una brisa seca, pero ofrecía poco respiro del agobiante calor. Era el tipo de día en el que uno no aspiraba a nada más que a encontrar un rincón fresco y con sombra en el que refugiarse. Pero el sol seguía proyectando su calor implacable sobre los hombros de la joven.

Estaba de pie delante de una tumba, en el centro de un jardín cubierto por cristal. Muchas de las plantas se habían cultivado de manera artística y la mayoría se aferraba a la vida a pesar de la temperatura. Las flores carmesíes que rodeaban el monumento esculpido delante de ella, sin embargo, estaban marchitas y arrugadas. No era la primera vez que la joven había estado en este jardín de los muertos.

La tumba delante de ella tenía forma de obelisco. Sentado sobre él había una figura de mujer. Tenía el pelo largo y liso como una tabla, casi hasta la cintura, y un rostro amable aunque severo tallado en el impecable mármol. Detrás de ella había un sol color oro y rubí que proyectaba un resplandor rojizo sobre el suelo a sus pies.

Vhalla estiró una mano y tocó las letras familiares, como si hacerlo pudiese conectarla con su madre muerta. No notó nada más que piedra debajo de los dedos. Suspiró y cambió el peso de pie. Odiaba con toda su alma estar ahí.

—Deja de moverte tanto —llegó una voz fuerte desde su lado. Giró la cara hacia arriba, pero el sol envolvía al hombre que se alzaba por encima de ella.

Vhalla se giró y entreabrió los ojos. Tenía el dorso de la mano apoyado contra la frente y contempló la lona que se iluminaba poco a poco por encima de ella. Era un sueño extraño que se desarrollaba más como un recuerdo largo tiempo olvidado. Vhalla lo repasó de nuevo y, a pesar de la nostalgia abrumadora, nada parecía familiar al revisarlo por segunda vez. Estaba demasiado cansada para prestar demasiada atención al sueño, así que puso manos a la obra con sus quehaceres mañaneros.

Unión, así era como lo había llamado Aldrik. Vhalla jugueteó con su desayuno, aunque intentó forzarse a comer. Todavía no entendía el ensanchamiento del Vínculo, como lo había explicado Aldrik, pero estaba claro que había sido algo significativo. El fantasma del príncipe todavía estaba sobre ella. Todavía sentía la caricia de su esencia en los huesos. Vhalla se miró las manos. Aprender a Canalizar parecía muy poco importante en comparación.

—¿Cómo os fue ayer por la noche? —preguntó Fritz cuando se reunió con ella y con Larel.

—¿Qué? —Vhalla salió de golpe de su ensimismamiento.

Estaba claro que Larel también estaba interesada. No había preguntado la noche anterior cuando Vhalla regresó, exhausta y con ojos soñolientos, y llevaba muy callada toda la mañana.

—Con el príncipe. —Fritz bajó la voz—. ¿Ya entiendes un poco más sobre cómo Canalizar?

—Eso creo. —Vhalla asintió.

—¡Bien, bien! —Fritz esbozó una sonrisa radiante—. Lo aprenderás en unas cuantas semanas, estoy seguro.

Vhalla sintió cómo la magia crepitaba alrededor de sus dedos. No necesitaba unas semanas, podría hacerlo ahora mismo. Su cuerpo lo sabía. En cualquier caso, no tuvo ocasión de corregir a Fritz pues justo entonces sonaron los cuernos para que todo el mundo volviera a ocupar sus puestos en la marcha.

Los soldados se movían ahora más despacio. Una semana de marcha había empezado a cobrarse su peaje sobre los reclutas nuevos.

Vhalla misma tenía las piernas rígidas y rozadas por la silla de montar. No tenía ni idea de cómo aguantaban los hombres y mujeres que iban a pie. ¿Cómo iban a luchar cuando llegasen al Norte?

Aldrik también fue más lento esa mañana y las tropas estaban casi en marcha cuando llegó a caballo desde el lateral. Incluso con toda su voluminosa armadura, seguía mostrando una figura imponente sobre su caballo de batalla. A Vhalla se le aceleró el corazón y, como si lo hubiese percibido, los ojos de Aldrik encontraron los de ella. La tensión se palpaba entre ellos, incluso con una docena de personas en el medio.

Aldrik tiró con fuerza de sus riendas y dio media vuelta a su caballo para avanzar por fuera del grueso de las tropas hasta un par de filas por detrás de Vhalla. Ella observó al príncipe hasta que lo vio colocarse al lado de Elecia, pero apartó la vista en cuanto vio que se enfrascaba al instante en una conversación apasionante. Notó una emoción fea en su interior, una a la que no estaba acostumbrada y no sabía cómo combatir.

—Voy a marchar al frente del grupo —anunció.

—¿Por qué? —Fritz parecía sorprendido por su repentina declaración.

—Tengo unos amigos ahí —farfulló Vhalla.

—Tienes amigos aquí —objetó Fritz, que no parecía entender nada.

Vhalla no estaba segura de si podía, o debía, explicárselo. Por el rabillo del ojo, Vhalla vio cómo Larel miraba con disimulo hacia donde estaban Aldrik y Elecia. La occidental era demasiado observadora para su propio bien.

—No es que hayas hecho nada mal, Fritz. —Vhalla encontró la fuerza para sonreír y agarrarle el brazo a modo de consuelo—. Solo quiero ver a unas personas.

No hubo más protestas por parte de Fritz y Larel. Mientras Vhalla cortaba entre las filas de hombres, se aseguró de cruzar una mirada con Aldrik. No era bonito de reconocer, pero quería que la viese alejarse y sintiera esa misma horrible emoción que él había provocado en ella.

La Guardia Dorada no era difícil de encontrar: un grupo de tres personas que rodeaban al príncipe más joven con brazales bañados en oro. Marchaban en el centro de las fuerzas y Vhalla vaciló un instante al percatarse de las miradas de animadversión que le lanzaban los soldados de los alrededores. Estaba a punto de dar media vuelta al oír los primeros susurros, pero justo entonces Daniel se giró hacia ella.

—¡Vhalla! —exclamó, y casi se dislocó el brazo para hacerle gestos de que se reuniera con ellos. Los soldados se abrieron sobresaltados y Vhalla no tuvo otra opción que hacerle caso—. No te esperábamos. —Daniel le sonrió y Vhalla se sintió más a gusto al instante.

—En absoluto. —Las palabras del príncipe Baldair la desinflaron.

—Espero que no sea un problema. —Vhalla bajó los ojos.

Daniel mantuvo la boca cerrada en deferencia al príncipe.

—Oh, no te preocupes tanto. —El príncipe restó importancia a sus inseguridades con una sonora risotada—. Ya dije que no pasaba nada.

—Puede que esta sea la primera vez que un hechicero que no sea Jax haya cabalgado con la Guardia Dorada —comentó Craig.

Vhalla no tuvo problema en creerlo, teniendo en cuenta las miradas que le lanzaban los otros soldados.

—Vhalla, esta es Raylynn. —Daniel hizo un gesto hacia una mujer que cabalgaba a la derecha de Baldair. Tenía el pelo largo y rubio, del color de las sureñas, pero liso, como sería el de una occidental, y su piel tenía un tono aceitunado.

—Es un placer conocerte —dijo Vhalla con educación.

La mujer la miró pensativa durante un largo instante. Tenía los ojos parecidos a los de Aldrik, según pudo ver Vhalla: negros y penetrantes. Confirmaron las sospechas de Vhalla de que había sangre occidental en las venas de la mujer, si es que su piel bronceada no era prueba suficiente. Y cortaron con facilidad a través de ella.

—Eres la Caminante del Viento. —Era la segunda vez que pronunciaban la frase sin tono de interrogación.

—Así es —afirmó Vhalla.

—Ray, sé buena. —Daniel maniobró a su caballo para pegarlo bien al de Vhalla. Raylynn le lanzó a Vhalla una última mirada evaluadora antes de soltar una ristra de palabras susurradas al príncipe. Daniel impidió que Vhalla pudiera poner la oreja—. Ray suele mostrarse escéptica con cualquier recién llegado a nuestro pequeño grupo —susurró.

Vhalla tensó las riendas, lista para dar media vuelta a Relámpago y volver a su puesto en la fila. Un guantelete dorado se apresuró a posarse sobre su mano. Vhalla levantó la vista hacia Daniel, confundida y frustrada.

—No te vayas. Creo que le vendrá bien.

—¿El qué? —Vhalla aspiró una bocanada de aire llena de aprensión.

—Necesita tener un poco de interacción con alguien más allá de la Guardia Dorada. Y si consigues que te acepte, será otra prueba de que no eres el monstruo que creen que eres. —La declaración del guardia llegó al alma de Vhalla, y su expresión debió dejarlo claro—. Yo... —Daniel se quedó sin palabras. Los dos se quedaron mudos cuando la ola de sinceridad brutal se estrelló contra ellos. Ese momento de franqueza la había dejado noqueada y Vhalla agradeció las patas fuertes del corcel debajo de ella—. No debí decir eso.

—Necesitaba oírlo. —Se sentía abrumada por su sinceridad; era contagiosa y Vhalla quería rodearse de ella.

Daniel se dio cuenta de que todavía tenía la mano sobre la de ella y la retiró a toda velocidad. A juzgar por las miradas de soslayo por parte de Craig y Baldair, había sido el último en percatarse.

Vhalla relajó las manos sobre las riendas.

—Bueno, creía que la Guardia Dorada tenía más miembros que solo tres.

—Somos cinco en total —explicó Daniel, que parecía muy aliviado por poder cambiar de tema.

—Los otros dos están en las primeras filas —aportó Craig—. El mayor en jefe Jax Wendyl y lord Erion Le'Dan.

—¿El mayor en jefe Jax? —Vhalla había oído ese nombre antes—. ¿De la Legión Negra? —El comentario de que él era el otro hechicero que cabalgaba con ellos tenía más sentido ahora.

—El mismo —confirmó Daniel con un asentimiento.

—Pero es hechicero —señaló Vhalla como una tonta.

—¿Qué? —exclamó el príncipe Baldair—. ¿Me lo ha ocultado todo este tiempo? —Daniel y Craig estallaron en carcajadas e incluso Vhalla esbozó una sonrisita avergonzada—. En efecto, es hechicero. —El príncipe asintió, mirando hacia el norte—. Pero también es un buen hombre. —El príncipe dorado se volvió hacia ella y la miró por encima de Craig y Daniel—. Descubrirás que solo me rodeo de hombres buenos, Vhalla. —Raylynn soltó un bufido—. Y mujeres. —El príncipe Baldair se rio y se giró hacia la espadachina.

Vhalla pasó el resto del día aprendiendo cosas sobre la historia de la Guardia Dorada. El príncipe Baldair la había instaurado de niño con lord Erion Le'Dan, aunque en aquel momento había sido más bien una broma entre jóvenes. Pero cuando empezó la guerra del Norte, recurrió a su amigo para sobrevivir en el frente. Poco a poco, añadieron a más hombres y mujeres, los que se consideraban más diestros y útiles.

Daniel había sido el añadido más reciente, después de que asumiera el mando durante una batalla cuando nadie más estaba dispuesto a hacerlo, librándolos de una derrota brutal en el Norte y salvando la vida del príncipe en el proceso. Vhalla no tenía ni idea de que el oriental con el que había estado reflexionando sobre el cultivo de patatas y charlando sobre el festival de Paca fuera un lord. Daniel mismo parecía incómodo con la idea y le aseguró que no debía tratarlo con ningún tipo de deferencia.

Vhalla no se había percatado de cuánto tiempo había pasado hasta que sonaron los cuernos para detener la marcha. Daniel también se rio y dijo que se le había pasado el tiempo volando. Invitó a Vhalla a cenar, pero esta declinó la oferta, pues se sentía culpable por haber dejado todo el día solos a Larel y a Fritz. Antes de irse, Daniel la invitó a cabalgar con él alguna otra vez y, al recordar a Aldrik y a Elecia juntos, Vhalla no pudo rechazar la invitación de plano.

—Hoy hemos averiguado unas cuantas cosas sobre Elecia —comentó Fritz mientras terminaban de montar sus tiendas de campaña.

—¿El qué? —Vhalla no estaba segura de querer saberlo.

Larel tenía un brillo de advertencia en los ojos.

—Hemos hablado con los soldados de a pie —continuó Fritz, sin darse cuenta de la aprensión de las dos damas—. Y al parecer ya habían visto a Elecia antes.

—¿Ah, sí? —preguntó Vhalla.

—Uno decía que ha estado en el palacio varias veces desde que el príncipe era un hombre joven —explicó Fritz.

Vhalla no sabía por qué ese hecho la llenaba de semejante inquietud.

—Como si los soldados rasos supieran nada —farfulló Larel, mientras terminaba de instalar su esterilla y su saco de dormir.

—Sí, pero tienes que admitir que Elecia y...

—¿Y quién? —terminó la mujer en sí, y los tres se giraron sorprendidos.

—Y, uhm... —Fritz era un ratón en la trampa de un gato jubiloso.

—Y el príncipe —terminó Larel sin asomo de miedo.

Vhalla tuvo que reconocer que Elecia solo se mostró sorprendida por un momento. Eso sí, tomó nota mental de que la mención directa de una conexión entre Elecia y Aldrik dejó a la mujer sin palabras por un instante.

—Hablando del príncipe, ha dicho que os entrenará esta noche.
—Sus ojos se posaron sobre Vhalla, y lo decían todo sin necesidad
de decir nada—. Así que terminemos de una vez con esta catástrofe.

Durante el trayecto para reunirse con Aldrik en el bosque, Vhalla caviló sobre él y sobre Elecia. La gente ya estaba cuchicheando. ¿Y si era
verdad que había habido alguna historia entre ellos? ¿Y si Larel estaba equivocada y no eran solo chismorreos de campamento? Su mente dio una y
mil vueltas a esas ideas, y solo se detuvo cuando Aldrik empezó a hablar.

—Vuestras noches serán mitad entrenamiento de vuestros cuerpos físicos y mitad entrenamiento de vuestra destreza mágica —declaró, mientras caminaba en torno a Vhalla, Larel y Fritz—. Si tenéis
alguna esperanza de conseguir llegar al Norte y luego salir de ahí
con vida, necesitaréis cada minuto de entrenamiento que pueda
proporcionaros. —Elecia rondaba por un lado, exenta de las palabras de Aldrik—. Si replicáis u os negáis a hacer algo, puede que me
replantee mi amabilidad de ser vuestro maestro.

Utilizó la voz de un príncipe, no la del Aldrik que ella conocía.
Vhalla miró de reojo a Fritz y se preguntó si era solo por la presencia
del sureño. Larel era amiga de Aldrik; Elecia claramente tenía algún
tipo de conexión; y Vhalla era...

¿Qué era?

Esa pregunta resonaba en su mente cuando empezaron su entrenamiento físico. De hecho, dio vueltas por su cabeza hasta que tuvo
que concentrarse solo en no marearse de tanto correr y saltar. Aldrik se negó a dejar que se quitaran la armadura; su entrenamiento
físico lo requería, había dicho. Fritz fue el primero en desplomarse,
con lo que se ganó la ira del príncipe.

—Charem, levántate. —Aldrik suspiró, apoyado contra un árbol—. ¿O preferirías que los clanes del Norte te arrancaran extremidad a extremidad? ¿O quizás un gato Noru?

Fritz se levantó a duras penas. Vhalla y Larel esperaban resollando. Larel estaba en mucha mejor forma física que Vhalla, que tenía
la sensación de estar a punto de desmayarse en cualquier momento.

—Muy bien, sigamos. —Aldrik intercambió una mirada con Elecia—. Elecia, Vhalla, emparejaos.

—¿*Qué?* —exclamaron las dos mujeres al unísono.

—Es una orden. —Aldrik se apartó del árbol y fulminó a Elecia con la mirada—. Confío en ti para que impartas tus conocimientos y destrezas.

La mujer de piel oscura puso los ojos en blanco, pero no objetó por segunda vez. Aldrik ni siquiera miró a Vhalla, con lo que no le daba ni voz ni voto. Vhalla decidió que debía haber hecho algo terrible para ofender al príncipe, aunque fuera lo que fuese, se le escapaba. Lo único que se le ocurría era la Unión, pero eso había sido idea de él. Y de todas las palabras que Vhalla podría utilizar para describir lo que había sucedido entre ellos la noche anterior, ninguna sería negativa.

—Larel, ¿puedes decirme cómo lucha un Portador de Fuego? —preguntó Aldrik.

—En combate mano a mano con algún ataque ocasional de largo alcance —repuso Larel.

—¿Y los Corredores de Agua? —El príncipe asintió y se giró hacia Fritz.

—Una mezcla de ataques congeladores ofensivos e ilusiones defensivas. —Fritz sonó como si repitiera las palabras de un libro de texto.

—¿Y los Rompedores de Tierra? —Aldrik se giró hacia Elecia.

—Magia muy defensiva, piel de piedra impenetrable a los ataques con espadas y cuchillos y a la mayoría de los ataques de hielo o fuego, combinado con destreza en armas. —La mujer apoyó las manos en los muslos y Vhalla se fijó en que las ranuras de las grebas de la mujer no eran decorativas. Se le había pasado por alto antes, pero Elecia tenía también dos espadas cortas amarradas a las piernas.

—En cuanto a los Caminantes del Viento... —La voz del príncipe vaciló un poco cuando se giró hacia Vhalla. La joven tenía el pecho en tensión, a la espera de que terminara su reflexión—. Ya lo averiguaremos.

Pasaron el resto de la noche repasando los puñetazos básicos y las formas de esquivarlos. Elecia parecía igual de disgustada por tener que ayudar a Vhalla que esta por tener que entrenar con ella. La mujer se mostraba seca y se limitaba a comentarios cortos, pero a pesar de los labios fruncidos y las miradas de desaprobación, Vhalla estaba aprendiendo.

Estaba claro que la mujer de pelo rizado tenía experiencia en combate. Se movía con ligereza, con agilidad, y ni siquiera había sudado. Jamás cometía un error y no se quedó sin respiración en ningún momento.

Todo en ella parecía irritar a Vhalla.

Era el turno de Vhalla de practicar sus ataques y el de Elecia de esquivar y desviar. Elecia encontraba que todo era divertido. Tenía esa forma de ser irritante que la hacía parecer mejor que todos los demás. Acaparaba el tiempo y la atención de Aldrik. Sus movimientos eran impecables. Tenía un desparpajo elegante ante todo lo que se le ponía por delante, algo que Vhalla solo había visto exudar a los miembros de la realeza. Vhalla falló su siguiente golpe y Elecia le dio un pequeño empujón en el hombro que había quedado desprotegido. Vhalla dio un paso atrás y miró a Elecia con ojos nuevos.

Parpadeó, sorprendida de no haber atado cabos antes. No tenía ninguna prueba, pero algo en su interior le decía que estaba en lo cierto. Los rumores de que la mujer hubiese estado en el palacio, su actitud casual en compañía de la realeza... Todo tenía sentido. Solo personas que vivían rodeadas de riqueza y opulencia actuaban como lo hacía Elecia. Como si el mundo fuese un juguete para su entretenimiento.

—¿Qué pasa? —preguntó Elecia—. ¿Ya te rindes?

Vhalla volvió a su ataque.

—Elecia. —Le lanzó un puñetazo que la mujer esquivó sin problema—. Dime... ¿cuántos años... tenías... cuando fuiste... al palacio... por primera vez? —Sus palabras iban recalcadas por sus puños.

Elecia dio un paso atrás e hizo una pausa.

—¿De qué estás hablando? —preguntó, una ceja arqueada.

—¿Fue para una gala? ¿O acudieron tu padre o tu madre en misión oficial?

Elecia abrió mucho los ojos y Vhalla retomó su ataque. La mujer tardó en recuperarse y, de repente, sus bloqueos eran desmañados.

—¿Dormías en una suite de invitados? —Vhalla lanzó un gancho de derecha—. ¿O se quedó tu familia en algún otro sitio en la parte alta de la ciudad?

Una expresión de irritación frunció los labios de la mujer.

—No sé de qué estás hablando.

—Mientes fatal —escupió Vhalla de vuelta. Elecia la miró escandalizada.

—¿Y tú qué, *Vhalla Yarl*? ¿Cómo es que alguien como tú, poco más que una mísera plebeya, ha llamado la atención del príncipe heredero? ¡Una donnadie como tú confraternizando con él!

Eso llamó la atención de Aldrik, que se apresuró a acercarse desde donde estaban entrenando Larel y Fritz.

—Tienes que saber que no te mereces ni...

Vhalla se lanzó a por ella con un grito para que Elecia no pudiese decir ni una palabra hiriente más. La mujer esquivó su ataque con facilidad y le dio un puñetazo en el estómago. El brazo fue como si una roca se hundiera en su abdomen y Vhalla boqueó en busca de aire en lugar de soltar un chillido.

—¡Elecia! —gritó Aldrik mientras Vhalla se doblaba por la cintura, tosiendo agarrada a su estómago. El príncipe se apresuró a cruzar el espacio que aún lo separaba de las dos mujeres.

—¿Crees que *eso*...? —Elecia señaló con un dedo en dirección a Vhalla— ¿... será algo alguna vez? —Echó la cabeza atrás y se rio.

—Elecia, *para ya* —gruñó Aldrik.

—Oh, sí, defiende a tu mascota —se burló ella. Larel y Fritz observaban la escena alucinados.

—Elecia —masculló Aldrik con los dientes apretados, los puños cerrados.

—¿Por fin vas a pelear conmigo? Estaba impaciente por tener un desafío de verdad —dijo la mujer de piel oscura al tiempo que levantaba los puños—. Ha pasado muchísimo tiempo desde que disputáramos una ronda.

Vhalla consiguió enderezarse un poco, las manos aún plantadas sobre el estómago que sufría espasmos dolorosos.

Aldrik fue hasta Elecia a paso airado y la agarró del cuello de la armadura. Tiró de ella con fuerza hasta tenerla bien cerca y poder plantar la cara justo delante de la de la mujer.

—Si quieres que entrene contigo como un adulto, actuar como una chiquilla petulante no va a dar resultado, «Cía».

Elecia lo apartó de un empujón con el ceño fruncido y sacudió la cabeza.

—Perfecto —dijo, con un destello ruin en los ojos—. Sigue jugando tus jueguecitos con ellos, Aldrik —escupió de vuelta. Vhalla notó cómo se le abría la boca, escandalizada al oír el tono con el que pronunció el nombre de Aldrik—. Pero te repito una vez más, que esa zorra de baja cuna no se merece ni un ápice de lo que le das. —Elecia dio media vuelta y se alejó por el bosque armando una escandalera. Los arbustos y los árboles se encogieron a su paso antes de volver a desenroscarse, aún más frondosos y espinosos que antes.

Aldrik suspiró y se pellizcó el puente de la nariz. Se tomó un momento antes de girarse hacia Vhalla y arrodillarse delante de ella.

—¿Estás bien?

La joven asintió, aunque notaba el estómago como si lo hubiesen vuelto del revés. Fritz y Larel se quedaron a poca distancia de ellos sin saber muy bien qué hacer.

—Déjame verlo. —El príncipe alargó la mano y Vhalla retiró la suya. Solo enderezar la espalda ya le dolía—. Quítate la armadura —le ordenó Aldrik, y Vhalla empezó a manipular los cierres de la parte frontal con dedos temblorosos—. Espera —le dijo él con suavidad y empezó a ayudarla desde abajo. Vhalla encorvó los hombros y dejó que el pelo cayera por delante de su cara para ocultar su vergüenza.

Aldrik la ayudó a quitarse la coraza de placas; algunas de las pequeñas escamas estaban abolladas en la zona del abdomen. Aldrik soltó un suspiro audible.

—La arreglaré esta noche. No te preocupes, estará lista por la mañana.

Vhalla bajó la vista hacia la cota de malla; no parecía haber sufrido daños. Hubo un momento de silencio y una suave brisa nocturna revolvió su pelo. Aldrik alargó un brazo y le puso una mano sobre el hombro.

—Elecia es... —Suspiró de nuevo—. No hagas caso de lo que dice.

Vhalla asintió en silencio. Era una idea estupenda, pero una vez que se dicen algunas cosas, ya no pueden dejar de oírse nunca, y el breve intercambio ya se estaba repitiendo en su cabeza.

Aldrik asintió a su vez antes de ponerse de pie y girarse hacia Larel y Fritz, mudos de consternación.

—Larel, llévala de vuelta a vuestra tienda. A lo mejor tienes que quemar alguno de esos arbustos alterados para poder pasar. —Echó un vistazo hacia el camino que había seguido Elecia—. Fritz, ven conmigo. Estoy seguro de que Vhalla tiene algún grado de hemorragia interna después de un golpe así, y no voy a permitir que monte a caballo mañana sin darle una poción esta noche.

Los dos asintieron y Larel deslizó el brazo de Vhalla alrededor de su cuello para ayudarla a levantarse.

—No es tan grave —insistió Vhalla en voz baja, sin querer montar más numerito del que había montado ya.

—No es ninguna vergüenza aceptar ayuda. Esta marcha es demasiado larga como para justificar hacerse la dura ahora —le dijo Larel con severidad, aunque con tono amable.

—Escúchala, Vhalla. Tiene la cabeza bien amueblada sobre los hombros. —Aldrik señaló a Larel, y Vhalla vio cómo el rostro de la mujer occidental se iluminaba con una leve sonrisa—. Vamos, Fritz

—ordenó con tono apremiante, y los dos se alejaron en dirección contraria.

Como había dicho Aldrik, tuvieron que quemar los arbustos en algunas zonas, pues tenían unas ramas casi tan gruesas como la muñeca de Vhalla y bloqueaban la ruta más directa de vuelta al campamento. Larel empleó intensos fogonazos para incinerarlos y despejar un camino.

—¿Los Rompedores de Tierra pueden alterar árboles y plantas? —preguntó Vhalla.

—Algunos sí —afirmó Larel.

No volvieron a hablar durante el resto del camino hasta su tienda. Larel se ofreció a ayudar a Vhalla a ponerse la ropa de cama, pero esta insistió en que podía hacerlo sola. Las palabras de Elecia no hacían más que repetirse en su cabeza. La conversación había producido demasiada información para analizarla ahora. Un desagradable cardenal morado ya había empezado a formarse en su estómago.

Vhalla apenas había terminado de ponerse un camisón de manga larga cuando se oyeron unos golpecitos en el poste de la tienda.

—¿Vhal? ¿Larel? —dijo Fritz con voz tentativa.

—Pasa, Fritz —le dijo Vhalla, y el joven asomó la cabeza al interior. Larel se movió un poco hacia un lado para hacerle sitio y que pudiese sentarse. Casi no había espacio para los tres.

—Toma, el príncipe me dijo que te diera esto. —Le entregó a Vhalla un pequeño vial de madera.

—Gracias —murmuró. Lo tomó de sus manos y se lo bebió de un trago. Reconoció la sensación ardiente de esta poción en particular e hizo una ligera mueca. Empezaba a sospechar que los clérigos lo curaban todo con ese único líquido mágico—. Siento daros problemas.

—No pasa nada —la consoló Larel—. Tampoco es que haya sido culpa tuya.

—Pero ¿qué pasó, exactamente? —preguntó Fritz. Larel le dio un codazo en el costado.

—No es asunto nuestro —lo regañó. Vhalla se retorció los dedos.

—Vale, vale. Espero que te pongas bien pronto. —Alargó la mano, revolvió el pelo de Vhalla en un gesto afectuoso, y giró sobre las rodillas para salir gateando de la tienda.

—Espera —lo detuvo Vhalla. Notaba una sensación revuelta en el estómago, pero creía que tenía más que ver con los nervios—. Espera —repitió otra vez mientras Fritz volvía a sentarse. Vhalla se pasó el vial de una mano a otra sin saber muy bien cómo expresar lo que quería decir, pero Fritz y Larel ya habían demostrado ser amables y leales. Respiró hondo.

—Vhalla, no tienes por qué... —Larel parecía percibir su agitación.

—Estamos Vinculados —dijo Vhalla sin rodeos para quitárselo de encima antes de perder el coraje.

Sus dos amigos la miraron confundidos y sorprendidos.

—Espera, ¿qué? —En ese momento, Fritz tenía cara de tonto.

—¿Tú y...? —susurró Larel, aunque su voz la abandonó antes de poder terminar la frase siquiera.

—Aldrik. —Vhalla maldijo en voz alta—. *El príncipe.* —Sacudió la cabeza; ya era demasiado tarde y estaba metida hasta el cuello—. Aldrik y yo estamos Vinculados. —Vhalla apartó la vista de ellos. Apenas comprendía lo que significaba ese Vínculo, así que cómo iban a reaccionar ellos era una incógnita. Los dos la miraron boquiabiertos, enmudecidos por la sorpresa—. Bueno, decid algo —suspiró.

—¿Estás segura? —preguntó Larel.

—Muy segura —afirmó, al tiempo que recordaba su lección de Canalización.

—¿Lo sabe él? —murmuró Fritz, todavía pasmado. Larel le dio un pequeño golpe en la nuca.

—Por supuesto que lo sabe —lo regañó.

—¿Cómo? —La mujer occidental le lanzó a Fritz una mirada significativa al oír su pregunta—. Ya sé cómo; sé cómo funcionan los

Vínculos *en teoría*. Pero ¿cómo has acabado Vinculada con el príncipe precisamente?

—Ni siquiera yo lo entiendo del todo. —Vhalla recordó una noche en la biblioteca, una noche que parecía haber sucedido hacía una eternidad—. Fue cuando volvió.

—¿Del frente? ¿En verano? —Larel parecía estar encajando ya las piezas. Vhalla asintió.

—Estaba trabajando en la biblioteca y... —Vhalla hizo una pausa y decidió obviar el hecho de que creía que estaba salvando a un príncipe diferente—. Quería salvarlo, quería dar cualquier cosa por salvarlo. Me dijo que escribí magia, o que hice recipientes... o algo así. Algo de lo que hice abrió un conducto y se produjo un Vínculo. —Se movió un poco en un intento por no dejar que la conversación que ella misma había iniciado la hiciese sentir incómoda.

—Es asombroso —murmuró Fritz.

—Así que... esa es la razón de que las cosas sean diferentes entre nosotros. —Ya no estaba segura de por qué les había confiado esto a sus amigos.

—¿Qué se siente al estar Vinculado? —preguntó Fritz.

—No sabría decirte —confesó Vhalla—. Nunca he conocido la magia sin estar Vinculada. Así que para mí es normal.

—Te Manifestaste deprisa —señaló Larel—. Incluso el ministro se sorprendió, pero tendría sentido si tuvieses un Vínculo con alguien como el príncipe Aldrik.

—También fue como... —Vhalla dudó sobre si debía compartir con ellos lo de la noche anterior, pero ya había ido demasiado lejos como para callarse—. Durante nuestra lección de Canalización, me enseñó cómo Canalizar.

—Bueno, por supuesto. —Estaba claro que Fritz no lo había entendido.

—No. —Vhalla negó con la cabeza—. Me *enseñó*. Mientras estábamos Unidos.

Si Vhalla no había entendido la trascendencia de la Unión antes, desde luego que la entendió entonces. Fritz y Larel la miraron con una combinación de sorpresa, asombro y, lo que era aún más inquietante, un poco de miedo. Vhalla juntó las manos y se las retorció con fuerza.

—¿Es... *posible?* —preguntó Fritz al cabo de unos segundos.

—¿Supongo? Solo sé lo que me dijo Aldrik. —Los ojos de Vhalla saltaban de uno a otra, desesperada por incitar algo más de conversación para que dejasen de mirarla como si le hubiese salido otra cabeza—. ¿Qué significa?

—Yo solo he leído sobre ello. —Pedirle a Fritz que recitara cosas de libros tenía el mismo efecto que sobre Vhalla. Su cerebro empezaba a funcionar de nuevo—. La literatura sobre los Vínculos es muy escasa porque la mayoría de la gente que lo intenta fracasa, y una persona muere en el proceso. Pero una Unión se supone que es un estado de conciencia y percepción fusionadas.

—Eso suena más o menos correcto. —Vhalla asintió a modo de confirmación.

—No puedo creer que hiciera algo así. —Fritz se acarició la pelusilla de la mandíbula—. Se supone que es un proceso arriesgado.

—¿Arriesgado? —Vhalla estaba cansada de que su vida estuviese hecha de riesgos sobre riesgos.

—Una vez más, solo he leído sobre ello... Pero si el Vínculo no es sólido, completo, si las dos personas Vinculadas no son compatibles, o si... —Hizo una pausa para censurarse—. Bueno, hay más cosas que pueden ayudar o perjudicar, pero he oído que una persona podría llegar a perderse en la otra. Acabas con una persona descerebrada mientras la otra se vuelve loca debido a todo el ruido que oye en su cabeza.

Vhalla los miró alucinada y luego se echó a reír.

—Los riesgos son algo que el príncipe no tiene reparo alguno en correr —les aseguró. Parecía una afirmación que resumía bien toda su relación.

—¿Por qué nos has contado esto? —preguntó Larel—. No creo que el príncipe se alegre demasiado de saberlo.

La verdad era que Vhalla no había pensado en eso.

—Porque los dos sois mis amigos. Confío en vosotros y quiero que sepáis que así es. ¿Para qué son los amigos si no puedes compartir los secretos con ellos?

—No se lo diré a nadie. —Fritz la agarró de la mano y ella sonrió a sus ojos amables.

—Sabes que tienes mi silencio —juró Larel.

—Aunque sí eres consciente de que te voy a estar haciendo preguntas al respecto, ¿verdad? —Fritz le regaló esa sonrisa bobalicona suya llena de dientes. Vhalla no pudo evitar devolverle la sonrisa.

—Contestaré lo mejor que pueda —le prometió Vhalla—. Hablar de ello puede que incluso sea agradable.

Fritz se marchó poco después. Les dio un abrazo fuerte tanto a Vhalla como a Larel, y Vhalla deseó que pudiera quedarse con ellas. De un modo un poco egoísta, quería pasar la noche acurrucada entre él y Larel. Pero no dijo nada. En el mejor de los casos, lo despertaría cuando se debatiese en sus pesadillas.

CAPÍTULO
8

Fritz le devolvió a Vhalla su armadura a la mañana siguiente, lo cual la dejó confundida y dubitativa una vez más. El príncipe era una criatura extraña. En ocasiones, daba la impresión de preocuparse por ella por encima de todo lo demás, como cuando Elecia le había dado ese golpe bajo. En otras, como durante la cabalgata del día entero, parecía como si no quisiese tenerla ni cerca.

Si estaba intentando evitarla, estaba abocado al fracaso. Aldrik la veía cada noche cuando entrenaban juntos y quizás ese hecho lo frustrara, porque el príncipe machacaba a sus tres pupilos hasta dejarlos con un nivel de agotamiento que Vhalla no había conocido nunca. El segundo día de entrenamiento fue más duro que el primero, y el tercero más duro que el segundo. A la cuarta mañana, Vhalla estaba segura de que no podría levantarse de la cama y casi llegó tarde antes de dejarse convencer de subirse a su caballo.

Aldrik tuvo el suficiente sentido común como para no emparejar a Vhalla y Elecia otra vez; de hecho, las mantenía en extremos opuestos de los campos de entrenamiento improvisados en los que trabajaban. Vhalla estaba agradecida de tener la ocasión de entrenar con Fritz, pero sentía lástima por Larel, que ahora tenía que soportar las pullas y las burlas de la otra mujer occidental. Si Aldrik estaba molesto con Elecia, no lo demostraba. Seguía cabalgando a su lado durante el día y nunca la echaba de los entrenamientos.

En general, toda la situación hacía que Vhalla se sintiera peor. Aún recordaba lo que había dicho Elecia acerca de sus orígenes, sus preguntas sobre por qué Aldrik pasaba tiempo con ella. Hacía que Vhalla dudara de todo y luego se sintiese culpable por cuestionar a Aldrik, después de todo lo que él había hecho por ella. Pero no sabía cómo sentirse, y Aldrik no la estaba ayudando a dilucidarlo.

Así que había tomado la costumbre de marchar con la Guardia Dorada. Daniel y Craig siempre la recibían con los brazos abiertos, e incluso el príncipe Baldair parecía más divertido que molesto por la persistencia de Vhalla a su alrededor. Raylynn empezaba a ablandarse incluso. Y Vhalla se sumió en una rutina extraña; no la llamaría «pacífica», pero con el tiempo todo se volvió más fácil. Incluso sus sueños habían empezado a perder su intensidad.

O eso había pensado.

Un mes después de haber emprendido la marcha, Vhalla se despertó una noche tiritando y temblando, a pesar de las temperaturas cada vez más cálidas a medida que las tropas se acercaban al Páramo Occidental. El miedo se abría paso a través de ella con uñas y dientes, pero, de algún modo, había conseguido no despertar a Larel. Vhalla aspiró grandes bocanadas de aire y se miró las muñecas.

El sueño había sido igual de vívido que sus recuerdos de la Noche de Fuego y Viento. Su mente le decía que había sentido esos sentimientos antes. Los ruidos, olores y sensaciones eran todos familiares. Y aun así, Vhalla nunca había visto o hecho nada como eso.

Había estado de pie en una habitación opulenta y oscura, con una penumbra opresiva. Una tormenta arreciaba contra las ventanas de cristal y ella había estado empapada. Como tiritaba, Vhalla se había agarrado los brazos para protegerse del frío fantasmal. Y entonces había utilizado un cuchillo contra sí misma.

Vhalla se miró los antebrazos de nuevo.

La sangre carmesí que había manchado la piel pálida y la alfombra blanca no era lo más prominente en su recuerdo. Era el miedo, la culpabilidad abrumadora que había sentido y, en particular, cuando había visto sus ojos en el reflejo de la hoja... *no habían sido sus ojos*.

Vhalla se tapó la cara con las palmas de las manos. *Solo era un sueño*, se repitió una y otra vez. Pero aún sentía el cuchillo cortar su piel pálida. Aún veía a la doncella del palacio entrar a la carrera, horrorizada y desesperada.

Vhalla se levantó de un salto y salió de la tienda de inmediato.

Aún quedaba por lo menos una hora para el amanecer y el mundo seguía oscuro. Vhalla corrió a través del campamento silencioso, descalza y con la ropa empapada de sudor. Su corazón latía a toda velocidad y su mente no le permitía calmarse, no hasta que supiera que él estaba bien. No le importaba si Aldrik todavía estaba enfadado con ella. *Tenía que verlo*.

Llamar al poste de la tienda del príncipe heredero antes del amanecer tenía que ser absurdo, pero eso no la detuvo. Vhalla cruzó las manos y se retorció los dedos en la eternidad que pareció transcurrir mientras esperaba.

—¿Mi príncipe? —Su voz sonó forzada por la tensión. Vhalla reprimió un gemido—. *¿Aldrik?*

Para su alivio, oyó un ligero frufrú en el interior de la tienda. La lona se movió mientras se soltaban las ataduras desde el interior. Aldrik abrió la solapa enfadado. Con la otra mano, tiró del faldón de una camisa para colocarla mejor sobre su pecho.

—¿Vhalla? —Se frotó el sueño de los ojos como si no creyese lo que estaba viendo, y su enfado desapareció de un plumazo.

Vhalla sintió que algo se rompía en su interior por el alivio, y se tapó la boca con las manos para ahogar un gritito. Aldrik echó una sola mirada a su rostro demudado por el pánico y, tras un rápido vistazo para asegurarse de que no había observadores indeseados, la agarró de la mano y tiró de ella para meterla en la tienda de campaña.

En cuanto soltó la gruesa solapa de lona, se sumieron en una oscuridad casi absoluta. Vhalla parpadeó a la tenue luz. La cama de

Aldrik era un batiburrillo de mantas; su mesa llena de papeles y botellas vacías.

Aldrik se apresuró a dar la vuelta a su alrededor y puso las manos sobre sus hombros. La miró con atención de la cabeza a los pies.

—¿Qué pasa? —Su voz sonaba tensa—. ¿Estás herida? —Aldrik puso una mano sobre la frente de Vhalla y la deslizó por su cara para levantarle la barbilla y que la joven lo mirara.

La sensación de alivio era todavía demasiado fuerte como para sentirse avergonzada.

—Estoy bien —consiguió decir con voz débil. Vhalla levantó las manos y agarró las dos muñecas del príncipe. Soltó un ruido a medio camino entre una risa y un suspiro cuando vio que las mangas de su camisa no mostraban rastro alguno de sangre—. Estoy bien —murmuró de nuevo—. Creí que estabas...

—¿Que estaba qué? —Quedaba claro que Aldrik estaba confundido, pero no hizo nada por apartarse de ella.

—No importa. —Vhalla se rio incómoda—. Ha sido un sueño. Algo malo... creí que estabas herido. Pero ha sido solo un sueño.

Aldrik hizo una pausa antes de mover las manos para ponerlas a ambos lados de la cara de Vhalla. Deslizó los pulgares por sus mejillas empapadas de lágrimas, y ella disfrutó de la sensación de sus ojos sobre ella en lo que parecía una eternidad.

—Estoy bien —susurró Aldrik—. Mira, estoy bien.

La ternura del príncipe le provocó a Vhalla un hipido en la garganta y apretó las manos sobre sus antebrazos.

—Tenía miedo —admitió. Los ojos de Aldrik se abrieron como platos—. Creía... —Vhalla se atragantó con sus propias palabras.

—¿Qué? ¿Qué es lo que creías?

Vhalla observó sus ojos inquisitivos.

—Nada —dijo, y sacudió la cabeza—. No importa, estás bien.

—Vhalla —insistió él, y las manos que aún tenía sobre su cara le impidieron apartar la mirada.

—Tenía miedo de haberte perdido. —Las palabras fueron como una flecha al corazón del silencio que había estado aflorando entre ellos. Y las palabras, como las flechas, una vez soltadas, no podían retirarse. Vhalla le había confesado a él lo mismo que a sí misma. La verdad de su reconocimiento se asentó poco a poco en la mente de ambos. Vhalla notó que le temblaba la barbilla—. Lo siento, no debería haberte molestado.

Soltó los brazos del príncipe y dio un paso atrás para marcharse. Le ardían las orejas de la vergüenza y agachó la cabeza. ¿Qué mosca la había picado? *¿Por qué había ido ahí?* El príncipe había dejado claro durante días que ella había hecho algo para ofenderlo. Que no quería su presencia.

Aldrik cerró la distancia que los separaba. Se inclinó un poco hacia delante, pasó un brazo alrededor de la cintura de Vhalla y el otro alrededor de sus hombros. Vhalla soltó una exclamación ahogada cuando se encontró con la cara pegada al pecho del príncipe.

Aldrik la mantuvo así abrazada y respiró hondo varias veces. Vhalla sintió como el pecho del príncipe se movía debajo de su mejilla, y oyó cómo su corazón latía a toda velocidad. Dubitativa, levantó las manos y agarró la parte de atrás de la camisa de Aldrik. Él no se apartó.

—Ya te dije, mujer tonta —susurró Aldrik, y su aliento borró su vergüenza abrasadora—. Que tienes que decirme si quieres perderme.

Vhalla apretó los brazos a su alrededor y cerró los ojos. El contacto con Aldrik la calmó y sintió que los latidos de su corazón se apaciguaban junto con los de él. La mano de Aldrik se movió y Vhalla sintió cómo sus dedos se relajaban en su enredado pelo mañanero.

—Creí que estabas herida. —Aldrik soltó una risa seca—. Acababa de… —Parecía que le faltaban las palabras—. Yo tuve mi propio sueño, supongo.

Vhalla respiró hondo. Aldrik olía a humo, sudor, metal, cuero y a algo inequívocamente suyo. Vhalla sintió cómo sacudía la cabeza, pero continuaron ahí de pie en silencio. Lo notaba cálido a través de la tela fina de su camisa, y se acurrucó aún más contra él.

No estaba segura de cuánto tiempo permanecieron así, pero al final sintió que los brazos de Aldrik se aflojaban a su alrededor. Quiso protestar, pero en vez de hacerlo relajó su propio agarre. Aldrik se enderezó, pero mantuvo un brazo en torno a su cintura. Su otra mano se enroscó detrás del cuello de la joven.

—Esta noche, ven a verme.

Vhalla notó cómo las yemas de los dedos del príncipe apretaban la parte de atrás de su cuello.

—¿Esta noche? —Sus palabras salieron como un gritito, su garganta seca de repente.

De pronto, Aldrik se mostró tan sorprendido como ella. Sus ojos perdieron algo de su intensidad a causa de la sorpresa y la confusión, como si su boca hubiese hablado antes de que su cerebro pudiese procesar lo que le acababa de pedirle a Vhalla.

—Ya te dije que había cosas que quería trabajar contigo.

—Cierto. —Vhalla asintió. Aldrik había estado tan distante que casi había olvidado que le había dicho eso.

—Deberías irte —murmuró el príncipe mientras sus manos se relajaban sobre ella. Dio un paso atrás—. Antes de que se despierte mucha gente.

—Una vez más, siento haberte molestado —dijo Vhalla en voz baja, a medida que el *shock* por sus acciones empezaba a calar.

—No pasa nada —dijo él con amabilidad—. Podemos hablar de ello más tarde. —Aldrik se acercó a la solapa de la tienda y se asomó con cuidado—. Parece que está todo despejado. —Dio un paso a un lado y ella salió al exterior.

Vhalla oyó que la lona se cerraba de golpe detrás de ella y echó a andar sin mirar atrás. Había unas cuantas personas más por ahí pululando, pero ninguna le prestó atención. El cielo estaba pintado de naranjas y azules; se acercaba el amanecer.

Se puso la armadura fuera de la tienda para no despertar a Larel. Le hormigueaba la piel cuando deslizó la cota de malla sobre su ropa de lana y Vhalla se recordó que debía seguir respirando. Un simple sueño la había sumido en un pánico ciego que la había impulsado a ir corriendo en busca del príncipe heredero.

¿Por qué?

Sus dedos vacilaron sobre los enganches de su armadura. El recuerdo de su baile en la gala volvió a ella con una claridad impactante. Aldrik también la había sujetado entre sus brazos entonces y, al igual que esta mañana, ella no había querido que aquello terminara nunca. Apretó una mano sobre sus ojos y bloqueó el amanecer con un gemido sordo.

No procedía de ninguna parte y *no era nadie*. No se le había perdido nada pasando tiempo con el príncipe heredero, el hombre que sería su futuro emperador. Él no tenía tiempo que perder con gente como ella. Las palabras de Elecia se cimentaron con más fuerza aún en su conciencia.

—¿Vhalla?

Ni siquiera había oído a Larel levantarse.

—Buenos días. —Vhalla terminó de vestirse deprisa.

—¿Estás bien?

Era irritante cómo a Larel no se le pasaba nada por alto.

—Sí, muy bien. —Vhalla empezó a desmontar la tienda de campaña.

—¿Has tenido otra pesadilla?

—Basta, Larel. —Vhalla suspiró y se enderezó. La mujer occidental se quedó callada. Vhalla debería haber hecho lo mismo, pero tenía una sensación dolorosa en el estómago que infundía bilis a su sangre—. ¿Por qué no paras de incordiarme? No es asunto tuyo lo que sueñe o deje de soñar, lo que coma o deje de comer. —El rostro de Larel permaneció inexpresivo—. Solo déjame en paz por una vez.

—Vhalla agarró su petate y se marchó airada, dejándole el resto de la tienda a Larel.

Se odiaba por esas palabras. No era culpa de Larel. La clase social en la que había nacido Vhalla, la Noche de Fuego y Viento, la confusa actitud cálida y fría del príncipe hacia ella... Larel no tenía el control de nada de eso. Vhalla solo había pagado sus frustraciones con alguien que no se lo esperaba.

Ese día, marchó sola. Encontró un rincón cualquiera donde colocarse entre las tropas, lejos de Elecia, Aldrik, Fritz, Larel y la Guardia Dorada. Fritz se dio cuenta al instante y estaba a punto de guiar a su caballo hacia ahí cuando Larel lo detuvo. Enseguida se enzarzaron en una discusión acalorada que Vhalla trató de ignorar. Estaba claro que hablaban de ella.

Cuando la marcha terminó ese día, Vhalla se había imaginado cada posible cosa que Larel, Fritz y Aldrik podían haber dicho sobre ella. Algunas de las cosas se sentía culpable por pensar siquiera que las dirían, pero de algún modo, seguía pareciendo plausible. Encorvó los hombros y dejó caer la cabeza. De repente, se sentía cansadísima.

—Vhalla. —Levantó la cabeza a toda velocidad para mirar al príncipe oscuro que se había materializado a su lado—. Cuando todo el mundo esté instalado, ven y empezaremos a trabajar.

Seguía sin especificar de qué trabajo se trataba y Vhalla se sintió extraña bajo sus ojos escrutadores. Después de deambular por el campamento a la espera de que Larel y Fritz desaparecieran antes de quitarse la armadura para evitar confrontaciones incómodas, Vhalla por fin arrastró los pies hasta la tienda de Aldrik. Acudió con la misma ropa de lana que había llevado esa mañana, la misma que llevaba desde hacía días.

La solapa de la tienda de campaña estaba abierta y Vhalla se detuvo con educación a la entrada.

—¿Mi príncipe? —preguntó en voz baja—. ¿Llego demasiado pronto?

Aldrik estaba sentado ante la mesita baja, anotando algo en un papel que tenía delante. Su armadura descansaba sobre su soporte al otro lado de la entrada y él iba vestido con pantalones de color marrón y una camisa blanca de algodón.

—No, está bien, Vhalla. —La miró un segundo—. Ciérrala detrás de ti. —Hizo un gesto hacia un cordón en el interior que sujetaba la solapa a un lado. Vhalla obedeció.

Se sintió asaltada de inmediato por el recuerdo de la última vez que había estado ahí, así que se apresuró a cruzar el espacio y se situó sobre un almohadón enfrente del príncipe. Ladeó la cabeza y lo evaluó, tratando de averiguar qué había distinto en él.

—¿Qué pasa? —preguntó Aldrik sin levantar la cabeza de lo que fuese que estuviera haciendo.

—No llevas nada negro —dijo Vhalla al darse cuenta.

Aldrik hizo una pausa para mirar su ropa.

—Supongo que no. —Terminó lo que estaba haciendo y dobló el papel dos veces antes de dejarlo a un lado.

—Es raro —dijo ella, pensativa.

—¿Lo es? —Aldrik apoyó un codo en la mesa, la mejilla en su puño.

—Siempre vas de negro —explicó Vhalla.

—No es verdad. —Aldrik negó con la cabeza.

—Sí que lo es —insistió ella.

—Voy de negro en público.

—¿Por qué?

—Quizás te lo cuente, si tú me cuentas qué nubarrón ronda por encima de tu cabeza. —Estaba claro que su día enfurruñada no se le había pasado por alto.

—Preferiría no hablar de ello —musitó.

—Y yo preferiría que lo hicieras. —Se inclinó hacia delante—. ¿Ha sido por ese sueño?

—¿Por qué está todo el mundo tan obsesionado con mis sueños? —Vhalla se hizo más pequeña.

—Porque nos preocupamos por ti —explicó Aldrik.

—¿Nos? —repitió ella.

—Fritz, Larel y yo.

—¿Por qué...? —*¿Por qué insistía en preocuparse por ella?*—. Bueno, pues deberíais dejar de hacerlo.

—Eso no es...

—Creía que había venido aquí a trabajar en algo contigo. —Vhalla se levantó de golpe—. No voy a hacer esto otra vez, Aldrik. No seré tu proyecto.

—Sí, sí, por supuesto, *milady*. —Aldrik agitó una mano por el aire.

—No me trates con condescendencia. —Ese apelativo le tocó la fibra sensible.

—¿Acaso no eres una dama?

—Soy una *mujer* —lo corrigió Vhalla al tiempo que ponía los ojos en blanco—. Pero no soy una *dama*.

—Vale, mi princesa, entonces. —Esbozó una sonrisilla de suficiencia.

—Detente —lo advirtió Vhalla.

—¿Por qué, mi reina?

Vhalla ya había oído bastante y estaba a medio camino de la salida cuando Aldrik la agarró de la muñeca. Vhalla no se molestó en darse la vuelta para mirarlo.

—Son solo palabras. —El timbre de la voz del príncipe se había vuelto grave y profundo.

—*No* lo son. —Vhalla pensó en todos los lores y damas que había visto en el palacio, en lo distinta que se había sentido la noche de la gala. Los títulos eran más que solo palabras. Eran muros y barreras y parapetos para elevar a algunos y mantener a otros fuera.

—Mírame —le ordenó el príncipe, y ella obedeció—. Podría darte cualquiera de ellos.

—La cosa no funciona así.

—Sí que lo hace. —Vhalla cometió el error de mirarlo y los ojos serios de Aldrik la consumieron entera—. Un día, seré emperador. Podría convertirte en lo que tú quisieras.

—¿Por qué? —susurró Vhalla.

—Porque… —Se quedó sin palabras unos instantes. Después, el príncipe hizo algo que tenía reputación de evitar: la miró a los ojos y le mostró la verdad desde la que hablaba—. Lo haría *porque* eso te agradaría.

Vhalla se giró hacia él y lo observó con escepticismo. Abrió la boca y luego volvió a cerrarla, sin saber muy bien cómo contestar. No sabía si era tan valiente como para ser tan atrevida.

Aldrik relajó la mano sobre su muñeca y la deslizó hacia la mano de Vhalla.

—Me he dado cuenta de algo esta mañana, a lo largo de los últimos días —murmuró Aldrik—. Soy un príncipe mimado. No importa lo injusto que pueda ser, no encajo bien que se me niegue algo que quiero, aunque sea algo que vaya en mi contra. Te he hecho daño, te he puesto en peligro, y seguiré pidiéndote muchas cosas más cuanto más tiempo pases cerca de mí. Aun a sabiendas de esto, parece que te quiero aún más cerca, a pesar de que el sentido común me dice lo contrario.

—Aldrik. —A Vhalla le fallaron todas las palabras, excepto su nombre.

—Me pediste que fuese sincero; pues ahí está. —Ahora fue el turno del príncipe de escudriñar la expresión de Vhalla para ver su reacción.

Vhalla estaba mareada y lo único que consiguió hacer fue asentir una vez. Aldrik la condujo de vuelta a la pequeña zona de estar y se sentó a su lado. Vhalla sentía el calor de la piel del príncipe bajo las yemas de sus dedos, y no hizo nada por romper el contacto.

—Así que si se trata de mis sentimientos, confía en mí por encima de lo que digan los demás.

—Por encima de lo que diga Elecia, quieres decir. —Vhalla no pensaba dejar nada al azar.

—Por encima de Elecia.

—Entonces, ¿no estás enfadado conmigo? —Si estaban despejando el aire entre ellos, Vhalla quería sacarse todo de encima.

—En lo más mínimo. —El pulgar de Aldrik se deslizó por el dorso de su mano—. Si acaso, tú deberías estar enfadada conmigo... —Suspiró y se pasó una mano por el pelo.

—Dejémoslo en tablas. —Vhalla no quería dar más vueltas a las tensiones. Ya había hecho lo suficiente de eso todo el día, y se sentía más cómoda ahora que sabía más o menos cuál era su lugar con respecto a Aldrik—. Bueno, ¿en qué se supone que estamos trabajando?

Aldrik compartió una breve sonrisa con ella antes de que su expresión se volviera sombría enseguida.

—Tengo un plan para conquistar el Norte. —Clavó los ojos en ella—. Pero te voy a necesitar.

—¿Qué podría hacer yo? —No había aprendido a dominar ningún tipo de combate.

—Dependerá de lo bien que consigas aprender Proyección. Creo que yo puedo verte cuando estás Proyectada debido a nuestro Vínculo, pero nadie más debería ser capaz de hacerlo. Si puedes Proyectar, podrías infiltrarte en el bastión norteño sin que te detecten. Podrías descubrir sus pasadizos secretos y averiguar sus puntos débiles. La información que podrías darme quizás sirviese para que cayesen en una sola noche.

Vhalla se sintió incómoda con la idea al instante.

—Pero la última vez que lo hice me quedé atascada.

—Yo te ayudaré, estaré aquí. —Aldrik le apretó la mano con suavidad—. Si quieres, podemos empezar a practicar esta misma noche.

Después de un poco de debate interno, Vhalla por fin se decidió.

—Lo haré. —Tal vez esa fuese la única cosa que pudiera hacer para dar significado a haber sido reclutada para el ejército—. ¿Qué tengo que hacer?

—Bueno, ¿has trabajado en la Canalización? —Aldrik por fin se enderezó y retiró la mano. La distancia que él había estado manteniendo entre ellos no llegó corriendo para llenar el espacio. No daba la sensación de que tuviese ninguna intención de que esa fuera la última vez que se tocaran.

—No demasiado. —Vhalla apartó la mirada.

—Tampoco he visto que utilizaras magia cuando entrenamos. —Aldrik le lanzó una mirada cómplice—. Bueno, pues practiquemos eso primero.

Vhalla asintió y pensó en la última vez que habían trabajado juntos. Era un recuerdo fácil de invocar, dado el impacto que la Unión había tenido sobre ella. Vhalla extendió las manos y se concentró en ellas. Había visto a Aldrik repetir ese movimiento infinidad de veces.

Apretó los puños y sintió una oleada de poder. Era la misma sensación que él le había impartido durante su Unión, e hizo que Vhalla se preguntase por qué había tenido tanto miedo de intentarlo. Sus ojos volaron hacia el príncipe.

—Creo que lo he hecho.

—¿En serio? —Parecía tanto sorprendido como escéptico.

—Compruébalo —sugirió ella. Aldrik la miró de reojo.

—No puedo.

—¿Qué?

—No puedo utilizar la vista mágica. —Aldrik parecía avergonzado de admitirlo.

Vhalla lo miró pasmada. *¿Aldrik no podía hacer algo?* Y lo que era más destacable, no podía hacer algo que ella sí. No quiso mirarla a los ojos y Vhalla se borró esa expresión de la cara. Él no había hecho más que ayudarla cuando no tenía ni idea de lo que era la magia. No podía ponerlo en evidencia ahora.

—Bueno, asumamos que yo sí tengo algo de vista mágica. —Vhalla le dedicó una pequeña sonrisa.

—¿De verdad?

—Tengo un profesor excelente. —Le regaló una sonrisa de oreja a oreja y la boca de él se curvó hacia arriba en respuesta antes de poder pensárselo mejor.

—¿Te acuerdas de cómo Proyectar?

—Vagamente —confesó. Recordaba haber querido estar cerca de él cuando el emperador había regresado a la capital, y recordó cómo había estirado su mente hacia ese jardín de rosas. En aquel momento había pensado que había sido un sueño, pero quizás tuviese más sentido como una Proyección.

—Intenta repetir ese proceso.

Vhalla asintió, al tiempo que trataba de que la confianza del príncipe en ella diera vida a su intento. *Visualiza*, se ordenó a sí misma. En el ojo de su mente, el espacio que los rodeaba empezó a reconstruirse con una claridad de una nitidez mágica.

Vhalla permitió que el mundo se ralentizara y se aquietara. Más lejos, necesitaba estirarse más lejos. Ahora que era capaz de mantener abierto un Canal, a Vhalla le resultaba más fácil construir un mundo mágico por el que caminar. Ella era el aire, y este la llamaba sin descanso y le pedía que llenara el espacio. Pronto, desapareció todo el sonido y se puso de pie.

Sus sentidos volvieron en tromba a ella, pero ahora eran distintos. Oía a través de la sensación del aire al moverse; veía por cómo las rutilantes corrientes de aire giraban en torno a los objetos. Vhalla observó cómo su cuerpo se quedaba flácido.

Aldrik atrapó su forma física y la movió para que descansara entre sus brazos. Una sonrisa curvó sus labios al verla.

—Excelente —exclamó.

¿Puedes verme?, preguntó Vhalla. Él asintió.

—Prueba con andar.

Vhalla giró en el sitio. Cruzar la tienda fue fácil y los ojos del príncipe la siguieron todo el rato. Fue hasta la armadura y alargó una mano. Vhalla la estudió dubitativa.

¿Qué aspecto tengo? Se preguntó si el aspecto fantasmagórico de su mano era igual para él.

—Borroso, como si estuvieses metida en una neblina. Como un espejismo en el desierto —repuso Aldrik.

Vhalla intentó tocar el metal, pero descubrió que su mano pasaba a través. *No puedo tocar cosas*, comentó.

—Intenta usar tu magia —sugirió él.

Vhalla estiró la mano para tratar de manipular el viento a su alrededor. De repente, era resbaladizo e informe, como un recipiente lleno de serpientes y aceite. Vhalla exigió que la obedeciera y se concentró aún más.

—Vhalla, para —le advirtió Aldrik.

Ella ni lo miró. Trató de respirar hondo, para sentir el aire, pero descubrió que no podía hacerlo en esa forma. Tendría que limitarse a forzarlo. Se sumergió más profundo en su Canal e insistió en que la armadura se moviese. Su vista cambió y el mundo parpadeó entre la luz y la oscuridad.

¿Aldrik?, llamó.

—¡Vhalla, para! —Sonaba distante y muy alejado.

¡Aldrik!, gritó. Vhalla estaba inmersa en un mundo de luz cegadora.

—Vhalla. —La voz de Aldrik sonaba muy débil—. Vuelve conmigo. —Vhalla giró en ese vacío blanco pero no lograba encontrar dónde estaba él—. Escucha, busca los latidos de tu corazón. Busca los míos. Vuelve. —Sonaba nervioso, lo cual solo consiguió que ella se sintiese aún más consternada.

¿Aldrik?, dijo en el vacío. No obtuvo respuesta. Vhalla cerró los ojos, solo para encontrar más luz. Escuchó, pero no había nada. Caminó un poco, pero no lograba hacer que apareciese nada delante de ella. El tiempo parecía haberse detenido y no estaba segura de cuánto llevaba caminando. Al final, se sentó y se limitó a escuchar.

Despacio, muy despacio, empezó a oír un tamborileo lejano. Era un ritmo familiar, y la llamaba. Vhalla dejó que fluyera hasta ella, que resonase por todos los rincones de su conciencia. Fue una transición lenta, mientras el mundo se sumía poco a poco en negrura.

Sus párpados aletearon y abrió los ojos. El rostro de Aldrik la miraba desde lo alto y soltó una suave risa de alivio. Por segunda vez en el día se encontró apretada contra su pecho. Vhalla suspiró con suavidad. Era una tendencia con la que podría aprender a vivir.

—Me has vuelto a asustar —musitó él—. Es la última vez que hacemos eso.

—No —protestó Vhalla mientras sacudía la cabeza—. Hallaré la forma de hacerlo. Solo necesito más práctica. Esta vez me he forzado demasiado.

Aldrik la miró con atención y ella bostezó. De repente, se sentía exhausta. No hizo ademán de levantarse y él no hizo ademán de quitársela de encima. Los párpados de Vhalla se cerraron despacio.

—Descansa —le indicó el príncipe. Vhalla se movió un poco, una oreja contra su pecho.

—¿Aldrik? —empezó, con otro bostezo.

—¿Vhalla?

Hizo un esfuerzo por encontrar las palabras correctas.

—*Esta* es una idea realmente espantosa.

Vhalla notó que se ponía rígido un momento, pero luego soltó un leve suspiro.

—Lo sé. —Su voz sonó apenas audible—. Lo sé. Ahora descansa.

Vhalla sintió que su conciencia la abandonaba poco a poco mientras la envolvía un calor cómodo que solo él podía exudar.

CAPÍTULO
9

Vhalla era una de esas personas que siempre tenía frío. Con una pequeña cantidad de grasa corporal, seguramente debido a sus irregulares hábitos alimentarios cuando estaba absorta en algo, solía ser la primera en quejarse del frío. Hacía mucho que lo había aceptado como parte de lo que le había tocado vivir y vestía con la ropa más caliente posible para compensarlo.

Sin embargo, en ese momento sentía un agradable calorcillo. Era una sensación surrealista y, en su neblina medio adormilada, se removió un poco para pegarse más al origen del calor. Ese origen también se removió antes de acomodarse otra vez. La sensación desconocida le devolvió a Vhalla la conciencia de sí misma. Su cerebro estaba embotado por el sueño y pugnó por encontrar sentido a la situación.

Los latidos del corazón de Aldrik fueron lo primero que oyó. Lentos y fuertes contra su oreja derecha. Lo segundo fue una pluma rascar sobre un pergamino. Vhalla entreabrió los ojos y vio que descansaba en el pliegue del brazo izquierdo de Aldrik, que estaba enroscado alrededor de su costado. Estaba medio recostada en su regazo mientras él estaba sentado en el suelo con las piernas cruzadas, el brazo derecho estirado por encima de ella mientras marcaba pergaminos sobre la mesa.

Los eventos anteriores volvieron a ella en fragmentos, recalcados por un bostezo.

—Te has despertado. —Aldrik dejó la pluma sobre la mesa y se pasó una mano por el pelo—. ¿Cómo te encuentras?

—Cansada —repuso, un poco grogui.

—Sí, ya me he dado cuenta. —Su tono sonó neutro, pero su postura no mostraba hastío alguno—. Estoy casi seguro de que agotaste la mayor parte de tu magia y caíste dentro de tu Canal.

Vhalla tomó nota mental de preguntarle a él, a Fritz o a Larel sobre eso más tarde, cuando no tuviese tanto sueño.

—¿Qué hora es?

Aldrik se movió y alargó una mano hacia el borde de la mesa. Tenía pergaminos desperdigados por toda la superficie, con todo tipo de garabatos sobre ellos. Aldrik apartó unas cuantas hojas y un destello de plata captó la atención de Vhalla.

—A ver... las ocho y media —repuso, tras consultar el reloj de bolsillo.

—¿Puedo verlo? —Vhalla extendió la mano.

El príncipe la miró con curiosidad pero se lo dio. Vhalla hizo girar el reloj entre sus dedos. La parte de atrás estaba pulida como un espejo y la esfera mostraba el sol ardiente del imperio. Los dispositivos horarios eran escasos, porque los que comprendían su extraño mecanismo eran muy pocos. Vhalla miró más allá de su reflejo en el cristal que cubría la esfera de obsidiana y alabastro del reloj.

—Es precioso.

—Gracias —repuso Aldrik un poco incómodo.

—Nunca había tenido uno en la mano —caviló Vhalla en voz alta. Los pocos relojes que había visto en su vida eran grandes, como el del mostrador central de la biblioteca—. Es como tener el tiempo en la mano, ¿verdad?

—Supongo.

—Desearía poder hacer que se detuviera —murmuró.

Las manos de Aldrik se cerraron sobre las suyas y cerraron la tapa delantera.

—Si pudieras, ¿qué harías?

Vhalla notó el aliento de Aldrik caliente contra sus mejillas y era muy consciente de lo cerca que estaban. El príncipe la sujetaba con un brazo, su otra mano sujetaba las dos de ella, el costado de Vhalla apretado contra su pecho. *¿Qué estaban haciendo?*

—Yo... —Se perdería en esos ojos negros si no tenía cuidado. Vhalla se enderezó y se apartó un poco de él—. ¿En qué estás trabajando?

—¿Esto? —Aldrik hizo un gesto hacia el pergamino, lo cual le permitió salvarlos a ambos de sí mismos—. Es la emocionante tarea de comprobar nuestros víveres y asegurarnos de que tenemos todo lo necesario para llegar hasta la Encrucijada. Además, había un par de informes disciplinarios; los reviso para mi padre. —Hizo una pausa y Vhalla siguió la dirección de su mirada hasta una hoja de papel llena a rebosar de su escritura inclinada—. También empecé a tomar algunas notas sobre nuestro Vínculo.

—¿Sobre nosotros? —Vhalla echó un vistazo al papel.

—No hay demasiada información sobre los Vínculos. Quería llevar un registro que pudiera consultar más adelante si ocurre algo raro.

Vhalla se mordió el labio. No estaba muy segura de cómo se sentía acerca de que sus experiencias con Aldrik pudiera leerlas otra persona.

—Supongo que tiene sentido. Si necesitas que yo te explique algo, dímelo —se ofreció Vhalla, y él asintió—. ¿Tu hermano te ayuda con las otras cosas?

—¿Baldair? —Aldrik se retiró el pelo de la cara con ambas manos. Por un momento se pareció al hombre que había conocido en el palacio; al menos hasta que el pelo desgreñado volvió a caer alrededor de su cara—. No le tiene demasiada afición a los asuntos oficiales. —La voz de Aldrik sonó fría.

—Dijo que tenéis una relación extraña. —Aldrik arqueó una ceja al oír ese comentario—. Cuando vino a mi celda, durante el juicio.

—¿Eso dijo? —Aldrik soltó una risa sombría—. Es una manera de describirlo, sí.

—No os lleváis bien. —Vhalla no necesitaba tener hermanos para darse cuenta de eso.

—Nuestra relación funciona cuando necesitamos que lo haga, como necesitamos que lo haga. Por lo general, nos soportamos. —Sus palabras y su tono reservado dejaban claro que Vhalla no iba a sacarle nada más. La joven bostezó otra vez, en contra de su voluntad.

—Debería irme, supongo. —Apartó la mirada. En verdad, no tenía ningún interés en marcharse.

—Aún no has cenado. —El sentimiento parecía mutuo—. Puedo conseguirnos algo de comida para los dos.

—Genial. —No le costó nada aceptar.

Aldrik se levantó y se estiró. Agarró su cota de malla de donde estaba colgada de un gancho al lado del resto de su armadura y se la pasó por encima de la cabeza.

Vhalla se echó hacia atrás, pendiente de la sutil gracia de sus movimientos.

—¿De verdad es necesario llevar cota de malla en el campamento?

Aldrik hizo una pausa y una expresión dolida cruzó su rostro.

—El cuidado nunca es demasiado —murmuró. Su actitud volvió a su estado anterior antes de que Vhalla pudiese decir nada al respecto—. Espera aquí. Vuelvo enseguida. —Vhalla asintió y él se coló por la solapa de la tienda.

Vhalla se dejó caer sobre los cojines desperdigados por la alfombra. Toda la tarde, el día anterior, habían sido completamente surrealistas, y Vhalla no quería que terminara. Aldrik la quería más cerca, o eso había dicho. Eso le provocaba mariposas en el estómago en la misma medida que alarmas en su cabeza.

Gimió y se tapó los ojos con el dorso del antebrazo. Lo inteligente sería poner fin a aquello en ese instante, fuera lo que fuese *aquello*. Sería mejor disculparse, rechazar la cena, marcharse y evitar que ocurriera nada más. Vhalla bajó el brazo, echó la cabeza atrás y observó cómo las llamas titilaban en uno de los braseros colgantes. Eso hubiese sido lo inteligente, pero lo que hizo en realidad fue quedarse ahí tumbada hasta que Aldrik regresó.

—Vaya, se te ve muy cómoda. —Aldrik llevaba una sonrisa perezosa en la cara.

—No he tenido una almohada de verdad con la que dormir desde hace más de un mes —le recordó, al tiempo que se sentaba.

—Pues llévate una de estas. —Se encogió de hombros mientras dejaba un saquito en la mesa.

—No puedo llevarme tu almohada. —Vhalla aceptó el panecillo que le ofrecía.

—¿Por qué no?

—Oh, sí, por cierto, el príncipe heredero Aldrik me ha dado una almohada. ¿Eso te parece normal? —Vhalla puso los ojos en blanco.

—He oído que está de moda entregar regalos a las damas en el Este. ¿Pretendes decirme que mis fuentes se equivocan? —Aldrik sonrió.

—Oh, cómo te atreves.

Vhalla agarró una de las almohadas en cuestión y se la tiró a Aldrik a la cara. Le dio de lleno y el príncipe la miró pasmado. Por un momento, Vhalla sintió que los nervios se apoderaban de ella.

—Acabas de atacar al príncipe heredero. —La miraba ceñudo, pero Vhalla vio el destello revelador de la picardía en sus ojos—. Vhalla, creo que eso viola los términos de tu libertad condicional.

—¿Oh, en serio? Dime, ¿qué me harás? —Vhalla hizo todo lo posible por imitar una de sus típicas sonrisillas de suficiencia, y se vio recompensada cuando ese destello se convirtió en fuego en los ojos de Aldrik.

—Se me ocurren *unas cuantas cosas* que podría hacerte. —Su voz sonó ahumada y sensual, y Vhalla notó el rubor que trepaba por sus mejillas.

Sin tener una buena respuesta para eso, le dio un mordisco a su pan y llenó el silencio masticando. El príncipe se rio bajito y negó con la cabeza. Vhalla se terminó el panecillo y él le pasó un odre de agua. Antes de beber, la joven se limpió la boca con el dorso de la mano en consideración al príncipe.

—En realidad, no te pareces en nada a lo que decían de ti —caviló. Aldrik levantó una ceja para instarla a continuar. Vhalla agarró uno de los trozos más pequeños de carne de la bolsa y masticó pensativa—. Todo el mundo, cualquiera que hablase de ti. Eran todo advertencia y cautela. —Vhalla inclinó la cabeza hacia atrás mientras recordaba—. Cuando comí con tu hermano, dijo que me estaba salvando de ti, que tú me comerías viva. —Soltó una risita acompañada de una sonrisa, pero se borró de su cara enseguida cuando lo vio ponerse tenso.

—Estoy seguro de que mi hermano estaría más que contento de salvar a cualquier persona de mí. —Aldrik cerró un puño.

—No les creo. —Vhalla esperaba que al menos eso fuese obvio.

—Lo sé. —La voz de Aldrik sonó tenue y evitó mirarla a los ojos—. Pero tienen razón, ¿sabes? No soy una buena persona con la que estar.

Vhalla frunció el ceño y se tragó a toda velocidad lo que le quedaba de comida. Se acercó más a él y se inclinó para plantar la cara delante de la suya. Lo miró pensativa.

—Basta ya de eso, ¿vale? —susurró—. No me voy a ir a ninguna parte, a menos que tú me lo pidas.

Los labios de Aldrik se entreabrieron un poco, la mandíbula floja de repente.

—Es tarde.

—Lo es —convino ella.

El silencio que se extendió sobre ellos era una mezcla extraña de comodidad y dolor. Vhalla descubrió que su corazón intentaba por todos los medios salírsele del pecho. Dubitativa, alargó la mano. Las yemas de sus dedos rozaron con suavidad los nudillos de Aldrik, que le sostuvo la mirada mientras ella cerraba los dedos alrededor de los de él.

—Deberías irte —musitó el príncipe. Había una tensión en su voz que Vhalla no había oído nunca.

—*Debería* —admitió.

Ninguno de los dos se movió.

—Vhalla —susurró Aldrik. El nombre sonó tenso contra sus labios, y Vhalla descubrió que una parte de ella se deleitaba en el sonido.

—¿Aldrik? —repuso en el mismo tono.

El príncipe le apretó la mano con fuerza durante un momento y Vhalla contuvo la respiración, pero a medida que aflojaba su agarre, sintió cómo la locura que se había apoderado de ellos en ese breve intercambio se disipaba en el aire.

—Mañana marcharé contigo —prometió Aldrik—. No cabalgues con nadie más. Quédate conmigo.

Vhalla asintió.

—Lo haré. Lo prometo.

Aldrik la ayudó a levantarse y ella se quedó ahí delante de él, los dedos aún envueltos en los suyos. Despacio, Aldrik levantó los nudillos de Vhalla hacia su cara y apretó los labios con suavidad contra ellos. Su boca era suave y el calor de su aliento le provocó a la joven un leve escalofrío.

Vhalla se puso las botas y cruzó los pocos pasos que la separaban de la entrada de la tienda. Ahí se detuvo un momento para darse la vuelta.

—Aldrik, mañana… —Vhalla se calló, las palabras pegadas a la parte de dentro de su garganta; tragó saliva para liberarlas—. ¿Todo esto será un sueño? —Aldrik frunció el ceño un instante—. La próxima vez que nos veamos, ¿será como si nada de esto hubiese ocurrido?

—Por supuesto —dijo en un tono de lo más desenfadado. Vhalla notó cómo se le comprimía el pecho. Aldrik cruzó la distancia que los separaba, deslizó una mano por debajo de la oreja de Vhalla y cerró los dedos por detrás de su cuello. Se inclinó hacia ella, y Vhalla vio un destello de diversión en sus ojos—. Para *todos los demás*, por supuesto que así será.

—¿Y para nosotros? —Vhalla no sabía cómo se había colado ese tono suplicante en su voz.

—Para nosotros, será cuestión de esperar cuatro días más hasta que practiquemos nuestra Proyección otra vez.

La joven esbozó una leve sonrisa de alivio, con la esperanza de estar entendiendo bien el significado de sus palabras.

—Hasta entonces.

—Hasta entonces. —El príncipe se enderezó y retiró la solapa de la tienda para permitir a Vhalla desaparecer en la noche fresca.

Tenía el estómago lleno de mariposas y tuvo que reprimir un extraño ruido de júbilo mientras regresaba a su propia tienda de campaña. Nunca había sentido nada igual, y pensó que le gustaban las burbujas que provocaba en su sangre. Cuatro días más; era mucho mejor que un mes. Vhalla puso una mano sobre la otra y aún sintió unos labios fantasmales sobre su piel.

Aldrik había tenido razón, era tarde. La mayoría de las hogueras ardían bajas y estaban situadas hacia el centro del campamento; por los bordes había pocas personas. Consiguió alejarse lo suficiente de la tienda de Aldrik antes de que alguien se percatara de su presencia, y ahí ya podía deberse a muchos motivos. El silencio de la noche empezó a calmarla a medida que se acercaba más a su tienda a cada paso que daba. Tenía que disculparse con Larel.

La mujer estaba hecha un ovillo en su saco de dormir y no se movió mientras Vhalla se cambiaba en silencio. Notó el aire fresco contra la piel desnuda mientras desenvolvía las vendas que había empezado a llevar alrededor de los senos para evitar el roce con su armadura. La mente de Vhalla voló al instante de vuelta al calor del príncipe y eso le provocó un escalofrío de otro tipo. Suspiró mientras se colaba bajo la lana rasposa de su manta.

Vhalla había estado contenta de retrasar su conversación con Larel hasta la mañana siguiente, pero la mujer occidental solo había fingido dormir y Vhalla se encontró enseguida atrapada en una batalla de miradas. Larel la observaba con atención y dejó que el silencio se alargara hasta que quedó claro que estaba esperando que Vhalla tomara la iniciativa.

—Siento haberte hecho montar la tienda sola hoy. —A Vhalla le ardían las orejas de la vergüenza.

—*Eso* no ha sido ningún problema.

Eso no lo había sido, pero cómo había actuado Vhalla antes sí.

—También siento haberte hablado como lo hice. —Hizo todo lo posible por sostenerle la mirada a Larel, pero la vergüenza acabó por ganarle la batalla y Vhalla apartó la vista—. No lo decía en serio. Solo estaba… exhausta y… —Vhalla tragó saliva para ganar algo de tiempo—. Larel, eres mi amiga. Jamás hubiese podido hacer esto sin ti. No hubiese sobrevivido tanto tiempo sin ti.

A Vhalla se le quebró la voz de la emoción. Era verdad. Si no fuese por todo lo que había hecho Larel y por lo que seguía haciendo por ella, Vhalla hubiese estado sola. Vale, Aldrik la estaba ayudando y podía producirle a Vhalla alegría en la misma medida que frustración. Pero las cosas eran extrañas con él, debido a las dudas de ambos y a las expectativas del resto del mundo. En comparación, la relación que Larel había entablado con Vhalla era de lo más sencilla.

La mano de Larel se cerró con fuerza en torno a la de Vhalla.

—No le des más vueltas al tema —dijo Larel al cabo de unos segundos—. Te perdono. —Vhalla aspiró una bocanada de aire temblorosa, aferrada a la mano de Larel—. Eres más que una protegida para mí, ¿sabes? Eres una amiga muy querida. —La mujer occidental deslizó una mano por el pelo de Vhalla con cariño—. No tengo demasiados amigos.

—Yo tampoco los he tenido nunca —admitió Vhalla con una leve risa.

—Aldrik fue uno de mis primeros amigos. —El nombre del príncipe en boca de cualquiera siempre llamaba la atención de Vhalla, y

Larel lo decía con más soltura aún que ella misma—. Tú compartiste tu secreto sobre el príncipe. Yo compartiré el mío.

—No tienes por qué. —Vhalla notaba un aura desconocida alrededor de Larel, un aura de incomodidad.

—Lo sé. —La mujer sonrió—. Pero quiero que sepas que confío en ti como tú confías en mí. —Larel se movió un poco, su mirada se tornó distante—. Supongo que nada tendrá sentido a menos que empiece por el principio. Provengo de una familia muy pobre de un pueblo llamado Qui.

—No lo conozco —confesó Vhalla.

—No tendrías por qué, a no ser que hubieses estudiado minería occidental. Qui es un pueblo que está más o menos a medio camino de Norin. Al menos, si tomases las rutas antiguas, antes de que construyeran la Gran Vía Imperial. Por aquel entonces, mucha gente paraba ahí para reponer suministros o para dejar descansar a sus caballos.

Larel rodó sobre la espalda, sus dedos entrelazados flojos con los de Vhalla.

—Es un pueblo más lleno de mierda que una empanada de ternera. —La mujer mostraba un sarcasmo muy poco propio de ella—. Mi padre era un minero que nunca hizo nada con su vida aparte de convertir el alcohol en pis. Mi madre era una mujer rota y creo que lo único que podía hacer era mirar al vacío, sobre todo después de que mi padre le pegara.

Vhalla parpadeó, sumida en el silencio.

—Ahí no había dinero, ni futuro, ni alegría. Que la Madre me perdone, odiaba esa chabola que llamaban «hogar». Un día, cuando tenía cinco años, o seis quizás, mi padre trajo a casa a un hombre que no había visto nunca. Dijo que el hombre nos daría todo el dinero que necesitáramos y que todo lo que tenía que hacer era ser buena y hacer lo que me dijeran.

Larel apoyó el antebrazo sobre su frente, los ojos perdidos en algo mucho más allá de la lona por encima de ellas.

—No lo comprendí hasta que estuve a solas con ese hombre. Grité, chillé, lloré, pero no vino nadie. En ese momento, solo quería verlos a todos muertos. —Larel suspiró con suavidad. Vhalla apenas podía procesar lo que la mujer estaba insinuando—. Me encontraron sentada entre los restos cenicientos de la casa. No creo que derramara ni una sola lágrima. —Se giró hacia Vhalla otra vez—. Ahí fue cuando me Manifesté. Era solo una niña, y una hechicera para más *inri*. Así que me entregaron a las minas. Todos los días me bajaban a un agujero. Cavé *y cavé*. O hacía fuegos, derretía cosas, o lo que fuese que pudiera hacer.

—Lo siento —susurró Vhalla. Esas palabras no parecían ni acercarse a servir para nada.

—Aquella era una vida diferente, Vhalla. —Larel se encogió de hombros—. En verdad, las minas me pagaban un cobre por cada día que trabajaba. Era suficiente para pagarme la cena, y dormía en casetas de suministros. —Larel volvió a tumbarse bocarriba, los ojos repletos de recuerdos—. Luego, un día, pasó por ahí una compañía imperial. El emperador en persona iba con ellos e hicieron una parada para dejar descansar a sus monturas y reabastecerse de víveres. Jamás había visto nada tan asombroso como los carruajes dorados y los caballos cubiertos de cueros teñidos.

»El emperador dijo que quería hacer una visita a las minas. Se dirigían a Norin, pero el emperador Solaris sabía que nuestra mina era una de las vetas de plata principales del Oeste y fue lo bastante amable como para al menos fingir interés. Aldrik iba con él.

Vhalla hizo un esfuerzo por imaginar el aspecto que tendría Aldrik de niño, sin su presencia y actitud de adulto.

—Tenía doce años y era un príncipe abnegado, incluso entonces. Siguió a su padre por las minas, diligente y obediente, pero aún era un niño y acabó por irse por ahí él solo… bueno, con un guardia. Aunque nadie en el Oeste le haría daño jamás. Después de todo, él es uno de los nuestros. Vi cómo encendía unos cuantos fuegos para jugar. Nunca había visto a otra persona como yo.

Larel se rio bajito.

—Yo no era más que una chiquilla mugrienta, Vhalla. No pintaba nada acercándome al príncipe heredero. Pero él me sonrió con amabilidad y dejó que le enseñase lo que podía hacer. Me dijo que había un sitio en el castillo, una torre, donde las personas como nosotros eran especiales, donde no tendría que vivir en la oscuridad. Recuerdo haber llorado. Lloraba porque sonaba perfecto, lloraba porque sabía que jamás iría allí.

»Me miró con expresión confusa. No entendía por qué no. Su guardia se lo explicó y Aldrik se limitó a decir que él me llevaría. —Larel jugueteó con su manta—. Me llevó ante su padre y le dijo, delante de todos los presentes, que iba a volver con ellos para unirme a la Torre. Al principio, el capataz se negó. Dijo que era propiedad de las minas, pero Aldrik no quiso saber nada del tema. Al final, me compraron con siete monedas de oro y un «gracias» imperial. Tenía once años cuando por fin abandoné ese pueblo y jamás he vuelto.

Vhalla la miró pasmada, pero Larel parecía haber llegado solo a la mitad de su historia.

—Me uní a la caravana imperial hasta Norin y luego de vuelta al palacio del Sur. Aldrik y yo fuimos inseparables durante todo el trayecto. Éramos niños y, bueno, los niños no entienden el mundo y todas las razones que mantienen a la gente separada. Desde el primer momento, no quiso que lo llamara «príncipe», dijo que lo hacía sentir extraño. Estuve más que contenta de hacerle caso. Cuando llegué a la Torre, insistió en que entrenáramos juntos. El ministro Egmun no...

—¿Egmun? —la interrumpió Vhalla consternada.

Larel se dio cuenta de que había algo ahí, en el tono de Vhalla.

—Egmun fue el ministro de Hechicería antes que Victor.

Vhalla se incorporó.

—*No*, ¿te refieres al mismo presidente electo del Senado Egmun? Tenía que ser un error.

—Sí, dejó su posición de ministro para unirse al Senado —explicó Larel.

—Él... él... —Vhalla estaba furiosa y solo alcanzaba a balbucear al recordar al hombre que trató de someterla a golpes a una sumisión que significaría aceptar la muerte como una alternativa al dolor.

Larel dejó que las palabras de Vhalla se perdieran en el aire.

—He oído que Egmun ha cambiado mucho durante su transición a senador.

—Perdona, continúa. —Vhalla sacudió la cabeza para quitarse el recuerdo del senador a quien consideraba la personificación del mal.

—En cualquier caso, no les parecía apropiado que entrenara con el príncipe heredero, pero Aldrik es Aldrik. Así que entrenamos juntos de todos modos. Cada día que pasaba con él era mejor que el anterior. Incluso las veces que estaba enfadado o triste, simplemente disfrutaba de estar con él, de verlo...

Larel dejó la frase flotar envuelta en nostalgia, con una sonrisa tierna y triste. Vhalla abrió los ojos como platos.

—¿Estabas enamorada de él?

Tendría sentido que lo hubiese estado. Él la había salvado, le había dado una vida nueva y se había quedado a su lado mientras le enseñaba un asombroso mundo nuevo. ¿Quién no podría enamorarse de alguien en esas circunstancias cuando además era tan asombroso como lo era Aldrik?

—Bueno... —Incluso a la tenue luz, Larel tenía las mejillas un poco arreboladas. Vhalla nunca la había visto sonrojarse antes y sintió un nudo en el estómago—. Hubo un verano... Él acababa de cumplir catorce años y yo tenía trece. Era esa edad en la que empiezas a preguntarte por primera vez lo que es el amor. Tuvimos nuestro momento. Él fue el primer chico al que besé. —Vhalla movió sus mantas un poco—. Pero se desvaneció tan deprisa como había llegado. Los dos nos dimos cuenta de que éramos solo niños jugando al amor y descartamos la idea con buen humor.

Larel suspiró con suavidad.

—Justo al principio de la Guerra de las Cavernas de Cristal, él se sumió en un agujero muy oscuro. Intenté llegar hasta él, pero me rechazó. Tuvimos una pelea y los dos dijimos cosas de las que luego nos arrepentimos. —Parecía dolida—. Yo era orgullosa y él me había hecho daño, así que me marché. Sabía que me necesitaba, que necesitaba a alguien, más que nunca... pero me alejé de él. —Los ojos de Larel volvían a estar sobre Vhalla y la neblina del pasado dio la impresión de difuminarse por un instante—. Prometí entonces que jamás abandonaría a alguien necesitado, si volvía a tener la ocasión. Jamás ignoraría a un amigo debido a las tonterías que el dolor pudiese impulsarle a hacer.

Vhalla se dio cuenta enseguida de que se refería a ella.

—Después de aquello, durante muchos años, las cosas fueron incómodas y frías entre nosotros. —Larel había vuelto a su historia—. Pero el tiempo cura todas las heridas y recuperamos nuestra amistad. Nunca volverá a ser lo que era, pero lo que teníamos había creado unos cimientos fuertes. Él sabe que puede confiar en mí de manera implícita y yo sé que puedo confiar en él.

El silencio llenó el aire mientras Vhalla digería la historia de Larel. La hacía sentir pesada y le había hecho un nudo en el estómago. Sentía pena por su amiga; también alegría y emoción y un poco de celos. Se sintió como una niña cuando se preguntó cómo sería besar al príncipe, así que se guardó sus preguntas para sí misma.

—O sea que por eso eres mi mentora. —Vhalla veía ahora las cosas con una nueva luz.

—Sí. Durante tu Despertar, Aldrik se mostraba obsesivo en su preocupación por ti. Prácticamente teníamos que llevárnoslo a la fuerza. Quería evaluar a toda persona a la que se le permitiera verte siquiera, no digamos ya tocarte. Como Victor no hacía más que apartarlo de ahí, me nombró a mí para el puesto. Me pidió un favor. Claro que ahora sé por qué estaba tan frenético... si estáis Vinculados.

Vhalla retorció las mantas entre sus dedos. No era la primera vez que le habían dicho que el príncipe había pedido algún favor por ella. La joven ladeó la cabeza.

—¿Qué pasa con el Vínculo?

—Ya sabes cómo se crea un Vínculo —dijo Larel con delicadeza—. Los dos sois parte el uno del otro. Hay registros de personas que se volvieron locas al perder a sus Vínculos. Hay quien tiene la teoría de que, según la profundidad del Vínculo, si uno muriera, el otro también lo haría.

Vhalla se enderezó y apoyó la frente en la palma de su mano. *O sea que para él era una cuestión de supervivencia.*

—Me mantiene a salvo porque si no lo hace…

—Te mantiene a salvo porque *quiere* mantenerte a salvo —la interrumpió Larel.

Larel pasó un brazo por los hombros de su amiga y envolvió a Vhalla en su seguridad cálida antes de seguir hablando con voz triste y sincera.

—Aldrik ha pasado por muchas cosas, gran parte de las cuales nunca me ha contado siquiera. Pero he visto los bordes de la oscuridad con la que carga. No creo que se preocupe lo más mínimo por su cordura o por su mortalidad. No quiere que mueras porque teme que eso significaría que tendría que vivir sin ti.

Larel acarició la parte de arriba de la cabeza de Vhalla.

—Escúchame bien. Hace doce años que lo conozco. Y muchos de esos años los pasé, me atrevería a decir, como su mejor amiga. Conozco a Aldrik… al bueno y al malo. —Larel suspiró—. No quiero decir nada que no haya dicho él mismo, pero le *importas*, Vhalla. De un modo que no he visto que le importara nadie nunca.

Vhalla cerró los ojos con fuerza e imaginó que estaba de vuelta en el palacio. Allá donde las cosas eran seguras y fáciles.

—Gracias por contarme todo esto, Larel.

—Dulce Vhalla, sabes que siempre estaré aquí para ti.

Larel le dio un apretón fuerte y Vhalla durmió tranquila por primera vez en lo que parecían años.

CAPÍTULO 10

A la mañana siguiente, Aldrik cumplió su promesa y cabalgó al lado de Vhalla. El día se les pasó volando de una conversación a otra, casi exclusivamente entre ellos. Él le preguntó por su vida en el Este, por su familia, por su granja. Vhalla le sonsacó conocimientos mágicos que no tenía otra forma de aprender. El hombre era casi una biblioteca andante.

Tampoco quedaba ni rastro de tensión entre Fritz, Larel y ella. Fritz se había dado cuenta rápido de que, fuera lo que fuese lo que había pasado, estaba resuelto, y el sureño tenía el suficiente sentido común como para no hurgar en la herida. Armada con sus amigos a su lado y tranquila en la certeza de la estabilidad de su relación con Aldrik, Vhalla ignoró a Elecia durante su entrenamiento, para gran frustración de la otra mujer.

Vhalla empleó su Canalización con libertad, para sorpresa de todos excepto Aldrik. Como era de esperar, Fritz y Larel le dieron ánimos. Elecia, por su parte, se mostró claramente perturbada y la evitó durante los siguientes tres días.

Vhalla estaba asombrada ante lo fácil que le resultaba controlar su poder después de esos primeros días de Canalizar sin vacilación ni miedo. Respaldada por sus amigos y por Aldrik, Vhalla se encontró disfrutando por fin de su magia. El viento se deslizaba con facilidad entre sus dedos, se plegaba a su voluntad, y Vhalla estaba superando a toda velocidad las introducciones básicas a la magia que Aldrik le había dado hacía meses. Estaba descubriendo que la magia era como la poesía. Una vez que entendías la lógica, la métrica, el ritmo que había detrás de ella, podías embellecerla y hacerla tuya.

A la tercera noche, montó la tienda que compartía con Larel usando solo su magia. Ahí fue la primera vez que Vhalla sintió que otros ojos estaban pendientes de ella, de su magia, ojos que no eran intimidantes ni asustadizos. La Legión Negra empezó a prestar atención a su Caminante del Viento una vez más, no por la Noche de Fuego y Viento, sino por las pequeñas hazañas diarias que era capaz de realizar. Era un empujón de confianza para Vhalla, uno que además le hacía bastante bien a su cordura.

Estaba tan eufórica con todo ello que cuando Aldrik la emparejó con Elecia durante su entrenamiento (a petición de la otra mujer) Vhalla ni parpadeó. Aceptó sin problema la presencia de la otra mujer frente a ella. Si se trataba de una verdadera competición por la atención de Aldrik, era una que estaba ganando Vhalla. El príncipe heredero había cabalgado a su lado sin descanso, y al día siguiente volverían a practicar la Proyección.

Aldrik había estado concentrado en trabajar más hacia un combate cuerpo a cuerpo y Vhalla estaba contenta de poder complacerlo. La mujer de aspecto norteño necesitaba que alguien la apeara de su alto caballo y esta noche era la noche *de Vhalla*, se dijo a sí misma. Se había ido sintiendo más fuerte a cada semana que pasaba, menos dolorida, más capaz.

—¿Estás segura de que quieres hacer esto, Yarl? —Elecia sonrió con suficiencia y sus ojos saltaron un instante hacia Aldrik.

—Es solo un combate de práctica, ¿no? —Vhalla se colocó en su posición de pelea preferida, con un brazo arriba y el otro a la altura del pecho.

—Oh, por supuesto. —Elecia cerró el puño de la mano derecha y plantó la izquierda encima de él.

Vhalla cerró los puños y también le dio la bienvenida a su magia.

—¿A tu señal o a la mía?

—A la mía. No quiero que hagas trampa. —Elecia le dio a su voz un tono sarcástico, pero Vhalla sabía que era un velo fino para la sinceridad y entornó un poco los ojos.

Elecia se movió y Vhalla se lanzó a la ofensiva de inmediato.

La mujer de piel oscura la esquivó y se agachó con destreza. Logró evitar por poco los ganchos y puñetazos de Vhalla, pero esos golpes estaban fallando por un margen más estrecho de lo esperado.

Vhalla respiró hondo y se concentró. Empezó a sentir las ondulaciones en las corrientes de aire cuando los músculos de la otra mujer se tensaban y palpitaban antes de lanzar una patada o un puñetazo. El cuerpo de Vhalla sabía antes de que sus ojos pudieran ver. Su corazón empezó a acelerarse. Podía hacerlo: *podía pelear*.

Un pulso empezó a llenar los oídos de Vhalla y se permitió fiarse del instinto. Vhalla se movía como el viento: rápida y precisa. Sus manos se columpiaban en arcos exactos y daban en el blanco casi todas las veces. La ofensiva constante empezó a asustar a Elecia, y el miedo hizo que empezara a ser descuidada. Vhalla no oía nada más que esos latidos.

Elecia le lanzó un puñetazo a la cara. A sabiendas de que llegaba, Vhalla lo esquivó en el último segundo. Cerró la mano alrededor de la muñeca de Elecia y saboreó la mirada de sorpresa absoluta cuando le quitó a la otra mujer los pies de debajo del cuerpo de una patada. Elecia cayó de rodillas y Vhalla fue a por la cara de la mujer con su mano libre y la plantó sobre la boca de Elecia.

Los ojos de la mujer morena se abrieron como platos del terror.

—Basta ya —ladró Aldrik desde su derecha—. Vhalla, *suéltala*.

Los latidos en los oídos de Vhalla empezaron a amainar; fue casi como salir de un trance. Como si viese a la mujer por primera vez, Vhalla se apresuró a retirar la mano y miró el apéndice que había encontrado una mente propia.

—En el nombre de la Madre, ¿qué ha sido eso? —exclamó Elecia, mientras se levantaba de un salto.

—Solo una pelea de entrenamiento —dijo Vhalla sin más. No estaba dispuesta a dejar que la conmoción le diera a Elecia vía libre para ignorar el hecho de que la había vencido—. Una pelea en la que has sido derrotada.

—Cierto —farfulló Elecia. Sus ojos volaron hacia Aldrik—. Derrotada por un estilo de pelea que me resulta muy *muy familiar*.

—Creo que ya basta por esta noche. —El tono de Aldrik lo decía todo: no quería más discusiones sobre el tema.

—¿Por qué? —Elecia dio un paso adelante—. ¿Para que puedas seguir entrenándola en secreto? —*¿Era dolor eso que oía en la voz de la otra mujer?*—. ¿Qué hacéis esas noches que la haces ir a tu tienda?

—Eso no es asunto tuyo. —Vhalla no había oído nunca a Aldrik hablarle a Elecia en un tono tan cortante.

—Sí que lo es, porque eres mi...

—Vete ya, Elecia. —Aldrik se pellizcó el puente de la nariz con un suspiro.

¿Él era su qué? Vhalla quería gritar la pregunta, pero apenas encontraba el aire suficiente para respirar durante todo el intercambio.

—Muy bien, Aldrik. Si quieres entrenarla en secreto, adelante. Pero no creas que el favoritismo que muestras por esa plebeya de baja cuna pasará desapercibido o quedará sin cuestionar. —Ahí estaba Elecia lanzando insultos otra vez, y Vhalla deseó tomárselos con un poco más de suavidad, en lugar de que aún le parecieran como dagas clavadas en el estómago.

—Volved todos al campamento —ordenó Aldrik, mientras Elecia se marchaba furiosa.

—Aldrik —dijo Vhalla en voz baja mientras Fritz y Larel se adelantaban unos pasos.

—¿Dónde has aprendido a hacer eso? —El príncipe la miraba desde lo alto.

—¿Dónde más podría haber aprendido? —No entendía por qué era la destinataria de su disgusto—. Tú, Elecia, Larel, Fritz, la mayor Reale. Sabes muy bien quién me ha enseñado. Los conoces a todos.

—La forma en que te movías. Ninguno de *ellos* ha podido enseñarte eso. —Sonaba muy serio.

—Bueno, tengo un buen profesor. —Vhalla hizo un intento de sonreír, pero lo abandonó enseguida.

Los ojos de Aldrik lucían oscuros, con una tempestad de emociones, ninguna de ellas buena.

—Era más que eso, Vhalla —insistió.

—No sé qué más crees que he hecho. —Vhalla dio un paso atrás y cruzó los brazos—. Por si no lo recuerdas, mi vida ya no es mía desde hace varias semanas. Soy *propiedad* de la corona, mi príncipe.

—¿Eso es todo? ¿Solo estás aquí porque eres propiedad de la corona? ¿No hay nada más? —Aldrik dio dos pasos para acortar el espacio entre ambos.

—¿Qué más podría haber? —*¿Por qué más podría estar de camino a la guerra?*

Los ojos de Aldrik se abrieron un pelín y Vhalla se dio cuenta de que no estaban hablando de su presencia en el ejército ni para combatir. Aldrik pasó por su lado hecho un basilisco y su hombro golpeó el de Vhalla con suavidad.

—Aldrik, sabes que no me refería a eso —le gritó Vhalla a su espalda.

El príncipe se quedó inmóvil y giró la cabeza hacia ella. *¿Era reconocimiento eso que veía en la cara de Aldrik?* ¿Estaba impresionado por que ella se diese cuenta de los cambios sutiles en su conversación?

El momento fue fugaz y Aldrik la dejó ahí plantada sin decir ni una palabra más.

Vhalla quería gritar. El viento hormigueaba bajo la palma de su mano en respuesta a su frustración. Por primera vez, se planteó huir y abandonar su deber.

Más tarde, en su tienda, se desahogó con Larel sobre todo ello.

—¡Ni siquiera sé lo que hice! —La otra mujer se quedó callada—. Pensé que se alegraría de que no fuese una inútil total.

—Nunca fuiste una inútil —la corrigió Larel, aunque eso no ayudaba.

—¡Vencí a Elecia! —Vhalla se dejó caer hacia atrás sobre la esterilla—. Pensé que estaría orgulloso.

Larel hizo una larga pausa, tumbada sobre el costado al lado de Vhalla. Ahora colocaban sus esterillas pegadas la una a la otra para dejar más espacio para la armadura y el resto de sus cosas en la pequeña tienda de campaña. Parecía un uso del espacio mucho mejor, y Vhalla ya había derribado cualquier barrera al contacto con todas las noches que había pasado temblando y llorando en brazos de Larel.

—La manera en que peleaste, Vhalla —empezó Larel con tacto.

—¿Tú también? —gimió la joven.

—Bueno, te movías de un modo muy distinto a cualquier otro día —señaló Larel—. ¿Qué pasó?

—Llevamos *semanas* entrenando —dijo Vhalla con énfasis—. Espero estar mejorando.

—Ni Fritz ni yo pudimos vencer a Elecia.

—Pero vosotros dos no estabais disputando un enfrentamiento de verdad. —Vhalla se giró sobre el costado para mirar a Larel.

—Sí lo hacíamos. —Larel asintió—. ¿Cómo lo has hecho?

Vhalla hizo una pausa y trató de dejar su actitud defensiva a un lado para pensar.

—No lo sé, solo me moví.

—¿Solo te moviste? —Larel olvidó su escepticismo en cuanto vio la cara de Vhalla.

—No lo pensé —añadió Vhalla con suavidad, tratando de analizar lo que había sucedido—. Era como si mi cuerpo supiese lo que debía hacer, y solo tuviera que confiar en él.

—Luchaste como Aldrik. —Larel continuó antes de que Vhalla pudiese comentar que el príncipe la había estado entrenando—. No, Vhalla, luchaste *exactamente* como Aldrik.

—Pero…

Larel sacudió la cabeza.

—Podías haber sido su espejo. He entrenado con el príncipe las veces suficientes como para saber cómo se mueve. Incluso la forma en que girabas los pies, Vhalla. Y después, cuando agarraste la cara de Elecia... Así es como Aldrik ejecuta a sus enemigos.

Vhalla recordó a la norteña de la Noche de Fuego y Viento, la que había matado Aldrik delante de ella. Había agarrado la cara de la espadachina y la había quemado de dentro hacia afuera. Vhalla se estremeció.

—No sé cómo...

—Yo apostaría por la Unión. —Larel había llegado a la conclusión obvia.

—Tengo que ir a hablar con él. —Un brazo alrededor de sus hombros impidió que Vhalla se levantara a toda prisa.

—Mañana —le dijo Larel pensativa—. Creo que Aldrik se sorprendió mucho con este giro de los acontecimientos. Dale algo de espacio para calmarse y procesarlo.

Vhalla frunció el ceño pero hizo caso a su amiga. Larel daba los mejores consejos y tenía la sabiduría de años con Aldrik detrás de ella. Además, tampoco quedaba tanto tiempo para el amanecer.

Sin embargo, cuando este llegó, Aldrik no estaba por ninguna parte. Vhalla escudriñó las hogueras, las tiendas que se estaban desmontando, pero no pudo encontrar su alta sombra en ningún sitio. No lo vio hasta que ella estaba ocupando su puesto al lado de Fritz y Larel.

El príncipe hizo caso omiso del espacio que Vhalla le había dejado, el espacio que había llenado en los últimos días, y fue directo al lado de Elecia. Vhalla se despidió de Fritz y de Larel y avanzó a trote ligero hasta la cabecera del grupo. Los cambios de humor y las incómodas distancias de Aldrik empezaban a agotar la paciencia de Vhalla. No le importaba que de día su cercanía tuviese que ser un secreto; lo que fuese que significara siquiera esa cercanía. Pero estaba cansada de que todo lo hiciesen en *sus* términos y lo que él necesitaba.

—Vaya, mirad a quién tenemos aquí. —Craig fue el primero en percatarse de su presencia y Daniel sonrió de oreja a oreja al verla acercarse—. Creíamos que nos habías abandonado, señorita Caminante del Viento.

—¿A mis chicos de oro favoritos? —Vhalla se quitó de encima la tensión de la Legión Negra con unas risas, al tiempo que se colocaba entre Craig y Daniel—. ¿Cómo podría abandonaros jamás?

—Buenos días, Vhalla. —El príncipe Baldair le sonrió desde el otro lado de Daniel.

—Buenos días, príncipe. —Vhalla bajó los ojos en ademán respetuoso. Cuando los volvió a levantar, su mirada se cruzó con la de Raylynn y la mujer sureña le dedicó un asentimiento escueto. Las cosas habían mejorado de manera drástica entre ellas—. ¿Qué tal están las espadas hoy?

—Tan afiladas como siempre —anunció Craig con orgullo—. Sobre todo esta de aquí. —Señaló hacia Daniel y el oriental se vio abrumado por una repentina modestia—. Lleva invicto en el *ring* desde hace dos semanas ya.

—¿El *ring*? —preguntó Vhalla—. ¿En combates de entrenamiento?

—Debemos mantener nuestros reflejos vivos. —Baldair la miró de soslayo—. Seguro que en la Legión Negra también practicáis de algún modo, ¿no?

—Sí. —Vhalla se pasó las riendas de una mano a otra, un poco incómoda.

—Es extraño imaginarte combatiendo —caviló Daniel en voz alta—. No quiero decir que no podrías o que no deberías. Durante el juicio, no parecías una combatiente —añadió a toda prisa.

—No lo era. —Vhalla contempló el horizonte desierto. Había elegido el día perfecto para cabalgar a la cabecera del ejército. Los últimos restos de arbustos y hierbas del bosque se estaban disolviendo para dar paso a las arenas del Páramo Occidental. La Gran Vía Imperial cortaba a través de las pálidas dunas amarillas como una serpiente de alabastro, y no había nada más hasta donde alcanzaba la vista.

—¿Entrenarías conmigo? —Daniel ladeó la cabeza—. Nunca he tenido demasiada oportunidad de entrenar con hechiceros; Jax suele estar ocupado con la Legión Negra. Me encantaría practicar un poco. —Sonrió mientras retiraba su pelo empapado de sudor de su cara.

—Claro. —Vhalla asintió y ajustó la capucha de cota de malla que le había hecho Aldrik, de modo que tapara el sol de sus mejillas.

—Cuando paremos, entonces. —Daniel parecía emocionado de verdad.

Como resultado de su decisión de participar en ese combate de entrenamiento, la charla se centró en la historia de la Legión Negra y la Torre de los Hechiceros. No fue ninguna sorpresa descubrir que la brecha entre los hechiceros y los Comunes era profunda, y lo que Craig y Daniel decían acerca de que era peor en el ejército resultó ser cierto. Cuando las tropas se pararon al final del día, los espadachines observaron a Vhalla con cautela al ver que se demoraba entre ellos. Había cabalgado con Craig y Daniel las veces suficientes como para no recibir ya miradas ni susurros, pero quedarse con ellos después de llegar a su destino parecía como cruzar una nueva línea.

—¿Estás seguro de que quieres hacer esto? —Vhalla terminó de atar a su caballo.

—Sí, Danny, ¿estás seguro de que quieres hacer esto? —Raylynn le lanzó a Vhalla una mirada de soslayo. Puede que las cosas hubiesen mejorado entre ellas, pero era una mejoría marginal.

—Sí, lo estoy. —Daniel se rio—. Sé que Vhalla no me hará daño.

Estaba claro que Raylynn no compartía el mismo sentimiento, pero Vhalla encontró que la confianza de Daniel era refrescante. El hombre parecía darle siempre el beneficio de la duda, confiar en ella sin necesidad de tener una razón para hacerlo. Era algo que se había convertido enseguida en una sensación extraña desde que se había revelado como hechicera.

El enfrentamiento entre Vhalla y Daniel llamó la atención de más de uno, y los otros soldados empezaron a reunirse a su alrededor para mirar con curiosidad a la hechicera con armadura negra frente a un guardia dorado.

—Una ronda suave, ¿te parece? —Daniel desenvainó su espada. Era un arma preciosa, con un pomo dorado con forma de trigo. Vhalla la había admirado en muchas ocasiones mientras hablaban de sus casas en el Este—. ¿Hasta que se rinda uno?

—Hasta rendirse. —Vhalla asintió y cerró los puños. Estaba casi mareada de poder. Los vientos del desierto eran rápidos, sin nada que los bloqueara, y fuertes.

—Craig, si haces los honores. —Daniel miró a su amigo.

—A mi señal. —Craig se puso entre ambos y levantó una mano—. ¡Adelante! —Bajó la mano por el aire y dio un salto atrás al mismo tiempo.

Vhalla actuó al sentir el aliento de Craig e iba un paso entero por delante de Daniel para cuando Craig empezó a moverse siquiera. Cruzó un brazo por delante de su pecho y envió una ráfaga de aire arenoso a la cara de Daniel. Este, hay que reconocérselo, no dudó ni un instante por un ataque tan nimio y dio la vuelta a la espada en la palma de su mano para dar un golpe de revés.

Vhalla se agachó por debajo de la hoja y giró en torno a Daniel como una bailarina. Plantó una mano contra el centro de la espalda del guardia y lo hizo caer con una ráfaga de viento. Estaba decepcionada; se había esperado mayor desafío de un miembro tan estimado de la guardia del príncipe Baldair.

Pero Daniel estaba preparado para demostrarle cómo se había ganado su brazal de oro. Al caer, clavó la espada en la arena y giró alrededor de ella para barrerle los pies. En su sorpresa, Vhalla apenas tuvo tiempo de recuperarse y, cuando lo hizo, encontró la punta de una espada en su cuello.

—No eres mala —jadeó Daniel.

—Tú tampoco —repuso ella con una sonrisa irónica.

La cara de Daniel se iluminó con una amplia sonrisa, como si ahora compartiesen un secreto demencial. Vhalla nunca lo hubiese imaginado, pero había algo en entrenar de ese modo con una persona que era casi íntimo.

El momento quedó arruinado enseguida con la llegada de un hombre que salió de entre los mirones.

—*Por la Madre*, ¿qué crees que estás haciendo, lord Taffl?

Vhalla reconoció al enorme mamotreto de hombre. Era el que se había encarado con ella al principio de la marcha. Al que Daniel y Craig se habían llevado para que dejara de acosarla.

—Practicar un poco. —Daniel le hablaba a Grun, pero sin quitarle el ojo de encima a Vhalla mientras la ayudaba a ponerse en pie.

—¿Con *eso*? —Grun la señaló.

—La *dama* fue muy amable de aceptar proporcionarme algo de experiencia contra una hechicera —replicó Daniel molesto.

Nadie dijo nada y el entorno se sumió en un silencio inquietante mientras todos los presentes parecían contener la respiración. Todos parecían igual de temerosos de lo que podría ocurrir cuando la tensión estallara entre los dos hombres, incluida Vhalla.

—Creo que debería marcharme.

—Vhalla, no... —Daniel se giró hacia ella a toda velocidad.

—No, sí que debería. Es probable que Larel esté montando la tienda sin mí. —Vhalla sonrió en un intento de venderle esa excusa tan pobre.

—Yo también quiero practicar contra una hechicera —declaró Grun antes de que Vhalla pudiese salir del *ring* improvisado—. Pelea conmigo.

Vhalla lo miró con cautela. No creía ni por un momento que el hombre la hubiese aceptado de repente, pero quizás pudiese demostrarle que no era peligrosa, que no pretendía hacerle ningún daño.

—Muy bien —aceptó, antes de que Daniel pudiera objetar.

—Vhalla, no tienes por qué hacerlo. —El hombre del Este se acercó a ella y bajó la voz—. No te sientas presionada a hacer esto.

—No pasa nada. —Sacudió la cabeza mientras susurraba—. A lo mejor es bueno demostrarle cómo soy.

—Bueno...

—¿Habéis terminado de susurraros palabras bonitas? —preguntó Grun con sequedad, al tiempo que desenvainaba su espada frente a Vhalla.

Daniel se apartó a toda prisa, sus movimientos entrecortados y nerviosos. ¿Era el calor del desierto o era rubor eso que teñía sus mejillas? Daniel levantó la mano; su señal para empezar a luchar sería cuando la bajase.

Vhalla se fijo en el pelo castaño oscuro del guardia cuando su mano cortó por el aire, en que sus ojos avellana saltaban hacia ella.

Distraída, Vhalla no oyó a Grun moverse hasta que estaba sobre ella. Se giró en el último segundo en un débil intento por esquivarlo. El hombre estrelló el pomo de su espada contra la mejilla de Vhalla de un golpe de revés que la lanzó volando a la arena.

—¡Grun! —gritaron a la vez Daniel y Craig.

—Solo un entrenamiento. —Esa montaña de hombre se echó a reír—. Si quiere rendirse, puede.

Vhalla tosió sangre sobre la arena. Tenía el labio partido y notaba la cara ya hinchada. Parpadeó para eliminar las estrellitas de su vista mientras trataba de volver a ponerse en pie.

La bota de Grun conectó con su costado y la patada reverberó por toda la armadura. Vhalla rodó por la arena y todo el aire salió de golpe de sus pulmones. Se hizo un ovillo y notó unos golpes fantasmales atacar su cuerpo. Boqueando, intentó quitarse de la cabeza el recuerdo del ataque de Rata y Lunar.

—¿De verdad esto es todo lo que hay? —Grun se rio y animó a algunos de los mirones a vitorear—. ¿Esta es la temible Caminante del Viento?

—Vhalla, ríndete. —Daniel corrió a su lado.

—No me toques —bufó Vhalla mientras estiraba una mano delante de ella. Algo en sus ojos paralizó a Daniel en el sitio y Vhalla se puso en pie a duras penas. Se giró hacia Grun. Ya sentía el viento a su espalda. Se le aceleró el corazón solo con mirarlo.

—Oh, ¿todavía te quedan ganas de pelea? —Grun se rio. Vhalla no se movió—. Bueno, al menos nuestra Legión Negra sirve como saco de boxeo. Deberíamos darle las gracias al Señor del Fuego por la única cosa que nos ha dado jamás.

—*Retira eso.* —Vhalla apenas podía oírse a sí misma por encima de los desbocados latidos en sus oídos.

—¿O qu...? —Grun no terminó su frase antes de que el puño de Vhalla conectara con su cara.

El hombre era como una roca y Vhalla sintió cómo se sacudían todos los huesos de su brazo y hasta el hombro cuando le dio el puñetazo. Le dolía la mano, pero la ignoró. Aterrizó deprisa de su golpe con salto y retrocedió con agilidad.

Grun soltó un grito de rabia y columpió su espada hacia ella.

—¿Por qué me odias? ¿Por qué nos odias? —gritó Vhalla, mientras su cuerpo esquivaba con facilidad los espadazos del hombretón.

—¡Porque sois abominaciones! —gritó Grun, al tiempo que intentaba agarrarla de la armadura.

Vhalla era demasiado rápida para él y apartó su mano de un golpe al tiempo que giraba hacia uno de sus costados.

—¡Somos vuestros camaradas! ¡No queremos enfrentarnos a vosotros!

—¡Lo dice la mujer que mató a ni se sabe cuántas personas en la Noche de Fuego y Viento! —Grun levantó su espada por encima de la cabeza de Vhalla y la bajó contra su hombro. El estrépito de metal contra metal fue sonoro e hizo que a Vhalla le pitaran los oídos mientras caía al suelo.

Creen que soy una asesina.

—Yo no los maté —susurró Vhalla.

—¡Mentirosa! —Grun levantó la espada otra vez—. ¡Tendrían que haberte matado esa noche! —El Goliat arremetió, directo a por la cabeza de la joven.

Vhalla miró la espada mientras el mundo se sumía en el caos ante las intenciones claramente asesinas de Grun. Aquello no era una pelea de entrenamiento; el hombre tenía intención de que fuese una ejecución.

Vhalla levantó la mano y el viento arrancó la espada de Grun de sus dedos y la hizo volar lejos. El destello del metal desapareció en la arena. Hizo un gesto brusco con la palma de la mano por delante de su cuerpo y una segunda ráfaga tiró a Grun de lado sobre la arena. Cuando Vhalla se puso de pie, presionó con una mano hacia abajo, lo cual sujetó al hombre en el suelo a pesar de su forcejeo.

—No soy vuestra enemiga —susurró Vhalla con una calma inquietante en la voz—. Así que no puedo morir hoy. *No moriré* hasta que veáis la verdad.

—¿Qué está pasando aquí? —bramó una voz. El príncipe Baldair se abrió paso entre la multitud ahí reunida, Raylynn a su lado.

Vhalla relajó la mano y dejó que Grun se levantara de un salto.

—¡Ella me ha atacado! —El hombre la acusó al instante ante el príncipe.

—¡Mentiroso! —gritó Daniel—. Mi príncipe, Vhalla fue muy amable al ofrecerse a entrenar y Grun se aprovechó de la situación. Ha intentado matarla.

Grun le lanzó al lord del Este dagas con la mirada.

—Ha sido solo un entrenamiento —lo contradijo Grun con una risotada de una fuerza irritante—. Ella fue la primera en dar un puñetazo. Mirad mi cara.

Era verdad que un moratón empezaba a aflorar en la cara de Grun, donde Vhalla le había pegado, pero ella podía saborear la sangre si se chupaba los labios.

—Es un monstruo —continuó Grun—, y si hubiese podido, me hubiera matado. Ha sido en defensa propia.

Vhalla vio sombras del Senado cuando unos cuantos soldados empezaron a asentir.

—¡Eso no es verdad! —Daniel desenvainó su espada, su voz áspera—. Sigue mintiendo y te cortaré la lengua.

—Defiende a tu bicho raro. —Grun hizo ademán de desenvainar su propia espada, olvidando que Vhalla lo había desarmado por completo.

—¡Basta! —bramó el príncipe Baldair. Los hombres echaban chispas pero se callaron. El príncipe se volvió hacia Vhalla—. ¿Tienes algo que decir en tu defensa?

Vhalla miró los insondables ojos azules del príncipe mientras sopesaba su pregunta. Le palpitaba el costado donde le había dado la patada Grun, donde la habían pateado Rata y Lunar. Apretó los puños y dejó escapar su Canal mágico... y con él, sus ganas de pelea.

—No.

—¿No? —El príncipe estaba sorprendido.

—He aprendido que el imperio... —Vhalla se giró para mirar a los soldados—... que la *gente* no tiene ningún interés en la verdad. —Vhalla le sostuvo la mirada al príncipe Baldair con frialdad—. Soy propiedad de la corona, y la propiedad no replica.

El rencor la sorprendió incluso a ella misma, y todo el mundo se quedó ahí plantado en un silencio agobiante. Era la primera vez que lo había dicho en un lugar público, la primera vez que había asumido su nueva identidad. Pensarían lo que quisieran de ella; las palabras no cambiarían su realidad. Así que ¿para qué luchar una batalla perdida? Ya tenía bastante con preocuparse de sobrevivir.

—Ven conmigo, hechicera. —Estaba claro que al príncipe le había ofendido su franqueza—. Grun, Daniel, me encargaré de vosotros más tarde.

—Baldair... —Daniel dio medio paso entre Vhalla y el príncipe.

—¡Silencio, soldado!

Vhalla nunca había visto al príncipe Baldair tan rudo. Daniel la miró con impotencia mientras Vhalla seguía al príncipe hacia el campamento. Sabía que debería sentirse culpable, pero no lo hacía.

Y su humor se fue agriando hasta el momento en que el príncipe Baldair la hizo entrar en su tienda.

Por dentro, esta no tenía nada que ver con la de Aldrik. Baldair tenía una mesa de verdad, con tres sillas a su alrededor. Un único brasero de bronce colgaba en el centro e iluminaba toda la estancia. La cama del príncipe era más grande, por razones que Vhalla podía imaginar sin problema, dada su reputación con las mujeres. De hecho, parecía tener un colchón de verdad. Se preguntó lo difícil que les resultaba a los caballos transportar todo aquello.

El príncipe cerró la solapa detrás de él e hizo un pequeño círculo alrededor de ella mientras la evaluaba de la cabeza a los pies.

—Siéntate. —Señaló hacia una de las sillas—. ¿O quizás prefieras que tire unos cuantos almohadones al suelo? —Vhalla abrió los ojos como platos al oír el significado implícito en sus palabras—. Pareces incómoda. —El príncipe hizo una pausa y sus ojos estudiaron los de la joven—. Hubiese imaginado que estarías más a gusto en la tienda de un príncipe. ¿O es solo en la de mi hermano?

—¿Qué quieres? —preguntó Vhalla.

—Hoy, lo he visto a él en ti. —Baldair guiñó los ojos, como si tratara de imaginarse a Aldrik superpuesto sobre ella—. La forma en que te movías, la forma en que te avivaste con la pelea. Dime, ¿es esa la única manera en que ha estado *dentro* de ti?

—No sé de qué estás hablando —bufó Vhalla.

—No recuerdo la última vez que vi a Aldrik con una mujer, al menos no con una que no le hubiese llevado o incluso entregado nuestro padre en un intento de encontrar una futura emperatriz. —Baldair dio un paso hacia ella. Vhalla no conocía a *este* príncipe. Había algo que lo estaba amargando. Hizo una mueca al hablar, como si se arrepintiera al instante de sus palabras.

—No digas ni una palabra más —lo advirtió Vhalla.

—¡Oh! ¿Creías que era una especie de modelo de pureza? Lo he visto matar a chicas más jóvenes que tú. Lo he visto dar palizas a mujeres para que se arrastrasen hasta su cama. —El príncipe Baldair frunció el ceño.

La tensión en los músculos de Vhalla se volvió tan grande que temía que fuese a partirle los huesos.

—Habla de él otra vez y te…

—¿Me qué? —La expresión del príncipe Baldair chocaba de un modo siniestro con su habitual fachada apuesta—. Recupera la compostura, Vhalla. ¿Has olvidado los términos de la sentencia del Senado? ¿Te has planteado que tus acciones podrían forzar su mano?

El horror la paralizó y sus manos se relajaron. Él no haría eso.

—¿Qué quieres de mí? —susurró.

El príncipe se inclinó hacia ella para susurrarle al oído.

—Sea lo que sea lo que tienes con él, *termínalo ya.* —Habló en voz baja y sonaba sincero y dolido—. Si no lo haces por tu bien, entonces hazlo por el suyo.

El pecho de Vhalla se comprimió, pero no tuvo ocasión de preguntarle a qué se refería. En el exterior de la tienda, se oyó el retumbar de un único caballo y el suave relincho de una parada abrupta.

El príncipe Baldair se enderezó justo cuando la solapa de la tienda se abría con brusquedad. Vhalla se giró y una oleada de alivio se estrelló sobre ella al ver la oscura figura que entraba por la abertura.

—Ah, hermano. —El príncipe Baldair puso las manos sobre sus caderas—. Justo estábamos hablando de ti.

CAPÍTULO

11

os ojos de Aldrik saltaron de Vhalla a su hermano. Vhalla le sostuvo la mirada y le suplicó en silencio que la sacara de ahí lo antes posible. Vio cómo controlaba sus emociones mientras cruzaba las manos detrás de la espalda.

—¿Qué está pasando aquí? —Su voz iba cargada de una quietud letal.

—Han encontrado a Vhalla en una pelea. —El príncipe Baldair miró de reojo a Vhalla—. Le estaba administrando disciplina.

Vhalla giró la cabeza a toda velocidad hacia el menor de los príncipes y lo fulminó con la mirada. *¿Así es como lo llamaba él?*

—Creo que la disciplina es asunto del líder del subordinado en cuestión. —Vhalla pudo oír la tensión bajo la voz fría de Aldrik.

—Por lo general, así es —admitió el príncipe Baldair—. Pero creo que su líder tiene una opinión bastante sesgada, ¿no crees?

—Baldair… —Aldrik ni siquiera intentó disimular la amenaza en las profundidades de su voz.

—Creo que estás confundiendo a la mujer, Aldrik. Los dos sabemos cómo deben satisfacerse las necesidades de un hombre, pero es demasiado joven para ti y tus juegos. —El príncipe Baldair cruzó los brazos delante del pecho.

Vhalla se reprimió de comentar que ella no era *mucho* más joven que el propio Baldair.

—¿Qué es esto? —Aldrik fue hasta su hermano y se paró justo donde podía mirarlo desde lo alto—. ¿Celos malentendidos? —preguntó Aldrik con desdén—. ¿Porque una mujer pueda preferirme a mí por encima de ti?

—No te tires flores —se burló el príncipe de ojos azules. Baldair se irguió en toda su altura, pero aun así se quedó un palmo por debajo de su hermano—. No se trata de mí o de ti; se trata de *ella*. —Deslizó los ojos hacia Vhalla—. Era amable, tímida y dulce la primera vez que la vi. Menos de un año contigo y mira lo que le has hecho, Aldrik. Va de negro...

—Baldair —gruñó Aldrik.

—... está peleando y le gusta hacerlo —continuó el príncipe más joven.

—¡Baldair! —Aldrik cerró el puño.

—¡Tiene las manos manchadas de sangre! —La cara del príncipe Baldair se giró de golpe hacia Aldrik otra vez—. ¿Tienes la audacia de no sentirte culpable? —Aldrik apretó la mandíbula, pero no dijo nada. Su hermano pequeño sacudió la cabeza—. Al menos sí lo haces. —Se giró otra vez hacia ella con una expresión apenada—. Vhalla, no lo necesitas a él para brillar. Intenté decírtelo antes de la gala. Sobre todo ahora, no tienes que forzarte a aguantar su presencia después de lo que ha...

Vhalla ya había oído suficiente. Dio los tres pasos que los separaban, levantó un brazo y estrelló la palma de su mano abierta con fuerza contra la cara del príncipe Baldair. A lo mejor él tenía razón en lo de que había cambiado mucho en esos últimos meses, porque sintió una enorme satisfacción. Si había cambiado, Vhalla decidió que era para mejor.

El príncipe se llevó la mano a la marca roja en su mejilla y la miró estupefacto, los ojos como platos. Incluso Aldrik se había quedado paralizado en un silencio boquiabierto.

—¡Basta! —Vhalla se trastabilló con sus propias palabras, las emociones a flor de piel—. No se te ocurra *jamás* hacerle sentir, o sugerir que debería sentirse, culpable por mí o en mi nombre. —Fulminó con la mirada al príncipe dorado—. Y no hagas como si de algún modo supieras... supieras cómo... —Vhalla sintió que se le retorcían las entrañas, las corrientes de su mente se enturbiaron—. Cómo yo, o cómo él... Cómo nosotros... —Notó que se le quebraba la voz; no quería hablar de esto ahí.

El príncipe Baldair se quedó de piedra.

Aldrik le lanzó una última mirada a su hermano antes de darle la espalda para mirar a Vhalla. Puso una mano sobre su hombro, la otra con cuidado sobre su mejilla magullada. Aldrik levantó la cara de la joven hacia él y ella lo miró a los ojos temblorosa.

—Vhalla —susurró, y acarició su mejilla con el pulgar—. Está bien, ya basta. —Ella se relajó bajo la calidez familiar de su mirada, y Aldrik le dedicó una pequeña sonrisa que ella le devolvió con debilidad.

—Es verdad, ¿no? —murmuró el príncipe Baldair.

La mano de Aldrik resbaló de la cara de Vhalla, pero la izquierda permaneció sobre su hombro mientras se giraba para mirar a su hermano. El príncipe más joven tenía los ojos abiertos de par en par.

—Es verdad que te importa.

Vhalla sintió cómo Aldrik se ponía tenso ante esa afirmación, pero no hizo ningún gesto para apartarse; si acaso, su mano se apretó un poco. El corazón de Vhalla latía con fuerza. Estaba desesperada por salir de ahí, por alejarse lo más deprisa que pudiera. Por mucho que quisiera oír la verdad cruda de la respuesta ante esa acusación, no quería que fuese así.

—Y tú... —El príncipe Baldair la miraba a ella ahora.

Vhalla hizo acopio del poco valor que le quedaba para sostenerle la mirada sin vacilar. Lo logró bastante bien; de hecho, el príncipe fue el primero en apartar los ojos al tiempo que negaba con la cabeza. Caminó con pies de plomo hasta una silla y se dejó caer en ella. Apoyó la sien en las yemas de sus dedos, sin dejar de mirar a Aldrik incrédulo.

—Solo había pretendido ayudarla. Pensé que estabas... Aldrik, eres demasiado listo para esto.

—Lo sé —repuso Aldrik con voz queda. La tensión parecía haber desaparecido y la tristeza anegaba sus ojos a cambio.

—Y aquí estaba yo pensando... pensaba que tú... —El príncipe Baldair se rio y sacudió la cabeza de nuevo—. Oh, da igual.

—Príncipe Baldair. —Vhalla dio un paso adelante y la mano de Aldrik cayó de su hombro—. Lamento mis acciones de hoy. Sobre todo, lamento haberte pegado. —Respiró hondo—. Apreciaría que... no se utilizara como razón para acabar con mi vida.

El príncipe se echó a reír. Se puso una mano en el estómago y dejó que el ruido melódico rompiera la tensión en el aire.

—No, creo que más bien me lo merecía, ¿verdad? —Vhalla lo miró alucinada. El príncipe se giró hacia su hermano—. Lo de hoy no ha sido culpa suya, Aldrik. De hecho, creo que algo de lo que dijo quizás les haya llegado a los hombres. Hubieses estado orgulloso si la hubieses visto, creo. —El príncipe Baldair se recolocó para apoyar la mejilla en su mano—. Vhalla, te pido disculpas. Esa no ha sido una forma muy principesca de actuar.

Vhalla lo estudió con atención. En su conjunto, este hombre le había hecho más bien que mal, y había ganado puntos a su favor durante el juicio, puntos que estaba gastando ahora. Puede que fuese un bobo emotivo, pero Vhalla no estaba segura de que fuese malo.

—Te perdono, mi príncipe —dijo. Las palabras de Baldair aún dolían, pero Vhalla se las quitó de la cabeza, al menos por el momento.

Se volvió hacia Aldrik, su alto y maravilloso príncipe oscuro, y le regaló una sonrisa de alivio. Los ojos de él se posaron con dulzura en ella y dio la impresión de que la tensión que se había estado acumulando entre ellos estaba próxima a romperse. No era una sensación desagradable.

—¿Nos vamos? —preguntó Vhalla.

Él asintió y le lanzó una última mirada asesina a su hermano antes de salir de la tienda.

Vhalla hizo una breve pausa. Se giró hacia el príncipe rubio y lo miró con atención mientras él la observaba con curiosidad.

—Lo que querías de mí, me temo que no puedo dártelo. —Vhalla había llegado a aceptar que pasara lo que pasase, fueran lo que fuesen, ella no sería la que pusiera punto y final a lo que hubiese entre Aldrik y ella.

—Ve con cuidado, Vhalla —le advirtió Baldair—. Sé mucho más sobre mi hermano que tú. Aunque pueda parecer idiota. —Vhalla arqueó las cejas—. A veces *soy* idiota —se corrigió con una risita—. Pero soy exactamente lo que ves. Él no. Hay cosas sobre él que aún no sabes.

Vhalla retiró la solapa de la tienda. Aunque esas cosas existieran, Vhalla no iba a oírlas de boca de Baldair. Se las contaría Aldrik, cuando llegara el momento.

—Y Vhalla… —El príncipe se puso de pie—. Ven a montar con nosotros en la parte delantera. No dejes que esto te disuada.

—¿Por qué? —preguntó con escepticismo.

—Porque creo que es bueno para los hombres verte conmigo. —Baldair percibió su confusión y se explicó—. Eres un símbolo, Vhalla. Y a pesar de lo que algunos puedan hacerte creer, tienes más control sobre lo que simbolizas que nadie más.

—Yo no soy nadie —musitó. Oyó a Aldrik montarse en su caballo de batalla.

—Incluso algo muy pequeño puede proyectar una sombra grande cuando está cerca del sol.

Vhalla pensó en esas palabras durante un largo instante y observó el rostro del príncipe en busca de alguna señal de hipocresía. No encontró ninguna y lo dejó atrás antes de que tuviese ocasión de decir algo más que pudiese destrozar esa paz tan frágil. A pesar de todo lo que era el príncipe Baldair y todo lo que había sido, por alguna razón, no creía que fuese su enemigo.

Aldrik sacó un pie del estribo para que ella pudiera usarlo y le ofreció una mano para que se montase en su caballo. Vhalla se sonrojó cuando se colocó detrás de él en la montura. Apoyó las manos con suavidad sobre la cintura del príncipe para mantener el equilibrio.

—¿Dónde está Relámpago?

—El oriental de mi hermano lo montó de vuelta cuando fue en busca de Fritznangle.

Aldrik espoleó al caballo para que echara a andar. Vhalla notó el aire fresco y cálido sobre sus mejillas después de la agobiante atmósfera de la tienda de campaña.

—¿Daniel? —Aldrik asintió sin palabras—. ¿Es buena idea ir así montados? —preguntó Vhalla en voz baja al ver las miradas de los soldados.

—Quiero que te vean conmigo. —Respondió tan deprisa que no podía haber pensado sus palabras.

—¿Por qué? —murmuró.

—Porque quiero que sepan que si te vuelven a poner una mano encima, tendrán que lidiar directamente conmigo. —La voz de Aldrik sonó grave y ruda, y a Vhalla le dieron ganas de aferrarse a él y no soltarlo nunca.

Fueron directo a la tienda del príncipe. Los soldados de la Legión Negra que acababan de montarla empezaban a desperdigarse y todos la miraron con curiosidad cuando Aldrik la hizo pasar al interior. Alejarse de los ojos curiosos del mundo era un alivio, pero era igual de estresante que esos ojos curiosos vieran cómo el príncipe la guiaba con la palma de la mano en sus riñones.

En cuanto la solapa de la tienda se cerró, los braseros del perímetro se prendieron. Aldrik no parecía ni pensar cuando usaba su magia.

—Quítate esto, lo arreglaré. —El príncipe puso la palma de la mano sobre el hombro magullado de Vhalla.

Vhalla asintió y empezó a desabrochar la armadura de escamas mientras Aldrik hacía lo mismo con la suya. Se sentía cómoda y nerviosa al mismo tiempo. Aldrik tomó la armadura de sus manos mientras Vhalla se quitaba la cota de malla.

—Bueno, ¿qué pasó? —preguntó Aldrik.

—Verás... —Vhalla suspiró y le contó todo lo sucedido hasta acabar en la tienda de Baldair. Aldrik escuchó la historia entera en silencio.

—Entonces, ¿al final lo derrotaste?

—Así es. —Vhalla asintió.

—¿Cómo?

—Solo me moví... —No estaba segura de qué respuesta buscaba Aldrik con semejante pregunta.

—¿Como con Elecia? —Aldrik levantó la vista de su trabajo con las escamas. Su pulgar se deslizaba sobre el metal al rojo vivo.

—Sí... —Vhalla no dijo nada más, a la espera de que él rellenara los huecos en blanco. No lo hizo y la frustración se apoderó de ella—. No puedes seguir haciendo esto.

—¿Seguir haciendo qué? —Parecía sorprendido por el tono de Vhalla.

—No puedes seguir haciendo preguntas crípticas y luego alejarte furioso para enfurruñarte el día entero sin darme unas respuestas que sé que tienes. —Vhalla no era nadie, y aun así le hacía exigencias sin ningún miedo al príncipe heredero.

Aldrik se limitó a suspirar y a permitírselo.

—Muy bien, mujer testaruda. —Dejó la armadura ya reparada a un lado—. ¿No te extraña que de repente seas capaz de derrotar a soldados con *años* de experiencia?

—Hemos estado entrenando. —Era una excusa muy cutre cuando Vhalla se paró de verdad a pensarla.

—Eras torpe, en el mejor de los casos. —Cuando Aldrik se mostraba sincero, no se guardaba nada—. Empezaba a temer por lo que tendríamos que hacer para mantenerte con vida una vez que llegásemos al Norte.

—Entonces, ¿qué ocurrió? —inquirió Vhalla.

—Luchas igual que yo. —Aldrik la miró a los ojos.

—Por supuesto que lo hago.

—No, Vhalla. —Sacudió la cabeza—. Luchas *exactamente* igual que yo.

—¿Por qué? —susurró.

—Solo puedo suponer que es por la Unión —caviló Aldrik.

—Pero ya no estamos Unidos. —Tampoco lo habían vuelto a intentar desde aquella primera noche hacía semanas ya.

—No, pero el Vínculo se ensanchó, nuestras mentes... —Aldrik hizo una pausa y cerró los ojos con un suspiro suave—. Nuestras mentes estuvieron unidas. Fue algo imprudente que hice, dado lo poco que se sabe sobre sus efectos.

—Bueno, entonces... —dudó un instante mientras sus palabras trataban de encontrar el origen de la incomodidad del príncipe—. ¿Por qué no lo cerramos?

—Aunque pudiésemos, no lo haría.

—Pero... —Parecía estar causándole tanta angustia que *¿por qué no cerrarlo?*

—Porque ahora tengo cierta seguridad de que saldrás de esta guerra con vida.

Vhalla, impactada por ese comentario, se quedó callada. No pudo soportar el peso de los ojos de Aldrik y se enzarzó en una rápida batalla de miradas con su mesa.

—Lo sé —empezó su confesión—. Larel me habló de los Vínculos. Sé que si muero, tú morirás también.

—Esa es solo una teoría. —Aldrik descartó esa idea con facilidad—. Y no de ningún erudito de renombre.

—Pero...

—Quiero que te preocupes por ti misma. —Aldrik percibió que aún se resistía un poco a la idea—. Vhalla, *por favor*, prométeme eso.

La luz del fuego era engañosa. Hacía que el hombre que era casi siete años mayor que ella no pareciese más que un chiquillo asustado. Vhalla se movió sin pensar y tomó la mano del príncipe.

Aldrik apretó sus dedos con fuerza y ella borró todas las dudas de su mente.

—Te lo prometeré si tú prometes que vas a dejar de salir corriendo y de ocultarme estas cosas. No quiero sentir que me dejas al margen. —Vhalla había bajado la voz hasta que no fue más que un susurro y Aldrik asintió, lo cual le ahorró a ella tener que dar más explicaciones.

—Deberíamos practicar tu Proyección. —Eso los sacó de su trance.

—Oh, es verdad. —Vhalla se había olvidado por completo de que tenían planes para trabajar juntos esa noche.

—Dejemos la magia a un lado por el momento y veamos lo lejos que puedes ir. —Aldrik se puso delante de la mesa y recolocó sus papeles.

—Vale. —Vhalla cerró los ojos.

—¿No prefieres tumbarte primero? —Aldrik le recordó que su cuerpo físico se había quedado inerte la última vez. Agarró una de las almohadas y la apoyó contra su pierna.

Vhalla vaciló un instante, aunque la invitación estaba clara. El príncipe fingió concentrarse en sus papeles, claramente aprensivo sobre si Vhalla lo aceptaría o lo rechazaría. Para frustración de esta, las palabras de advertencia del príncipe Baldair resonaron en su cabeza. Optó por tumbarse a toda prisa, la cabeza apoyada en la pierna de él; no estaba dispuesta a dejar que el joven príncipe y sus jueguecitos se interpusieran en su camino.

Vhalla se deslizó fuera de su cuerpo poco después de cerrar los ojos. Era surrealista ver su cuerpo físico tan quieto, como si apenas respirara. Aldrik la observó de cerca, pendiente de cualquier señal de problema.

Creo que es más fácil, dijo Vhalla con un pensamiento.

—Eso parece —convino él.

¿Puedes oírme aunque esté lejos?

—Esta es una forma de averiguarlo. Ve despacio —le advirtió, pero no le dijo que parase.

Vhalla pasó a través de la lona de la solapa de la tienda. Notó algo de resistencia, pero nada que no pudiera manejar. La gente deambulaba de una hoguera a la siguiente, pero nadie se fijó en ella.

¿Todavía me oyes?

—Sin problema. —Aldrik parecía emocionado por su progreso y la animó a seguir adelante.

Vhalla avanzó en línea recta y descubrió que solo era incómodo cuando alguien caminaba a través de ella. Notaba un escalofrío extraño y el mundo se desorientaba por un momento. Sin embargo, después de la tercera vez, Vhalla empezó a ajustar su magia de manera acorde y se recuperaba más deprisa.

—¿Estás bien?

Sí, he llegado al borde del campamento.

—Ve un poco más lejos.

Vhalla caminó por el desierto hasta que el sol se puso por el horizonte. Hablaba con Aldrik de manera regular, pero el Vínculo se mantuvo constante y fuerte. Para cuando regresó a su cuerpo, no había duda de que había empezado a dominar el arte de la Proyección.

Regresar fue fácil: aguzó el oído para escuchar el pulso que la había guiado de vuelta la primera vez y soltó su agarre mágico. No obstante, cuando sus párpados aletearon y sus ojos reales se abrieron, Vhalla soltó un gemido suave por cómo daba vueltas el mundo.

Aldrik se movió, preocupado, y se inclinó sobre ella.

—¿Qué pasa?

—Creo que mi cerebro... solo es que está volviendo más despacio desde la distancia. —No estaba segura de si eso tenía sentido. Oyó un ruido rasposo y vio que Aldrik estaba tomando notas de nuevo. Vhalla intentó sentarse.

—Túmbate, Vhalla —la regañó. La joven volvió a su posición anterior y Aldrik deslizó la mano izquierda por su pelo con suavidad—.

Eres asombrosa. —La voz del príncipe sonó ahumada, y se concentró en los papeles en lugar de en ella. Vhalla lo observó desde donde estaba, pero él parecía estar hablando más bien consigo mismo—. Por encima de todo lo demás, tú serás la clave para terminar esta guerra.

—¿Eso crees? —farfulló, cansada.

—Sí. —No había ni rastro de duda—. Ahora descansa.

Vhalla obedeció y cerró los ojos.

Las semanas pasaron casi sin darse cuenta, igual que resbalaba la arena por las dunas. El desierto era inhóspito y solitario, pero los días de Vhalla estaban llenos. Ya fuese por la petición de ella o por voluntad propia, Aldrik se recuperó pronto de la conmoción de los efectos de su Unión. En privado, la animaba a confiar a fondo en su Vínculo con él y le aseguró que no lo afectaba de ninguna manera.

Vhalla se mostraba cauta… al principio. Pero cuanto más permitía que ese pulso ocupara sus oídos, más fuerte y rápida se volvía. Era como si su cuerpo estuviese reaprendiendo lo que ya sabía, lo cual hacía cada movimiento más eficaz y más preciso.

Aldrik aún cabalgaba con Elecia algunos días, y Vhalla con la Guardia Dorada. El príncipe Baldair parecía contento con su presencia. Cuanto más tiempo pasaba Vhalla con el joven príncipe, más tiempo quería pasar con él en privado. Tenía muchas preguntas para sus mensajes crípticos y sus advertencias mal veladas. Quería poder preguntarle lo que sabía, lo que quería decir, pero su tiempo juntos nunca se extendía más allá de la marcha.

Vhalla pasaba las tardes sudando y empujando su cuerpo más allá de sus límites a petición del príncipe heredero. Estaba agradecida por la mezcla de aliento amable pero también enérgico por parte de Aldrik y de sus amigos. Su cuerpo empezaba a rellenarse una vez más, y se le definieron músculos en sitios que no había sabido que pudieran.

El ambiente entre las tropas empezó a cambiar a medida que se acercaban a la Encrucijada. Había un alivio palpable entre los soldados, cansados por el viaje y quemados por el sol, ante la idea de estarse aproximando a un punto de descanso.

—¿Cuánto creéis que tardaremos todavía? —les preguntó Vhalla a sus compañeros.

—Quizás un día, tal vez dos —contestó Aldrik. Ahora estaba mucho más atento a ella.

—Una cama —musitó Fritz con nostalgia.

—Un baño —suspiró Vhalla con alegría al pensarlo—. Porque *sí* que va a haber agua en la Encrucijada, ¿verdad?

El ejército se había visto reducido a las raciones de agua para beber sacada de los pozos que bordeaban la Gran Vía Imperial a intervalos largos. Ninguno de ellos se había lavado desde hacía semanas y Vhalla no podía ni imaginar lo mal que debían oler todos para alguien que no estuviese acostumbrado al hedor.

—Por supuesto que habrá agua. —Larel se rio—. La Encrucijada en un lugar mágico, Vhalla. Es el centro del mundo.

—No veo el momento de llegar. —Estaba emocionada de verdad, después de haber pasado tanto tiempo en la carretera—. ¿Qué es lo primero que vais a hacer?

—Lo primero que voy a hacer yo es beber un Dragón Carmesí —anunció Fritz.

—Serás borracho —se burló Larel.

—¿Un qué? —preguntó Vhalla.

—Un Dragón Carmesí es una bebida —contestó Aldrik desde su izquierda—. Está hecha de alcohol especiado del Oeste, tiene un sabor intenso y es muy fuerte.

—Entonces, yo también quiero uno. —Le sonrió a Fritz y el sureño de pelo desgreñado se lanzó a planear una gran aventura para los tres. Larel trató de rebajar sus sueños grandiosos y, en cuestión de minutos, ya estaban discutiendo sobre el tema.

—Vhalla —aprovechó para decir Aldrik en una voz destinada solo a ella. La joven levantó los ojos hacia él—. Hay algo que quiero decirte.

—¿Sí? —El tono de Aldrik hizo que se le acelerara el corazón.

—En la Encrucijada, tengo un… asunto del que ocuparme con Elecia.

Vhalla estaba más preocupada por la delicadeza con la que lo estaba diciendo que por las palabras en sí. *¿Qué era lo que lo incomodaba tanto?*

—¿Qué es?

—No tienes por qué preocuparte por ello. —La mirada de Aldrik lucía recelosa.

—Aldrik, me prometiste que…

—*Vhalla* —bufó, y ella se llevó una mano a la boca y se apresuró a mirar a su alrededor para ver si alguien se había dado cuenta de su desliz al olvidar su título—. Te lo contaré, te lo prometo. Pero solo cuando llegue el momento.

—¿Cuándo llegará el momento? —insistió.

—Cuando esté hecho y resuelto. —El tono del príncipe dejaba claro que no obtendría más información al respecto. Vhalla suspiró con suavidad—. Solo deberíamos tardar dos días, tres como mucho. Iré a buscarte después y te lo contaré todo.

—Muy bien. —Vhalla asintió y se plantó una cara valiente durante el resto del día. Sin embargo, las palabras del príncipe resonaban en su cabeza a cada paso y su eco se perdía en la noche.

CAPÍTULO
12

*E*l día estaba pegajoso y Vhalla tenía el pelo pegado a la cara y al cuello del sudor cuando se quitó el yelmo. Levantó la vista hacia la densa cubierta de árboles por encima de su cabeza, nudosos y cargados de hojas y enredaderas. Su mente se lamentó por todo el tiempo pasado desde la última vez que viera el cielo diáfano. Un pájaro voló entre el follaje antes de cruzar a través y perderse en los cielos por encima. Vhalla se encontró deseando poder hacer lo mismo.

El olor de las cenizas y el fuego llenaba su nariz, un olor demasiado familiar que apenas notaba ya. Devolvió los ojos a la tierra y los deslizó otra vez por la destrucción que había tenido lugar ahí. Estaban ejecutando a los últimos soldados. Tenía sangre salpicada por toda la armadura, sangre carmesí que se había vuelto oscura contra la negrura de las escamas y la coraza.

Vhalla se dio cuenta, vagamente, de que había algo extraño. Notaba que algo iba mal, pero no era capaz de identificarlo.

Volvió a su tienda de campaña. No, no era la suya, ¿o sí? Intentar pensar le resultaba demasiado difícil, como si estuviese luchando contra algo obvio.

En el interior, encontró la misma estancia familiar, con el suelo cubierto de cojines y una mesita baja, aunque esta vez estaba cerca de la cama. Una gran mesa rectangular y sillas dominaban el otro espacio. Estaba desordenado, con papeles desperdigados por el suelo. Vhalla se quitó sus grandes guanteletes y los dejó caer sin ningún cuidado.

Su respiración se volvió entrecortada y giró en redondo. Con una pasada del brazo, barrió todos los papeles y documentos al suelo con un gruñido. Estampó las manos sobre la mesa y sintió que le temblaban los hombros.

Esta ciudad no había formado parte de la milicia. Quizás se hubieran unido unos pocos a la resistencia, pero toda ella había sucumbido a las llamas y el acero. Clavó las uñas en la madera de la mesa mientras reprimía un grito de frustración. Nadie podía oír su dolor. No podía permitir que los soldados captaran ni un ápice de su agitación. Nunca podía.

Los ojos de los muertos perduraban en su memoria, sus súplicas, sus miradas asustadas mientras los rodeaba de llamas y los quemaba vivos. No se hacía más fácil con el tiempo. Los recuerdos nunca se volvían más ligeros de soportar.

Recuperó el control y empezó a quitarse la armadura. En realidad, necesitaba la ayuda de alguien para la coraza más grande, pero no le apetecía molestarse y optó por quemar a través de las hebillas de cuero ocultas bajo el metal. Ya lo arreglaría más tarde.

Si sus pecados fuesen tan fáciles de quitar como su armadura, tal vez pudiera dormir por las noches. Se frotó los ojos, cansada. Con un suspiro, empezó a hurgar en una bolsa oculta al lado de su cama en busca de lo único que podía borrar su dolor y ahogar los gritos. Una llamada a la entrada interrumpió sus acciones.

—Príncipe. —La voz era familiar, uno de los hombres de Baldair.

—Adelante. —Su voz sonó grave. Un hombre de pelo y ojos oscuros entró en la tienda y ella lo miró con cara de pocos amigos, poco interesada en tener compañía y rezando por que el hombre se diese cuenta de ello—. ¿Cómo puedo ayudarte? —preguntó con tono seco.

—Hoy. —El hombre dio un paso adelante, sus movimientos entrecortados. Vhalla se preguntó si había llegado a la botella antes que ella—. Hoy habéis liderado el asalto, ¿verdad? —El hombre seguía con la armadura puesta, cubierto de sangre y cenizas hasta los codos.

—Así es. —Ya estaba irritada por esa conversación. A pesar de lo que los soldados opinaran de ella, lo último que quería era revivir sus asesinatos—. Si no hay nada más... —Le dio la espalda al hombre y fingió estar

interesada en recoger los papeles por ahí desperdigados. Solo esas pocas palabras que había dicho habían traído esos rostros horrorizados de vuelta a su mente.

—Hu... hubiese tenido veintidós años ahora —divagó el hombre—. Tenía el pelo oscuro, como nosotros. Era del Oeste.

Vhalla recogió una hoja y siguió ignorándolo; el hombre no parecía pescar la indirecta.

—Se casó cuando era joven, una novia del Norte. —Algo se retorció en su voz.

—Me temo que no sé de quién estás hablando —dijo, y devolvió un puñado de papeles a la mesa.

—De mi hijo. —El hombre soltó un grito retorcido y se abalanzó sobre ella. La daga se hundió en su costado, justo por encima de su cadera.

Se oyó el grito de un hombre que fue uno de los sonidos más espantosos que había oído Vhalla en toda su vida, y ella gritó con él. Empezó a luchar contra la prisión mental que la confinaba. No quería ver nada más.

Sintió el veneno, y una sensación enfermiza y mareante la invadió casi al instante. Miró al hombre conmocionada cuando él daba un paso atrás. Alargó la mano hacia su cara y enseguida estuvo en llamas, sus rasgos contorsionados antes de quedar reducido a cenizas.

Los pies de Vhalla empezaron a trastabillarse y pronto cedieron. Apoyó una mano sobre la daga. Extraerla provocaría una hemorragia; dejarla dentro continuaría bombeando más de ese veneno abrasador a sus venas. Dio un grito y se apoyó en la mesa. Con la mano temblorosa, agarró la daga y tomó una decisión una décima de segundo antes de sacar la hoja de un tirón. Desgarró la carne otra vez cuando la extrajo de su costado.

Tenía la mano apretada contra la herida abierta cuando un soldado entró a la carrera. «Ya era hora», querría haber dicho, pero tenía los dientes apretados con fuerza, la sangre empapaba ya la fina camisa que llevaba y resbalaba entre sus dedos. Se le empezó a nublar la vista y volcó su poder hacia el interior. Sintió cómo el fuego quemaba por sus venas en su intento de purgar el veneno.

Vhalla se despertó con un grito, una mano sobre la cadera. Apartó las mantas con brusquedad y se miró el cuerpo. Levantó su túnica, pero encontró solo piel suave e impoluta donde esperaba ver sangre. Se llevó una mano a la frente para secarse el sudor frío.

Estaba mareada. Su cerebro volvió poco a poco a su lugar mientras pugnaba por recuperar el aliento. Intentó decirse que no era más que un sueño, que había sido *solo* un sueño. Pero había sentido cada minuto de él. Había oído la voz de Aldrik.

De repente, el recuerdo de una noche lejana volvió a ella. Se preguntó cómo podía haberlo olvidado. Simplemente había desaparecido de su mente en el caos en el que se había convertido su vida.

En su mente resonaron las palabras del norteño durante la Noche de Fuego y Viento.

«Aunque, claro, también esperábamos que si el veneno no te mataba, la vergüenza de que te hubiera apuñalado por la espalda uno de los hombres de tu querido y dulce hermano sería suficiente».

No había tenido sentido. *No tenía sentido*, se recordó. Su mente había producido una explicación para aquel momento confuso y se la había representado. Vhalla pasó los brazos a su alrededor. La explicación alternativa era demasiado imposible. Al igual que en el último sueño fracturado, sintió ganas de acudir a él. Cada latido de su corazón la obligó a pugnar con la distancia que los separaba.

—Vhalla, ¿qué pasa? —Larel se frotó los ojos soñolientos.

—Nada —jadeó.

—¿Vuelves a tener pesadillas? —La mujer occidental también se sentó.

—No. —Vhalla negó con la cabeza—. Ha sido un sueño. Pero no *ese* sueño. Solo una pesadilla cualquiera.

Empezó a ponerse la armadura, impaciente por empezar el día y quitarse de encima los restos de su visión.

Estaba tan aliviada de ver a Aldrik más tarde que ni siquiera se molestó cuando Elecia se acercó a ellos y se hizo hueco entre ambos. Ver al príncipe calmó sus nervios y miedos, y se reafirmó en su idea de que sus sueños no eran nada más que terrores nocturnos. Hablaron de una fiesta occidental de la cual no tenía idea y Vhalla saboreó el sonido de una de las escasas risas de Aldrik. Para irritación de Elecia, este hizo todo lo posible por incluir a Vhalla en su conversación.

—No has estado nunca en el Oeste, ¿verdad? —le preguntó Aldrik por delante de Elecia.

—No, nunca. —Vhalla negó con la cabeza.

—Es una pena que no podamos llegar hasta Norin —musitó, pensativo.

—Me gustaría verlo algún día. —Aldrik sonrió al oír la declaración de Vhalla—. ¿Cómo es Norin?

—Está asentado en... —empezó Elecia con arrogancia.

—El gran oasis al lado del mar Occidental —la interrumpió Vhalla—. La brisa marina ayuda a mantener la ciudad fresca a pesar del calor del desierto y el castillo de Norin es uno de los más viejos del mundo. O eso he leído. —Vhalla se regodeó en la mirada de orgullo satisfactorio que le estaba lanzando el príncipe.

—Bueno, gran parte de Norin es lo más viejo del mundo. Hay una razón para que tardara diez años en caer en manos del imperio. —Solo Elecia podía convertir una derrota en un motivo de orgullo y miró a Vhalla por encima del hombro.

Esta última no le hizo ni caso, toda su atención estaba puesta solo en Aldrik. Su madre había vivido en ese castillo como princesa de Mhashan. *Él era un príncipe de dos mundos.*

—¿Cómo es la comida? —preguntó, dispuesta a mantenerse involucrada en la conversación.

—La comida occidental es más limpia que las cosas que tenéis en el Sur. Utilizamos menos mantequillas y aceites —proclamó Elecia con arrogancia.

Vhalla apenas pudo contenerse de poner los ojos en blanco.

—De hecho, hay un plato que creo que te gustaría —murmuró Aldrik—. Rallan las pieles de los limones y las confitan con azúcar.

—Oh, eso suena delicioso. —Vhalla esbozó una sonrisa cómplice al recordar la tarta de limón que habían compartido en el jardín de Aldrik.

—Quizás tengan en la Encrucijada. —El príncipe se quitó el yelmo un momento para pasarse una mano por el pelo. El sudor hacía que se le quedara pegado a la cabeza y Vhalla sopesó qué estilo le quedaba mejor.

—¿Y cómo es la comida del Este? —preguntó Elecia, interrumpiendo así a Vhalla en su admiración del príncipe.

—Es sencilla, supongo. —En verdad, la familia de Vhalla nunca había tenido dinero para alimentos caros o sofisticados—. Eso sí, jamás he comido un pan mejor que el de casa en la época de la cosecha. Aunque, bueno, pasé buena parte de mi infancia y adolescencia en el Sur.

—Oh, sí, como aprendiza de bibliotecaria —comentó Elecia como quien no quiere la cosa.

A Vhalla le irritaba que esta otra mujer supiera cosas de ella y nunca explicara por qué.

Abrió la boca para decir algo, pero justo entonces sonó un cuerno desde el extremo sur de la columna. Tan solo llevaban unas horas de marcha; no podía ser hora de parar ya. Todo el mundo se giró cuando el cuerno volvió a sonar en señal de advertencia.

Vhalla oyó a Aldrik maldecir de manera colorida antes de partir al galope y cruzar las filas a toda velocidad en dirección a su padre en la legión que iba por delante de ellos. Elecia elevó los ojos hacia el horizonte. Vhalla también miró.

—¿Qué pasa? —preguntó Vhalla, mientras trataba de discernir la razón para el repentino cambio de actitud.

—Parece una tormenta de arena. Que la Madre se apiade de nosotros. —La cabeza de Elecia se giró hacia delante y luego hacia atrás otra vez—. Hay demasiados soldados a pie… —farfulló. Giró la cabeza de golpe hacia la derecha—. ¡Larel! —la llamó Elecia, y Larel levantó la vista hacia ella—. ¿Cuánto queda para la primera muralla de la Encrucijada?

—Una hora al menos, apretando a los caballos —repuso Larel, mientras guiñaba los ojos y miraba atrás.

—¿Un pueblo más cercano? —Elecia agarró las riendas con fuerza.

—Ninguno que yo sepa. —Larel frunció el ceño, el rostro crispado.

—Tendremos que intentar llegar, entonces. —Elecia maldijo y salió pitando hacia donde estaba la familia imperial.

—¿Qué está pasando? —Vhalla no entendía nada.

—Es una tormenta de arena, Vhal. —Fritz miró otra vez atrás, dubitativo—. Todavía está lejos, pero no queremos vernos envueltos en una. Son temperamentales y rápidas. Si logramos encontrar refugio, puede que solo mate a unos pocos por asfixia. Aquí hay muchas cosas que el viento podría levantar y convertir en proyectiles de pesadilla.

—¿Tan malo es? —preguntó consternada.

—Los vientos del Oeste son conocidos por ser lo bastante fuertes como para arrancar árboles con raíces y todo y levantar por los aires a hombres hechos y derechos como si fuesen muñecas de trapo. Suelen soplar con los aires de verano. En invierno no son normales, y no estamos preparados —repuso Fritz muy serio.

Se giró en la montura y buscó el punto oscuro en el horizonte. *¿Puede que solo mate a unos pocos?* No le sonaba como un consuelo. Se preguntó si se estaba imaginando que crecía en el horizonte del sur. Sonó otro cuerno, una serie de toques seguidos, y otros repitieron su llamada. Aldrik y Elecia volvieron juntos.

—¡Vamos a la Encrucijada a toda velocidad! —gritó el príncipe, llamando la atención de todos los soldados de la Legión Negra—. No digáis ni una palabra más y estad atentos a las órdenes.

Dio la impresión de que todo el mundo entendía al instante lo que estaba pasando y las tropas aceleraron el paso. Pero con tantos soldados a pie, estaban muy limitados en velocidad. Vhalla se giró hacia atrás. Parecía que estaban consiguiendo alejarse de la tormenta, o no iba en su dirección.

Entonces el viento cambió.

Vhalla lo sintió ahí, la furiosa y violenta masa detrás de ellos. Era una furia como Vhalla no había sentido jamás. Era puro poder y viento que empujaba hacia delante para consumir hasta la última persona de sus fuerzas. Vhalla se giró de nuevo y la miró otra vez. No parecía haber crecido, pero sabía bien que no era así.

—¿Cuánto falta para la Encrucijada? —les preguntó en voz baja a Fritz y a Larel.

—No lo sé. Solo he pasado por aquí una vez —susurró Larel de vuelta, su voz apenas audible por encima de los cascos de los caballos sobre la carretera de piedra.

—¿Cuánto falta? —Vhalla lo intentó con Elecia. La mujer la miró con expresión irritada, pero Vhalla le sostuvo la mirada sin inmutarse. No pensaba tolerar sus tonterías.

—Un poco menos de treinta minutos, quizás —conjeturó Elecia.

Vhalla maldijo. No lo lograrían. *Lo percibía.*

—¡Mi príncipe! —gritó Vhalla. Aldrik la fulminó con la mirada por hablar fuera de lugar. Ella le hizo caso omiso—. No lo vamos a lograr si no vamos más deprisa.

La seriedad frunció el ceño del príncipe.

—¿Estás segura? —preguntó en tono sombrío.

Vhalla se quitó los guanteletes de un tirón y los metió a toda prisa en una alforja. Soltó las riendas por completo y cerró los puños. Luego los levantó en alto, cerró los ojos y abrió los dedos, sin importarle lo tonta que pudiera parecer. El viento empujó a través y alrededor de sus manos; sintió el poder de la tormenta al final de cada ráfaga.

Abrió los ojos de golpe.

—¡No lo lograremos!

Los ojos de Elecia saltaron de ella a Aldrik.

—Aldrik, no hay ninguna otra protección aparte de las murallas barrera de la Encrucijada. —La tensión hizo temblar la voz de Elecia.

Vhalla escudriñó el paisaje a su alrededor. Era verdad. Arena y más arena hasta donde alcanzaba la vista. Miró hacia atrás otra vez. El punto oscuro se había convertido en un muro en el horizonte.

—¡Maldita sea! —Aldrik espoleó a su caballo hacia delante otra vez y Vhalla lo vio correr de vuelta con su padre. Por un breve instante vio al emperador girarse hacia ella. El caballo de Aldrik aminoró el paso y las tropas pasaron por su lado mientras él regresaba a su puesto. Resonó otro cuerno, seguido de otro más.

El ejército imperial corría frenético por la Gran Vía Imperial. El retumbar de los caballos y el coro de las armaduras cortaba a través del sonido del viento, que aumentaba poco a poco. Vhalla miró atrás hacia las secciones de carros; esos caballos no podían acelerar más sin perder su carga. Los soldados de a pie ya empezaban a quedarse atrás, a medida que los que iban a caballo empezaban a dejarse llevar por el pánico y aceleraban el paso. Vhalla vio el rugiente muro detrás de ellos que ya bloqueaba el sol como un mal presagio.

Una certeza abrumadora palpitó a través de ella. Seguían sin poder lograrlo. Los caballos no podían dejar atrás a un viento así. Incluso para un solo jinete era un viento demasiado fuerte y rápido. Vhalla registró los rostros aterrados de las personas que estaban a su alrededor, las expresiones crispadas de sus amigos.

Ninguno de los soldados decía ni una sola palabra. Daba la impresión de que ella no era la única que se había percatado de la sombría realidad de su misión. No hacía falta tener magia para sentir las ráfagas de viento cada vez más intensas que empezaron a hacer tambalear a hombres y mujeres y vacilar a las monturas. Resonó un cuerno otra vez, un sonido entrecortado y frenético. Todo el mundo se giró hacia atrás; Vhalla tenía el corazón en la garganta.

Una furiosa masa giratoria de arena y muerte cortaba desde el suelo hasta el cielo. El viento aullaba y lo consumía todo a su paso.

Sumió el mundo en oscuridad. Se extendía a ambos lados de ellos. La tormenta pretendía engullirlos enteros y estaba a punto de dar comienzo a su festín con el último jinete de la fila.

Vhalla vio los rostros de todos los que la rodeaban mientras se enfrentaban a su propia mortalidad. Sus ojos volaron de vuelta, hasta que encontraron a Aldrik. Tenía una expresión atormentada de frustración y desesperación. Vhalla sintió que algo palpitaba frenéticamente a través de ella: *no lo dejaría morir*.

Como si percibiera la intensidad de su mirada, Aldrik giró la cabeza hacia ella a toda velocidad; algo en la cara de Vhalla le provocó al príncipe un ataque de pánico. Vhalla apenas vio sus labios moverse cuando empezó a decir algo, pero desvió a Relámpago hacia la derecha y cortó entre las legiones.

No podían hacer nada; ninguno de ellos podía hacer nada. Si no lo intentaba, todo habría terminado. Vhalla hincó los talones en los costados de Relámpago mientras galopaba entre expresiones de sorpresa en dirección al exterior de la columna. En alguna parte, alguien estaba gritando su nombre.

Vhalla no miró atrás.

El viento llenaba sus oídos, fluía a través de ella y, a pesar de todos sus miedos, no hizo nada por reprimirlo. Esta vez no sería como la última. Encontraría al viento y lo utilizaría para salvar, no para matar.

Vhalla golpeó al caballo con el sobrante de las riendas.

«Más deprisa», le pidió. «*¡Más deprisa!*», gritó, sin quitarle los ojos de encima a la tormenta de arena que avanzaba implacable hacia el final de la columna. Su corazón amenazaba con salírsele del pecho y Vhalla parpadeó para quitarse la arena de los ojos.

Los soldados de las legiones posteriores la miraron estupefactos mientras ella corría directo hacia la tormenta. Empezó a oír más gritos detrás de ella. Echó un vistazo hacia atrás y vio que la Legión Negra entera era un rugido que gritaba su nombre. Les dio la espalda otra vez; ya casi había llegado al final de las filas.

El viento azotaba su pelo y, pronto, Relámpago empezó a asustarse y a resistirse a sus intentos de avanzar. Vhalla maldijo al animal y le rogó que la llevara un poco más allá. Por medio de sus palabras o de los talones contra sus costados, Relámpago obedeció. Vhalla volvió hacia la carretera en cuanto la cola de la legión esprintó por su lado en dirección contraria. Sus expresiones horrorizadas fueron todo lo que pudieron ofrecerle.

Vhalla frenó en seco y desmontó con muy poca elegancia. Se tambaleó, pero se recuperó antes de caer. Giró a Relámpago hacia las tropas y le dio una palmada en la grupa. El caballo no necesitó más aliento que ese para huir de las violentas arenas. Los soldados siguieron adelante.

Vhalla soltó un pequeño suspiro de alivio. Necesitaban todas las oportunidades que pudieran. Si ella fracasaba, tenían que seguir corriendo. Al menos les conseguiría algo de tiempo. Vhalla dio media vuelta y levantó la vista hacia el titán de viento y arena.

Y se sintió muy pequeña.

Vhalla separó los pies y los plantó bien firmes en el suelo. Y se preparó para lo peor. Estiró las manos desnudas hacia el viento. Si era capaz de provocar una tormenta, tenía que ser capaz de terminar con una. Sintió el viento entre los dedos, sintió las corrientes, eran parte de ella… y responderían ante ella.

Nada podía haberla preparado para el impacto de la tormenta. Fue como si la tirasen de otro tejado y Vhalla sintió que sus hombros crujían por la presión. Dio la impresión de que el viento aplastaba todo su cuerpo, y empezaron a temblarle las rodillas.

Cerró los ojos y apretó los dientes. Había arena por todas partes a su alrededor, en su pelo, en sus oídos, en su nariz. Pero aquello terminaría ahí, con ella. Se inclinó hacia la tormenta y empujó hacia atrás con todas sus fuerzas. En el caos de la arena y el rugido del viento, no podía abrir los ojos. Vhalla trató de palpar a un lado para comprobar si había logrado detener o al menos ralentizar la tormenta, pero sus sentidos eran un batiburrillo, mezclados con el poder crudo del que estaba intentando tirar.

La primera vez que gritó fue cuando uno de sus dedos se retorció hacia atrás. El dolor repentino y agudo de sus huesos, que parecían estarse descoyuntando, le hizo perder la concentración. Sintió cómo el viento se colapsaba sobre ella y casi perdió el equilibrio. Vhalla obligó a sus piernas a enderezarse y apretó los dientes contra el dolor. Otro dedo se torció para atrás y luego un hombro amenazó con ceder.

Le temblaban las manos y se sentía al borde mismo del agotamiento. Y con un grito, hizo todo lo que Aldrik le había advertido que no hiciese desde su primerísima lección con él. Se zambulló en su Canal con el único pensamiento de que aquella tormenta acabara ahí, que no llegara hasta sus amigos. *Que no llegara hasta él.*

Los momentos siguientes fueron una extraña dicotomía de sentimientos, como si su cuerpo estuviera muriendo y su mente estuviese naciendo de nuevo. La luz abrasaba los bordes de sus ojos cerrados e inundaba sus sentidos. Con un *clic* casi audible, notó cómo conectaba con la tormenta a través de su Canal. Sintió cada matiz de ella, comprendió sus violentos vendavales. Ahora era suya, una extensión de su magia sobre la que tenía un frágil control.

Le costó un mundo mover los brazos y sintió que la conexión con su cuerpo físico titilaba. Gritó mentalmente por el esfuerzo de resistirse al fallo inminente de sus sistemas. *Un poco más.* Era tanto una oración como una forma de alentarse. *Un poco más.* Con los brazos abiertos a los lados, Vhalla respiró hondo y sintió cómo la arena llenaba sus pulmones. Dio un último empujón para hacer a la tormenta parte de ella. Luego vertió ese poder en su interior, lo empujó hacia el fondo de su Canal y lo asfixió.

Los vientos amainaron y el silencio llenó sus oídos. Sus piernas cedieron y cayó de rodillas, los brazos flácidos a los lados. Entreabrió los ojos y vio el cegador brillo del sol contra un cielo azul. Un pequeño sollozo escapó por su boca y tosió, los pulmones en llamas.

Todavía había una especie de borrón de luz y oscuridad rondando por la periferia de su vista. Vhalla sintió cómo su hombro golpeaba la carretera de piedra, luego su sien... Y entonces el mundo se puso negro.

CAPÍTULO
13

Una única llama danzaba al lado de su cama y la luna se filtraba por unas cortinas desconocidas mientras Vhalla levitaba entre la conciencia y la inconsciencia. Se movía inquieta, en un intento por liberarse de la prisión del agotamiento y el estado crepuscular de los sueños.

La palma de una mano cálida tocó su mejilla, seguida del susurro de unas palabras tranquilizadoras. Vhalla se removió al oír el frufrú de la manta con la que la arropaban. Abrió los ojos una rendija.

La habitación se enfocó poco a poco. Vhalla no reconoció los elegantes adornos y la suntuosa decoración. Pero sí reconoció a la mujer que la cuidaba.

—Esto empieza a ser una costumbre —susurró con voz débil, y Larel casi se salió del pellejo del susto.

—Estás despierta —murmuró la mujer occidental con un suspiro de alivio—. Es *verdad* que empieza a ser una costumbre. A ver si dejas de darte estas palizas. —Larel había entendido bien el comentario, y se mostraba feliz con solo ver los ojos abiertos de Vhalla.

—¿Dónde estamos? —preguntó Vhalla entre ataque y ataque de tos. Notaba como si le hubiesen hecho trizas las entrañas.

—En la Encrucijada. —Larel sujetó un vaso de agua ante los labios resecos de su amiga.

—¿Lo logramos? —balbuceó sorprendida.

—Así es. —Larel pasó el vaso a las manos ansiosas de Vhalla y se levantó de donde estaba sentada al lado de la cama—. Y hay alguien que ha estado *muy* ansioso por verte.

Larel salió de la habitación sin mayor explicación, pero Vhalla no se sorprendió cuando un príncipe de pelo negro como el carbón se coló por la puerta en silencio poco después. Se giró y a Vhalla se le cortó la respiración. Llevaba el pelo bien peinado e iba vestido con ropa de gala, no con armadura. Era la viva imagen del príncipe que había conocido hacía meses. La viva imagen del príncipe que ella había arriesgado la vida por salvar.

—Vhalla… —murmuró Aldrik, la voz quebrada.

Vhalla vio unos círculos oscuros bajo sus ojos mientras se tambaleaba hacia ella. Se sentó más erguida, aunque hizo una leve mueca al sentir dolor en la espalda y en los hombros cuando dejó el vaso casi vacío en la mesilla de noche. Dos ojos color obsidiana la consumieron hambrientos, aunque sabía que estaba hecha un desastre.

Cuando Vhalla abrió la boca para hablar, el príncipe se dejó caer de rodillas al lado de su cama. Se quedó tan pasmada que no pudo decir ni una palabra, y Aldrik enterró la cara en los antebrazos. Observó cómo le temblaban los hombros durante un momento y oyó una respiración entrecortada. Incapaz de soportar su dolor sin sentido, Vhalla alargó una mano vendada y la puso sobre su pelo.

El príncipe levantó la cabeza a toda velocidad, sobresaltado por su contacto.

—¿Qué pasó? —susurró ella, incapaz de unir todos los cabos con cierta lógica.

—Eres una idiota descerebrada —soltó Aldrik de repente, y se puso en pie—. Te marchaste sin la orden de tus superiores. Ignoraste la llamada. Podrías haberte matado, chica estúpida.

Vhalla se encogió como si la hubiese abofeteado.

—Y detuviste la tormenta. —El príncipe se dejó caer sobre el borde de la cama. Sin vacilación, estiró un brazo y acarició la mejilla de Vhalla con ternura—. Y tú, estúpida, asombrosa y sorprendente mujer... tú nos salvaste a todos.

Vhalla soltó un pequeño sollozo de alivio. Esa verdad podía haberla deducido por su presencia ahí, pero oírle decirlo la hacía mucho más real. Dejó caer la cabeza y se tapó la boca con la palma de la mano para intentar contener sus emociones. Aldrik se movió y la envolvió entre sus brazos para estrecharla contra él. A Vhalla le dolía mover el cuerpo en algunos puntos, pero ignoró el dolor con facilidad mientras enterraba la cara en el hombro del príncipe.

—Estuviste maravillosa, Vhalla —murmuró él contra su pelo—. Y juro que, si vuelves a hacer algo así alguna vez... —Vhalla apartó la cabeza sorprendida, pero las manos de Aldrik se cerraron en torno a sus hombros—. Cuando partiste al galope, no pude seguirte; tampoco podía enviar a nadie a por ti. Debería haberlo hecho. Lo siento. Por todos los dioses, quería hacerlo... —Aldrik luchó por recuperar la compostura.

—Aldrik —dijo ella, y retiró las manos del príncipe de sus hombros para sujetarlas entre las suyas, reprimiendo a duras penas una pequeña mueca—. No quería que me siguieras. —Dubitativa, alargó una mano vendada y acarició la cara de Aldrik. No recordaba haber tocado su mejilla nunca, y se lamentó de inmediato de que su mano estuviese vendada. Vhalla le dedicó una pequeña sonrisa—. Quería mantenerte a salvo. Ese es mi trabajo, ¿no? Mantenerte con vida.

Aldrik soltó una risa y sacudió la cabeza. Se movió un poco y se inclinó hacia ella. Los dedos de Vhalla resbalaron de su cara para caer en las manos del príncipe. De repente se sentía mareada por estar tanto rato sentada, y acababa de percatarse de lo cerca que estaban.

—Vhalla —murmuró con suavidad, al tiempo que apretaba las manos—. Creí que no volvería a tener la oportunidad de verte, de hablar contigo. —Aldrik contempló sus dedos entrelazados; sus pulgares acariciaron las vendas—. Creí que te marcharías y nunca... —Su voz se fue difuminando hasta ser apenas más que un susurro. Se atrevió a mirarla de nuevo y Vhalla sintió que algo revoloteaba frenético en su interior—. Creí que nunca tendría la oportunidad de decirte que...

Vhalla se inclinó más hacia él, saboreando cada palabra. Casi podía sentir el aliento de Aldrik sobre su cara cuando hablaba.

—Que yo... —Aldrik era de repente muy consciente de lo atenta que estaba, y sintió algo parecido al miedo al darse cuenta. Entreabrió los labios.

Vhalla contuvo la respiración.

Aldrik cerró la boca a toda prisa y apartó la mirada cuando oyó el retumbar de unas fuertes pisadas que se acercaban. Vhalla siguió la dirección de su mirada hacia el marco de la puerta.

—Vuelve a tumbarte —musitó Aldrik con resignación.

Vhalla obedeció y contempló el techo. Esperaba sentirse menos mareada pronto. Aldrik suspiró y se levantó, luego fue hacia un cofre de clérigo que descansaba abierto sobre un tocador cercano. Estaba sacando una botella llena de un jarabe claro cuando el príncipe dorado irrumpió en la habitación sin llamar a la puerta.

—¡Vhalla, la heroína! —exclamó entusiasmado—. ¡Me he enterado de que te has despertado!

—Las noticias vuelan demasiado deprisa —masculló Aldrik en voz baja.

—¿Cómo te encuentras? —El príncipe más joven se acercó a la cama haciendo caso omiso de su hermano.

—Cansada —dijo sin más, pero con sinceridad.

—Sí. —Aldrik cruzó la habitación para darle el vial y ella se lo bebió de un solo trago sin preguntar—. No debería recibir visitas ahora mismo.

—¡Oh! —El príncipe Baldair arqueó una ceja—. ¿Y *tú* qué eres?

Aldrik le lanzó a su hermano una mirada asesina.

—Chicos, no os peleéis —musitó Vhalla, que estaba demasiado cansada para sus tonterías. Aldrik parpadeó sorprendido y el príncipe Baldair se rio entre dientes—. ¿Cómo puedo ayudarte, mi príncipe?

—Nuestro padre quiere invitarte a desayunar.

Vhalla estaba segura de que lo había oído mal.

—¿Por... por qué? —Miró a uno y a otro pasmada. La última vez que Vhalla había visto al emperador de cerca, la estaban juzgando por haber intentado acabar con la vida de su hijo. Vhalla buscó apoyo en Aldrik, pero él había adoptado esa mirada pétrea y distante que solía utilizar en presencia de su hermano.

—Seguro que es para darte las gracias —contestó el príncipe Baldair.

—Tiene que descansar —objetó Aldrik.

—También tendrá que comer, supongo —protestó el príncipe más joven.

—No estoy en un estado adecuado para ver a... —Vhalla hizo una pausa; no podía decir a la «realeza», visto que la mitad de la familia imperial estaba delante de ella—... para ver al emperador —terminó.

—Padre comprende tu situación. No te inquietes por el decoro —la tranquilizó el príncipe dorado con una sonrisa.

Vhalla jugueteó con las vendas alrededor de sus dedos.

—Supongo que no puedo rechazar la invitación de mi emperador —dijo en voz baja.

Aldrik la miró con una preocupación clara.

—Hablaré con mi padre.

—Es solo un desayuno. —Vhalla trataba de tranquilizarse más a sí misma que a ninguno de los otros. Aldrik la miró con impotencia y ella le dedicó una mirada de disculpa.

—¡Excelente! Dentro de una hora, entonces. —Baldair dio una palmada y se marchó.

Aldrik se movió y tiró de una cadenita que discurría de un botón a su bolsillo. Echó un vistazo al reloj de bolsillo plateado que Vhalla había admirado en más de una ocasión después de sus prácticas de Proyección.

—No deberías haber aceptado —refunfuñó y regresó a su posición anterior.

—Aldrik, ¿cuándo lo entenderás? —Vhalla hizo un esfuerzo por sentarse otra vez y apretó el talón de una mano contra su frente con un suspiro—. *Nunca* estoy en posición de negarle nada a tu familia.

—¿Qué? —Su confusión parecía sincera.

Vhalla esbozó una sonrisa cansada; era muy bonito lo ingenuo que era a veces.

—Yo no soy nada. No tengo ningún rango, ningún título. Es más, soy propiedad de la corona. Tú o cualquiera de tus familiares podríais ordenarme lo que quisierais y yo me vería forzada a complaceros.

Vhalla deslizó una mano por el antebrazo de Aldrik, pero él se apartó con brusquedad.

—¿Solo me complaces? —preguntó Aldrik con frialdad. Vhalla se rio.

—Por supuesto que no. Disfruto cuando estoy cerca de ti, cuando oigo tus pensamientos, cuando paso tiempo contigo. Eres una de las mejores cosas que me ha pasado jamás. —Vhalla le sonrió y vio cómo el príncipe se relajaba. ¿Cómo podía no haberse dado cuenta nunca de lo inseguro que era?—. Eres muy gracioso. ¿Que si hago las cosas por complacerte? Aldrik, yo... —Vhalla se interrumpió de golpe y se le borró la sonrisa al darse cuenta de algo—. Yo...

Te quiero.

Eso era lo que quería decir su mente, y la noción le golpeó más fuerte que la tormenta de arena.

—¿Tú? —Aldrik dejó que la palabra colgara entre los dos, expectante. Vhalla respiró hondo.

—Yo...

Era inútil; *ella* era inútil. Lo quería y ya no podía negarlo durante más tiempo. Una sola mirada había sido acicate suficiente para que corriera a una muerte probable con la idea de salvarlo. Y acababa de darse cuenta, acababa de darse cuenta de cuánto tiempo llevaba enamorándose sin remedio de este irritante y encantador enigma de hombre.

—Bueno, yo...

Vhalla miró a esos oscuros ojos negros. Todos los momentos compartidos con esos ojos volvieron a ella en tromba. Recordó una noche hacía una eternidad, cuando él la había atrapado solo con la mirada en la biblioteca y la había sacado de un sueño. Recordó mirar esos ojos mientras él la sujetaba entre sus brazos en la gala, cómo lo había deseado. Recordó despertarse y que esos ojos fuesen lo primero que veía, y no querer ver nada más cada vez que se levantara.

—Yo, de verdad, realmente...

Vhalla alargó la mano y rozó la mejilla de Aldrik con suavidad. El príncipe estaba más serio, su respiración más superficial. A Vhalla se le hizo un nudo en el estómago. Jamás podría, jamás tendría, *jamás debería* tener a este hombre. Y por una vez, Vhalla cedió ante las alarmas que sonaban en su mente.

—Me encanta ser alguien a quien consideras una amiga.

Aldrik sopesó sus palabras durante unos largos segundos. Entreabrió un poco los labios y sus ojos escudriñaron su cara. Vhalla no estaba segura de qué buscaba. Aldrik respiró hondo, abrió la boca. El corazón de Vhalla se saltó dos latidos. Pero el príncipe soltó el aire y evitó su mirada expectante.

—Deberías prepararte para el encuentro con mi padre —dijo con suavidad. Luego se puso de pie y recolocó su chaqueta cruzada sin molestarse en mirarla siquiera—. Volveré dentro de treinta minutos.

Vhalla trató de decir algo más, pero la puerta ya se había cerrado detrás de él. Aspiró una bocanada de aire temblorosa.

«Te quiero, Aldrik», susurró al aire silencioso. La siguiente respiración fue aún más temblorosa que la anterior, y la de después se quedó atascada en su garganta con un gimoteo dolido que solo pudo deshacer dando rienda suelta a las lágrimas.

Vhalla cerró los puños y enterró los ojos en ellos. Tenía que recuperar la compostura. Ese no era ni el lugar ni el momento para perder la cabeza por estar enamorada del príncipe heredero.

Primero, intentó negarlo. *Era imposible que fuese amor*. Ella casi había muerto y él la había abrazado y la había consolado. Solo se estaba aferrando a él porque estaba en un estado emotivo. Vhalla se rio con un hipido y un sonido rasposo. No estaba segura de si había amado alguna vez antes, pero sabía que esto era amor.

Después intentó echarle la culpa al Vínculo o a la Unión. Estaba claro que las dos cosas los habían afectado a ambos de múltiples formas que apenas entendían. Estaban creando algo de la nada. Pero siempre había estado ahí, desde un principio.

No, por poco que supiese acerca del Vínculo a nivel académico, Vhalla estaba segura de qué sensación le transmitía. Sentía la extensión de su propio ser hacia Aldrik, la calma que su proximidad le aportaba por tener ese cuerpo cerca de ella otra vez. El Vínculo era una puerta, una ventana, un Canal; no los alteraba, solo les daba acceso a lo que había más allá en el otro. Dejaba que las verdades que trataban de mantener ocultas salieran a la luz.

Por último, lo intentó con la razón. Vhalla se dijo que aquello solo era consecuencia de pasar tanto tiempo con él durante la marcha. Incluso el príncipe Baldair había mencionado las *necesidades* naturales de uno. Lo veía todos los días, era su maestro, y era fácil desarrollar sentimientos por alguien en semejante posición. Vhalla se miró las palmas de las manos. *No era solo la marcha*.

Suspiró y se recostó contra la cama. No estaba segura de cuándo había sucedido. Cerró los ojos y dejó que los recuerdos la asaltasen en una dolorosa riada de sollozos callados; miró esos recuerdos de un modo que no los había observado nunca. ¿Había sido cuando Aldrik dejó caer esos papeles por todas partes, el día que ella se había quedado en ese jardín de rosas un minuto más de lo planeado, la disculpa de él? Quizás había sido cuando él había acudido corriendo a ella, dejando de lado cualquier deber oficial que hubiese tenido cuando su hermano y su padre volvieron al Sur. ¿Había sido el momento en que su corazón había revoloteado cuando él le confesó que quería verla otra vez? ¿O saber que él se había complicado la vida por ella? ¿Podría haber sido antes de saber quién era, cuando ella se deleitaba en la mente que escribía con esa preciosa escritura curva?

Se dio cuenta de que, fuera cuando fuese que había ocurrido, ya lo quería antes del momento en que Aldrik la vio con Sareem. Cuando su corazón se comprimió, preocupada por que pudiese pensar que estaba con otra persona. Lo había querido cuando había elegido llevar ese vestido negro a la gala, en lugar de uno de colores apropiados. Lo había querido cuando solo quería que él se quedara en el palacio y no fuese a la guerra nunca más.

Todo lo que había venido después no había sido más que negar las evidencias.

Vhalla abrió los ojos y se puso una mano delante de la boca para ahogar las lágrimas. Ahora lo sabía. Sabía que estaba perdidamente enamorada de un hombre que acabaría por salir de su vida. Era una revelación devastadora. Aunque de algún modo consiguieran permanecer cerca el uno del otro y vivir ambos en el palacio, él sería emperador algún día. Se casaría con alguien adecuado para su posición y ella tendría que arrodillarse ante él y ante la mujer que sería su emperatriz y la madre de los hijos de Aldrik.

Él había dicho que los títulos no importaban, que podía darle lo que ella quisiera como príncipe o como emperador. Ella lo había creído porque quería. Quería pensar que podía ser simple y precioso. Vhalla nunca le había dicho por qué la habían herido tanto las palabras de Elecia. Que deseaba ser de la nobleza para que fuese aceptable a ojos de la sociedad que estuviese cerca de él. No solo como amiga, sino como amante. Si él lo hubiese sabido, era probable que nunca hubiese dicho nada sobre concederle el título que ella quisiera.

La puerta se abrió de repente. Se sobresaltó y giró la cabeza hacia la entrada a toda velocidad para toparse con Larel que sujetaba un pequeño fardo de ropa. Vhalla intentó sonreír, intentó ser fuerte, pero solo pudo desmoronarse de nuevo.

—Larel —musitó con la voz quebrada. La mujer corrió hasta ella, dejó la ropa en el pie de la cama y puso las manos sobre los hombros de la joven.

—Vhalla, ¿qué pasa? ¿Qué te duele? —Larel inspeccionó sus vendajes con ojo clínico.

Vhalla sacudió la cabeza y la dejó caer entre sus manos. No podía soportar esa preocupación; no podía soportar la vergüenza de por qué se estaba desmoronando.

—Vhalla, por favor —suplicó Larel.

—Lo quiero —susurró con una respiración entrecortada.

—¿Qué? —preguntó Larel, y se inclinó más hacia ella.

—Que quiero a Aldrik. —Vhalla escudriñó la expresión de la mujer en busca de algo, de cualquier cosa.

—Oh, Vhalla. —Larel la envolvió en un abrazo cálido. El gesto tiró por los suelos su poco autocontrol y Vhalla sollozó con fuerza contra la camisa de Larel—. *Shh, shh...* ¿Qué es tan horrible de eso?

Larel se echó un poco atrás y levantó la cara de Vhalla para que la mirara.

—Porque... porque él jamás querrá a alguien como yo. Porque no soy lo bastante buena para merecer ni la mitad de lo que me ha dado. Porque, al final de todo, da igual lo que seamos, él se marchará. Porque creo que es maravilloso y todo lo que tendré jamás. Porque... —Vhalla aspiró una bocanada de aire temblorosa—. Porque no sé si alguna vez he amado así antes y me *aterra*.

Larel le dedicó una sonrisa amable y cansada. Deslizó la mano por el pelo de Vhalla y volvió a abrazarla. Acarició su espalda y Vhalla se permitió aceptar sin ninguna vergüenza todo el consuelo que la otra mujer le ofrecía y aún más. Al cabo de un rato, su pánico inicial, combinado con el miedo y la desesperación, amainaron y recuperó el control de sus lágrimas.

—Vhalla —dijo Larel al final—. No voy a decirte qué es lo mejor que puedes hacer. Ni siquiera puedo fingir saberlo. —Suspiró—. Sí te diré que una vez que algo se rompe con Aldrik, es muy difícil arreglarlo. —Había una tristeza sincera en la suavidad de la voz de Larel—. También te diré que tienes razón en lo de que probablemente sea imposible que seas nada permanente en su vida. Que si lo intentas, es igual de probable que vayas a acabar con el corazón roto. Tienes que decidir si merece la pena superar el miedo para vivir ese momento, dure lo que dure. Si él merece la pena.

Vhalla suspiró, se sentó y se frotó los ojos. Se preguntó cuándo se había vuelto Larel tan sabia y deseó que esa sabiduría hubiese entrado en su vida mucho antes que solo el pasado año.

—Para él, soy solo una… —Vhalla no estaba segura de qué era para el príncipe heredero. Era más que su súbdita. *Alumna* no parecía cubrir del todo el alcance de su relación. ¿Una amiga? Incluso eso parecía irrisorio; Vhalla no recordaba haber abrazado nunca a sus amigos como lo había abrazado a él—. Una… —Vhalla se quedó callada, no tenía una buena respuesta.

—Yo no diría *solo* nada de ti, Vhalla. Creo que eres mucho más de lo que te reconoces. Sobre todo para él. —Larel la miró a los ojos con serenidad. Cuando estuvo claro que no tenía más palabras que compartir, Larel cambió de postura y recogió la ropa—. Pronto vas a ver al emperador. Pensé que querrías una muda de ropa. Espero haber elegido bien, la mitad no está seca todavía.

Vhalla observó la ropa que le había traído Larel. Pantalones ceñidos de cuero pardo con una túnica de lana gris, de manga larga. Olían al aire fresco de las mañanas y la falta de suciedad confirmaba que estaba recién lavada.

—¿Cómo lo has sabido?

—Aldrik vino a buscarme. —Larel le sonrió con dulzura y Vhalla soltó una risita débil—. ¿Quieres ayuda para cambiarte?

Vhalla negó con la cabeza.

—Comparado con algunas otras experiencias que he tenido cuando he usado toda esa magia, ahora no estoy tan mal. —De hecho, ya notaba los efectos de la poción que le había dado Aldrik. Larel asintió.

—Muy bien, te dejaré con ello entonces. Te recomendaría que te tomaras esto antes de partir. —Larel sacó un vial de líquido morado y lo dejó al lado del cofre de los artículos medicinales—. Servirá de analgésico y debería asentar tu cabeza, si lo necesitas.

—Gracias —le dijo Vhalla con sinceridad.

—Aparte de eso, Vhalla. Fritz y yo también nos alojamos en esta posada, así como tus amigos de la Guardia Dorada. Estaremos aquí cuando vuelvas. Buena suerte.

La mujer sonrió y se marchó. Vhalla se preguntó para qué le deseaba suerte en realidad.

Se vistió lo más deprisa posible, pero también fue una oportunidad para hacer un repaso del estado de su cuerpo. Tenía los hombros rígidos y los sentía hinchados; los codos también le recordaban la presión a la que los había sometido. Sus manos estaban en un estado bastante lamentable, pero el lado positivo era que no parecía haber nada roto sin remedio.

Había un espejo en la habitación que llamó la atención de Vhalla al instante. Era de cuerpo entero y se vio por primera vez en meses. Le había crecido el pelo, más o menos hasta los hombros, y caía ahora en ondas enredadas. Su rostro estaba más delgado y sus ojos parecían haberse hundido un poco en su cara; la sombra de sus cejas resaltaba las motas doradas de alrededor de sus pupilas. Unos músculos que ni siquiera sabía que tenía empezaban a cobrar forma debajo de su piel tersa. Incluso vendada, tenía una apariencia fuerte y capaz, más confiada de lo que se sentía.

Aldrik volvió mientras evaluaba su estado. Una extraña mezcla de sensaciones lo invadió cuando la vio, y el corazón de Vhalla se aceleró al instante. Dio un paso hacia él, pero se tambaleó un poco al sentir el dolor de sus rodillas. Aldrik estaba ahí al instante y la sujetó de los brazos hasta que recuperó el equilibrio.

—Esta es una idea horrible. —Su voz sonó grave y retumbó por todo su pecho.

—Tengo muchas de esas, últimamente —admitió ella con suavidad. Vhalla recuperó el equilibrio y dio un paso atrás. Tenía miedo de lo que esos ojos oscuros pudieran ver si se quedaba demasiado cerca de él durante mucho tiempo—. ¿Vamos?

Aldrik frunció los labios para aspirar una bocanada de aire tentativa, pero no dijo nada.

El príncipe echó a andar primero, sujetó la puerta abierta para ella y la guio por un tramo corto de escaleras. Pasó un brazo por la cintura de Vhalla y sujetó una de sus manos mientras esta bajaba cojeando. Daniel, Craig, Fritz y Larel rondaban por un lujoso vestíbulo, y estaba claro que la esperaban a ella. Aldrik no se apresuró a retirar las manos de ella.

—Es verdad que estás viva —susurró Daniel, como si fuese un fantasma.

—¡Vhal! —Fritz lanzó los brazos alrededor de los hombros de la joven y casi la hizo caer.

—Fritznangle —le advirtió Aldrik, al tiempo que daba un paso hacia el sureño.

—¡Vhal, estuviste asombrosa! Fue como cuando la Madre desterró a la noche. ¡Una cosita diminuta contra esa enorme, inmensa, gigantesca tormenta! —Fritz parloteaba como un demente.

Otra persona salió de un rincón de la sala, alguien a quien Vhalla no había visto antes. Dos ojos esmeraldas evaluaron a Vhalla pensativos.

—Eres una de las personas más locas que he conocido en la vida. —Elecia plantó una mano sobre su cadera y cambió el peso para tenderle la otra a Vhalla—. Y por eso, te debo la vida. —Vhalla alargó su propia mano vendada para estrechar la de Elecia—. Gracias, Vhalla Yarl. —Esas eran las palabras más sinceras que Vhalla le había oído expresar jamás.

Vhalla estaba un poco aturdida mientras se encaminaba hacia la puerta. Aldrik la abrió para ella y salieron al amanecer. El horizonte estaba pintado de rojo y envolvía en naranjas y rosas una plaza atestada de gente. Unos grandes edificios construidos en mármol y arenisca centelleaban a la tenue luz. En todos ellos, ondeaban estandartes de un tamaño proporcional; rojos y negros del Oeste, blancos y dorados del imperio. El suelo bajo sus pies era de piedra pulida, y Vhalla contempló el centro del mundo con asombro.

—Es ahí. —Aldrik señaló hacia un edificio al otro lado de la plaza con tres grandes ventanas circulares con cristales de colores en la fachada principal—. ¿Necesitas que te ayude?

—No. —Vhalla negó con la cabeza—. Solo saber que estás aquí es suficiente. —Dejó que Aldrik lo interpretase como quisiera.

Vhalla no había dado más que tres pasos cuando el primer miembro de la Legión Negra se fijó en ella. Se acercó y le dedicó el saludo de la Luna Rota. Eso inspiró al siguiente a acercarse y ofrecerle su agradecimiento y sus elogios. Sus ojos se cruzaron con los de Aldrik, confundida y asombrada a partes iguales. Él la cubrió de admiración silenciosa y Vhalla notó que se sonrojaba.

El trayecto fue lento porque los detenían a cada paso. La Legión Negra había estado esperando en la puerta, pero Vhalla se fijó en que la mayoría de las personas de la plaza eran soldados. Se detuvieron en medio de lo que estuviesen haciendo para mirarla.

Un hombre de alto rango desenvainó la espada que llevaba a la cadera. Vhalla miró a Aldrik con nerviosismo y recordó la última vez que se había encontrado con los espadachines. El hombre juntó los pies con un taconazo y se cuadró. Llevó su mano izquierda a la zona de sus riñones y levantó la espada por delante de su pecho y de su cara en un saludo prístino con la derecha.

Vhalla no estaba segura de qué quería de ella, así que dio otro paso incierto. Una mujer mayor repitió el gesto. Sin espada, se llevó el puño derecho al pecho a modo de saludo.

Vhalla dio otro paso. Dos soldados más se adelantaron para saludar.

A cada paso que daba, había otro, y otro, y otro más. Empezaron a bordear su camino, y mantenían sus saludos con actitud reverente incluso después de que pasara. Vhalla se giró para ver que toda la plaza, todos los hombres, mujeres, niños, soldados y ciudadanos varios le mostraban su propio despliegue de veneración.

—¿Siempre hacen esto para ti aquí? —le susurró Vhalla a Aldrik. Tanta atención la ponía nerviosa.

Aldrik la miró perplejo.

—Vhalla. —Aldrik se inclinó hacia su oído—. No me están saludando a mí. Te saludan *a ti*.

Nadie dijo ni una palabra. Se limitaron a mostrar su respeto en silencio, y su silencio hablaba tan alto en sus oídos que Vhalla tenía ganas de llorar. Por primera vez desde que se había convertido en hechicera, sentía que una masa la miraba con respeto, con veneración. Y por mucho que le doliera el cuerpo, se irguió todo lo que pudo.

El emperador y el príncipe Baldair esperaban en el exterior del edificio hacia el que la conducía Aldrik. El emperador Solaris contempló la escena con sus ojos azul océano, que luego posó en la mujer que guiaba su hijo mayor y a la que saludaban sus súbditos. Cruzó las manos a la espalda en una posición que a Vhalla le hizo recordar a Aldrik.

—Bueno, aquí tenemos a la heroína del momento. —El emperador habló lo bastante fuerte como para que lo oyera la mayor parte de la plaza.

Vhalla se arrodilló con torpeza, y sus rodillas crujieron, doloridas.

—Mi señor, gracias por vuestra invitación —dijo con respeto, al tiempo que bajaba los ojos.

—Levántate, Vhalla Yarl. Eres la salvadora más bienvenida de mi ejército —dijo el emperador con tono ligero.

Vhalla apoyó ambas manos sobre la rodilla que tenía levantada y se puso en pie a duras penas, con una mueca al oír los crujidos de sus piernas. Se sentía mucho más vieja que sus dieciocho años y podía sentir la tensión que irradiaba Aldrik al percibir dolor, aunque no movió ni un músculo. Vhalla estaba agradecida de que le dejara hacerlo sola delante de su padre y de todos los ahí congregados.

—Ven, deseo darte las gracias de manera formal. —El emperador dio un paso atrás y el príncipe Baldair sujetó la puerta abierta para ellos.

CAPÍTULO
14

El edificio en el que entró era como un pequeño palacio. Alabastro, mármol, plata, oro y gemas centelleaban por todas partes. A medida que salía el sol, este entraba a través de claraboyas abiertas en las paredes, lo cual daba nueva vida a la opulencia. El emperador la condujo a una salita de estar a un lado. Había sofás y una mesa para comer, enfrente de una mesa alta cubierta de papeles.

Para sorpresa de Vhalla, el emperador fue hacia la mesa que no tenía la comida. El príncipe Baldair fue a colocarse a la derecha de su padre, pero Aldrik se quedó cerca de ella. No se movió hasta que lo hizo ella, su sombra silenciosa.

—Me gustaría enseñarte algo. —El emperador Solaris le hizo un gesto para que se acercara.

Vhalla fue hacia la mesa y Aldrik se colocó a su otro lado, dejando su derecha libre para el emperador. Vhalla miró un gran mapa y el emperador señaló hacia un punto en la Gran Vía Imperial, justo al sur de la Encrucijada.

—Aquí es donde estábamos cuando la tormenta de arena nos alcanzó. —Los ojos de Vhalla de deslizaron de vuelta a la Encrucijada. *Habían estado muy cerca.* Como si le leyera los pensamientos, el emperador continuó—: Los hombres de la vanguardia de las tropas estaban a menos de cinco minutos de los muros de contención de tormentas.

Vhalla observó el mapa. Recordaba que la columna corría, pero muchísimos no lo hubiesen logrado.

—Dime. —El emperador se acarició la barba mientras la miraba con atención—. ¿Qué órdenes hubieses dado tú?

—¿Órdenes para qué? —preguntó, sin tener muy claro si entendía su pregunta.

—Si hubieses estado en mi posición, ¿qué hubieses ordenado?

Vhalla miró al hombre, luego otra vez al mapa. Respiró hondo, gesto que vino seguido de una tos irritante al sentir la arena en sus pulmones.

—Perdón —farfulló. Mantuvo la cara orientada hacia la mesa, luego ladeó la cabeza—. Hubiese dividido a las tropas.

—¿Dividido a las tropas? —Fue el príncipe Baldair el que lo preguntó. Vhalla asintió.

—Uno. —Señaló al príncipe más joven—. Dos. —Se giró hacia el emperador—. Tres. —Señaló a Aldrik—. Hubiese dividido a las tropas en tres grupos. Mantener la formación centralizada tenía sentido para una marcha; quizás incluso en situaciones de combate para mayor protección, pero para esto, hubiésemos estado jugando con las probabilidades.

—¿Con qué probabilidades? —El emperador apoyó las manos en la mesa. Vhalla se sentía muy bajita, pues el tablero de la mesa le llegaba a la cintura, en lugar de a las caderas o más abajo como a los hombres más altos.

—Con vuestras vidas —dijo como si tal cosa, sorprendida por la frialdad que la lógica infundía a su voz. El príncipe Baldair, de hecho, tenía una expresión un tanto horrorizada. Vhalla miró al emperador a los ojos—. Si los tres estuvieseis en el centro, os hubierais encontrado en el medio de la tormenta, con una distancia de poco más de una docena de caballos. Si uno hubiese muerto, hay muchas posibilidades de que lo que fuese que hubiera matado a esa persona matara también a todo el que estuviese cerca; cuanto mayor fuese la cercanía, mayores probabilidades de muerte. Si morís los tres, perdemos todos. Si el emperador y todos sus herederos desaparecieran de repente, este reino se encontraría con más de un frente de batalla.

El emperador se frotó la barbilla.

—Continúa.

—Los tres huiríais en direcciones diferentes con los jinetes más rápidos dispuestos a dar su vida por vosotros. Sería la mejor opción de supervivencia —explicó Vhalla con sencillez.

—Sabes que eso significa dejar atrás a la mitad de las tropas a pie. —El emperador la observó pensativo.

—Lo sé. —Vhalla asintió—. Quedarían a merced de la suerte.

—La palabra *suerte* sonaba mejor que *muerte*.

El menor de los príncipes parecía conmocionado, y Vhalla tendría que girarse para ver la expresión de Aldrik. El emperador se mostraba casi demasiado analítico en la forma que parecía sopesar sus palabras contra un recuento de bajas invisible. Vhalla cruzó las manos y empezó a retorcerse los dedos.

—Sí que tienes algo de inteligencia en esa cabecita tuya —comentó el emperador en tono ligero.

—Mi señor, si soy inteligente es porque habéis llenado vuestro castillo de buenos profesores. —Vhalla pensó en Mohned con un poco de nostalgia.

—Ah, Vhalla, no seas tan modesta. El conocimiento y el poder son una combinación peligrosa, y tú pareces tener de ambas en cantidad.

El emperador dio media vuelta e hizo un gesto hacia la mesa en la que habían dispuesto la comida.

Se sentaron todos por turnos. Aldrik sacó la silla para Vhalla, pero no le ofreció ni una mirada de pasada. Vhalla se preguntó qué era, exactamente, lo que había cambiado su actitud. Estaba claro que cualesquiera que fuesen sus preocupaciones las gestionaba con una contención calculada. Aldrik se sentó a su derecha, el príncipe Baldair a su izquierda, y el emperador enfrente de los tres.

Vhalla no había visto comida tan deliciosa ni una mesa tan llena de cubiertos de plata, copas y platos desde que había comido con el príncipe Baldair allá en el palacio. La comida estaba caliente y recién hecha, y Vhalla apenas logró contener un gruñido especialmente ruidoso de su estómago poniendo una mano sobre su abdomen. Tuvo cuidado de comer después de que los tres miembros de la realeza se hubiesen servido. La educación era una excusa estupenda. Vhalla no tenía ni idea de qué tenedores debía utilizar ni por qué empleaban uno distinto para cada plato, así que se limitó a imitar lo que hacían ellos.

—Esta es una situación de una peculiaridad increíble, ¿no crees, señorita Yarl? —empezó el emperador.

—Podéis llamarme Vhalla —dijo, sin saber muy bien si era una oferta apropiada, pero le parecía raro que los dos hijos del emperador la llamaran por su nombre de pila y el hombre que estaba por encima de ambos fuese más formal.

El emperador ignoró su comentario.

—No es normal que alguien a quien se ha juzgado por asesinato y traición esté sentada a la mesa del emperador solo un par de meses después.

—Hay muy pocas cosas en mi mundo ahora mismo que llamaría *normales*, mi señor. —Mordisqueó el pan, mientras su cerebro seguía obsesionado con el hecho de estar enamorada del príncipe heredero.

El emperador se rio.

—Aun así, rebotas y sales más fuerte. Supe que tenías fuerza en ti cuando te vi en esa jaula.

Vhalla continuó tratando de comer con educación, a pesar de sus dedos vendados. No quería pensar en su juicio. En realidad, ni siquiera quería estar sentada a esa mesa.

—Estoy dispuesto a perdonarte tus crímenes —caviló el emperador, antes de beber un sorbito de vino.

Vhalla lo miró alucinada. *¿Perdonarla?* Alguien tenía que pellizcarla porque debía de estar soñando.

—¿Mi señor?

—Te ganaste la confianza suficiente como para tener una segunda oportunidad al salvar la vida de un príncipe. Creo que por haber salvado potencialmente la vida de la familia imperial, quizás del emperador mismo, te merecerías un historial limpio. —El emperador llevaba una sonrisa debajo de su barba, pero sus ojos estaban desprovistos de ligereza alguna.

Vhalla lo pensó unos segundos. *¿Salvar la vida de un príncipe?* ¿Significaba eso que Aldrik le había contado lo que de verdad había ocurrido la Noche de Fuego y Viento? Se reprimió de girarse hacia el príncipe heredero.

—Gracias, mi señor. —Vhalla bajó la mirada.

—Pero verás, tengo las manos atadas. —El emperador masticó pensativo un pedazo de carne oscura antes de limpiarse la boca con la servilleta y seguir hablando—. El Senado, la voz del pueblo, decidió que tu servicio militar era el castigo merecido, y no querría traicionar la confianza de mis leales súbditos.

—Por supuesto que no… —dijo Vhalla medio embotada, mientras la palabra *perdón* resonaba una y otra vez en su cabeza.

—No te dejes engañar, Vhalla. Están más hambrientos que nunca, y si te perdonara ahora, esas mismas personas que te estaban saludando ahí afuera, se volverían en tu contra otra vez.

El emperador levantó la vista hacia ella. Por el rabillo del ojo, Vhalla pudo ver a Aldrik moverse incómodo en su silla.

—Pero si nos proporcionases la victoria. —El hombre se rio bajito—. Bueno, *eso* sí que sería algo merecedor de una recompensa.

—¿La victoria? No sé cómo podría… —Vhalla no encontraba las palabras. Su sentencia parecía estar aumentando, en lugar de disminuir. Antes se suponía que solo tendría que servir en la guerra; ¿ahora tenía que proporcionarles la victoria? *¿Habían pensado liberarla en algún momento?*

Los ojos azul hielo del emperador saltaron hacia Aldrik. El príncipe heredero bebió un trago muy largo de vino.

—Mi hijo me ha dicho que ha estado trabajando contigo en algo importante.

Vhalla no dijo nada por miedo a incriminarse a sí misma y a Aldrik en algo que este todavía no le había contado a su padre. Aunque había cosas que no podía imaginar que fuese a decirle jamás. A pesar de todas sus reticencias, echó una miradita al príncipe oscuro.

—Me dice que puedes entregarme el Norte con tus poderes de Caminante del Viento. —El emperador se inclinó hacia delante y apoyó los codos en la mesa.

—Todavía estoy aprendiendo la mayor parte de mis propias habilidades —dijo con cuidado, esquivando el tema.

—Eso me han contado. —El emperador le restó importancia a esas preocupaciones—. Aldrik me ha enviado informes detallados de vuestras investigaciones al respecto.

—Ya veo… —murmuró Vhalla, mientras miraba al hombre en cuestión con curiosidad. Aldrik no parecía dispuesto a dejar de ocupar su boca con su copa de vino.

Las notas que Aldrik había estado tomando sobre su Vínculo destellaron en su mente. Había dicho que las iba a utilizar como referencia futura. Le había contado que tenía un plan para tomar el Norte usando su poder. *Entonces, ¿por qué se sentía de repente tan traicionada?*

—Aunque estoy muy impresionado con tus capacidades para controlar el viento y las tormentas, lo que más me intriga, Vhalla, es esta habilidad para llevar tu mente más allá de tu cuerpo. Parece demasiado asombroso para ser real. ¿Cuánta confianza tienes en tu control? —El emperador por fin había llegado a donde quería ir.

Vhalla tragó saliva con esfuerzo y alargó la mano hacia su vaso de agua; optó por dejar el alcohol al margen. Esta no era una llamada educada para agradecerle el haber salvado a su ejército. Esa era una excusa conveniente para sentarla ahí y formular su estrategia de batalla.

—Supongo que el príncipe heredero tendrá un mejor juicio de mi control, puesto que es mucho más experimentado que yo —musitó Vhalla, mientras apuñalaba algo de comida que tenía en el plato y masticaba durante el silencio subsiguiente.

—¿Crees que estará preparada? —El emperador se volvió hacia Aldrik.

Los ojos de Vhalla se deslizaron hacia arriba justo a tiempo de cruzarse con los del príncipe cuando se posaron en ella con expresión ceñuda.

—Creo que lo estará —repuso Aldrik, al tiempo que se giraba hacia su padre.

—Entonces, me gustaría ver una demostración antes de que partamos de la Encrucijada. —El emperador se echó atrás en su silla y cruzó las manos.

—¿Una demostración? ¿Por qué? —preguntó Aldrik, más atrevido de lo que Vhalla podría ser nunca.

—Necesito garantías. —El emperador no parecía contento por que su hijo lo cuestionara.

—Vistos los eventos más recientes, no estoy seguro de si, mágicamente, eso es… —empezó Aldrik.

—Tendréis vuestra demostración. —Vhalla se concentró en el emperador e ignoró a Aldrik y el hecho de que lo había interrumpido.

—*Ah*, ahí está el fuego que vi en el juicio. —El emperador sonrió. Vhalla miró de reojo a Aldrik, que apenas podía contener su frustración—. Te aguardan grandes oportunidades en el futuro, Vhalla Yarl. La obediencia se recompensa.

—Gracias, mi señor. —De repente, Vhalla se sentía ambivalente acerca de todo ello. Se sentía manipulada y engañada, pero no estaba segura de por quién.

Aldrik había sido sincero con ella acerca de sus reuniones. *Entonces, ¿por qué dolía tanto?* Vhalla se retorció los dedos en el regazo.

En cuanto retiraron la comida, Vhalla estaba ansiosa por marcharse.

—Por favor, excusadme, mis señores, me siento bastante cansada.

—Por supuesto. Recupérate deprisa, Vhalla Yarl. —El emperador y sus hijos también se levantaron—. Volveremos a reunirnos en unos días.

Vhalla asintió sin decir una palabra más, hizo una pequeña reverencia y se volvió hacia la puerta.

Sintió a Aldrik antes de que este se moviese siquiera.

—Me aseguraré de que vuelva a la posada —declaró el príncipe heredero.

—Aldrik, me gustaría que repasaras algunos de los planes para la asignación de las tropas nuevas. Llegarán en los próximos días, y tienes que encargarte también de tus asuntos con Elecia. —La voz del emperador sonó imperiosa.

Vhalla se irritó al oír el nombre de la otra mujer. Se le había olvidado por completo ese *asunto* de Aldrik.

—Será solo un momento —protestó el príncipe mayor.

—No será necesario, mi príncipe. El trayecto no es largo y no me importa hacerlo sola —lo contradijo Vhalla.

Los ojos de Aldrik se entornaron un poco en señal de confusión o agitación.

—La verdad es que preferiría no dejar nada al azar —dijo con tono tenso—. La Encrucijada puede estar llena de personajes desagradables.

—Mi hermano, siempre preocupado por el bienestar de sus súbditos. —El príncipe Baldair se acercó a ella—. Por suerte, tienes dos hijos, padre. Estaré encantado de asegurarme de que nuestra pequeña Caminante del Viento llegue a casa sana y salva.

Vhalla levantó la vista hacia el príncipe dorado, confusa. Estaba segura de que acababa de decir que iría sola.

—Excelente sugerencia, Baldair. —El emperador fue hacia la mesa alta y le hizo un gesto a Aldrik para que lo siguiera—. Estoy impaciente por ver esa demostración, señorita Yarl —comentó el emperador antes de centrar su atención en los mapas y papeles desperdigados por su mesa.

Aldrik miró a Vhalla impotente, luego fulminó con la mirada a su hermano, pero acudió obediente al lado de su padre.

Vhalla sintió los ojos de Aldrik sobre ella cuando la mano de Baldair se posó con suavidad en su cadera para conducirla fuera de la habitación y al sol de la mañana.

—Por favor, retira tu mano de mi persona —le murmuró Vhalla al príncipe Rompecorazones.

Él le dedicó una sonrisa radiante.

—Vamos, vamos, sé más gentil —dijo en tono encantador—. La gente te está mirando. —El príncipe sonrió a varios soldados mientras empezaba a conducirla de vuelta por la plaza.

—Justo por eso —repuso ella. Que la gente los estuviese mirando era justo lo que le preocupaba.

—¡Oh! ¿No quieres que piensen que tienes una relación conmigo? —El príncipe Baldair devolvió un saludo con la mano—. ¿Solo con mi hermano?

Vhalla le lanzó una mirada asesina.

—Quítala —le advirtió, y aceleró el paso para cruzar la distancia más deprisa.

—No hasta que te des cuenta de que está jugando contigo. —Todo atisbo de broma, toda alegría había desaparecido de su voz, y la cara del Baldair se había puesto muy seria.

—Eso no es asunto tuyo —rebatió Vhalla.

—Creía que no. Creía que a lo mejor había cambiado. —El príncipe sujetó abierta la puerta de la posada para ella y Vhalla casi voló escaleras arriba—. Sin embargo, por lo que he visto, por *lo que he oído*, en este último día… ese no es el caso.

Vhalla se mordió la lengua y abrió su puerta con la esperanza de que Larel la estuviese esperando y la salvase. No lo estaba. El príncipe frenó la puerta con una mano antes de que se cerrase del todo. Vhalla se giró hacia él con brusquedad.

—Todavía me estoy recuperando, mi príncipe, y me gustaría descansar. Por favor, discúlpame —dijo, con los últimos retazos de educación que pudo reunir.

—Estoy intentando ayudar —objetó.

Vhalla vio preocupación grabada en su expresión dolida.

—¿Ah, sí? —Se le estaba agotando la paciencia—. ¿Igual que ayudaste la última vez que tuvimos una pequeña *charla*?

—Todo lo que te dije entonces era verdad. —Algo en su tono le dio pausa a Vhalla, que osciló un poco sobre los pies—. Vhalla, siéntate, por favor. Mi hermano y mi padre me echarán la bronca de mi vida si te pasara algo malo mientras estás a mi cargo.

Vhalla se sentó con cuidado en la cama, se quitó las botas y se tumbó. Rodó sobre el costado, de espaldas al príncipe. En cuanto empezaba a relajarse, le dolía todo, aunque tampoco tuvo mucha oportunidad de hacerlo porque el príncipe giró en torno a la cama para sentarse en el borde, frente a ella. Vhalla lo miró ceñuda.

—Vhalla, por favor, escucha. Quiero decirte algo —imploró el príncipe Baldair. Vhalla suspiró.

—Si te escucho, ¿te marcharás?

Baldair asintió y Vhalla esperó, expectante.

—Mi hermano y yo nos llevamos tres años, que es una diferencia significativa cuando tienes cinco y ocho años, o doce y quince, pero desde los quince y dieciocho en adelante, la diferencia es cada vez menos significativa. —Vhalla se preguntó por qué la aburría con detalles triviales sobre sus cumpleaños—. No mucho después de mi ceremonia de mayoría de edad hubo un año en que mi hermano y yo decidimos embarcarnos en una *competición amistosa*.

—¿Competición amistosa? —Vhalla se preparó para lo que podría significar eso para estos hombres.

—Yo siempre he sido… encantador. —El príncipe Baldair le sonrió y Vhalla no se reprimió de poner los ojos en blanco. Al menos él se rio—. Mi hermano creció como un niño extraño y triste. Hubo un momento en que dio la impresión de tocar un nuevo fondo y simplemente se abandonó a la oscuridad y la distancia que lo rodeaba. Para ser sincero, creo que nunca ha salido de ahí.

A Vhalla le pareció interesante cómo las descripciones del príncipe Baldair y de Larel podían ser al mismo tiempo parecidas y diferentes.

—En algún momento, tuvimos una pelea, y en realidad no importa sobre qué fue. Él tenía dieciocho años y yo estaba en los exaltados quince. Le dije que no podía conseguir que una mujer lo mirase siquiera debido a cómo era. —Vhalla se quedó muy quieta y empezó a escuchar con interés—. Por la razón que sea, mi hermano aceptó el reto.

—¿El reto? —repitió con voz suave.

—Durante un año, teníamos el reto de ver quién de los dos conseguía que más mujeres aceptaran compartir su cama.

Vhalla abrió los ojos como platos.

—Eso es… horrible.

—Desde luego que no es lo peor que hemos hecho ninguno de los dos para pasar el rato. Tampoco es lo peor que unos príncipes jóvenes han hecho, o harán, jamás. —Vhalla vio la probable verdad de sus palabras con espanto—. Al principio, yo era el favorito para *pasar la noche*, pero subestimé a mi hermano. Una por una, como moscas en una telaraña, las mujeres empezaron a ofrecérsele a él. Yo no entendía nada y mi frustración aumentaba día a día. Cómo mi larguirucho y desgarbado hermano, cómo ese caparazón torpe y deprimente podía llevarme una ventaja clara.

—Vale, lo capto. —Vhalla enterró la cara en la almohada.

—No, todavía no hemos llegado al meollo de la cuestión. —Baldair tenía una expresión seria y Vhalla escuchó en silencio—. Creía que era solo porque él era el príncipe heredero, pero ese no era el caso, pues las damas parecían seguir llamando mucho después de que hubiese pasado su turno, siempre esperanzadas. Al final, descubrí que en realidad no se las llevaba a la cama. Aceptaban hacerlo, lo cual, dado como habíamos formulado nuestra apuesta le daba la delantera. Pero en realidad nunca *tomó* a ninguna de ellas.

Vhalla frunció el ceño.

—¿Por qué no? —Por supuesto, estaba contenta de que Aldrik no se hubiese acostado con un batallón de mujeres, aunque reunirlas como ganado ya parecía bastante malo de por sí.

—Al final, se lo pregunté, un día en que me encaré con él acerca de los términos del reto. Jamás olvidaré lo que me dijo. —El príncipe Baldair apartó la mirada—. Me dijo que de lo que él disfrutaba era de la caza. Que ninguna de ellas era lo bastante buena para merecer que él la tocara. Que no tenía que matar a la presa para tener la satisfacción de haber ganado. Era divertido; era como un juego verlas caer. Durante los siguientes seis meses, observé cómo embaucaba con todo su arte a todas las mujeres disponibles con las que se encontraba. De algún modo, sabía lo que querían oír, cómo querían que las trataran, y lo hacía con una máscara de completa sinceridad. Tomaba cosas de ellas, pero no sus cuerpos. Su dignidad, su tiempo, sus sueños...

—Por favor, ya lo he entendido —murmuró Vhalla, y estaba demasiado cansada para ser tan fuerte como quería ser.

El príncipe Baldair suspiró al tiempo que estiraba un brazo para poner una mano grande sobre la cabeza de la joven. Vhalla se puso tensa ante ese contacto momentáneo pero poco familiar.

—Creí que tal vez había cambiado. —La voz del príncipe sonaba suave ahora—. Pero luego oí una conversación entre Aldrik y nuestro padre. Aldrik juró que él sería el que conseguiría que te comprometieras a obtener la victoria para nosotros. Que tú le obedecerías ciegamente a él por encima de todos los demás y que te tenía bajo sus órdenes sin dudarlo siquiera. Que la tormenta de arena era un ejemplo de esto. Y me di cuenta de que nunca cedería el control que tiene sobre la gente.

—Príncipe Baldair, estoy muy cansada —susurró Vhalla. Las notas sobre la mesa del emperador volvieron a su mente, la mención de los informes recibidos. ¿Había sido una marioneta para Aldrik y su padre durante todo este tiempo? ¿Le había pagado al mejor actor del mundo entero con sus emociones?

—Estoy de acuerdo con ellos... con Aldrik y con mi padre. Eres lista, Vhalla. Por favor, solo míralo por lo que es, ¿sí? —El príncipe Baldair la miró con expresión inquisitiva.

Vhalla cerró los ojos. Lo único que quería era esconderse y desaparecer.

—Aprecio tu preocupación, mi príncipe. —Al final, eso fue todo lo que pudo decir. Él soltó un profundo suspiro.

—Descansa bien, Vhalla. —El príncipe Baldair se puso en pie.

Vhalla se fio solo de los sonidos para saber que se marchaba.

Se estremeció, a pesar de que la habitación estaba caliente. Cómo no, el día en que se daba cuenta de que estaba perdidamente enamorada de un hombre era también el día en que recibía pruebas adicionales de que era un imbécil retorcido. Al menos eso parecía, si podía fiarse de la palabra del príncipe Baldair como prueba. Vhalla se rio, luego tosió debido al estado de sus pulmones.

¿Acaso no le había advertido Aldrik acerca de todo esto? ¿No había dicho en múltiples ocasiones que no era un buen hombre? Vhalla suspiró de nuevo y se preguntó si era justo siquiera tenérselo en cuenta. Todos sus encuentros habían sido una excusa para poner a prueba sus habilidades. Era una tonta por haber pensado que significaban... que ella significaba... otra cosa. Vhalla aspiró una delicada bocanada de aire y pugnó con las lágrimas hasta que el agotamiento la reclamó.

CAPÍTULO
15

—Vhaaaaaaal… —canturreó Fritz con suavidad—. Vhaaaaaaa-llaaaaaaaaa.

Un dedo se clavó en su mejilla. Vhalla gimió y rodó en dirección contraria.

—Déjala dormir —lo regañó Larel.

—Pero lleva *todo el día* dormida y es nuestra primera noche de verdad en la Encrucijada —se quejó Fritz.

—Qué ruidosos sois los dos —maldijo Vhalla en voz baja.

—*Uno* de nosotros lo es —la corrigió Larel con tono ofendido.

—Vhal, ¿no quieres despertarte? —Fritz se metió en la cama con ella.

—No. —No tenía ganas de despertarse para nada. Después de Aldrik y el príncipe Baldair esa mañana, y las declaraciones y exigencias del emperador, estaba medio decidida a pasar el resto de su vida en la cama.

—¿Qué te pasa, Vhal? El mundo entero celebra tu existencia ahora mismo, tienes que celebrar con ellos. —Fritz la agarró con ambos brazos y la sentó.

Larel aprovechó la oportunidad de que Vhalla estuviese incorporada para hacerle tragar dos viales de elixir.

—Así que vamos a salir todos juntos. —Fritz gateó por encima de la cama y se plantó delante de ella.

—¿A salir?

—Tus amigos de la Guardia Dorada son los que le han dado la idea. —Larel se sentó en el borde de la cama. No era demasiado grande y estaban todos apiñados—. Van a salir a celebrar su primera noche entera en la Encrucijada. Al parecer va a haber no sé qué celebración en honor de la Caminante del Viento.

—¿En mi honor? —Vhalla parpadeó.

—Sí, en el tuyo. —Larel sonrió de oreja a oreja—. Has salvado cientos de vidas. Entiéndelo.

Vhalla asintió sin decir nada.

—Queremos que vengas. —Fritz la agarró de las manos.

—¿Queremos? —Vhalla miró a Larel. No podía imaginarla de fiesta por las calles.

—No tengo nada mejor que hacer. —La mujer se rio con alegría—. Y la Caminante del Viento a la que quieren honrar da la casualidad que es mi protegida. Sería una pena si no me tomara al menos una copa en su honor.

—¿Vendrás con nosotros? —insistió Fritz.

—Yo… —Vhalla suspiró y contempló el sol poniente a través de sus cortinas. Pensó en Aldrik y en el emperador una vez más, conspirando en ese edificio con aspecto de palacio opulento. Una chispita de ira se avivó en su interior y agarró los dedos de Fritz—. Me encantaría.

—¿Estás segura de que te encuentras lo bastante bien? —Larel percibía que algo iba mal, pero parecía estar confundiendo las emociones desbocadas de Vhalla con respecto al príncipe por dolor físico causado por sus heridas.

—Me he encontrado peor. —Vhalla se plantó una sonrisa valiente en la cara—. ¿Quién sabe? Quizás tener compañía me haga bien.

Hubiese resultado más convincente de no haber acabado su declaración con un ataque de tos, pero Fritz era su campeón esa noche. Entrelazó el brazo con el de ella y la ayudó a salir al pasillo y a bajar las escaleras. Larel debía de estar de acuerdo con la evaluación porque no puso objeciones.

Una vez que su cuerpo estuvo en marcha, Vhalla descubrió que se encontraba mejor, lo cual demostraba que sus heridas eran superficiales. Suponía que no habrían forzado ninguna poción por su garganta mientras estaba inconsciente, pero ahora que los brebajes de los clérigos estaban funcionando, su cuerpo se estaba recuperando deprisa. Esta vez, no la esperaba nadie a las puertas de la posada, algo que agradeció. No quería más atención.

La Encrucijada era un lugar distinto de cualquiera que hubiese visto hasta entonces. La capital estaba llena de gente, pero no de este modo. Aquí, daba la impresión de que todas las personas de todos los tamaños, tonos y constituciones pululaban por las calles, y las calles estaban llenas de mercados tentadores que no parecían saber lo que significaba cerrar. Los tres bajaron por una estrecha calle lateral, siguiendo las instrucciones que Craig y Daniel le habían dado a Fritz.

El bar era ruidoso y los sonidos de hombres y mujeres cantando y hablando ahogaron todos los pensamientos y las dudas de Vhalla. Estaba en una tierra extranjera como una heroína famosa y, si había de creer a Fritz y a Larel, el origen de la alegría de toda esta gente era ella. Aunque eso fuese solo un poco cierto. Vhalla había jurado vivir a pesar del Senado y ahora juró ser feliz a pesar de los juegos que estuviese jugando la familia imperial.

—¡Eh, lo habéis conseguido! —Craig les hizo gestos con la mano para que se reuniesen con ellos.

Daniel se levantó de un salto en cuanto los vio y llegó hasta Vhalla de una sola zancada.

—¿Cómo te encuentras?

—Mejor —respondió con sinceridad.

—No esperaba verte aquí. —De algún modo, consiguió meterse entre ella y Fritz.

—Bueno, Larel y Fritz me han dicho que esta es *mi* fiesta —dijo, con una arrogancia sarcástica.

—¡Es verdad que lo es! —Craig se rio con ganas. Se bebió de un trago el contenido de su jarra de metal y la estampó contra la mesa varias veces para llamar la atención de todo el bar. El sureño se subió a su silla de un salto y, por un momento, osciló de manera peligrosa. Raylynn se levantó al instante, lista para atraparlo—. ¡Buenas gentes, compañeros soldados! ¡Es un honor para nosotros beber esta noche con la Caminante del Viento en persona!

Vhalla se puso roja como un tomate cuando la sala se recuperó de su silencio estupefacto y estalló en vítores.

—Pero lamento decir ¡que todavía no tiene una copa! —Craig se rio de nuevo.

Como por arte de magia, tres jarras de formas y tamaños variados aparecieron delante de ella.

—Prueba esta. —Daniel plantó una cuarta jarra delante de ella. Era solo de la altura de su puño y contenía un líquido espeso con consistencia de jarabe.

—¿Qué es? —preguntó.

—Un Dragón Carmesí. —Daniel se dio unos golpecitos en la nariz—. El Oeste es conocido por ellos.

Vhalla reconoció el nombre y bebió un sorbito tímido. Estaba helado y quemó el fondo de su garganta. Parpadeó para eliminar las lágrimas y reprimió una tos.

—¿No eres bebedora? —Craig soltó una carcajada.

—¡Noup! —Vhalla bebió otro trago al instante.

El Dragón Carmesí desapareció y el alcohol de otras dos copas se esfumó poco después. Daniel y ella se habían enfrascado en una discusión intensa acerca del peso de un cerdo de exhibición en uno de los famosos festivales de Paca. Vhalla se apoyó en la mesa para sujetarse mientras se giraba hacia él.

—No, *más de seiscientos* —insistió—. Lo juro. *Juro* que ese cerdo pesaba más de seiscientos kilos.

—Vhalla, leouliana loca. —Daniel se rio y bebió otro trago largo de su jarra. Vhalla observó cómo su nuez se movía al tragar—. Ningún cerdo pesa ni cerca de seiscientos kilos. —La señaló con un dedo.

—Ni se te ocurra señalarme así. —Agarró su dedo índice con un ataque de risa histérica—. Es *muy maleducado*.

—Suéltame, mujer. —Daniel intentó ponerse serio y Vhalla se rio por la forma en que fruncía los labios. Por alguna razón, todo era supergracioso en ese momento.

—Vale, vale. Pero estás equivocado y lo sabes. —Vhalla se echó hacia atrás en su silla.

—Vhalla, Daniel, nos vamos. —Craig la sacudió un poco del hombro.

Vhalla parpadeó y se preguntó cuándo se había puesto en pie el resto de la mesa. Acababa de empezar a hablar con Daniel.

—¿A dónde? —Su compatriota oriental estaba tan confuso como ella.

—¡A bailar! —Fritz giró sobre sí mismo.

Vhalla estalló en carcajadas incontrolables y casi derramó su copa número… algo, por todas partes.

—¿Quieres ir? —Larel se echó a reír. La mujer occidental estaba pendiente de Vhalla incluso cuando ella misma tenía las mejillas arreboladas. La hermana mayor que Vhalla no había tenido nunca.

—¡Por supuesto! —repuso Vhalla con alegría.

Intentó ponerse en pie de un salto y casi se cayó al suelo. Un brazo musculoso se deslizó a toda velocidad alrededor de su hombro y Vhalla miró a Daniel sorprendida. Era mucho más robusto de lo que parecía.

—Esta es una mala idea. —Aun así, el hombre se rio.

—Ya… ya lo verás, cuanto más tiempo pases conmigo: soy la reina de las malas ideas. —Vhalla apenas se reprimió de hacer algún comentario sobre el príncipe Aldrik.

Daniel la condujo afuera detrás de Fritz, Larel, Craig, Raylynn y unos cuantos más a los que ni siquiera podía nombrar.

El ambiente del salón de baile en el que acabaron era caluroso y ahumado. Aunque las grandes puertas de la planta baja estaban abiertas a las frescas brisas nocturnas, el vaho del sudor flotaba por toda la sala. Era un espacio de madera grande y diáfano con un escenario en una pared, una barra en la otra y bancos por todo el perímetro para descansar los pies cansados.

Vhalla se desplomó con un ataque de risa en uno de dichos bancos. La masa de gente seguía moviéndose al son de la música delante de ella. En alguna parte ahí adentro Fritz estaba quedando en ridículo con su tercer o cuarto chico, y Larel, Craig y Raylynn no estaban por ninguna parte. Los bailes occidentales tenían tambores ruidosos, cuernos de latón y una predilección por los ritmos fuertes. Como tales, los pasos eran más rápidos que la música de estilo sureño, y la gente se retorcía y contoneaba y daba patadas y giraban unos en torno a otros.

Daniel se dejó caer al lado de Vhalla, su muslo pegado al de ella, y se secó el sudor de la frente. Le pasó una jarra. Vhalla bebió un trago largo y lo miró.

—¿*Agua?* —frunció el ceño.

—Para tu cabeza, mañana. Empieza ahora —jadeó él.

—No quiero agua. —Le sacó la lengua y él se rio.

—Perfecto, pero luego no me vengas llorando por la mañana. —Le pasó su propia cerveza y Vhalla bebió un trago antes de devolvérsela.

—Hace calor. —Vhalla oscilaba adelante y atrás.

—¿Quieres salir a tomar el aire?

La joven asintió.

En lugar de conducirla afuera por las puertas principales, Daniel tomó una escalera lateral. Vhalla resbaló en uno de los escalones y él la atrapó al tiempo que los dos estallaban en carcajadas. Vhalla se apoyó contra la pared mientras trataba de controlar su risa.

—Vhalla, eres demasiado lista para ser tan estúpida cuando estás borracha —resolló Daniel entre risa y risa. Algo en su atolondramiento era contagioso y Vhalla resbaló hacia abajo por la pared. Daniel la agarró del brazo y tiró de ella hacia él—. Vamos, apenas hemos dado diez pasos.

El guardia la ayudó a subir las escaleras, que desembocaban en la azotea. No eran los únicos que habían tenido esa idea, y había unas cuantas personas más disfrutando del aire nocturno. Vhalla caminó hasta un rincón vacío del tejado y soltó una exclamación suave.

—Es precioso —susurró, sumida en un asombro brumoso. La Encrucijada estaba iluminada en el horizonte. Las ventanas rectangulares de los edificios cuadrados de tejados planos centelleaban contra la negrura del desierto. En algunas ventanas, vistosas cortinas rojas y granates teñían la luz; en otras, vidrieras de colores proyectaban sus dibujos sobre las calles y los edificios cercanos.

—Es la primera vez que vienes, ¿verdad? —Daniel se sentó en el pequeño muro que rodeaba el borde de la azotea. Vhalla también se sentó, antes de columpiar las piernas por encima del lado—. Vhalla, cuidado. —Daniel la agarró del brazo.

—Tonto. —Se rio. Osciló un poco y apoyó una mano en la arcilla pétrea para inclinarse hacia él—. Si caigo, no puedo hacerme daño. Bueno... no puedo *morir*. —Daniel ladeó la cabeza con curiosidad—. El fuego no puede herir a los Portadores de Fuego, el agua no puede herir a los Corredores de Agua, la tierra no puede herir a los Rompedores de Tierra, supongo... —Vhalla se encontró riendo otra vez, porque en realidad no tenía ni idea—. Pero el viento no puede matarme; me he caído de sitios más altos y he sobrevivido —empezó a divagar. Se giró hacia delante—. De hecho, así es como tuve mi Despertar. Un Despertar es cuando un hechicero conoce de verdad por primera vez todo el alcance de sus poderes. Antes de eso solo se Manifiestan aquí y allá, pero sin control. Esta es la segunda vez que un hombre me lleva a un tejado. Solo que la última vez Aldrik decidió empujarme de él. —Imitó el gesto de empujar a alguien con las manos y se echó a reír otra vez—. Por la Madre, me enfadé muchísimo con él. También quedé hecha un desastre. Eso sí, luego se disculpó con mucho énfasis. Aldrik es maravillosamente complejo. Tenía una razón para la mayor parte de ello, aunque siga siendo bastante horrible a pesar de saber la razón. Desearía que más gente hubiese visto su cara cuando se disculpó. ¡Parecía un niño pequeño! —Vhalla estalló en sonoras carcajadas. ¿No había estado enfadada con él hacía solo unas horas? Poco a poco, sus risitas se fueron apagando a medida que se percató de la cara que ponía Daniel—. ¿Qué?

—Vhalla... —murmuró, al tiempo que se llevaba su pesada jarra a los labios—, has bebido demasiado. —Sonrió cansado y alargó la mano hacia ella. Puso la palma de su mano sobre la cabeza de Vhalla y acarició su pelo una vez—. No hables más de cosas así, no vayas a decir algo de lo que de verdad te arrepientas por la mañana.

Vhalla descubrió que aún tenía la jarra de agua en la mano, así que bebió un buen trago. Se encontró oscilando con suavidad a la brisa nocturna, o quizás fuese la sensación de la cerveza en su cabeza. Se inclinó hacia el lado y su sien encontró el hombro de Daniel. Se quedaron ahí sentados en silencio; él miraba hacia el tejado, ella hacia la ciudad.

—Tiene suerte —susurró Daniel.

—No me quiere —dijo Vhalla por primera vez en voz alta. El silencio de Daniel fue una invitación a que continuara—. Creo que soy una carga, o una herramienta, o una diversión. Nada más.

—Yo no lo creo —murmuró Daniel—. Lo he visto cuando está contigo. Todos lo hemos visto.

Vhalla se preguntó si se había imaginado que el espada se había inclinado hacia ella un pelín.

Respiró hondo y alargó la mano hacia su jarra de cerveza, el agua olvidada por un momento. Daniel la soltó.

—Me quiere para su padre, para su guerra, eso es todo.

—Entonces, es más tonto y más estúpido de lo que la gente cree. —Los dedos de Daniel rozaron los de ella cuando le devolvió la jarra.

—¿Tú tienes a alguien? —Vhalla ya estaba segura de que sabía que la respuesta no iba a ser afirmativa. Si era sincera, ya había empezado a darse cuenta de las miradas que le echaba su compatriota oriental cuando creía que ella no estaba prestando atención.

—La tenía. —Bebió un trago largo—. Volví de mi última expedición y descubrí que había decidido que «cuando termine la guerra» era demasiado tiempo para esperar.

—Lo siento. —Vhalla suspiró y aceptó su jarra otra vez.

—Lo estoy superando. —Se encogió de hombros. No sonaba convincente para nada

—¿Sabes lo que ayudará? —Vhalla volvió a columpiar las piernas hacia dentro y se puso de pie con un tambaleo y una risa—. Más alcohol, más baile. —Le ofreció las manos y Daniel se rio antes de resignarse a ella.

Los dos tenían algo de lo que huir, pensó Vhalla, o más bien *alguien*. Daniel huía de la mortaja de esa otra mujer y Vhalla huía de las dolorosas posibilidades que los rodeaban a Aldrik y a ella. Bajó las escaleras con determinación, la mano de Daniel envuelta en la suya mientras lo conducía otra vez a la planta baja. Esta noche, huirían juntos.

La primera parada fue el bar. Solo saber que estaba huyendo no la hacía tener mejor juicio. Levantó la mano por el aire y pidió dos vasos de chupito de un líquido que ardió todo el camino hasta su estómago.

Daniel tosió.

—¿Cómo estás bebiendo esto? —Estampó el vasito de vuelta en el mostrador.

—Tú también lo estás bebiendo —tosió Vhalla. Sintió cómo el alcohol se extendía por su organismo y osciló antes de echarse a reír otra vez—. Vamos.

Daniel le pagó al camarero y ya estaban de vuelta en la pista de baile. Daniel la agarró de las manos y la hizo dar tres vueltas sobre sí misma. Las entrañas de Vhalla burbujearon y ya se estaba riendo de nuevo. Vhalla se encontró sonriendo de oreja a oreja. Los dos eran unos bailarines espantosos, pero ella estaba completamente borracha de alcohol, de la multitud, del calor, de las dulces sonrisas de Daniel, de su admiración amable y de sus manos.

Al final, sus pies parecían a punto de caérsele del cuerpo y sus articulaciones gritaban en protesta de cualquier movimiento más. Vhalla interrumpió el baile poniendo las manos sobre los hombros de Daniel y se apoyó en él para no caer. Notó que su amigo le ponía las manos en las caderas.

—Estoy agotada —le gritó al oído para hacerse oír por encima de la música y del ruido de la gente.

—Gracias a la Madre, yo también. —Daniel se rio y la sacó de la pista de baile. Caminaron hacia la entrada principal y se quedaron un poco cerca de la puerta.

—¿Dónde está todo el mundo? —La banda no dejaba de tocar en ningún momento, así que la pista de baile no dejaba de moverse. Los dos intentaron localizar al menos a una de las personas con las que habían llegado.

—¿Quién sabe? Conocen el camino de vuelta. —Daniel bostezó, luego dio media vuelta y salió a la calle a trompicones. Ahora fue su turno de casi desplomarse y Vhalla acudió a su lado a la carrera para pasar los brazos alrededor de su cintura. Él se agarró a ella y a punto estuvieron de caerse los dos.

—Est... estás borracho. —Vhalla le dio un puñetazo en el estómago.

—*Ugh* —gruñó él—. No hagas eso o vomitaré sobre tus zapatos.

—No sssse teo... curriría. —Se rio arrastrando las palabras. Pasó un brazo alrededor de la cintura de Daniel y él pasó el suyo alrededor de los hombros de Vhalla.

—¿Ahora quién es la borracha? —Daniel puso el pulgar a un lado de la boca de Vhalla y el índice al otro, y luego frunció sus labios para imitar el movimiento de la boca al hablar.

Vhalla se rio y apartó sus dedos de un manotazo.

—No te burles de mí —se quejó con un mohín.

—Mira, esa es una cara que haría añicos al más fuerte de los hombres —comentó con una sonrisa. Vhalla se fijó en que un lado de su boca subía más que el otro. No tenía la misma curva que la de Aldrik, pero había algo parecido y encantador en ella.

Se tambalearon por las calles, haciéndose rabiar el uno al otro mientras se agarraban de las paredes y las barandillas para mantenerse en pie. Al final, fue bastante milagroso que no acabaran perdidos sin remedio. Por el camino, pasaron por una fuente pública y Daniel insistió en que Vhalla bebiera todo lo posible.

—Ya no puedo beber más. —Se quedó tumbada en el suelo polvoriento, la cara empapada.

—Levántate del suelo. —Daniel se moría de risa.

—No, se está bien aquí. —Vhalla esbozó una sonrisa, interrumpida por un bostezo. La bruma de su cabeza empezaba a cambiar a agotamiento. Daniel le tendió la mano.

—Ya no queda demasiado, Vhalla. La cama es mejor que el suelo. Además, hay unas cuantas personas, a quienes tengo bastante miedo, que se enfadarían mucho si te dejara dormir en la calle.

Vhalla encontró sus pies otra vez y llegaron tambaleándose a la posada poco después. El vestíbulo principal estaba tranquilo y callado, y Daniel la ayudó a subir por las escaleras. Vhalla sufrió otro ataque de risa tonta y tuvo que apoyarse en la pared.

—Eres muy escandalosa —la regañó Daniel entre risas incontrolables.

—¡No, tú lo eres! —Vhalla se tapó la boca con una mano. Le dolían los costados de los moratones de tanto reírse.

Daniel le dedicó esa sonrisa encantadora suya. Su pelo colgaba desgreñado alrededor de su cara. Tenía un aspecto anodino, normal para un oriental, pero para Vhalla era guapo de una manera un poco nostálgica, y su voz, ajada por tantos años de gritar de un lado al otro de los campos de batalla y de entrenamiento, empezaba a sonar suave.

—Vamos, vete a la cama.

—Gracias, Daniel —susurró Vhalla, tras hacer una pausa delante de su puerta.

—¿Gracias por qué?

Incluso borracha, no era ninguna ingenua. Este era el momento en que otros hombres pedirían entrar en su habitación. Vhalla se apoyó en la puerta con una sonrisa sincera. La purpurina de la embriaguez se diluiría con el amanecer, pero el dulce rastro de la presencia de Daniel ya prometía perdurar.

—Hacía mucho tiempo que no me divertía tanto.

—Yo tampoco. —Daniel retrocedió unos pasos más—. Si necesitas cualquier cosa, estoy en el piso de arriba. Primera puerta a la derecha desde el rellano.

—Gracias. —Vhalla bostezó.

—Muy bien, a dormir, preciosa Caminante del Viento. —Le regaló una sonrisa perezosa y ella le devolvió una igual antes de colarse en la oscura habitación.

Vhalla no tenía ganas ni de cambiarse. Fue directo hacia la cama, donde se desplomó sobre otro cuerpo comatoso que casi la hizo salirse del pellejo del susto.

—Bienvenida de vuelta, Vhalla —farfulló Larel, medio grogui.

—¿Qué estás haciendo aquí? —Vhalla se relajó y se arrastró debajo de las mantas.

—Quería asegurarme de que volvías. —La occidental bostezó—. ¿Qué tal el resto de tu noche?

—Divertida. —Vhalla se acurrucó contra el calor familiar de Larel.

—¿Y Fritz? —Larel cerró los ojos.

—No lo sé —admitió Vhalla con sinceridad, y se preguntó si debería sentirse culpable.

—Es probable que todavía esté intentando ligarse a algún chico. —Larel se rio cansada. Sus palabras se arrastraban un poco... Vhalla no había sido la única en beber—. ¿Y Daniel?

—Sí, él me ha acompañado de vuelta. —Vhalla restregó la cara contra la almohada.

—No hizo nada inapropiado, ¿verdad?

Vhalla se echó a reír.

—No. De hecho, es maravilloso —reconoció con cierto complejo de traidora—. Debería estar con alguien como él... —Ahora que Vhalla lo pensaba, él sería una elección sensata para ella. Solo un poco por encima de ella en rango, oriental como ella, considerado, amable, apuesto. Se sentía extraña ahí cavilando sobre la creciente lista de razones por las que Daniel era una buena pareja para ella.

—¿Aldrik? —Solo con el nombre, la racionalización de Vhalla sobre Daniel y ella llegó a su fin.

—Lo quiero —suspiró. Lo quería tanto que le dolía el corazón solo de pensarlo. Una noche y demasiado alcohol no podían cambiar lo que había estado creciendo y desarrollándose durante meses, aunque tal vez fuese para mejor. Vhalla jugueteó con la manta—. ¿Qué sentías tú por Aldrik?

—¿Que qué sentía? —Larel rodó para tumbarse de espalda—. Sentía que era una de las únicas personas que tenía de verdad en el mundo, alguien que de verdad se preocupaba por mí. Supongo que eso es por lo que lo llamé amor.

—¿Cómo te equivocas con el amor? —preguntó Vhalla. *A lo mejor ella también estaba equivocada...*

—Hay muchos tipos de amor —dijo Larel.

—¿Ah, sí?

—¿Quieres a Aldrik del mismo modo que quieres a tu padre? —La voz de Larel llevaba una sonrisa.

—¡La familia es diferente! —Vhalla le dio a la mujer un empujoncito en el hombro.

—Te quiero —dijo Larel con ternura. Vhalla se quedó muy quieta. La occidental se inclinó hacia ella y plantó un beso suave sobre la frente de su protegida—. No te quiero como a una amante. Pero te quiero entera y completamente de todos modos. —De repente, Vhalla tenía ganas de llorar—. Y quiero a Aldrik... pero como amigo; y no lo quería ni lo quiero entre mis sábanas. Cuando lo besaba, era extraño, incómodo; no había nada en ello más que un beso.

—Ya veo —farfulló Vhalla sobre otro bostezo. Se preguntó qué sentiría si besara a Aldrik.

—Vamos a dormir, Vhalla. Es tarde. —Larel se acercó un poco más antes de acomodarse.

Vhalla cerró los ojos. Imaginó que la respiración lenta y acompasada de Larel era la de Aldrik. Imaginó que era su calor el que irradiaba ahí cerca. Vhalla suspiró con suavidad. Notó un deseo que le hizo mover las piernas debajo de las mantas. No sabía si fue el alcohol o el agotamiento lo que la llevó a admitirlo, pero sabía sin lugar a dudas que quería al príncipe heredero como lo querría una mujer, una amante.

CAPÍTULO 16

En la habitación por lo demás oscura, una ranura de luz se cola-ba entre las cortinas e hizo que Vhalla parpadeara soñolienta y que su cabeza palpitara.

—Me encuentro mal —gimoteó.

—Bebiste demasiado —balbuceó Larel.

—Las dos, *callaos* —les ordenó una voz agónica.

Ambas mujeres se incorporaron de golpe ante el sonido de la voz masculina.

Vhalla se asomó por el borde de la cama para encontrar a un desaliñado Friz tirado en el suelo.

—¿Cuándo has llegado tú aquí? —Hizo una pausa—. *¿Por qué* estás aquí?

—Larel no estaba en nuestra habitación y me preocupé. Enton-ces me entró sueño. —Fritz gimió y rodó en dirección contraria a la luz—. Basta de hablar.

Justo cuando Vhalla iba a ceder a la idea de dormir el día entero, oyeron llamar a la puerta.

—Ojalá condenen a esa persona a la fogosa justicia de la Madre —escupió Fritz lleno de rencor.

—¿Vhalla? —Era Daniel.

Vhalla se levantó a duras penas y enderezó como pudo su ropa arrugada y con olor a alcohol. Larel y Fritz ya se habían desplomado otra vez cuando ella abrió la puerta. Daniel parecía en mejor estado, pero no por mucho. Tenía el pelo mojado, y Vhalla supuso que era probable que un baño también la ayudara a ella.

El hombre se rio entre dientes al verla.

—¿Todavía duermes? —comentó, cosa que era obvia.

—No, estoy practicando un antiguo ritual de la Torre —replicó, con una sonrisa cansada mientras se apoyaba contra la puerta. Vhalla miró la bandeja que sujetaba entre las manos—. ¿Vienes con regalos?

—Un par de cosillas. ¿Puedo pasar? —Daniel levantó un poco su oferta de comida, agua y algunos viales.

Vhalla asintió y dio un paso a un lado para que su compatriota oriental entrara en la oscura habitación. Larel y Fritz lo miraron con los ojos rojos y entornados, pero no cuestionaron su presencia.

—Ya había pensado que vosotros dos podíais estar aquí. —Sacudió la cabeza divertido—. Os he traído agua a todos y unas pociones que ayudarán con vuestras cabezas. Conseguí hacerme con unas cuantas antes de que desapareciesen todas.

—Y *man'nik*. —Larel ya estaba en pie, de camino hacia la bandeja. Agarró un panecillo humeante y le dio un bocado voraz.

—Eso. —Daniel ni siquiera intentó pronunciar el nombre de la comida occidental. Miró la expresión confusa de Vhalla—. Está relleno de carne.

—Come uno, Vhalla. —Larel le plantó uno en las manos y agarró el agua.

—Gracias, Daniel —dijo Vhalla con sinceridad, antes de engullir la poción y diluir el sabor con agua.

—Fue sugerencia mía salir ayer por la noche. —Sonrió mientras Fritz arrastraba sus pies hasta ahí—. Y ya me pareció que ninguno de vosotros estaba realmente acostumbrado a ese tipo de cosa.

—¿Y tú sí lo estás? —Fritz tomó su parte de los regalos de Daniel.

—En realidad, no. —Daniel se rio entre dientes—. Esta noche vamos a salir otra vez, pero en plan más tranquilo. Si queréis venir con nosotros, sois bienvenidos.

—Nada de alcohol —farfulló Larel.

—Nada de alcohol —confirmó él—. Volveré al atardecer. Hemos quedado abajo en el vestíbulo. —Daniel hizo además de ir hacia la puerta.

—¿A dónde vas ahora? —preguntó Vhalla. Daniel hizo una pausa, su mirada inquisitiva.

—Había pensado ir al mercado principal.

—¿Puedo ir contigo? —No estaba segura de lo que se había apoderado de ella en ese momento.

—Me gustaría que vengas. —Daniel le lanzó una sonrisa radiante y Vhalla se encontró incapaz de no devolvérsela.

—Tengo que cambiarme... —Vhalla pellizcó su ropa arrugada y captó su propio olor. Se sintió tan sucia como olía después de tanto bailar la víspera—. Y bañarme.

—Esperaré abajo —dijo, mientras abría la puerta—. Tómate tu tiempo.

—Daniel, ¿eh? —Fritz asintió apreciativo.

—¿Qué? —Vhalla se sorprendió por lo defensiva que se sentía de pronto.

—Nada. Solo es una pena que no parezca interesado en los chicos. La marcha es larga. —Fritz se rio entre dientes.

—Oh, cállate. —Larel sacudió la cabeza en dirección a Fritz—. Tú ya tienes a alguien.

—¿Ah, sí? —Vhalla parpadeó confusa. El sureño había parecido muy decidido a encontrar hombres toda la noche.

—En realidad, no es... —Fritz estaba más incómodo de lo que Vhalla lo había visto nunca.

—Grahm, es Grahm. —Larel puso los ojos en blanco.

—¿Grahm? —Vhalla recordaba al hombre oriental sin el que rara vez se veía a Fritz en la Torre. Recordó cómo se sentaban muslo con muslo, los hombros pegados—. ¿Grahm y tú?

—No es nada oficial. No sé si... —El tono escarlata de las mejillas de Fritz le indicó a Vhalla todo lo que necesitaba saber. Lo que fuera que fuese «no oficial» entre ellos no seguiría así durante demasiado tiempo cuando Fritz regresara.

—Si vas a ir al mercado, necesitarás estas. —Larel dio unos golpecitos sobre tres monedas de oro en el tocador.

—¿De dónde ha salido eso? —Vhalla nunca había visto tanto dinero junto en toda su vida.

—La paga. —Fritz bostezó y se dirigió hacia la puerta.

—¿Paga? ¿Por hacer qué? —Vhalla no entendía nada.

—A los soldados les pagan. —Larel sonrió.

—Pero yo no soy soldado. —Vhalla se retorció los dedos—. Soy propiedad de la corona.

—Creo que salvar al ejército se merece tres monedas de oro. —Larel le dio unas palmaditas en el hombro y empujó a Vhalla hacia el cuarto de baño.

Era un cuarto de baño compartido para toda la planta, pero por suerte estaba vacío. La bañera tenía buen tamaño y Vhalla se tomó su tiempo. Alguien, sospechaba que Larel, la había bañado cuando estaba inconsciente, pero no podía compararse con lo limpia que se sentía cuando podía lavarse a fondo.

Cuando regresó a la habitación, Larel seguía ahí, esperando para echar un vistazo a sus heridas. Vhalla dudaba que pudiese haber bailado toda la noche si sus heridas revestían cualquier grado de gravedad, pero dejó hacer a Larel de todos modos. La occidental la ayudó a vestirse y luego utilizó magia de un modo que a Vhalla no se le había ocurrido nunca.

Deslizó las palmas de las manos por el pelo de Vhalla y el calor evaporó el agua en un instante. Larel le explicó que hacían falta muchos intentos hasta encontrar el equilibrio correcto de tensión y calor, pero era un truco útil cuando se dominaba. Al contemplar su pelo en el espejo, de repente suave y liso, Vhalla tuvo que estar de acuerdo.

Cuando llegó abajo, Daniel estaba sentado, escribiendo sin pausa a carboncillo en las páginas de un libro con tapas de cuero de aspecto ajado. Llevaba una bolsa de lona cruzada delante del pecho, bolsa en la que el libro desapareció al instante cuando la vio. Vhalla recolocó su mochila sobre sus hombros.

—Siento haberte hecho esperar —se disculpó.

—No pasa nada. —Daniel se levantó, al tiempo que negaba con la cabeza—. ¿Lista?

Vhalla asintió.

Las callejuelas de la Encrucijada eran completamente diferentes a la luz del día. La mayoría de las tiendas que habían cerrado al anochecer estaban ahora abiertas y animadas. Habían desplegado mesas con todo tipo de joyas, comida, recuerdos y baratijas. Vhalla se encontró ralentizando el paso cada par de mesas para inspeccionar algo que no había visto nunca.

—A este paso, no vamos a llegar nunca al mercado principal —se rio Daniel.

—¡Perdón! —exclamó, y corrió a reunirse con él—. Es que todo es tan *tan* diferente.

Vhalla hizo un esfuerzo por mantener el ritmo de Daniel y no quedarse atrás. Al cabo de un rato, su camino zigzagueante los llevó a una calle ancha: la Vía Este-Oeste. Vhalla soltó una exclamación ahogada al ver al enjambre de personas que pululaba por el mercado más grande del mundo. Todo era ajetreado, todo era colorido, todo era animado y todo parecía tener un precio.

La gente estaba apiñada y se abría paso a empujones para llegar a donde fuese que se dirigiera a continuación. Algunos llevaban grandes cestas sobre la cabeza, otros sostenían bandejas, y otros más tenían jaulas con bestias salvajes que Vhalla no había visto jamás. Un hombre empujó entre ellos y Vhalla se giró para buscar a Daniel pero la multitud ya lo había engullido.

Miró a derecha e izquierda, en un esfuerzo por ver a dónde había ido. Luego caminó más o menos hacia donde creía que podía estar.

—¿Daniel? —Unos cuantos transeúntes le lanzaron miradas de extrañeza, pero continuaron su camino—. ¡Daniel! —intentó, un poco más fuerte.

—¡Vhalla! —Una mano salió disparada hacia arriba al borde de la multitud—. Aquí. —Vhalla tuvo que saltar para ver dónde estaba; luego se abrió paso a empujones entre la masa para llegar hasta él. Daniel se rio—. Lo siento.

—No ha sido culpa tuya. —Vhalla negó con la cabeza.

—Miremos aquí dentro. —Sujetó a un lado una gruesa cortina que daba paso a una tienda de iluminación tenue.

Los ojos de Vhalla se adaptaron despacio a la luz. Una densa neblina con olor a especias y madera flotaba en el aire. Unas vitrinas de cristal bordeaban las paredes y unas pocas más estaban desperdigadas por el centro de la sala. Vhalla deslizó la mano por encima de ellas y contempló los tesoros del interior.

—*Irashi*, bienvenidos. —Una mujer joven con un vestido que enseñaba su generoso canalillo (enseñaba demasiado, para el gusto de Vhalla) fue hacia ellos. Tenía el pelo largo y liso. Llevaba la mitad suelto sobre sus hombros y por su espalda; la otra mitad estaba trenzado como una telaraña sobre ese.

»Bienvenidos a la mejor Tienda de Curiosidades de estas tierras. —Se apoyó contra una de las vitrinas y la piel bronceada de su pierna asomó por la raja de su vistoso vestido color rubí. Era un contraste asombroso—. ¿En qué puedo ayudaros hoy? —La mujer esbozó una leve sonrisa.

—Creo que solo estamos mirando. —Vhalla dio un paso hacia Daniel y en dirección contraria a la mujer. Él no parecía afectado, pero algo de esa mujer le ponía a Vhalla los pelos de punta.

—Nadie está «solo mirando». Todo el mundo desea. —La mujer cruzó los brazos debajo de sus pechos—. Decidme, ¿cuál es el vuestro?

—Siento decepcionarte. —Vhalla eludió la pregunta y miró a Daniel—. ¿Nos vamos? Tengo hambre. —Lo agarró del brazo y dio media vuelta para marcharse.

—¿No tienes ni una sola curiosidad, Vhalla Yarl? —Vhalla se paró en seco—. Sé que tus vientos no te dirán lo que las llamas me dirán a mí.

Daniel dio un paso al frente para interponer su cuerpo entre Vhalla y la mujer, un brazo estirado por delante de ella en ademán protector.

—¿Cómo sabes mi nombre? —susurró Vhalla consternada.

—Puedo saber muchos, y contar más, si lo deseas. —La mujer echó parte de su pelo sobre sus hombros—. El fuego quema todas las mentiras.

—Eres una hechicera —declaró Vhalla. Era como si pudiera ver la magia que irradiaba la mujer.

—Soy una Portadora de Fuego —afirmó la mujer con un asentimiento.

—¿Cómo te llamas? —Vhalla empujó el brazo de Daniel hacia abajo antes de dar un paso al frente.

—He tenido muchos nombres. Podría darte uno o podría dejar que eligieras uno tú misma. Entonces sería algo que solo tú y yo compartiríamos.

La mujer seguía apoyada contra una de las vitrinas.

—Dime el nombre por el que te gustaría que te llamara. Inventado o de otro tipo. —El instinto le decía a Vhalla que hiciese las menores elecciones posibles mientras interactuaba con esta mujer.

—Vi —dijo la occidental sin más—. ¿Os gustaría que os leyera vuestras curiosidades?

—¿Leer nuestras curiosidades? —preguntó Daniel.

—Soy una Portadora de Fuego. Las llamas y yo somos un solo ser, y con mis ojos puedo ver el futuro. Vosotros venís con curiosidades, *preguntas*, en vuestros corazones y yo os daré respuestas —declaró la mujer.

Vhalla era escéptica, pero la mujer *sí* que había sabido su nombre.

—Yo lo haré. —Se sentía muy valiente de pronto.

La mujer le regaló una sonrisa comprensiva.

—Debes elegir cuatro cosas: tres para quemar, una para sujetar.

—La Portadora de Fuego hizo un gesto hacia las vitrinas que los rodeaban, y Vhalla lo entendió. Esas cosas no estaban en venta; la mujer era una pitonisa y estas eran las herramientas de su oficio. Vhalla empezó a pasear por el lugar, Daniel pegado a su hombro.

—¿Estás segura de que es buena idea? —le susurró directamente al oído para que la mujer no lo oyera. Su proximidad era cálida, comparada con el calor del día.

—Todo irá bien. ¿Por qué no vivir un poco? Estoy aquí y, de algún modo, supo mi nombre.

Vhalla estudió los extraños objetos. Había una cantidad imposible de baratijas repartidas por las vitrinas sin ningún orden aparente. Un frasco de plumas de escribir captó su atención. Vhalla alargó la mano y toqueteó unas y otras. Al final, seleccionó una pluma de plata y la llevó al mostrador contra el que estaba apoyada la mujer.

A continuación, Vhalla se puso en marcha de nuevo. Un manojo de trigo (su *casa*) y un puñado de pétalos de rosa (una sensación diferente de casa) acabaron también en el mostrador. La última cosa, algo que sujetar, fue lo más difícil de encontrar y Vhalla pasó un tiempo exagerado deambulando de vitrina en vitrina, mirando unas cosas y otras.

Al final, lo que llamó su atención fue una elegante cadena de plata que colgaba del borde de un joyero medio cerrado. Vhalla deslizó la tapa de cristal para abrirla del todo y tiró con suavidad de la cadena. Era un reloj de bolsillo sencillo, de plata, diseñado para llevar colgado del cuello. Vhalla lo observó con atención. Los eslabones le resultaban extrañamente familiares. Se dio cuenta de que le recordaban al de Aldrik.

—Esto… esto es lo que sujetaré. —Vhalla volvió hacia la mujer.

—Un surtido interesante. —La Portadora de Fuego sonaba divertida—. Ven. —Vi llevó los artículos para quemar a una trastienda aún más ahumada. Se quitaron los zapatos al entrar, como si fuese un lugar sagrado. El suelo y las paredes estaban cubiertos de tapices y alfombras, lo cual hacía que la habitación pareciese muy pequeña e íntima. Cada uno ocupó un lugar a ambos lados de un pozo de fuego con rescoldos.

—¿Estás segura de que deseas que haya un observador? —preguntó, y le lanzó a Daniel una mirada significativa—. Leeré los futuros según los vea.

—Supongo que… —Vhalla levantó la vista hacia Daniel, dubitativa—. Si no te importa…

—Esperaré ahí fuera. —Daniel volvió a colarse por un lado de la gruesa cortina y Vhalla oyó cómo sus pisadas se alejaban.

La mujer se inclinó sobre el pozo de fuego y metió la mano en las ascuas al rojo vivo. Las levantó y luego las dejó caer, su resplandor naranja incandescente muy brillante a la tenue luz. Las llamas lamieron sus dedos y pronto sus brazos estuvieron cubiertos de hollín hasta los codos. La mujer alargó un brazo y marcó la cara de Vhalla con un pulgar.

—Vhalla Yarl, ave bendecida del Este. La que puede volar sin alas. El primer polluelo en volar de la jaula. El primero en regresar a nuestras tierras.

La mujer se echó atrás. Agarró la pluma y la tiró dentro del pozo de fuego. Las llamas rugieron de un tono blanco. Vi agarró el trigo y lo añadió al fuego. El color cambió a naranja. Por último, los pétalos de rosa fueron sacrificados y el fuego cambió a un color carmesí antinatural, tan oscuro que casi era negro.

Vhalla contuvo la respiración cuando la mujer metió la cara en las llamas. Mirando hacia abajo, abrió los ojos al fuego y Vhalla soltó un suspiro entrecortado cuando vio que la Portadora de Fuego no se mostraba afectada en absoluto por el calor. Poco a poco, las llamas empezaron a menguar, dejando una ceniza de un tono morado claro en el fondo del pozo.

—El presente se quema y deja que el futuro surja de sus cenizas.

—Vi se inclinó hacia delante, agarró un gran puñado de cenizas y las tiró al aire por encima de ellas. El fino polvo empezó a girar y a caer con suavidad, más ligero que la nieve. Se quedó flotando delante de ella, donde creó formas desconocidas antes de por fin asentarse en el suelo. Los ojos de Vi refulgían de un brillante tono rojo.

—Marcharás hacia la victoria, y se logrará sobre tus alas de plata. Pero los vientos de cambio que liberarás también harán añicos esa esperanza tierna sobre la que vuelas. *Perderás a tu centinela oscuro* —predijo la mujer.

Vhalla apretó el sencillo reloj de bolsillo, su corazón empezaba a acelerarse.

—Tendrás dos caminos delante de ti: noche y día. Ve al oeste durante la noche. Fúndete en la reconfortante oscuridad de un velo de oscuridad. Ahí encontrarás una felicidad familiar, si eres capaz de ignorar tu añoranza del sol. —Vi hizo una pausa. Miró la centelleante ceniza desperdigada por la habitación—. El otro camino quemará tus falsedades a la luz del amanecer. Poseerás tus deseos para que todo el mundo pueda verlos. Pero ten cuidado, pues el fuego que te expondrá dará a luz a un poder aún más grande que consumirá la tierra misma.

Se hizo el silencio en la habitación cuando el resto de la ceniza cayó al suelo. La respiración de Vhalla era superficial. Cada una de las palabras de la mujer parecía haber sido elegida para transmitir un significado exacto. Pero cuál era ese significado era algo que Vhalla todavía no tenía claro. Los ojos de Vi volvieron a su negro original poco a poco.

—Y ahora, el pago. —La mujer adoptó una posición más cómoda.

—Oh, es verdad. —Vhalla dejó su bolsa en el suelo e hizo ademán de sacar su oro.

—No quiero dinero —la detuvo Vi.

Vhalla hizo una pausa. Una sensación de inquietud serpenteó hacia el fondo de su cráneo.

—Entonces, ¿qué quieres?

—Ese reloj. —La occidental señaló hacia el reloj que sujetaba Vhalla.

—¿Este? —Vhalla lo levantó; pero si ya había sido de la mujer para empezar. Vi asintió—. Muy bien, por supuesto.

Vhalla se lo pasó. Nunca había esperado quedárselo, pero algo extraño hormigueó por sus dedos cuando se lo entregó. Le resultaba físicamente difícil verlo en las manos de la otra mujer.

—Nuestro actual negocio ha concluido.

Las dos se pusieron de pie y Vi sujetó abierta la cortina de la parte de atrás mientras Vhalla se ponía los zapatos.

—Haz caso de mis palabras, Vhalla Yarl.

Vhalla solo pudo asentir ante el mensaje críptico y volvió a la tienda en sí. Se limpió el hollín de la cara mientras trataba de dilucidar en qué medida le molestaban los presagios de la mujer. Vhalla le hizo un gesto afirmativo a Daniel y se marcharon en silencio, de vuelta al caos del mercado. De algún modo, Vhalla sintió el resplandor ardiente de la mirada de la mujer hasta la mitad de la calle.

Entrelazó el brazo con el de Daniel para evitar que los separaran otra vez. Además, él era estable y, para ser sincera, ella se sentía un poco temblorosa. Vhalla flexionó los dedos y lo agarró más fuerte.

—¿Cómo ha ido? —preguntó Daniel en el tono más ligero posible.

—Ha sido una experiencia. —Vhalla intentó reírse. Notó que él no se había tragado su fachada valiente, pero no insistió con más preguntas sobre el tipo de experiencia que había sido.

Daniel se mostró alegre el resto del día. Le enseñó el mercado entero y dejó que caminara tan cerca de él como ella quisiera; ni la apartaba ni tiraba de ella para acercarla más. Casi todo el rato iban agarrados del brazo por motivos prácticos, pero si era del todo sincera, Vhalla estaba disfrutando de poder estar físicamente cerca de alguien que no era confuso ni frustrante.

Se pararon en un puesto de comida y compraron bolas de arroz con verduras en su interior. Vhalla se rio cuando le dio a probar un bocado de su sabor y casi dejó caer la bola entera en su regazo. De postre, probaron un dulce cuadrado que tenía una extraña textura dura pero gelatinosa. Vhalla compró una caja pequeña para llevarles a Larel y a Fritz.

Cuando ese encuentro mañanero se fue difuminando, el día dio paso a una experiencia por lo general positiva en el mercado. Vhalla compró una botellita de perfume y una bola de popurrí para su bolsa en una tienda de aromas, con la idea de que podrían venirle bien durante el resto de su marcha por el desierto.

Pasaron por una tienda de dulces y encontraron las cáscaras de limón que había mencionado Aldrik. Vhalla compró dos bolsas; una para ella y otra para el príncipe. Él había sacado el tema y le había gustado la tarta de limón. Daniel compró una daga nueva que podía llevar en la pierna y unas espadas cortas que insistió en que eran muchísimo mejores que las suyas. Cuando Vhalla le dijo que ella no tenía armas, se mostró espantado y esa búsqueda ocupó el resto de su tarde.

Al final, Vhalla se decidió por una daga delgada, casi como una aguja, que medía un pelín menos que la longitud de su antebrazo. Venía con un vaina para llevarla en el brazo, el mango justo al lado de la muñeca. Daniel comentó que perdería mucha estabilidad y fuerza si elegía una opción tan pequeña, pero cuando Vhalla la enganchó a la cara inferior de su antebrazo y bajó la manga sobre ella, le gustó su elección de inmediato. Con una camisa normal, quedaba oculta a la perfección, y la empuñadura tenía justo la longitud suficiente para no impedir sus movimientos. Aun así, de un movimiento rápido ya la había desenvainado.

El día le costó casi todo el dinero que había llevado consigo, pero estarían en la Encrucijada solo unos días más y parecía que la mayor parte de las cosas ya se las habían resuelto.

Incluso fuera del mercado, mantuvo el brazo entrelazado con el de Daniel. El frío de la noche empezaba a notarse ya y él resultaba familiar y calentito. Vhalla sonrió mientras jugueteaba con la daga amarrada a su brazo izquierdo.

—No funciona como arma oculta si vas por ahí enseñándosela a todo el mundo —le regañó Daniel con una sonrisa.

—Tienes razón, supongo —convino ella con una risa. Él no había tocado la daga nueva que llevaba al muslo desde hacía horas.

Pasearon por el mercado y luego volvieron a la plaza central, donde la Vía Este-Oeste conectaba con la Gran Vía Imperial. Varios Portadores de Fuego iban de un lado para otro encendiendo los faroles y a Vhalla le pareció asombroso ver una sociedad que tenía a los hechiceros tan integrados de maneras útiles. Sonrió y sus ojos siguieron a uno sin ninguna razón en particular. El hombre fue hacia un edificio con grandes vidrieras circulares. Vhalla hizo una pausa y recolocó la bolsa sobre su hombro.

Aquello era mala idea. Estaba teniendo otro momento en el que necesitaba reconocerlo e impedirse a sí misma hacer lo que pensaba hacer. Vhalla respiró hondo.

—Yo... —Se detuvo, luego miró de Daniel al edificio—. Tengo que hacer una parada rápida. La posada está ahí mismo. Puedes ir yendo.

—De ninguna manera. No voy a dejarte caminar sola por la Encrucijada de noche —dijo en tono tajante—. Puede ser peligroso.

—Muy bien —suspiró ella con suavidad—. Entonces, ¿me esperas aquí fuera?

—Eso puedo hacerlo. —Había aprensión en sus ojos, pero Daniel evitó que se notara en sus palabras y le ahorró cualquier comentario.

Vhalla respiró hondo e hizo acopio de valor antes de dirigirse a las puertas delanteras. No estaba segura de si quería ver a Aldrik otra vez. *¿No estaba enfadada con él?* Pero en el fondo de todos sus sentimientos encontrados estaba la necesidad de verlo, de decir lo que había que decir: la verdad.

Una música suave, un sonido sureño, emanaba de una de las salas a un lado del vestíbulo principal. Vhalla miró dubitativa las puertas cerradas y los opulentos salones. Un hombre se aclaró la garganta desde detrás del mostrador de recepción.

—Tengo que hacerle una entrega al príncipe heredero —anunció Vhalla.

El hombre mayor flexionó sus dedos huesudos y la miró con escepticismo.

—¿Qué puedes tener tú para él?

—Soy la Caminante del Viento —declaró, en un intento de usar sus credenciales para esquivar la pregunta.

—Eso es excelente, pero ¿qué es tan importante que el príncipe no ha dejado un mensaje?

Desinflada por que su plan no hubiese funcionado, Vhalla perdió su determinación y empezó a trabarse.

—Él... nosotros... Tenemos trabajo que hacer... para el emperador.

—Estoy seguro... —El hombre no le creía en absoluto—. Por desgracia, el príncipe ha pedido de manera explícita no ser molestado. Cuídate.

Vhalla suspiró con suavidad, resignada.

—¿Vhalla? —El príncipe Baldair se detuvo en un pasillo que unía el vestíbulo con otras habitaciones y fue hacia ella—. ¿Qué estás haciendo aquí?

—Mi príncipe, justo me iba a marchar. —Vhalla recordaba con gran claridad la última vez que el príncipe Baldair y ella habían hablado.

—Había solicitado ver al príncipe heredero —lo informó el traicionero conserje.

—Vhalla. —El príncipe dorado frunció el ceño, pero luego miró de reojo al hombre y se pensó mejor lo de continuar hablando—. La llevaré yo mismo.

—¿Ah, sí? —dijeron Vhalla y el hombre del mostrador al unísono.

—Se ha encerrado en sus habitaciones y no lo he visto ni una sola vez. La compañía es algo bueno, ¿no? —Baldair puso una mano sobre los riñones de Vhalla y prácticamente la empujó hacia arriba por una ancha escalera.

—¿De verdad me estás llevando a verlo? —preguntó Vhalla cuando llegaron al rellano del primer piso.

—Por supuesto que no, pero te voy a preguntar qué crees que estás haciendo aquí. —En privado, el príncipe abandonó todo el decoro.

—No es nada importante —musitó Vhalla. Ya se estaba cuestionando su misión.

—Creía que te había dicho que te mantuvieras alejada de él —masculló Baldair, el ceño fruncido.

—No es asunto tuyo. —Vhalla sacó la bolsa de dulces—. También quería darle esto.

—¿Cáscaras de limón confitadas? —El príncipe Baldair reconoció el emblema de la tienda de dulces—. Vhalla... —suspiró—, no sé qué tipo de relación crees que puedes tener con mi hermano...

—No quiero ninguna relación —dijo a la defensiva. Las palabras salieron por su boca antes de que pudiera pensarlas siquiera, alimentadas por el rencor.

—No, sí que la quieres. Te tiene bajo su hechizo —insistió el príncipe de pelo dorado.

—¿De qué estás hablando? —Vhalla retrocedió un paso.

—¿Por qué, si no, querría nadie estar con mi hermano?

La agarró de la muñeca y ella intentó marcharse.

—Suéltame.

—Estoy intentando ayudarte. —De algún modo, el príncipe Baldair consiguió sonar sincero.

—¡Suéltame! —Vhalla tiró contra su agarre firme.

—¿Qué es todo ese escándalo? —llamó una voz desde el final del pasillo. A Vhalla se le heló la sangre en las venas. Elecia, con una túnica de dormir suelta y nada más, estaba ahí plantada, descalza y con ojos soñolientos. Bostezó mientras se acercaba—. ¿*Vhalla*? ¿Qué estás haciendo *tú* aquí?

—¡Nada! Estaba intentando irme. —Apretó las peladuras de limón contra su pecho y trató de darse la vuelta, pero el príncipe Baldair no soltó su muñeca.

—¿Sigues ahí dentro? ¿A estas horas? —La sorpresa del príncipe al ver a Elecia hizo que ignorara los tirones de Vhalla contra su agarre.

—Baldair, deja de ser un imbécil. Agarra a la chica y márchate —espetó Elecia en tono cortante. Parecía exhausta. Agotada. De algún modo, incluso su pelo parecía menos lustroso de lo normal.

—¿Se puede saber qué habéis estado haciendo ahí los dos todo este rato? —inquirió el príncipe Baldair.

—¿No puedes satisfacer tu curiosidad tú solo? —preguntó Vhalla con voz débil, sin dejar de intentar soltarse.

—Hermano, por la Madre, juro que... —Una voz grave y ruda, como si le doliera hablar, pero aun así con un enfado muy evidente, llegó desde el fondo del pasillo. Elecia dio media vuelta y corrió de vuelta hacia Aldrik.

—Tienes que volver a la cama. —La mujer se plantó delante de él, la piel oscura de su mano en claro contraste con la piel pálida del pecho desnudo de él.

Vhalla abrió los ojos como platos al verlos. Elecia apenas vestida, cansada, su pelo hecho un desastre. Aldrik, tan cerca del sueño como lo había visto jamás... y medio vestido. Su pecho pálido y bien torneado hizo que se ruborizara. Aldrik no solo toleró el contacto; no parecía importarle la proximidad de Elecia, su caricia. El príncipe movió la mano para ponerla sobre el hombro de la mujer.

La bolsa de cáscaras de limón resbaló de la mano de Vhalla y cayó al suelo.

El ruido de la bolsa al caer y de los dulces al desperdigarse por el suelo silenció a todos los presentes. Los ojos de Aldrik fueron los últimos en encontrar a Vhalla, pero se cruzaron con los de la joven con una mezcla de sorpresa y confusión. Vhalla aspiró una bocanada de aire tembloroso.

No había nada que decir. El silencio se prolongó durante otro minuto doloroso. Justo antes de que estuviese a punto de romperse, Vhalla giró sobre los talones, arrancó la mano de los dedos flojos del príncipe Baldair y salió corriendo.

Esprintó escaleras abajo, salió por la puerta y llegó a la plaza. Echó la cabeza atrás y respiró hondo. El aire frío que golpeó sus pulmones la hizo atragantarse y Vhalla se dobló por la cintura. Los sollozos ya habían comenzado. Apretó los ojos con fuerza y sintió que temblaba todo su cuerpo.

Un par de manos tentativas se colocaron sobre sus hombros, aunque esperaron un momento en el aire antes de hacer contacto.

—Vhalla —susurró Daniel.

La joven giró en redondo. Tenía las mejillas empapadas con su llanto apenas silenciado.

—Ya te lo dije, soy la reina de las malas ideas. —Vhalla probó con sonreír, pero el gesto fue consumido casi de inmediato por las lágrimas.

Daniel la atrajo hacia él y pasó los brazos con ternura alrededor de sus hombros. Le susurró palabras tranquilizadoras contra la coronilla mientras la abrazaba. Vhalla enterró la cara en su pecho, aferrada a su camisa. Sintió que sus rodillas cedían.

Daniel la sujetó. La abrazó sin decir nada, sin preguntar nada, mientras ella lloraba. A Vhalla no le importaba quién la viera. Detrás de sus párpados estaba la imagen singular de Aldrik con otra mujer. Una mujer que ella sabía que llevaba en el palacio desde hace algún tiempo, de alta cuna si todas sus sospechas eran correctas. Los dos eran adultos, de la edad adecuada y del origen correcto. Estaban juntos, interrumpidos por *algo*, en medio de la noche. Pensó en el pecho desnudo de Aldrik y eso removió algo en el interior de Vhalla que solo la hizo llorar con más ganas aún.

Vhalla se aferró a Daniel como si sus brazos fuesen lo último que mantenía su cordura en su sitio.

CAPÍTULO
17

El sol se estaba poniendo sobre los tejados de la Encrucijada. Vhalla levantó las manos hacia la cara de Aldrik. Este se inclinó hacia ella, tomó sus manos y besó las palmas con ternura. Ella le susurró algo y él le susurró de vuelta, las palabras que tanto había anhelado oír. Se acercó más a él, los labios de Aldrik se entreabrieron.

De pronto, Vhalla era una mera observadora. Los preciosos dedos largos de Elecia se deslizaban por el pálido contorno del rostro del príncipe. Se inclinaban el uno hacia el otro, y Vhalla dejó escapar un grito.

Boqueó en el aire nocturno y se despertó sobresaltada. Vhalla miró a su alrededor, frenética, al tiempo que recordaba dónde estaba. Daniel estaba sumido en un sueño profundo en la butaca que antes había ocupado Larel. La occidental y Fritz todavía estaban cenando por ahí, ajenos a que el mundo de Vhalla acababa de hacerse añicos, y Daniel se había negado a dejarla sola. Vhalla se dejó caer sobre su almohada y se forzó a cerrar los ojos.

La siguiente vez, sus manos eran las de él. Las yemas de los dedos se deslizaron por una cara envuelta en oscuridad. Vhalla no distinguía los rasgos, pero sabía que no eran los suyos. ¿Serían los de Elecia? Su mente divagó mientras estaba atrapada en la prisión del sueño. Su corazón latía a toda velocidad y sintió cómo la sangre cambiaba su foco de atención. Había un deseo carnal que quería atender.

Vhalla rodó en la cama y abrió los ojos. Se topó con la pared. Gimoteó con suavidad y se tapó la cabeza con las mantas.

Corría por las calles de fuego y muerte. Los cuerpos ya estaban mutilados, sus extremidades arrancadas y sus cráneos destrozados desperdigados por el suelo. Vhalla esprintaba por las calles, a través de la gente hecha de sombras. Esta noche, esta noche sería lo bastante rápida, le decían sus pies, y permitió que el viento arreciara detrás de ella.

Vhalla se paró derrapando delante del edificio derruido y empezó a retirar los escombros frenética. Cada roca que movía aceleraba su corazón un poco más. Al final, vio una cara debajo de los restos. Vhalla hizo una pausa; se suponía que él no debía estar ahí. Retiró a toda prisa los escombros restantes y estrechó el cuerpo de Aldrik entre sus brazos, sollozando.

Se despertó por tercera vez, y luego una cuarta y una quinta. Su mente estaba demasiado bien armada con todo el material para las pesadillas. Daniel ya no estaba y oyó unas voces amortiguadas al otro lado de la puerta. Vhalla reconoció al instante una voz como la de Larel y esperó a que la mujer entrase en silencio en la habitación.

—Larel —susurró con voz débil al sentir que la cama se movía para acoger a la persona nueva.

—¿Qué ha pasado? —Larel deslizó las manos por el pelo de Vhalla con cariño.

—Aldrik... —Vhalla se atragantó con su nombre—. Él y Elecia... ellos...

—¿Ellos qué? —insistió Larel con ternura.

Vhalla le contó lo sucedido la noche anterior y Larel escuchó con atención. No dijo nada, ni bueno ni malo, se limitó a absorber toda la historia. Vhalla volvió a desmoronarse cuando le contó el momento en que había visto a Elecia y a Aldrik juntos.

—Sé que es noble. La forma en que actúa cuando está con él, cómo lo llama por su nombre... Hay algo ahí, Larel. Y yo... simplemente no quería verlo. —Vhalla sorbió por la nariz de manera ruidosa.

—Lo es —admitió Larel con voz suave.

—¿Es qué? —Vhalla se frotó los ojos.

—Es noble —confirmó Larel.

—¿Qué? —Vhalla se quedó muy quieta—. ¿Cómo puedes estar tan segura?

Larel suspiró y apartó la mirada. Fuera lo que fuese que iba a decirle, Vhalla sabía que no le iba a gustar.

—No empezó a venir hasta que Aldrik era más mayor. Durante los pocos años que estuvimos muy alejados. Pasaba mucho tiempo con ella, cuando estaba por ahí. No la recordé hasta que oí cómo la recibían aquí en la Encrucijada. Es una Ci'Dan, una familia noble del Oeste que tiene lazos con la corona. Nunca he estudiado historia en serio, eso es cosa de Fritz, pero siempre di por sentado que era una novia potencial, dada la edad de Aldrik cuando ella apareció.

—Lo sabías. —La traición era un veneno ardiente—. *¿Lo sabías y no me lo dijiste?*

—Vhalla, escucha —exigió Larel, mientras la inmovilizaba contra la cama con un brazo—. *Escucha.*

Vhalla dejó de forcejear, pero eso no reprimió la ira que palpitaba por sus venas. El mundo estaba decidido a mentirle y a engañarla; quizás el príncipe Baldair tenía razón.

—No te lo conté porque no creía... sigo sin creer... que tengas nada de lo que preocuparte.

—¿Cómo puedes decir eso? Es una mujer noble, hace años que lo conoce, ¡y *los he visto juntos!*

—*Shhh.* —Larel trató de calmar la histeria de Vhalla—. Cuando estáis juntos, Aldrik te busca a ti, solo a ti.

—Ha pasado mucho tiempo con ella.

—Cierto —aceptó Larel—. Pero jamás la ha mirado del modo en que te mira a ti. Jamás la ha tocado del modo que te toca a ti, Vhalla. A Aldrik le importas muchísimo, sé que es así.

—No sabes nada —farfulló Vhalla.

Larel se limitó a suspirar y frotó la espalda de Vhalla mientras la joven lloraba en silencio.

Más tarde, Vhalla se sorprendió mucho cuando un mensajero le llevó una citación imperial. Era una tarjeta doblada en tres y sellada con el sol ardiente del imperio con cera negra.

—¿Vas a abrirla? —preguntó Larel después de la décima vuelta de Vhalla alrededor de la habitación.

—Lo haré —dijo con una confianza falsa.

—¿Hoy? —Larel tuvo la audacia de tomarle el pelo.

Vhalla fulminó a la mujer con la mirada, pero Larel se mostró solo moderadamente arrepentida. La occidental no había cambiado su discurso de que Aldrik no tenía ningún interés en Elecia.

—Lo haré —repitió Vhalla, y puso un dedo sobre el sello. Respiró hondo y desdobló la nota antes de que sus manos la dejaran caer de tanto temblar—. *Se requiere tu presencia* —leyó en voz alta—. *Príncipe Aldrik C. Solaris.*

—¿Eso es todo? —Incluso Larel parecía sorprendida.

—Es mejor así. —Vhalla tiró la nota sobre su mochila y rebuscó entre la ropa que había tirada en el suelo y nunca había llegado hasta los cajones—. *Lo es.* Iré y le diré que lo sé todo.

—Vhalla —suspiró Larel.

—Podemos terminar con esta farsa y me limitaré a hacer lo que tengo que hacer para recuperar mi libertad —juró Vhalla mientras se ponía una camisa limpia y unos pantalones ceñidos.

Bajaron las escaleras en silencio. Larel la acompañó fuera de la posada y hasta el elegante hotel en el que se alojaba la familia imperial. Vhalla dedicó el trayecto a intentar levantar los mejores escudos que pudo para su corazón. Imaginó que cada costilla era un muro con alambre de espino por la que no podía entrar ni salir nada. Haría lo que fuese que necesitaran Aldrik y el emperador y luego se marcharía. Ni siquiera quería hablar de lo que había visto. Después de todo, no era asunto suyo; era ella la que había invadido su privacidad.

Para cuando llegaron al centelleante edificio en la plaza principal, había escrito y ensayado tantas conversaciones en su cabeza que se sentía preparada para cualquier posible circunstancia. Pasara lo que pasase, mantendría la compostura y se marcharía lo más deprisa posible. Aun así, nada de eso impedía que su corazón amenazase con estallar de su jaula de púas cuando empujó la puerta, dejando a Larel atrás.

—¿En qué puedo ayudarte? —preguntó muy estirada la mujer de detrás del mostrador.

—Tengo una cita con el príncipe heredero. —Vhalla no se permitió decir su nombre—. Vhalla Yarl, la Caminante del Viento.

La mujer sacó el mismo libro que el hombre la noche anterior y deslizó el dedo por las páginas.

—Ah, sí. Adelante. Primer piso, ala derecha —le indicó la mujer sin necesidad. Vhalla ya había empezado a subir las escaleras.

Cada paso coincidía con el fuerte pulso en sus oídos. Cada brizna de sentido común le gritaba que dejara un mensaje diciendo que se sentía mal, pero sabía que solo podría huir durante un tiempo. En cuatro días cabalgarían otra vez juntos, también con Elecia.

Vhalla hizo una pausa y respiró hondo, concentrada solo en el sonido del aire al moverse. *Podía hacerlo.*

Al llegar al rellano, se detuvo. Luego se sacudió la imagen de Elecia y Aldrik ahí de pie la noche anterior y fue hacia la puerta. Con los últimos restos de su determinación, llamó con suavidad.

Esperó durante un minuto tenso, del todo dispuesta a dar media vuelta y explicar que creía que Aldrik había salido. Pero el picaporte de la puerta giró y apareció Aldrik, recortado contra la luz coloreada de las grandes vidrieras circulares que dominaban la pared de enfrente de la puerta. Llevaba una chaqueta de cuero negro que le llegaba hasta las rodillas, con una única fila de botones dorados abiertos en la parte superior para revelar la camisa de algodón blanco que llevaba debajo. Unos pantalones bien confeccionados caían rectos hasta sus *pies desnudos*, según constató Vhalla con curiosidad. Tenía el pelo bien peinado otra vez, y solo verlo fue doloroso porque ahora contrastaba de manera marcada con el hombre desaliñado que acababa de despertarse la víspera, probablemente de estar entre los brazos de su amante.

—Hola, Vhalla. —Parecía tan contento de verla como ella de verlo a él.

—Mi príncipe. —Vhalla apartó la mirada, incapaz de sostenérsela más.

—Pasa. —Aldrik dio un paso atrás y se giró.

Vhalla entró en la habitación y cerró la puerta con suavidad a su espalda.

El lugar era asombroso. Altos techos con mosaicos de historias clásicas junto con algunos personajes que Vhalla no había visto nunca. Había una gran zona de estar con dos divanes frente a un gran sofá, una mesa entre ellos. Un bar bien abastecido ocupaba la pared a la izquierda de la puerta, y Vhalla deseó al instante tener algo fuerte que beber. A la derecha, había una gran mesa con todo tipo de papeles y botellas descorchadas. A la izquierda de Vhalla había una pared con unas puertas correderas abiertas que daban paso a otra habitación con una gran cama cubierta de mantas y almohadas. Aunque quizás la característica más sorprendente era una ventana, una de las que había visto desde la plaza. Era lo bastante grande como para que hubiera almohadones apilados sobre el alféizar, y parecía que podían sentarse cuatro personas a gusto.

Vhalla dio otro paso tentativo, incómoda al instante por estar en el espacio personal del príncipe. No podía evitar mirar a la cama, preguntarse si Elecia la había compartido con él la noche anterior. Aldrik había cruzado hasta la mesa y estaba rebuscando entre sus papeles.

—Estás muy callada. —La miró por el rabillo del ojo.

—Lo siento —repuso ella, sin tener muy claro qué decir.

—Siéntate —ordenó con sequedad.

Vhalla vadeó por la tensión entre ellos, y casi se ahogó antes de conseguir sentarse en uno de los divanes. Aldrik encontró el papel que estaba buscando, lo dejó en la mesita baja delante del sofá y se sentó enfrente de ella. Se miraron, a la espera de que el otro dijese la primera palabra. Vhalla tragó saliva.

—¿Esto es para la demostración? ¿Para tu padre? —*Trabajo*, tenía que centrarse en el trabajo.

—¿Para qué más podría ser? —musitó él, las palabras como agujas.

—Por supuesto —repuso Vhalla con una vocecilla pequeña.

—Mi padre querrá que juguemos a un juego de buscar un tesoro. —Aldrik observó el papel como si fuese la cosa más fascinante del mundo—. Basado en lo que le he dicho que eres capaz de hacer ya, primero hará que te Proyectes hasta una persona que te dirá un lugar y un artículo. Volverás a mí y, en función de esas instrucciones, me dirigirás hasta algo cuya naturaleza yo desconoceré al principio de la demostración.

—Parece bastante sencillo. —Vhalla asintió.

—¿Lo parece? —Aldrik arqueó una ceja en su dirección. Vhalla se movió, incómoda por su escepticismo.

—Hemos estado haciendo cosas así durante semanas.

—¿Qué es lo que hemos estado haciendo, exactamente, Vhalla? —La voz de Aldrik estaba desprovista de toda calidez familiar.

Vhalla no sabía cómo contestar. No le estaba preguntando sobre la Proyección, le preguntaba sobre el baile que los dos habían estado haciendo alrededor de algo que ambos habían tenido demasiado miedo de nombrar. Ahora, daba la impresión de que él la estaba acusando a ella.

—Da igual. —Aldrik se puso de pie—. No contestes. Ya lo sé.

—¿Qué? —Ella también se levantó—. ¿Qué es lo que crees que sabes?

—¿Crees que no iba a enterarme? —La fulminó con la mirada.

—¿Que no ibas a enterarte de qué? —La voz de Vhalla tenía un deje agudo por la tensión que le provocaban los ojos de Aldrik.

—No eres la primera que me ha utilizado para llegar hasta él. —Aldrik apartó la mirada asqueado.

—*¿De qué estás hablando?*

—De ti y Baldair.

Vhalla se quedó boquiabierta.

—¿Qué?

—Os encontré juntos ayer por la noche, tu mano en la suya. —Aldrik se irguió en toda su altura y su lenguaje corporal resultaba imponente.

—¿Mi mano en la suya? —lo increpó Vhalla—. ¿Te refieres a él aferrado a mi muñeca? ¿A él sujetándome para que me viese forzada a veros *a ti y a Elecia*? —lo acusó, y señaló al príncipe heredero con un dedo.

—¿Elecia? —Aldrik parecía haber olvidado que la otra mujer había estado con él siquiera la noche anterior.

—¿Me lo ibas a decir siquiera? —A Vhalla le temblaba el labio de abajo, aunque se juró que no perdería la compostura, que no lloraría delante de él.

—¿Qué tiene que ver Elecia con todo esto? —La confusión soltó un poco los hombros del príncipe.

—No. —Vhalla negó con la cabeza—. Ya está bien, no puedo más. He terminado con esto. —Dio media vuelta y echó a andar hacia la puerta.

—¡Vhalla! —Fue Aldrik el que perdió un poco los papeles—. Me pediste que no hubiera secretos, me pediste la verdad, ¿y ahora me das la espalda? —Aldrik se rio, una risa lúgubre—. *Menuda* ironía.

—¿La verdad? —Vhalla se detuvo a solo diez pasos de la puerta. Debería marcharse, pero algo le hizo darse la vuelta. Lo miró, impotente. Todo sería mejor si él se limitara a admitirlo—. La verdad es… la verdad es… —Algo en su interior se rompió—. ¡La verdad es que cada vez que cierro los ojos lo único que veo es a ti y a ella! —La voz de Vhalla se quebró a medio camino y levantó los brazos por los aires en señal de derrota. Las lágrimas quemaban los bordes de sus ojos, pero sorbió por la nariz e hizo un esfuerzo por reprimirlas.

—¿Por qué? —Aldrik dio un paso hacia ella.

—Porque... ¡ya sabes por qué! —*¿De verdad la iba a obligar a decirlo?*

—¿Por qué habría de importarte Elecia si deseas a mi hermano? —Su voz estaba perdiendo su filo cortante, sus preguntas empezaban a ser más exploratorias que mordaces.

—Aldrik. —Vhalla se tapó los ojos con la palma de una mano—. Eres un imbécil. —Le dedicó una risa derrotada—. No quiero a tu hermano, mi querido príncipe Aldrik C. Solaris. No todas las criaturas con pechos creen que el príncipe Baldair es un dios entre los hombres.

—Entonces, ¿por qué? ¿Por qué te importa? —Dio otro paso hacia ella. Vhalla abrió la boca, luego la cerró, se giró hacia la puerta—. Dímelo, ¿por qué importa Elecia? —Aldrik la agarró del codo para impedir que huyera de la habitación.

—¿Que qué importa ella? —Vhalla no estaba segura de haber conocido nunca a un hombre que pudiese ser tan asombrosamente inteligente acerca de casi todo pero aun así tan obtuso sobre la persona con quien se suponía que estaba más conectado que cualquier otra persona en el mundo entero. Se giró para encararse con él, al tiempo que daba un tirón brusco para soltar el brazo de su agarre—. Importa lo mismo que los títulos. Lo mismo que mi origen y el tuyo. Lo mismo que importa por qué tu hermano insiste en atormentarme con historias horribles sobre ti.

—¡Deja de evitar mi pregunta! —exigió él.

—¡No la estoy evitando! —El último resquicio de su determinación se hizo añicos y perdió el poco control que le quedaba. Las lágrimas iban a caer en cualquier momento, y si los dos se iban a romper, muy bien podían hacerse añicos—. *¡Te quiero, Aldrik!*

Su voz reverberó en las ondas expansivas que los sacudieron a ambos. Vhalla se plantó la palma de la mano delante de la boca. No había querido decir eso y ahora miraba al príncipe con los ojos muy abiertos. Observó su rostro con atención. Vio cómo las palabras se asentaban en su interior, la sorpresa que empezó en sus ojos, que arqueó sus cejas, que lo dejó boquiabierto.

El corazón de Vhalla latía desbocado y notó que un pequeño gemido trepaba por su garganta. Quería que él dijera algo, *cualquier cosa*. Si emitía su juicio, ella podría marcharse y por fin pasar página de todo lo que él era. Podría dejar atrás su pelo negro como el carbón y sus ojos oscuros. Podría dejar que su voz se diluyera en sus sueños y dejar que su figura ya no la atormentara durante el día.

La boca de Aldrik se cerró. Tragó saliva.

Vhalla ya no podía soportar ese silencio más y agarró el picaporte de la puerta como si fuese su único salvavidas. Se marcharía y dejaría que todo siguiera roto.

El príncipe, sin embargo, tenía otros planes y la frenó a tiempo.

—Aldrik, ¿qu...? —Vhalla se medio giró y él la hizo girar el resto el camino.

Las manos de Aldrik soltaron sus brazos y se cerraron sobre sus mejillas en un solo movimiento fluido. Vhalla tuvo apenas medio segundo para registrar cómo la cara del príncipe se acercaba a la suya. Aspiró una bocanada de aire brusca ante el *shock* de sentir los labios de él sobre los suyos. Su aroma, su respiración, el calor de las palmas de sus manos, la sensación de su boca... todo ello asaltó sus sentidos y Vhalla cerró los ojos para perderse en el beso.

CAPÍTULO
18

Vhalla suspiró con suavidad, su boca aún gloriosamente ocupada con la de él. Algo volvió a encajar en su sitio con un *clic* audible y, de repente, su cabeza silenció el ruido de los últimos meses. Las palmas de las manos del príncipe estaban calientes sobre sus mejillas, y frenaban las lágrimas que con tanta insistencia habían encontrado el camino al exterior hacía tan solo unos segundos. Notó que él se apartaba un poco, pero Vhalla se inclinó hacia delante para robar un momento más de sus labios. Abrió los ojos y conectó con los de él. A pesar de ser el que había iniciado el beso, parecía tan perplejo como ella.

Sin soltar la cara de Vhalla, Aldrik suspiró con suavidad y se inclinó hacia delante para apoyar la frente contra la de ella, sus narices casi en contacto.

—Dilo otra vez…

Vhalla cerró los ojos.

—Te quiero, Aldrik. —Decirlo en voz alta, decírselo a él, le provocó un estallido de chispas en el pecho.

Aldrik tiró de su cara otra vez hacia él y reclamó su boca de nuevo, con pasión. Las manos de Vhalla cobraron vida propia, con el mismo fervor que las de él. Se apretaron contra su pecho, subieron hacia sus hombros. Vhalla enterró los dedos en su pelo, cerca de la nuca, ansiosa por deshacer su aspecto prístino. Arrastró las uñas por su cuero cabelludo y las manos de Aldrik cayeron a la cintura de Vhalla.

Aldrik tiró de ella para acercarla más a él y los brazos de Vhalla se doblaron. Notó cómo sus caderas se encontraban, cómo sus pechos rozaban contra la longitud cálida del cuerpo del príncipe. Vhalla se estremeció y él la abrazó más fuerte. La joven interrumpió el beso un momento para aspirar una temblorosa bocanada de aire. Justo cuando abría los ojos, la boca de Aldrik estaba otra vez sobre la suya y aniquiló todo pensamiento con solo su sabor, su contacto.

El tiempo que pasó entre ellos no fue, ni de lejos, suficiente antes de que Vhalla sintiera que el cuello de Aldrik empujaba contra sus dedos y sus labios se retiraban de su boca. Vhalla cedió con toda la elegancia que pudo, aunque apenas pudo reprimirse de aferrarse a él y reclamar su boca para siempre.

Aldrik la miró desde lo alto con una adoración perpleja. Vhalla nunca había visto rubor en sus mejillas, pero ahora lucían de un suave tono rosado que casi parecía saludable contra la palidez natural de su piel. Los labios de Aldrik se entreabrieron, resollando. Una mano se deslizó desde su cintura de vuelta a su cara, y acarició su mejilla con las yemas de los dedos.

—Aldrik —susurró Vhalla, los labios al rojo vivo. Todavía se sentía embriagada por su cercanía; sin embargo, sin la distracción inmediata de su boca, la confusión empezó a colarse otra vez en su cerebro—. ¿Qué pasa con Elecia? —susurró. Solo el nombre de la mujer hizo que las burbujitas felices de su estómago se asentaran.

—Ven —dijo Aldrik. La agarró de ambas manos y la condujo de vuelta al sofá. Esta vez, se sentaron juntos—. ¿Quién crees que es Elecia?

—No lo sé. —Vhalla no tenía ganas de jugar a juegos de adivinanzas, y sus teorías sobre Elecia eran tan interminables como la Gran Vía Imperial. Por fortuna, Aldrik no la hizo sufrir más.

—Elecia es mi prima.

—¿Qué? —preguntó Vhalla al tiempo que contenía la respiración.

Una sonrisa comprensiva curvó las comisuras de los labios de Aldrik al ver su sorpresa.

—Estoy seguro de que sabes que mi madre era una princesa occidental. Cuando el Oeste fue derrocado, su padre perdió su trono como rey, pero en un esfuerzo por que la transición fuese pacífica, su hijo mayor, mi tío Ophain, fue nombrado lord del Oeste. Mi tío tenía un hijo que luego se casó con una mujer norteña y tuvieron una hija.

—¿Elecia? —susurró Vhalla con los ojos como platos, a medida que su cerebro seguía el hilo de la historia. Esto lo explicaba todo sobre la mujer: su aspecto, su comportamiento, su actitud protectora hacia Aldrik. Ahora Vhalla lo entendía todo.

Aldrik asintió.

—Nació cuando yo tenía siete años. Hicimos un viaje al Oeste poco después, pero no era más que un bebé. No la conocí bien hasta que fuimos adultos —continuó.

Había un pitido en los oídos de Vhalla y el alivio hormigueaba por toda su piel. *Elecia no era su amante.* No era su prometida. Era un miembro de su familia.

—Creía que ya lo sabías.

—¿Cómo iba a saberlo? —preguntó Vhalla con un toque de desesperación. Había leído muchos libros, pero no era como si estudiase linajes de manera específica y pudiese haber recordado justo este detalle.

—Nos llamamos igual —dijo Aldrik como quien no quiere la cosa.

—¿Qué? —Vhalla lo miró como si estuviese loco.

—Ci'Dan, el apellido de mi madre.

La misteriosa «C» por fin tenía una explicación.

—Aldrik *Ci'Dan* Solaris —susurró Vhalla—. Entonces, ¿qué estaba haciendo en tu habitación... de noche? —Vhalla se reprimió de hacer ningún comentario sobre el estado muy muy casual de su ropa.

—Ah, eso. —Aldrik desvió la mirada—. No he dicho nada hasta ahora porque estaba preocupado por que no funcionase.

—¿El qué? —preguntó Vhalla, al tiempo que se preguntaba qué otra cosa obvia se le podía haber pasado por alto.

—Elecia es una Rompedora de Tierra. Tiene mucho talento en muchos aspectos, pero tiene un don natural para la curación. Lee cuerpos como si fuesen libros abiertos. —Aldrik sonrió y se levantó—. Vhalla, mírame. —La joven frunció los labios, pero no vio nada distinto—. Con vista mágica.

Vhalla cambió su vista y vio una imagen que no había visto jamás. El cuerpo de Aldrik estaba envuelto en llamas blancas con toques dorados, tan brillantes que su piel misma refulgía un poco. Jamás lo había visto brillar con tal fuerza. Solo entonces se dio cuenta de la razón. El punto oscuro en su costado había desaparecido.

Vhalla se levantó de un salto, alargó la mano y la puso sobre la cadera de Aldrik. Cambió de vista una vez más y levantó los ojos hacia su cara. El príncipe no hacía más que sonreír ante la sorpresa de Vhalla.

—¿Est... estás curado? —preguntó con tono incierto.

—Lo estoy —confirmó con una sonrisa radiante—. Eso sí, fue un proceso largo. Ha costado casi dos días de su trabajo y del mío. Elecia no se ha movido de aquí durante ese tiempo.

Vhalla respiró despacio. Nunca había visto al príncipe sonreír tanto. La risa subió burbujeando desde su estómago y escapó por su boca en una melodía alegre. Desde que lo conocía, Aldrik había estado sufriendo a causa de esa herida. Había sido, de manera muy literal, un punto negro sobre él durante meses. Y ahora se había librado de él.

—Desearía haber podido ayudar —dijo en voz baja.

—No quería cansarte más de lo necesario —repuso él, mientras deslizaba con timidez los dedos por la mejilla de Vhalla. El contacto dejó una estela ardiente a su paso—. Sobre todo después de la tormenta de arena.

—La próxima vez, al menos dímelo —lo regañó con tono severo.

—Lo prometo —le aseguró Aldrik.

—Creía… —Vhalla sacudió la cabeza con una risita—. Creía que estabas con ella —confesó, y apartó la mirada.

—Y yo creía que todo era obvio para ti —dijo él con suavidad, asombrado por la confusión de la joven—. No solo en cuanto a Elecia, sino… —Aldrik se pasó una mano por el pelo y, al darse cuenta del desastre que ella había formado en la parte de atrás, esbozó una leve sonrisa—… con todo. Estaba seguro de que, con cómo actuaba solo contigo, tenías que saberlo.

Vhalla se sonrojó y se miró los pies. Larel había intentado decírselo. Sería mentira si dijese que no había albergado esperanzas, pero estaba claro que nunca había creído que fuese verdad. Siempre había habido una explicación más probable y conveniente. Otra cosa cruzó su mente y sus ojos volaron de vuelta a los de Aldrik.

—Si estás curado, el Vínculo… ¿sigue ahí? —Sintió un pequeño arrebato de pánico. Aldrik se rio entre dientes.

—Sigue ahí. Mis más sinceras disculpas, Vhalla Yarl, pero por lo que sabe la comunidad académica de hechiceros, estamos Vinculados de por vida.

—Perdóname por no estar destrozada por la noticia. —Vhalla sonrió de oreja a oreja.

Él se rio otra vez y le dio un apretoncito suave en la mano.

Vhalla se echó atrás en el sofá con un suspiro de alivio. La pasada media hora la golpeó de sopetón y, de repente, se sentía exhausta. Aldrik volvió a su sitio al lado de ella, pasó un brazo por sus hombros, el costado pegado al de Vhalla, y ella se inclinó hacia él por instinto. Apoyó la cabeza en el hombro de su príncipe y se alegró de ver que no hizo nada por apartarse.

—Vhalla —susurró él con suavidad.

—¿Aldrik? —repuso ella mientras cerraba los ojos y se permitía disfrutar de su calor.

—¿Lo has dicho en serio? ¿O ha sido solo un arrebato momentáneo?

Vhalla se enderezó para mirarlo a la cara con atención.

—¿Qué?

—Antes. —Aldrik apartó la mirada—. Me dijiste que..., tus sentimientos...

Vhalla hizo una pausa, vacilante. *¿Le estaba dando la opción?* ¿Le estaba pidiendo que eligiera? Aldrik parecía incapaz de sostenerle la mirada, los ojos perdidos al otro lado de la habitación sobre nada en particular. Vhalla aspiró una bocanada de aire temblorosa. Alargó la mano, puso las yemas de los dedos debajo de la barbilla del príncipe heredero y guio sus ojos de vuelta a los de ella.

—Aldrik, *no* fue un impulso. —Vhalla habló despacio, de manera deliberada—. Ni siquiera era la primera vez que lo decía en voz alta. —Sonrió con ternura al ver su sorpresa.

—¿Cuándo? —preguntó, pero sus labios apenas se movieron.

—¿Cuándo lo admití? Solo después de la tormenta de arena. ¿Cuándo ocurrió? Mucho antes. —Se encogió de hombros; era inútil intentar negarlo. Vhalla devolvió la mano a la de él y contempló sus dedos entrelazados. Solo esa imagen la llenaba de alegría.

—Lo intenté —suspiró él. La tristeza en su voz contrastaba de manera marcada con el tono de sus conversaciones anteriores—. No lo esperaba, después no quise que ocurriera. Traté de explicártelo el día del veredicto. Cualquier tipo de relación conmigo es peligrosa.

—No me importa. —Las palabras salieron por su boca antes de que tuviese tiempo de filtrarlas, pero cuando él sacudió la cabeza en su dirección, descubrió que no se arrepentía de ellas. Aldrik se rio con suavidad y se levantó.

—Eres una mujer bastante imposible.

—Le dijo la sartén al cazo. —Vhalla le dedicó una sonrisa sarcástica.

Se vio recompensada por el rico sonido de la risa de Aldrik mientras este la ayudaba a levantarse.

—Tengo algo de trabajo que hacer —explicó con expresión de disculpa.

—¿De qué tipo? —Vhalla lo hizo parar, pues no estaba dispuesta a marcharse todavía.

—Estrategia, planear cómo encajar a las tropas nuevas que van a llegar, dónde adquirir las raciones que quizás necesitemos —enumeró Aldrik.

—¿Podría ayudar en algo? —Vhalla se alegró de no haber pensado antes de hablar; de otro modo, quizás no lo hubiese hecho. Ofrecerle ayuda al príncipe heredero con asuntos de estado era demasiado atrevido, demasiado fuera de lugar. *Aunque, claro, también lo era besarlo.* Vhalla desplazó su peso de un pie al otro mientras observaba su cara de sorpresa.

—En realidad —caviló Aldrik en voz alta—, sí que podrías.

Aldrik la condujo hacia la mesa con entusiasmo. Desperdigó los papeles y empezó a hacerle un resumen de la situación. Vhalla se sorprendió de constatar lo agradable que era utilizar el cerebro otra vez. Llevaba meses ya fuera de su elemento, lejos de libros y conocimiento. Era como estirar un músculo que había estado languideciendo durante demasiado tiempo.

Aldrik hacía girar una pluma de cuervo con punta dorada entre sus dedos mientras hablaba, y Vhalla mordisqueaba, pensativa, el final de una pluma de sobra que había convertido en propia. Había descubierto que una ventaja de su intelecto era que podía concentrarse en lo que el príncipe estaba diciendo y en sus ágiles dedos al mismo tiempo. A Vhalla no se le pasaba nada por alto, ni sus conocimientos ni lo hábiles que eran sus largas manos.

—¿Cuántos kilos de carne ahumada nos está proporcionando el Oeste? —preguntó Aldrik desde el otro lado de la mesa.

—Unos doce mil quinientos —repuso Vhalla, al tiempo que anotaba a toda velocidad los números en una lista nueva como él le había enseñado.

—Eso no es suficiente —musitó—. Tendremos que pedirles más a los lores del Oeste.

Vhalla detuvo su pluma y miró al príncipe de pelo oscuro sumido en sus pensamientos. Casi podía oír las palabras resonar por su mente.

—Sé cómo podrías conseguir más.

—¿Qué? —Aldrik levantó la vista, sobresaltado.

Vhalla respiró hondo, con la esperanza de haber organizado sus pensamientos lo bastante bien.

—El Oeste vive de la caza menor y de la pesca en la costa, así como de importaciones del Este y del Sur. —Recordaba haber leído eso—. No puedes pedirles nada más a los lores y las damas tan adentro en el Páramo. Lo más probable es que ya estén preocupados por sobrevivir a las temporadas bajas del comercio.

—Entonces, ¿qué propones? —Aldrik apoyó los dedos en la mesa y la evaluó como un príncipe.

Vhalla vaciló, pero solo un instante. Sabía lo que había leído y lo que había vivido.

—En Paca, Cyven, se celebra todos los años un Festival del Sol con cerdos de exhibición. Se sacrifican poco después y se ahúman en invierno para venderse en la Encrucijada. Forma parte de una especie de migración de carne que sustenta al Oeste.

Los ojos de Aldrik centellearon cuando se dio cuenta de repente de a qué se refería.

—Si el imperio comprara más o menos el ochenta por ciento de este influjo en el mercado, es probable que ahí tuvieras la diferencia que necesitas para la guerra. Pero, para asegurarte de que los lores y las damas del Oeste no se preocupan por sus almacenes, deberías mandar a granjeros de vuelta al Este con órdenes de regresar con grano extra, y subvencionar el desplazamiento de los granjeros —terminó Vhalla.

—Sí —murmuró Aldrik, y una gran sonrisa se desplegó en sus labios—. Además, la doble ronda de negocio también debería ayudar a las economías tanto del Este como del Oeste.

Anotaba cosas a una velocidad endiablada. Luego dobló tres cartas rápidas y las selló con algo de cera caliente. Vhalla observó asombrada cómo se movía su sello dorado. *¿Acababa de hacer ella eso?*

—Debería enviar estas de inmediato. —Aldrik se encaminó hacia la puerta, pero hizo una breve pausa para mirarla con lo que Vhalla se atrevería a decir que era asombro—. Cuando vuelva, me gustaría discutir un par de ideas más contigo.

—Por supuesto, mi príncipe. —Su propia sonrisa rompió a través de su aturdimiento.

Aldrik volvió en tiempo récord y su silencioso trabajo previo se volvió de pronto muy charlatán. Vhalla se dio cuenta pronto de que el príncipe quería que ella lo pusiera a prueba. Oponerse a lo que decía el príncipe iba en contra de todo lo que le habían enseñado a Vhalla en la vida, pero Aldrik crecía con ello. No se guardaba nada y Vhalla tuvo que echar mano de todos los libros que nunca había leído sobre geografía, historia, economía y gentes del imperio para mantenerle el ritmo.

Era al mismo tiempo emocionante y agotador.

Vhalla se puso las manos en los riñones y se estiró. El sol empezaba a bajar ya y convertía la habitación en un caleidoscopio de preciosos colores proyectados por el cristal.

—¿Alguna vez dejas de trabajar?

Aldrik le sonrió. No podía ocultar lo mucho que se estaba divirtiendo toda la tarde; Vhalla tampoco.

—Un imperio no se dirige solo. —Dio un par de golpecitos con la pluma en la mesa—. Y soy el triple de productivo contigo aquí, así que debo aprovechar la circunstancia al máximo. No tenía ni idea de que fueras una mujer de estado tan innata.

Vhalla se sonrojó.

—¿Tienes hambre? —Miró los cristales de colores un segundo antes de sacar su reloj de un bolsillo. El tiempo se le había pasado volando también a él.

—Un poco.

—¿Qué quieres tomar? Te conseguiré lo que te apetezca.

Aldrik agarró la chaqueta que había dejado tirada en el suelo en algún momento de la tarde y la deslizó por sus brazos.

—Cualquier cosa.

—Soy el *príncipe heredero*, ¿sabes? —Sonrió con suficiencia.

—Menudo abuso de poder —lo regañó en broma.

Aldrik se enderezó y terminó de abrochar los botones de su cuello.

—Hay que ver las cosas que hacemos por amor. —Se encogió de hombros y se pasó las manos por el pelo.

Vhalla abrió los ojos como platos y lo miró pasmada cuando él se giró otra vez hacia ella; todavía estaba intentando procesar sus palabras.

—Aldrik —susurró. Él hizo una pausa, dejó caer las manos a los lados.

—¿Comida?

—Sorpréndeme. —La comida era, de repente, lo último que tenía en la cabeza.

Aldrik asintió y salió con determinación de la habitación.

Vhalla contempló la llama de una vela sobre la mesa, sumida en sus pensamientos. Parecía irradiar la esencia del príncipe, cada parpadeo parecía el eco de las palabras de Aldrik. Vhalla alargó una mano y la deslizó por encima de la llama, distraída.

Aldrik regresó antes de lo esperado.

—La traerán en... —Sus palabras vacilaron—. ¿Qué estás haciendo?

—Oh, algo que los niños se retan a hacer. Bueno, niños que no sean Portadores de Fuego. —Vhalla se echó a reír, pero paró enseguida cuando vio que la expresión seria de Aldrik no había cambiado—. No duele —explicó, pensando que quizás no supiese lo que podían soportar los no Portadores de Fuego en cuestión de fuego.

—¿Estás segura? —Sus ojos saltaron hacia la mano de Vhalla.

Esta devolvió su atención al apéndice en cuestión y lo miró pasmada. Sus dedos llevaban toda la conversación justo sobre la llama, inmóviles desde el momento en que él la había sorprendido. Observó cómo el fuego titilaba sobre su piel como un simple calorcillo.

—¿Qué...? —susurró, confusa, y retiró la mano de la vela a toda prisa. Sus dedos ni siquiera estaban rojos. Aldrik cruzó la habitación para inspeccionar también la mano—. ¿Por qué no me he quemado?

—Es probable que se deba al Vínculo —susurró, al tiempo que agarraba a toda velocidad un pergamino en blanco en el que escribir—. Tú tienes algo de mi magia en ti y yo tengo algo de tu magia en mí, quizás más que *algo* después de la Unión. Yo no puedo quemarme con mis propias llamas, así que es lógico que esa protección se extienda también a ti.

—Mi viento nunca te ha afectado como a los demás. —Aldrik lo pensó un poco y Vhalla utilizó su expresión pausada como invitación para continuar hablando—. El torbellino de la Noche de Fuego y Viento.

Vhalla se sorprendió por la facilidad con la que pudo hablar del tristemente famoso suceso. Aunque todavía le dejaba un sabor amargo en la boca, el recordatorio de algo horrible. Pero ya no le repugnaba.

—¿Lo probamos? —sugirió—. Tu fuego es más fácil que mi viento.

Aldrik estiró un brazo con el puño cerrado, luego abrió este para formar una chispa tenue, en su mayor parte roja con un toque anaranjado. Vhalla sabía que podía hacer que las llamas rodearan también su propia mano con la misma facilidad, pero en lugar de eso, las llamas permanecieron en la palma de la mano del príncipe. La miró con expresión incierta y Vhalla se dio cuenta de que la esperaba a ella.

Le entraron ganas de reír. ¿No era así siempre entre ellos? Él le ofrecía conocimiento, poder, deseo, en la palma de la mano, abierta justo delante de ella. Pero nunca daba un paso adelante, nunca se lo imponía. Durante toda su relación, él se dedicaba a esperar. Y todas las veces, ella aceptaba lo que le ofrecía.

Vhalla hundió los dedos con valentía en ese calor tentador. No era del todo igual que el viento, pero algo hormigueó en la periferia de sus sentidos, algo que solo podía describir como la esencia del fuego. Sonrió asombrada.

De repente, la mano de Aldrik se cerró en torno a la suya. Las lenguas de fuego serpentearon entre sus dedos, treparon ávidas por su brazo y chamuscaron su túnica. Tan de cerca, proyectaban un sobrecogedor surtido de rojos, naranjas y amarillos sobre el rostro anguloso del príncipe heredero, que levantó ahora su otra mano hacia la mejilla de Vhalla. El fuego centelleó debajo de su pulgar mientras lo deslizaba por la piel de la joven.

Los ojos de Vhalla aletearon antes de cerrarse, la magia de Aldrik rozó contra la suya como una invitación susurrada. Era una sensación extraña y placentera que enseguida la cautivó y la controló. Cedió a los ligeros tirones sobre su barbilla que la guiaban hacia delante y hacia arriba. Los labios de Aldrik rozaron los suyos y Vhalla inspiró de repente, respirando fuego imbuido con la esencia cruda del príncipe.

Una llamada a la puerta los separó del susto. Las llamas se esfumaron a toda velocidad.

—No te preocupes —susurró Aldrik—. Siempre soy una persona privada, así que nadie lo cuestiona cuando tengo razones para serlo. —El príncipe llevaba una sonrisa cómplice dibujada en la cara—. Déjalo ahí —le dijo a quien fuese que estuviera al otro lado de la puerta.

Vhalla deslizó los dedos por sus propios labios. Comida era lo último que tenía en la mente. Había encontrado un tipo de sustento diferente.

Aldrik empujó un carrito rodante con un verdadero festín y le hizo a Vhalla gestos rápidos para que se acercara cuando captó su mirada hambrienta. Vhalla se percató del rubor instantáneo de sus mejillas, de cómo se acortaban sus respiraciones, y supo que si pusiera la palma de una mano sobre el pecho del príncipe, su corazón estaría latiendo a toda velocidad, tan deprisa como el de ella.

—Vamos a desperdiciar un montón de comida. —Con una risa alegre, Vhalla se alejó de ese momento de acaloramiento.

Acabaron juntando los dos divanes para crear una plataforma sobre la que cenar. Aldrik se sentó en un rincón del medio cuadrado que formaban los respaldos al juntarlos y Vhalla ocupó el otro. El príncipe describió los alimentos que los rodeaban con una precisión de experto, aportando además información sobre sus orígenes o la mejor manera de disfrutar de ellos. Hablaron de la etiqueta a la mesa y de las diferencias entre culturas.

—¿Te gusta más el Oeste o el Sur? —preguntó Vhalla entre bocado y bocado.

—¿En qué? ¿La comida? —Tomó una cucharada de arroz.

—En todo —especificó ella.

—Es una elección difícil. A los hechiceros sin duda los tratan mejor en el Oeste; como resultado, en general me quieren más aquí. Pero me crie en el Sur; mis lazos con el Oeste, en cambio, se han generado solo con visitas. El palacio es mi hogar. —Aldrik volvió la pregunta hacia ella—. ¿Y tú? ¿Este o Sur?

Vhalla masticó su comida un momento para darse tiempo de pensar.

—En realidad, no es demasiado difícil… estuve muy poco en el Este. —Vhalla bajó la vista hacia la comida; en momentos como ese, odiaba los recordatorios de quién era en realidad. Hacían añicos sus fantasías—. El palacio también es mi hogar en la mayoría de los aspectos.

—¿Cómo es el hogar de tu infancia? —Aldrik se estiró para tomar algo de una bandeja.

La idea de hogar tenía para ella una belleza de un tipo agridulce.

—Mi casa es un sitio pequeño. De piedra, con un tejado que estaba muy necesitado de un buen arreglo la última vez que estuve ahí. Tenemos un establo de madera para albergar a un caballo para el arado.

—Me gustaría verla —dijo, como quien no quiere la cosa. Vhalla no pudo reprimir una carcajada y Aldrik la miró con el ceño fruncido—. Es verdad.

—¿El príncipe heredero? ¿En Leoul? ¿En mi casa? —Vhalla volvió a reírse—. Mi padre podría desheredarme por dejar entrar a alguien como tú.

El resto de la conversación fue relajada y cómoda entre ellos. Charlaron, descansaron con comida a su alrededor en los divanes y la mesa, y hablaron hasta bien entrada la noche sobre todo y nada. Cuando estuvo claro que los dos estaban llenos, Aldrik se levantó para recoger los platos y Vhalla lo ayudó. Las viejas costumbres tardan en perderse; parecía raro ver al príncipe del reino recoger su propia comida cuando ella estaba ahí. Él insistió en que podía hacerlo solo; ella insistió en que lo ayudaría.

Vhalla esperaba a Aldrik cuando volvió de dejar el carrito en el pasillo para que lo recogiera el personal de servicio. En el exterior de la vidriera, el mundo estaba oscuro y Vhalla sabía que era tarde.

—Debería irme —susurró.

Aldrik la miró en silencio durante un momento largo. Tomó las dos manos de la joven en las suyas.

—Quédate.

—¿Aldrik? —preguntó Vhalla.

—Quédate aquí —insistió. Vhalla se mordió el labio, sin saber muy bien qué le estaba pidiendo—. Tengo espacio más que suficiente. Elecia dijo que los divanes son cómodos.

—¿Por qué?

—Porque te quiero cerca. No quiero que te vayas. —Su franqueza la tocó, y Vhalla sintió que su corazón adquiría la misma velocidad que antes.

—No debería. —Sus palabras sonaron débiles, ahogadas. *¿Le estaba pidiendo lo que creía que le estaba pidiendo?*

—Tienes razón. —Asintió, su voz suave y profunda—. ¿Lo harás?

Vhalla trató de encontrar razones para objetar. A Fritz y a Larel seguro que no les importaba, y había poca gente más que pudiera percatarse de su ausencia. Aldrik no había mencionado de manera explícita que fuese a compartir su cama, pero ¿ocurriría? Vhalla tragó saliva. Si ocurría, *¿estaba preparada para ello?* Si no lo estaba, sabía que Aldrik no la forzaría a hacer nada que no quisiera. Todo el raciocinio de Vhalla le decía que aquella era una mala decisión.

Pero estaba demasiado abrumada por la proximidad de Aldrik.

—Lo haré. Me quedaré —susurró.

Él se rio con suavidad mientras negaba con la cabeza.

—Es la primera vez.

—¿El qué?

—La primera vez que le he pedido a una mujer que se quede conmigo sin tener ni idea de cómo respondería. —Aldrik la miró aliviado. Era algo extraño de decir, pero las palabras del príncipe Baldair volvieron a la cabeza de Vhalla. Sus historias sobre la cacería, sobre cómo su hermano sabía exactamente lo que ocurriría, exactamente lo que incluso ella haría. Aun así, daba la impresión de que el famoso príncipe y su discurso no habían calculado lo que estaba sucediendo entre ellos. Su propio alivio la inundó por dentro.

—¿Cuántas veces le has pedido a una mujer que se quede contigo? —se burló con dulzura.

—Bueno. —Aldrik no parecía encontrar las palabras—. ¿Antes de esta? No demasiadas que importaran lo más mínimo.

Vhalla notó un intenso rubor por todo el cuerpo. Dio medio paso hacia él para cerrar el espacio que los separaba. Aldrik inclinó la mejilla hacia los atrevidos dedos de ella, que dejaban trazos ligeros como una pluma por su pómulo pronunciado. Vhalla acarició su frente, bajó por su nariz, el borde de su mandíbula... quería recordar cada detalle con exactitud. Su pulgar rozó el borde de sus labios y notó que actuaba sin pensar.

Aldrik inclinó la cabeza para encontrarse con ella a medio camino para atraparla en un beso lento y determinado. Cada movimiento, cada breve apertura de su boca, hacía que Vhalla deseara más. Los dedos de Aldrik se enterraron en su pelo y sintió que tiraba de ella contra él. Vhalla suspiró con una relajación suave cuando sintió que la magia de Aldrik se deslizaba por encima de su piel una vez más.

El príncipe se apartó de repente.

Vhalla tragó saliva, parpadeó confundida.

—Aldrik... —Su voz sonó extraña en sus propios oídos, cambiada por el deseo.

—Te quiero, Vhalla —se forzó a decir Aldrik.

Vhalla echó la cabeza atrás sorprendida, los ojos como platos. Su corazón latía como un martillo mientras se repetía esas palabras en la mente.

—¿*Qué?* —Por alguna razón, había borrado de su conciencia la idea de que él pudiese tener los mismos sentimientos por ella que los que tenía ella por él.

—Te quiero —repitió, y un fuego decidido se iluminó en sus ojos—. Es una de las peores cosas que podría hacer jamás —confesó Aldrik—. Juro ante la Madre que he intentado no condenarte con ello, pero eres una presencia bastante persistente y preciosa en mi vida. Y por una vez, el príncipe de labia incorregible está cansado de fingir.

CAPÍTULO
19

Vhalla movió un montón de mantas a su alrededor. Tenía la cabeza embotada por el sueño y rodó hacia un lado. Unos dedos largos se deslizaron por su pelo, aunque se engancharon con suavidad en los nudos. Se acurrucó mejor en la almohada, sin abrir los ojos, y alargó las manos hacia Aldrik por debajo de las mantas. Sin embargo, aunque lo encontró, no pudo tocarlo.

—Buenos días. —Aldrik estaba sentado a su lado sobre las mantas. Estaba apoyado contra las almohadas y el cabecero de la cama, la rodilla más alejada de ella flexionada, una tabla con papeles apoyada en ella. Vhalla se fijó en que los dedos de su mano derecha ya estaban manchados de tinta, por lo que debía de llevar ya un rato trabajando.

—Buenos días, mi príncipe —le dijo con una sonrisa. Vhalla recordaba acurrucarse con él en los divanes para darse mil besos la noche anterior, pero no parecía capaz de recordar cómo habían llegado hasta la cama. No obstante, era una montaña de plumas en la que podía hundirse, su ropa seguía en su sitio y no recordaba haber tomado nada que pudiese haberla hecho perder la cabeza, así que no estaba demasiado preocupada porque hubiese pasado nada inapropiado.

Vhalla se apoyó en los codos y se frotó los ojos. Las cortinas de la habitación adyacente estaban un pelín abiertas y el rayo de luz que cortaba a través del aire le indicó que hacía un rato que había amanecido.

—¿Qué hora es?

Aldrik se movió un poco. Solo llevaba una camisa de algodón, negra esta vez, y pantalones también negros. Vhalla caviló sobre cómo nunca lo había visto con nada menos que manga larga y pantalones largos, salvo la noche con Elecia. Aldrik sacó un reloj familiar del bolsillo.

—Las ocho y media pasadas. —Cerró el reloj con un *clic* y lo guardó de nuevo.

—Las ocho y media pasadas y estás levantado y trabajando. Y te has dado un baño. —Notó que tenía el pelo muy bien peinado—. ¿Acaso no duermes? —La almohada ahogó el final de sus palabras cuando volvió a caer sobre ella.

—Por lo general, no demasiado. —Su pluma arañó sobre el pergamino.

—¿Por lo general? —repitió, al tiempo que retorcía la cara para mirarlo desde debajo de las mantas.

—Ayer por la noche dormí bien.

—¿Cómo llegamos hasta la cama? —No pudo evitar preguntarlo.

—Te traje cuando vi que te habías dormido. Supongo que mi historia sobre el reino de Mhashan era *muy* aburrida. —Aldrik la miró por el rabillo del ojo. Vhalla soltó una risita culpable—. Aunque Elecia tenía razón —continuó—. No tengo queja de los divanes.

Vhalla rumió eso durante un segundo.

—Espera —exclamó—, ¿has dormido en los divanes? —Vhalla rodó sobre el costado para mirarlo bien.

—Por supuesto. —Frunció un poco el ceño—. No creerías que me iba a colar en tu cama e iba a pasar la noche yaciendo contigo sin tu permiso, ¿verdad?

Vhalla lo miró estupefacta. Había dado por sentado que quedarse dormida en sus brazos después de besarse durante media noche sería permiso suficiente, pero tomó nota de la caballerosidad de su declaración. Sin embargo, toda ternura acerca del sentimiento fue sustituida enseguida por risas.

—¿Qué pasa? —le preguntó él con mirada inquisitiva.

—He echado al príncipe heredero de su cama. —Rodó sobre la espalda muerta de risa—. Oh, es una historia que me encantaría poder compartir con alguien.

Aldrik agarró las mantas y las tiró sobre la cara de Vhalla.

—Eres muy irritante por las mañanas —le dijo, con un toque de diversión.

Eso hizo que a Vhalla le diera otro ataque de risa tonta.

—Oh, cómo lo siento, poderoso Aldrik. —Se incorporó y se quitó las mantas de encima—. ¿Perturbo tu rutina? —Vhalla apoyó las manos en la cama entre ellos y se inclinó hacia el príncipe.

—Mucho. —Aldrik sonrió.

—Muy bien, entonces me iré enseguida.

Vhalla columpió los pies fuera de la cama. Oyó el frufrú de unos papeles antes de que Aldrik se estirara hacia ella y la agarrara de los hombros para tirar de ella y sentarla en su regazo. Se inclinó sobre ella y apretó los labios contra los suyos. Vhalla suspiró con suavidad. Podía acostumbrarse a despertarse de ese modo.

—No me he lavado la boca todavía. —Se apresuró a tapársela con la mano cuando él se apartó.

—Ya lo sé. Y sabe espantosa. La sala de baño está ahí. —Sonrió y señaló hacia una puerta adyacente.

Vhalla lo miró ceñuda mientras se levantaba. Nunca había conocido a un hombre que pudiese ser semejante imbécil al tiempo que seguía siendo tan apuesto. En cuanto cerró la puerta del cuarto de baño, Vhalla reprimió otro ataque de risa.

Todo lo que estaba pasando era una absoluta locura. Lo contenta que estaba era una absoluta locura. Vhalla tarareó mientras deslizaba la mano por la encimera oscura. Era de mármol negro y el grifo estaba bañado en oro. La bañera era lo bastante grande para que cuatro personas cupieran sentadas con comodidad, como una pequeña piscina tallada en piedra. Había también un vestidor adyacente con más ropa de la que jamás hubiese imaginado que Aldrik llevara consigo en el viaje. La habitación entera era tan opulenta como el edificio en sí, y Vhalla no podía creer que tuviera un lugar ahí.

Había unas cuantas botellitas sobre la encimera, entre ellas uno o dos elixires clericales casi vacíos. Vhalla caviló sobre cuál de ellas utilizaría Aldrik para su pelo, mientras olía varias que tenían un aroma fresco a eucalipto hasta localizar una con la que enjuagarse la boca. Vhalla se lavó la cara y pasó sus manos mojadas por su pelo. Se quedó un poco pegado hacia atrás por la humedad y ella se rio.

—Mira, soy tú. —Vhalla abrió la puerta. Aldrik la miró y volvió a sus papeles.

—Está espantoso —murmuró.

—Vamos, vamos, no seas desagradable contigo mismo. —Se rio alegre y se sentó enfrente de él sobre el borde de la cama—. Yo creo que a ti te queda muy bien. —Vhalla deslizó los dedos por su pelo para devolverlo a su habitual aspecto desaliñado. Aldrik la miró por encima de sus papeles, pero no dijo nada, aunque Vhalla podría haber jurado que había visto indicios de una sonrisa en su cara.

—Bueno, ¿qué vas a hacer hoy? —preguntó.

—No estoy segura. Supongo que volveré y... comprobaré qué van a hacer todos los demás. —Vhalla se encogió de hombros.

—¿Volverás esta noche? —Aldrik hizo una pausa, pendiente de su reacción.

—¿Esta noche? —No lo había pensado.

—Sí, mi loro. —Aldrik sonrió al verla fruncir el ceño—. Esta noche, ¿volverás?

Aldrik colocó sus papeles con cuidado sobre las almohadas que ella había ocupado hacía unos minutos. Devolvió la pluma al tintero sobre la mesilla.

—¿Quieres que venga? —Vhalla quería oír cómo lo decía directamente.

—Sí. —Aldrik asintió.

—Entonces, vendré.

—¿Tú quieres venir? —le devolvió la pregunta.

—Por supuesto que quiero. —Aldrik parecía aliviado por su respuesta—. Estar cerca de ti es…

Se oyó a alguien llamar con fuerza a la puerta; los dos miraron hacia la otra habitación. Vhalla se giró hacia él y vio una profunda arruga en la frente de Aldrik.

—¿Hermano? —bramó una voz desde el pasillo—. ¿Estás despierto?

—Quédate aquí —le dijo Aldrik en voz baja.

Vhalla asintió en silencio.

Aldrik columpió los pies por el borde de la cama y se levantó. Echó a andar hacia la puerta, pero hizo una breve pausa. Pasó la mano por detrás de la cabeza de Vhalla, se inclinó sobre ella y le dio un suave beso en la frente. Ella le regaló una sonrisa radiante y él le devolvió una cansada.

Cerró las puertas correderas de papel a su espalda al salir del cuarto. Vhalla se dejó caer en la cama con un suspiro satisfecho. Sería feliz si se quedaran para siempre en la Encrucijada. La guerra simplemente podía seguir su curso y el emperador podía volver al Sur a seguir gobernando. Sería feliz si Aldrik y ella pudiesen esconderse ahí para siempre.

Vhalla contuvo la respiración cuando oyó que la puerta se abría.

—Buenos días, hermano. —Vhalla oyó al príncipe Baldair entrar en la habitación mientras hablaba, aunque estaba bastante segura de que su hermano mayor no le había dado permiso para hacerlo.

—Baldair —lo saludó Aldrik con sequedad. Incluso a ella le costaba conciliar esa voz con el hombre que la había besado hacía tan solo unos instantes—. ¿A qué debo este… *placer?*

—No interrumpo nada, ¿verdad? —inquirió el hermano pequeño.

—Está claro que no. —Aldrik suspiró—. ¿Solo has venido a eso?

—Ah, no. Han llegado exploradores. Las fuerzas del Oeste se reunirán con nosotros en cuestión de una hora, dos como mucho. —Vhalla oyó cómo se acercaba la voz del príncipe Baldair.

—¿Ah, sí? Excelente. Tendré que prepararme para su llegada, entonces. —La voz de Aldrik también sonaba más fuerte.

Vhalla se sentó. *¿Debería esconderse?*

La sombra de Aldrik apareció al otro lado de las puertas talladas, bloqueando el paso de su hermano.

—Si me perdonas.

—Buenos días, Vhalla —llamó el príncipe Baldair.

A Vhalla se le paralizó el corazón. *Una noche*, se había permitido el lujo de hacer lo que quería una sola noche y el mundo no podía darle ni eso.

—Pareces bastante tonto gritándole a una habitación vacía —se burló Aldrik.

Vhalla se preguntó cómo mantenía la compostura tan bien.

—Tú sí que pareces tonto, hermano, por dejarte pescar por algo tan simple —replicó el príncipe Baldair—. Escogiste este lugar por su seguridad, por los registros que llevan de todo. —Su risa resonó desde el otro lado de las puertas y Vhalla hizo una mueca, al tiempo que se preguntaba cómo podía haber pensado alguna vez que era un sonido encantador—. Es asombroso que cometas un error tan tonto.

—¿Y cuál, si puede saberse, es ese error? —gruñó Aldrik.

El corazón de Vhalla latía a toda velocidad. No necesitaba verlo para saber que Aldrik tenía la mandíbula apretada, puede que incluso tuviese un puño cerrado; seguro que le estaba diciendo a su hermano exactamente lo que quería oír sin utilizar ni una sola palabra.

—Se registró la entrada de una tal señorita Vhalla Yarl ayer por la noche, pero nunca se registró su salida —proclamó Baldair casi triunfal. Vhalla tenía ganas de salir corriendo, pero su primera emoción fue una extraña curiosidad… el príncipe Baldair estaba vigilando a su hermano. Esa no era una información con la que podría haberse cruzado de repente—. En serio, hermano, no es propio de ti; es muy descuidado por tu parte.

—A mí me parece que lo único descuidado son los registros de este lugar —intentó Aldrik.

Vhalla se preguntó si eso le sonaría más convincente a alguien que no fuese ella.

—¿Qué creéis que estáis haciendo los dos? —insistió el príncipe Baldair, que estaba claro que no se tragaba lo que le estaba contando su hermano.

—Nada de lo que tú tengas que preocuparte —gruñó Aldrik.

Vhalla se encogió un poco, consciente de lo que venía a continuación.

—¡Oh! ¿Ya no lo niegas? —El hermano de Aldrik lo había enroscado con sus propias palabras—. No te dejes engañar por él, Vhalla.

La joven de mordió el labio para evitar responder y poner al joven príncipe en su lugar.

—Basta ya. *Fuera, Baldair.* —Aldrik casi había perdido la paciencia.

—Muy bien, Aldrik, si quieres ser así. —Vhalla oyó cómo se alejaban las pisadas de las botas del príncipe dorado—. Pero deberías amañar el libro de registro antes de que Padre tenga ocasión de verlo.

—Gracias —dijo Aldrik a regañadientes.

Vhalla parpadeó. ¿Le estaba dando las gracias a su hermano después de todo eso? No podía imaginar la razón.

—Te veré dentro de una hora.

El ruido de la puerta al cerrarse señaló la partida del príncipe más joven.

Aldrik abrió las puertas correderas y Vhalla lo miró con impotencia. Él se dio cuenta de su expresión y se apresuró a cruzar la habitación para sentarse a su lado. Tomó las manos de Vhalla en las suyas.

—No pasa nada. —Se llevó los nudillos a los labios—. Todo irá bien.

—Pero... —protestó con vocecilla débil.

—Cambiaré el libro. No será ningún problema. —Aldrik le acarició la mejilla.

—¿Y tu hermano?

—No le hagas caso. —Aldrik suspiró.

—¿Por qué es así? —preguntó Vhalla, mientras dejaba que las caricias del príncipe la tranquilizaran.

—Es una larga historia entre nosotros. Pero ahora mismo, lo que tengo que hacer es cambiar ese libro, antes de que puedan llevárselo a mi padre.

A juzgar por la forma en que lo dijo, era una larga historia que ella no iba a oír.

—¿Qué pasaría si lo viese tu padre? —Vhalla sabía que el príncipe Baldair recibía a mujeres todo el rato. Aunque desde luego que no quería que pensaran en ella como en ese tipo de mujer, sobre todo por parte de Aldrik, parecía bastante injusto que un hermano pudiese llevar mujeres a sus habitaciones pero el otro no.

—No te preocupes por eso —dijo Aldrik con un suspiro.

—¿Qué pasaría? —insistió—. Aldrik, para de dejarme fuera. Aunque creas que es por mi propio bien.

Aldrik apartó la mirada.

—Tengo que prepararme para la llegada de las tropas.

—¿*Qué pasaría?* —espetó cortante. Aldrik se giró hacia ella sorprendido. Vhalla respiró hondo para tranquilizarse—. Solo dímelo.

—Después de dar mi testimonio en tu juicio, mi padre habló conmigo. —La voz del príncipe era apenas audible y no fue capaz de mirarla a los ojos—. Me preguntó si ibas a ser un problema.

—¿Un problema? —susurró Vhalla. Algo en el tono de Aldrik la ponía más nerviosa que todo el intercambio con el príncipe Baldair.

—Una... *distracción* de mis obligaciones. —Por fin se giró hacia ella—. Lo siento.

—¿Qué es lo que sientes? —Vhalla no lo entendía.

El príncipe se limitó a suspirar y apoyó la frente en la palma de su mano.

—Le dije a mi padre que te veía por lo que eras: una herramienta que necesitábamos y nada más; que te tenía en la palma de mi mano y que harías todo lo que yo te dijera. Que no era... que no éramos... más que un medio para un fin. —A Vhalla se le comprimió el pecho al oír la tensión en la voz de Aldrik—. Vhalla, yo no...

—Lo sé —lo interrumpió. Dolía saber que lo había dicho, pero sabía que él solo hacía lo que le parecía más apropiado. O al menos, eso esperaba. Aldrik la miró con escepticismo y ella le dio un suave apretón en la mano.

—Mi padre me dijo que esperaba que estuviese en lo cierto, porque demasiadas cosas recaían sobre mis hombros como para que el imperio agotara o invirtiera demasiado en una chica plebeya, sin importar lo especial que fuese su magia. —Aldrik puso los ojos en blanco ante esas declaraciones parafraseadas.

—Tu hermano estaba presente, ¿verdad? —Vhalla acababa de darse cuenta.

Aldrik hizo un leve gesto afirmativo.

Si no por tu bien, entonces por el suyo. Las palabras del príncipe Baldair se repitieron en su mente. *Te está utilizando, Vhalla.* Eso la hizo pensar. Era normal que Baldair hubiese visto todas las interacciones de Aldrik con ella con una luz muy diferente que ella, como objeto del afecto del príncipe heredero.

—¿Qué hará tu padre? Si...

—¿Si averiguara que has pasado la noche conmigo? —preguntó Aldrik—. ¿O que me he enamorado de esa chica plebeya especial? —Le sonrió con tristeza.

—¿Las dos? —Vhalla le recordó a sus entrañas que ahora no era el momento de estar revoloteando.

—De lo primero, quizás fuese capaz de librarme a base de labia. —Aldrik se pellizcó el puente de la nariz—. De lo segundo, no estoy tan seguro.

Vhalla se lo tomó como la verdad, aunque algo en la lejanía de la mirada de Aldrik le hizo sospechar que tenía alguna idea de lo que ocurriría. Dejó caer el tema; tal vez algunas cosas era mejor no saberlas.

—Gracias.

—¿Por qué?

—Por hablar con sinceridad. —A Vhalla no se le había pasado por alto lo difícil que debía resultarle.

Aldrik se rio y sacudió la cabeza. Vhalla tiró de él para acercarlo, el príncipe cedió y se inclinó hacia delante. Sus labios conectaron por un momento, pero eso fue todo lo que hizo falta para tranquilizarla sobre casi todo lo que creía que sabía en el mundo.

—Tienes que ir a prepararte y amañar ese libro.

Vhalla se puso de pie, pero él la agarró de la muñeca.

—¿Vendrás de todos modos esta noche?

Ella parpadeó ante su pregunta. ¿Después de todo lo que acababa de decirle?

—No sé si sería muy… —empezó, muy consciente ahora de que no solo sería una mala idea, sino también una potencialmente peligrosa.

—Hay una entrada secreta —se apresuró a decir Aldrik.

Vhalla lo miró incrédula.

—Si había una entrada secreta, ¿cómo es que no la usé desde el principio?

—Porque tenía una razón para verte. —Una sonrisa taimada, medio torcida, tironeó de sus labios—. Porque no esperaba que te quedases a pasar la noche.

Vhalla se sonrojó y desvió la mirada de su apuesto rostro.

—Sigue siendo una mala decisión —susurró.

—Siempre lo será. —Aldrik se puso de pie y a Vhalla se le aceleró la respiración solo por su proximidad. El príncipe puso los dedos debajo de la barbilla de Vhalla y levantó su cara con suavidad—. Si quieres tomar la decisión *apropiada* y aceptada por todo el mundo, entonces márchate ahora, ten misericordia y termina con esto antes de que me seduzcas más. Porque te prometo que esto no será fácil nunca, para ninguno de los dos, y me niego a quererte solo a medias.

Una vez más, Vhalla sintió que le ofrecía una elección. Los problemas no eran nada que no se hubiese dicho a sí misma antes. Los retos no eran nada que no se hubiese planteado ya. Aun así, oírle decirlo en voz alta lo hacía todo aún más aterrador. Él también parecía asustado, y si él estaba asustado, ella tenía todo el derecho a estarlo también. Pero al reconocerlo, Aldrik también le estaba diciendo que lucharía si ella lo hacía. Había mil cosas que querría contestarle.

—¿A qué hora? —Fueron las únicas palabras que salieron por su boca.

—¿A las seis? —El rostro de Aldrik encontró su sonrisa de nuevo y Vhalla sintió alegría al saber que ella había contribuido a ello.

—Perfecto.

Aldrik asintió y la condujo a la sala principal y detrás de la barra que ocupaba el espacio a la izquierda de la entrada. Fue hasta una estantería y tiró de una botella. Vhalla se sorprendió al ver que estaba conectada a una palanca de metal oculta. Se oyó un *clic* en alguna parte de la pared y Aldrik tiró de las baldas para revelar un pasadizo secreto. Mientras descendían el corto trayecto, una mota de luz apareció por encima de su hombro.

—¿Cómo supiste que existía esta entrada?

—No me gusta la sensación de poder quedarme atrapado en alguna parte. Nos alojamos en este hotel al principio de la guerra y he insistido en venir aquí siempre desde que el dueño me enseñó esto —explicó cuando llegaron a la planta baja—. A las seis —repitió.

Vhalla asintió.

—Sé puntual, soy el único que puede abrir esta puerta.

—Estaré aquí, lo prometo.

Aldrik apretó los labios contra su frente.

—Cuídate, no vaya a tener que quemar la Encrucijada entera en un ataque de ira.

Vhalla se rio bajito, muy consciente de que quizás no fuese del todo broma. Le sonrió de modo juguetón.

—Cuídate tú también, no vaya a tener que volar la Encrucijada por los aires en un ataque de ira. —Su descaro se vio recompensado con la risa de Aldrik y otro beso firme.

Aldrik apoyó la palma de la mano en la puerta y empujó. Vhalla se percató de que lo que había dicho Aldrik era muy cierto cuando vio que el metal donde debería haber una cerradura o un candado empezó a derretirse alrededor de su mano. El metal fundido se separó y la puerta se abrió despacio. Vhalla salió a la luz. No dijo nada y él asintió antes de cerrar la puerta, que tenía el mismo aspecto que la piedra de la pared exterior.

Vhalla esperó un momento, medio mareada por todo lo que había sucedido. Respiró hondo, dio media vuelta y echó a andar por las callejuelas de alrededor del edificio y de vuelta a la plaza principal. Llegada a cierto punto, se encontró incapaz de reprimir una risa atolondrada.

El vestíbulo de su hotel estaba tranquilo y Vhalla agradeció poder subir con discreción las escaleras y colarse en su habitación. Cerró la puerta, se giró y se apoyó en ella con un suspiro de felicidad. Si esto era un sueño, no quería despertarse nunca.

—Fritz, levanta; ha vuelto —murmuró Larel.

—¿Qué estáis haciendo vosotros aquí? —Vhalla parpadeó confusa en dirección a las dos personas que habían ocupado su cama.

—Fritz, *arriba*. —Larel le dio un empujón al hombre que dormía a su lado.

—Larel, nooo… —Fritz se tapó la cabeza con las mantas.

—*Ha vuelto* —bufó Larel.

De pronto, Fritz también estaba sentado muy tieso.

—Buenos días, Fritz, Larel —los saludó Vhalla como una niña a la que hubiesen sorprendido sus padres volviendo tarde a casa.

Fritz cruzó la habitación en un instante, le plantó las manos en los hombros.

—Ni buenos días ni nada. —La miró con los ojos entornados—. ¡Has estado fuera toda la noche! ¡Estábamos preocupados!

Bueno, eso explicaba por qué habían decidido ocupar su habitación.

—Lo siento —dijo con sinceridad.

—Ni siquiera podíamos preguntarle a nadie porque, bueno, no sabíamos si... —Fritz miró a Larel en busca de ayuda.

—Si te habías quedado con él —terminó Larel.

Fritz miró a la occidental con la boca abierta, pero luego se giró otra vez hacia Vhalla con un gesto afirmativo.

—¿Y? —preguntó Fritz.

Incluso Larel la examinaba con atención.

Vhalla suspiró. No era que hubiese planeado no decírselo nunca, ni que no hubiese esperado que lo averiguaran, pero daba la impresión de que medio mundo había descubierto su secreto en las primeras horas desde que ocurriera.

—Sí, me quedé con él.

Fritz dio un gritito. Parecía vibrar de la emoción.

—Cuenta... nos. *Todo.* —Fue haciendo paradas al hablar para convertir cada palabra en una exigencia.

—No tiene que contarnos *nada* —lo regañó Larel. Fritz gimoteó en su dirección.

—En primer lugar, siento haberos preocupado —se disculpó Vhalla—. Simplemente, fue algo que ocurrió... como es obvio. —El entusiasmo de Fritz devolvió la sensación atolondrada a su pecho—. Aunque no hay demasiado que contar. No hicimos... —Vhalla se sonrojó al darse cuenta de lo que pensaría todo el mundo—. Ni siquiera compartimos la cama. —Era verdad solo a medias. No habían compartido la cama toda la noche, pero sí que se había quedado dormida entre sus brazos y se había despertado con él sentado a su lado.

—¿Elecia? —preguntó Fritz. Vhalla negó con la cabeza.

—Elecia *Ci'Dan* es su prima medio norteña, medio occidental. Aldrik *Ci'Dan* Solaris —explicó Vhalla. Si su cara se había parecido en algo a la de ellos ante la revelación de ese hecho, no le extrañaba que Aldrik se hubiese divertido a su costa.

—Por supuesto —gimió Larel y escondió la cara en las manos—. Qué tontos somos.

—Entonces, si no compartisteis cama... ¿qué hicisteis? —Fritz parecía confundido de verdad.

—Hizo algo de magia —describió Vhalla de manera vaga.

—Eres adorable —dijo Larel con ternura, y se ganó una mirada de Fritz y Vhalla—. Vas a volver esta noche, ¿verdad?

—¿Cómo has...? —Vhalla se preguntó si la mujer era vidente.

—¿Vas a ir? —preguntó Fritz, pasmado. Vhalla solo pudo sonrojarse—. ¡Por la Madre, esta es la cosa más desquiciada que he oído en la vida! ¿El príncipe Aldrik? ¿El Señor del Fuego? ¿El príncipe negro? ¿Aquel cuyo buen humor es breve y cuya ira es larga?

—¿A dónde quieres ir a parar? —Vhalla lo miró con suspicacia.

—¡Está actuando como un hombre normal! —Fritz se echó a reír.

Incluso Larel encontró una sonrisa cómplice. Vhalla escondió la cara, avergonzada.

Vhalla evitó contarles demasiados detalles más. Ya había revelado sin querer más de lo que pretendía y quería que algunas cosas siguieran siendo privadas. Le ahorraron más preguntas y le hicieron compañía hasta que llenó su mochila con unas cuantas cosas para la noche.

Unas horas más tarde, Vhalla se deslizó por una callejuela lateral que salía de un camino para carros. Miró a su alrededor. No había ni un alma a la vista. Su corazón latía acelerado por los nervios y rezó por llegar lo bastante pronto como para que Aldrik no se hubiese marchado.

La entrada al pasadizo se abrió de pronto y Aldrik esbozó una sonrisa emocionada. Vhalla se coló dentro y él cerró la puerta antes de soldarla de nuevo. Vhalla puso las manos en las caderas de su príncipe e inclinó la cabeza hacia arriba. Él cedió a su deseo e inclinó la suya hacia abajo. Besarlo avivó un hambre que no había hecho más que aumentar a lo largo del día. Ahora que lo tenía, todo lo que quería era a él. Su deseo era insaciable.

El príncipe heredero suspiró con suavidad dentro de su boca, un sonido grave que retumbó en el fondo de la garganta de él y que ella consumió con voracidad. Vhalla deslizó las manos hasta el cuello de Aldrik y él la abrazó con ansia. Vhalla trató de utilizar el calor de la pasión entre ellos para fusionar sus cuerpos desde las caderas hasta el pecho. Aldrik la abrazó más fuerte y las yemas de sus dedos se apretaron contra su túnica de lana como si quisiera perforarla en busca de su piel. Los labios de Vhalla se entreabrieron, pero él se apartó a toda prisa sacudiendo la cabeza.

—No podemos. —Su voz sonó deliciosamente pastosa, tanto que Vhalla solo quería estar aún más cerca de él—. Ahora mismo no. Quiero que conozcas a alguien.

La curiosidad de Vhalla ocultó el resentimiento por tener que interrumpir lo que habían empezado. Aldrik entrelazó los dedos con los de ella mientras subían las escaleras.

—Quiero que sepas —dijo en voz baja—, que confío en él por completo, así que no te asustes. Te lo hubiese dicho antes, pero su presencia ha sido una sorpresa también para mí.

Aldrik no le dio la oportunidad de preguntar de quién hablaba, pues justo entonces empujó el portal que daba acceso a su habitación.

Vhalla entró delante, dubitativa. Dejó su bolsa al lado de la puerta secreta mientras Aldrik lo volvía a colocar todo en su sitio. La joven miró por la habitación a su alrededor y sus ojos se toparon con un hombre sentado en el sofá del centro. Había papeles y cuadernos desplegados por la mesa, y Vhalla supo al instante qué diván había ocupado Aldrik por la pluma de punta dorada y el tintero que esperaban delante sin propietario.

El hombre se puso en pie y Vhalla cruzó las manos para retorcerse los dedos. Era igual de alto, o quizás incluso un poco más, que el propio Aldrik. Llevaba el pelo negro muy corto y parecía brotar un poco de punta en direcciones aleatorias. Tenía una barba oscura bien recortada que discurría por su mandíbula y subía por su barbilla hasta el labio de abajo. Sin embargo, no fue nada de eso lo que la sorprendió. Sus ojos eran como mirar a una imagen especular de otros muy familiares a los que tenía especial cariño. Aldrik caminaba detrás de ella y le puso una mano en los riñones para ayudarla a encontrar sus pies de nuevo. El hombre la estudió con mirada recelosa mientras giraba en torno a la barra y cruzaba la habitación hasta la zona de estar. Aldrik estiró una mano en dirección al hombre.

—Vhalla, te presento a Ophain Ci'Dan, hermano de mi madre y lord del Oeste.

Vhalla miró de un hombre a otro. Aldrik mostraba una sonrisa relajada; el otro hombre continuaba evaluándola con interés.

—Vhalla Yarl —dijo el lord despacio, y Vhalla descubrió que su voz era de las más graves que había oído jamás—. Estaba impaciente por conocerte.

CAPÍTULO 20

Vhalla buscó aliento por parte de Aldrik y este le hizo un leve gesto afirmativo. El occidental le tendió una mano abierta y Vhalla trató de sonreír con educación cuando se la estrechó. La piel del lord estaba igual de caliente que la de su príncipe, y Vhalla se preguntó si era un atisbo del futuro de Aldrik. El hombre tenía algunas canas alrededor de las orejas, pero le daban un aspecto apuesto y señorial. Sus hombros eran más anchos y parecían tener más músculo.

—Milord, es un honor conocerlo. —Vhalla se dijo que no debía estar nerviosa.

El hombre asintió y se sentó en el sofá enfrente de ella con las piernas separadas, los brazos extendidos por el respaldo. Aldrik volvió al diván que había ocupado antes. Vhalla se sentó en el otro y cruzó las manos en el regazo en un intento por sentarse bien y no moverse nerviosa.

—No recuerdo ninguna otra vez en que una de las primeras palabras en salir por la boca de mi sobrino fuese el nombre de una dama. Combinado con oír el mismo nombre de boca del emperador y del otro príncipe, bueno, no hace falta decir que no tenía más opción que conocer a dicha mujer.

Vhalla no estaba segura de cómo sentirse al saber que era tema de tanta cháchara.

—Aunque, claro, aunque no hubiese sucedido nada de eso, hubiera insistido en conocerte de todos modos. —Lord Ophain apoyó los codos en sus rodillas, cruzó las manos entre ellas y se inclinó hacia delante—. Después de todo, eres la primera Caminante del Viento en el Oeste en más de cien años a la que no han traído encadenada.

—Bueno, no sé si estoy libre de cadenas. —Vhalla no pudo impedir que se le escapara ese comentario seco.

—¿Y eso? —preguntó. Incluso Aldrik parecía sentir curiosidad.

Vhalla miró al príncipe mientras hablaba, rezando por que no tergiversara sus palabras.

—Soy propiedad de la corona. Mis cadenas son invisibles, pero igual de pesadas.

Un fogonazo de dolor cruzó los ojos de Aldrik un instante, aunque no había ninguna hostilidad por la verdad que había expresado.

—Ya me habías dicho que tenía algo de fuego —le dijo Ophain a Aldrik con una leve risa antes de devolver la atención a ella—. Conozco las acusaciones contra tu persona. Y conozco la magia que posees. Pero lo que me gustaría conocer es a la mujer detrás de todo ello.

Vhalla se fijó en que había utilizado la palabra «acusaciones» en lugar de «crímenes» o «delitos».

—Bueno, nací en un pueblo del Este llamado Leoul. Está al oeste y un poco al sur de la capital de Cyven, Hastan. A unos tres días de viaje desde la frontera occidental, más o menos. —Vhalla nunca había hecho ese viaje en persona, pero había oído a los granjeros hablar de él—. Cuando tenía once años, mi padre me llevó a la capital y acabé trabajando en el palacio como aprendiza de bibliotecaria.

—Lo cual explica cómo pudiste entrar en contacto con un príncipe —caviló el lord.

Vhalla asintió, mientras abría y cerraba los dedos.

—Sí, milord, aunque fue todo bastante extraño y cuestión de suerte.

—No existe tal cosa como la suerte, Vhalla. —La joven lo instó a continuar con una mirada inquisitiva—. La Madre nos ha dado una línea que seguir hasta el final de nuestros días. Está llena de encuentros y despedidas, ninguno de los cuales se produce al azar. —Hizo una breve pausa antes de añadir—: Al menos, eso es lo que yo elijo creer.

Vhalla intentó decidir cuánto de esa curiosa declaración consideraba cierto.

—Ya veo, milord. —No sabía muy bien qué decir.

—Eres escéptica —comentó con una sonrisa.

—Hay muchísimas cosas que no entiendo; sería presuntuoso por mi parte descartar cualquiera de ellas de manera superficial —replicó Vhalla; una respuesta tanto verdadera como educada.

—Estoy seguro de que eres más sabia gracias a esa actitud. Sin embargo, puedo mostrarte pruebas de lo que digo, si las quieres. —Vhalla ladeó la cabeza y escuchó con atención—. Estoy convencido de que, si tales cosas no fuesen un hecho, entonces algunos Portadores de Fuego no podrían utilizar esas líneas para echar un vistazo al futuro de una persona.

—¿Los Portadores de Fuego *pueden* hacer eso? —intervino Vhalla con cierta ansiedad.

—Algunos —asintió lord Ophain.

—Muy pocos —se burló Aldrik—. La mayoría son charlatanes con tiendas de curiosidades llenas de trucos de salón con humo y espejos.

Ante eso, Vhalla decidió guardarse para sí misma el incidente con la Portadora de Fuego llamada Vi.

—Muy bien. Visto que mi sobrino parece dispuesto a descartar esa teoría. —El lord miró de uno a otro con expresión comprensiva—. Los lazos que Vinculan a dos personas están hechos de las mismas líneas rojas del destino.

Vhalla abrió los ojos como platos. Lord Ophain se permitió una sonrisa de satisfacción. A Vhalla se le aceleró el corazón y miró de reojo a Aldrik. Su príncipe se rio con suavidad y negó con la cabeza.

—No te preocupes, Vhalla. Confío en él —repitió Aldrik.

Vhalla miró sorprendida al príncipe y luego otra vez a lord Ophain. Que Aldrik le hubiese confiado la existencia del Vínculo que compartían lo decía todo sobre la relación que compartían los dos hombres. Vhalla empezó a sentir un afecto inmediato por el Lord del Oeste.

—No haber Despertado siquiera y aun así formar un Vínculo... —Lord Ophain se pasó una mano por la barbilla, pensativo—. Desde luego que eres una criatura curiosa. Estoy realmente impaciente por ver tu demostración mañana.

—¿Es mañana? —le preguntó Vhalla a la habitación.

—Padre me lo dijo antes —confirmó Aldrik con un asentimiento.

—¿Se te ha ocurrido introducirla a los cristales para todo esto? —le preguntó lord Ophain a Aldrik.

—No, y no se te ocurra ni insinuárselo siquiera a mi padre —amenazó el príncipe—. Por lo que a él respecta, Vhalla no puede manejarlos sin riesgo de mácula, como cualquier otro hechicero.

—¿Y cómo has conseguido que crea eso? —El Lord del Oeste parecía impresionado.

—Le dije que lo intenté. —Aldrik se encogió de hombros—. Le he estado proporcionando notas cuidadosamente manipuladas basadas en mis propias observaciones para pintar la imagen que quiero que vea.

—Muy astuto —lo elogió lord Ophain.

Vhalla hizo caso omiso de la culpabilidad que sintió por haber sospechado alguna vez que Aldrik compartiría las intimidades de su Vínculo sin tener cuidado.

—Pero *sí puedo* manejarlas... —Vhalla estaba pensando en las piedras que el ministro Victor había empleado sobre ella cuando estaba recién Despertada. Habían funcionado con tal facilidad con su magia que había sido como si las hubiesen hecho en especial para ella.

Lord Ophain le sonrió a Aldrik de oreja a oreja; estaba claro que lo que acababa de admitir Vhalla lo llenaba de emoción.

El príncipe se pellizcó el puente de la nariz y suspiró.

—Vhalla, no repitas eso fuera de esta habitación.

—¿Por qué? —Vhalla ladeó la cabeza.

—¿Sabes cómo empezó la Guerra de las Cavernas de Cristal? —le preguntó lord Ophain.

—Bueno, mi padre era soldado durante la guerra... —Vhalla recordaba lo que él y su madre le habían contado. De repente, Aldrik parecía fascinado con un rincón de la habitación y empezó a evitar la conversación como si no estuviese ocurriendo—. Dijo que se debió a que el caos encerrado en los cristales había escapado y había alterado el día y el orden de la Madre. Que estábamos luchando contra la oscuridad. Leí que también tuvo algo que ver con hechiceros que se habían enredado con fuerzas que no debían.

—Pero *¿por qué* se estaban enredando con esas fuerzas? ¿Qué los impulsó a estar ahí?

—¡Tío, basta ya! —Aldrik se había puesto en pie, los puños cerrados, y Vhalla podía sentir el poder que irradiaba.

—Aldrik, relájate. Sé cuándo no me incumbe a mí contar una historia. —La voz del hombre sonó severa, pero aun así tenía un poco de amabilidad en ella.

Aldrik siguió rígido durante un momento más antes de dejar caer las manos flácidas a los lados. Sus ojos lucían cansados y distantes cuando se dirigió a la barra medio enfurruñado.

—Hace mucho que las Cavernas de Cristal son un enigma misterioso —continuó lord Ophain, haciendo caso omiso de su temperamental sobrino—. Hay quien dice que son la puerta al reino oscuro que construyó el Padre para mantener a nuestro mundo separado. Otros dicen que es una solidificación de magia cruda de cuando los dioses crearon la vida. Sin importar lo que elijas creer, hay algo en las propiedades de las piedras que hay ahí que puede alterar las habilidades naturales de un hechicero. —El lord bebió un trago de su copa—. La guerra comenzó porque hubo personas que habían regresado a las Cavernas en otro intento fallido de reclamar sus poderes para su propia avaricia egoísta, poderes que tienen el potencial de corromper incluso a los hechiceros más fuertes, más deprisa que a un Común debido a los Canales mágicos de un hechicero.

—¿Qué tiene que ver eso conmigo? —Era una historia interesante, pero no entendía por qué era relevante.

—¿Por qué quería el Oeste tener Caminantes del Viento? —respondió lord Ophain con otra pregunta. Vhalla empezaba a ver de dónde provenía el estilo de enseñanza de Aldrik.

—¿Por su magia? —aventuró Vhalla dubitativa. Había leído un solo libro al respecto.

—Para acceder a las Cavernas. —El lord se echó hacia delante muy serio.

Aldrik acunaba una copa desde detrás de la barra, y aún los ignoraba de manera ostentosa.

—¿Por qué...? —La voz de Vhalla no era más que un susurro ya.

—Porque los Caminantes del Viento son los únicos, de todos los hechiceros o Comunes, que no pueden ser mancillados por los cristales. —Lord Ophain le dio por fin la respuesta que no había querido ver por sí sola.

—Entonces... —Vhalla miró a Aldrik y captó su mirada—. No quieres que tu padre lo sepa porque no quieres que tenga este poder.

—Que él lo tenga o no es irrelevante. —Aldrik apuró la copa antes de volver a su asiento—. No quiero que te utilice *nadie*.

El corazón de Vhalla ni siquiera pudo dar un brinco ante sus palabras, pues su mente pesaba demasiado. Vhalla tenía un poder que podía dar acceso a una magia antigua aún mayor que tenía la capacidad para corromper los corazones, las mentes y los cuerpos de los hombres. Vhalla se apretó las manos con suavidad. El ministro Victor le había pedido que le llevara un arma de cristal. Ahora sabía por qué, y por qué tenía que ser ella.

—Pero bueno, basta ya de historia y conjeturas agoreras. —Lord Ophain trató de disipar la nube que ahora flotaba sobre la habitación—. ¿Puedo ver una demostración de tus habilidades, en concreto de esto que he oído de la Proyección, antes de mañana?

Vhalla lo complació y se sintió mejor después. El asombro y la emoción que mostraba lord Ophain por su magia ayudaron a Vhalla a superar sus preocupaciones y miedos con respecto a las Cavernas de Cristal. La guerra había terminado y la gente había aprendido la lección en lo que a los cristales se refería. Y aunque Vhalla estaba de acuerdo con la decisión de Aldrik de mantener en secreto el hecho de que los cristales no la afectaban de un modo negativo, también decidió no preocuparse por ello.

Hablaron durante la cena y hasta bien entrada la noche. Vhalla empezó a contribuir más bostezos que palabras a la conversación, y Aldrik por fin se fijó en su adormilada acompañante.

—Deberías descansar.

—Oh, no, estoy bien. —Hubiese sido más convincente si no hubiese recalcado su declaración con un bostezo.

—Necesitas toda tu energía para mañana. —El príncipe se levantó y le tendió una mano—. Duerme un poco.

Por cómo había orientado el cuerpo, Vhalla se dio cuenta de que estaba a punto de conducirla al dormitorio.

—Podría volver a la posada —se apresuró a decir.

—No, te quiero aquí conmigo. —Hizo una pausa—. Si tú todavía quieres.

Vhalla sonrió con ternura ante su añadido; en cierto modo, era adorable observar a un miembro de la realeza, nacido y criado en ese ambiente, tratar de ser menos principesco.

—Por supuesto que quiero. —Vhalla le dio un apretoncito suave en la mano—. Yo dormiré aquí fuera esta noche.

—No. —Aldrik sacudió la cabeza—. Me quedaré despierto hasta tarde con mi tío. Hacía muchísimo tiempo que no lo veía. Usa la cama, estarás mucho más tranquila.

Vhalla asintió y Aldrik le soltó la mano, satisfecho de ver que no estaba a punto de marcharse. Vhalla se giró hacia lord Ophain mientras el príncipe iba a buscar su mochila detrás de la barra. El lord del Oeste esbozó una sonrisa comprensiva.

—Lord Ophain, ha sido un placer conocerlo —dijo Vhalla con sinceridad.

—Solo puedo decir lo mismo, Vhalla. Una *amiga* de Aldrik es amiga del Oeste. Te veré mañana.

Vhalla vio su sonrisilla y no pudo evitar sonrojarse. Deseosa de disimular su vergüenza, agarró su mochila de manos de Aldrik, les deseó buenas noches a ambos, y se deslizó por las puertas correderas de madera y papel para entrar en el oscuro dormitorio al otro lado. Una llama titilaba al lado de la cama y otra en el cuarto de baño; ambas flotaban sobre un platillo de metal colocado para tal propósito. Vhalla tomó nota mental de preguntarle algún día a Aldrik cómo dejaban los Portadores de Fuego sus llamas, pero por el momento estaba agradecida por la luz.

Consciente de que Aldrik se iba a tomar su tiempo, Vhalla decidió tomarse el suyo y disfrutar del lujo de su bañera. El agua salía ardiendo y Vhalla dejó que se filtrase en sus huesos. El calor la relajó y evitó que la tensión de sus músculos se convirtiera en miedo y preocupación por la incógnita de lo que sería la inminente demostración del emperador.

Cuando por fin emergió, tenía arrugados los dedos de manos y pies. Se secó, se puso unas prendas de dormir básicas y arrastró los pies de vuelta al dormitorio. Unas luces tenues parpadeaban todavía al otro lado de las puertas correderas, que no hacían casi nada por bloquear la profunda resonancia de las palabras de Aldrik.

—¿Quieres otra? —preguntó, probablemente desde detrás de la barra, por la forma en que llegaba su voz.

—No, mañana tenemos un día largo por delante. Tú también deberías parar —le advirtió su tío.

—Solo una copita para dormir —le aseguró Aldrik.

—Ya habías superado esa copita hace dos. —Había un deje a regañina en la voz de lord Ophain que hizo a Vhalla sonreír un poco.

—No me eches la bronca por esto. —Vhalla oyó a Aldrik cruzar la habitación y el sonido de las patas de un mueble arañar el suelo cuando se dejó caer en él.

—Ya sabes que siempre lo hago. Y lo haré, sobre todo si tienes la mente embotada por el alcohol y no puedes rendir como debes mañana —le dijo el lord con severidad—. No creo que quieras ser la causa de que la demostración de Vhalla salga mal.

—*Jamás* haría nada que la ponga en peligro —se defendió Aldrik con brusquedad.

Vhalla se acercó un paso a las puertas, el corazón acelerado. Sabía que no debería estar escuchando, que era una invasión a su intimidad, pero no pudo evitar que sus pies la llevaran hasta las pantallas empapeladas y talladas.

—Suena como si ya lo hubieras hecho. —Las palabras de lord Ophain eran fuertes, pero su tono no.

—No te atrevas a decirme…

—¿Qué? —lo interrumpió el hombre—. ¿Que has anunciado a las claras tu relación con la mujer? ¿Ante tus hombres, tus líderes, incluso ante tu *padre*? —Aldrik se quedó callado—. Mencionó el juicio en una carta. Me pidió que viniera y te hiciese entrar en razón.

—Vaya, y yo que creía que le estabas haciendo una visita amistosa a tu querido sobrino. —Aldrik recalcó sus palabras dejando el vaso en la mesa con una fuerza un poco desmedida.

—Tu padre me llamó para que rechazara esto, pero tú me llamas en busca de mi consejo y mi aprobación. ¿Por qué, si no, la traerías ante mí del modo en que lo has hecho? —Lord Ophain había dado en el clavo.

—Bueno —preguntó Aldrik al final—, entonces, ¿cuál *es* tu consejo?

—Conviértela en custodia del Oeste. —A Vhalla se le cortó la respiración ante las palabras de lord Ophain—. Envíala de vuelta a

Norin conmigo a estudiar en la Academia de Artes Arcanas. Ponla
fuera del alcance de tu padre, y del tuyo.

—Eso sería lo más inteligente, ¿verdad? —suspiró Aldrik.

Vhalla se retorció los dedos tan fuerte que pensó que a lo mejor
se le rompía alguno. Debería estar contenta. Que la enviaran a Norin a estudiar en una de las academias más antiguas del mundo, y
aun así una academia para hechiceros, debería sonar como un sueño
comparado con ir a la guerra.

Pero no sería al lado de Aldrik.

—Pero no vas a hacerlo, ¿verdad? —Lord Ophain había oído
algo en las palabras de Aldrik que a Vhalla se le había pasado por
alto. El tintineo del hielo en los vasos llenó el silencio—. ¿Qué es
esta mujer para ti?

—*Vhalla*, la necesito de tantas maneras… Que la Madre se apiade
de mí —gimió Aldrik—. La necesito como mi redención, necesito
su amabilidad, necesito su perdón, necesito sus sonrisas, necesito su
humanidad, necesito su ignorancia, necesito su inocencia y, sí… Madre Sol, *sí*, la necesito como un hombre.

A Vhalla le faltaba el aliento mientras se inclinaba más hacia la
puerta. Su corazón amenazaba con latir más fuerte que las palabras
suaves de Aldrik.

—La quieres.

No era una pregunta, pero Aldrik la contestó de todos modos.

—Más de lo que jamás creí posible.

—Aldrik —musitó el lord pensativo—. Estás metido en un buen
lío, ¿no crees?

—No sé qué hacer. —Su voz sonó débil, comparada con su habitual contundencia.

—Ya conoces tu lugar en la vida, tu deber hacia tu gente. —A
Vhalla no le gustó la dirección que había tomado lord Ophain con
su lógica—. Algún día serás emperador y nadie será capaz de cuestionar tus decisiones. Nadie las *cuestionará* si creen que tu ley provie-
ne de un lugar de honor, sensatez y compasión. La corona es una

carga pesada y tendrás que hacer elecciones entre tus deseos y tu imperio.

—Ya lo sé, tío. —La voz de Aldrik sonó amortiguada durante un momento, cuando enterró la cara en las manos—. Pero no puedo.

Vhalla soltó un aire que no se había dado cuenta de que estaba reteniendo.

—Lo sé —dijo lord Ophain—. Me recuerdas muchísimo a tu padre.

—¿Qué? —La ira de Aldrik brotó al instante con ese comentario.

—Cálmate. —El lord de rio—. Tú nunca los viste juntos, pero él estaba loco por tu madre. Y, vale, ella era una princesa, pero la elección lógica hubiese sido una de tus tías más mayores. No debería mostrarse tan duro contigo porque no es como si él hubiese estado exento de perseguir un corazón robado.

Vhalla parpadeó. Nunca había oído nada sobre la madre de Aldrik. De hecho, debería alejarse de esa puerta ya mismo; estaba claro que era un encuentro privado.

El lord suspiró.

—Ella era demasiado joven; más joven que tú ahora…

—Basta —dijo Aldrik con suavidad. Se produjo una pausa larga.

—Tenemos un día movido por delante. —Sonó como si Ophain se pusiera de pie—. Y tú tienes a una mujer preciosa en tu cama —añadió con una risita cómplice.

Vhalla intentó reprimir su rubor.

—Y ahí seguirá sin mí. —Aldrik sonaba decidido, y Vhalla tuvo que reprimir ahora una desilusión muy poco propia de una dama.

—Tú y tus gestos de nobleza. Eres un príncipe, Aldrik, la gente espera que te diviertas cuando no mira nadie. —La voz del lord se fue perdiendo a medida que se dirigía a la puerta—. Es una verdadera pena que la sede del poder no permaneciera en el Oeste. Nuestra gente estaría encantada de aceptar a una mujer como ella como su princesa.

Vhalla trató de registrar lo que el hombre estaba sugiriendo, *lo que estaba diciendo a las claras.*

—Paso a paso... —La voz de Aldrik se difuminó mientras ella iba hacia la cama en silencio.

Vhalla colocó bien las mantas a su alrededor. Notaba la sangre en llamas de la vergüenza de haber escuchado una conversación que no estaba destinada a sus oídos, pero esa no era la única cosa que ardía en su interior. Ardía en deseos de tocarlo, de besarlo, de hacerle saber que sentía lo mismo por él y más, y que nunca iba a dejar que el mundo se lo quitara de sus manos ansiosas.

El sonido de madera contra madera llenó el silencio cuando la puerta se deslizó y se abrió. Vhalla se sentó.

—Estás despierta. —Aldrik tenía las mejillas un poco sonrosadas, los labios entreabiertos.

—Sí. —Toda la elocuencia abandonó a Vhalla cuando lo miró.

—Yo... —Aldrik miró de ella a la zona de estar en la habitación principal. Vhalla vio el dilema en su cara y le puso fin.

—Quédate conmigo.

—No debería. —Los ojos de Aldrik estaban ahora fijos solo en ella y le provocaban chispas por todo el pecho.

—¿No deberías? ¿Igual que no deberías tenerme en tu cama ahora mismo, o besarme, o quererme? No estoy... no estoy pidiéndote... —Vhalla agarró las mantas y se sonrojó, al tiempo que se forzaba a actuar como una mujer—. No te estoy pidiendo que me hagas el amor esta noche, pero quiero tenerte cerca.

Aldrik soltó un gran suspiro y Vhalla se preparó para verlo irse a la otra habitación, pero el príncipe cruzó hasta la cama y gateó por encima de las sábanas hacia ella. Vhalla se sintió deliciosamente atrapada, inmovilizada contra las almohadas por una bestia depredadora.

Las luces se extinguieron por arte de magia mientras la besaba, su peso fue un ataque a sus sentidos. Vhalla deslizó una mano alrededor del cuello de Aldrik y sujetó su cara pegada a la suya. Sabía a licor dulce y a cada delicioso sueño oscuro que había tenido en la vida. Quería perderse en él, darle todo lo que tenía. Cuando se apartó, una infinidad de besos más tarde, a Vhalla no le pareció suficiente ni de lejos.

—Aldrik —suspiró sin aliento.

—No, no lo haré. Dijiste que esta noche no. —El príncipe le había leído la mente.

—Pero...

—No —repitió Aldrik. La agarró entre sus brazos y rodó sobre la espalda, tirando de ella para que quedase medio encima de él—. Además, no quiero que pienses que llevo mujeres a mi cama a la ligera.

—No tienes que preocuparte por eso. Ya lo sé. —Vhalla acarició su abdomen y, a través de la fina tela de su camisa, deslizó los dedos por las hendiduras de músculos cincelados por años de cumplir con su deber—. No me importa cuántas hayan sido. Solo quiero que estés aquí ahora.

—¿Cuántas crees que han sido? —Aldrik sonaba incluso divertido.

—Ya te he dicho que no me importa. —Se quedó quieta.

—*Ah-ah*, Vhalla. Yo soy casi el inventor de esquivar preguntas. Todavía tienes mucho que aprender. —Remetió un mechón de pelo detrás de la oreja de la joven.

—No lo sé —se rindió Vhalla. No quería ofenderlo con una cifra muy alejada de la realidad. Tenía seis años más que ella y, a juzgar por los comentarios de su hermano, había sido mucho más activo desde más temprana edad—. ¿Ocho? —Apostó a ciegas a un número, convencida de que sería demasiado poco, pues eso suponía menos de una al año desde la ceremonia de su mayoría de edad a los quince.

La risa de Aldrik resonó en la oscuridad.

—Tres.

—¿Tres? —repitió. Era más que su propio gran total de uno, pero eran muchas menos de las que había esperado.

—¿Esa es una repetición complacida, mi loro? —Apretó los labios contra la frente de ella.

—Supongo. —Se movió un poco más cerca de él—. Más que yo.

—Era de esperar.

—¿Qué significa eso? —bufó Vhalla, simulando estar ofendida.

—Utilicé tu falta de experiencia para desestabilizarte al principio, ¿recuerdas? —Deslizó la mano por su brazo para entrelazar los dedos con los de ella.

—Dos tampoco es una diferencia *tan* grande —musitó Vhalla, sin saber muy bien cómo aquello se había convertido en una competición.

—Dos. —Aldrik tardó demasiado en hacer la sencilla cuenta matemática—. ¿Quieres decir que ya has...?

Ahora fue el turno de Vhalla de reírse.

—El Este no tiene realmente vuestra noción sureña de la sangre virginal de una mujer. Sí, un hombre.

—Y aquí estaba yo creyendo que te estaba corrompiendo. —Vhalla oyó la sonrisa en su voz y deslizó la mano hacia la mejilla de Aldrik para palpar la curva de su boca.

—Estoy bastante segura de que eso es lo que estás haciendo —se burló con dulzura.

—Tienes razón —se burló él a su vez—, estoy aquí para darme un festín con tu corazón todavía palpitante.

—Si eso es todo lo que quieres, deberías saber que ya te lo entregué hace tiempo. —Vhalla se sintió desconcertada cuando notó que la sonrisa desaparecía de la cara de Aldrik—. ¿Qué?

—¿Cómo no te has dado cuenta todavía de que no soy digno de ti? —Agarró la mano de Vhalla y apretó los labios contra las yemas de sus dedos.

—¿Cómo no te has dado cuenta tú de que eres eso y más? —replicó ella.

Aldrik resopló divertido y le dio un apretoncito en la mano.

—Te quiero, Vhalla Yarl.

—Qué suerte para mí. —Bostezó—. Porque yo también te quiero, mi príncipe heredero.

El aliento de Aldrik revolvió un poco su pelo cuando Vhalla se apretó más contra él y el príncipe llenó sus sentidos mientras se quedaba dormida.

CAPÍTULO

21

Vhalla contempló el rostro de un hombre que le resultaba familiar de un modo doloroso y horrible, pero aun así era completamente diferente. Egmun llevaba el pelo muy corto, aunque las arrugas de sus patas de gallo eran más suaves, las líneas alrededor de su boca menos marcadas, y llevaba un indicio de pelusilla por la barbilla. La imagen del senador más joven sumió a Vhalla en una inquietud llena de rabia, la emoción enfrentada con lo que su ser onírico estaba sintiendo: una sensación de pacífica confianza.

Vhalla pugnó con la visión, forcejeó para escapar de ella, para apartar a Egmun de su lado. Tiró e hizo palanca y se retorció en su mente hasta que algo se fracturó a causa de su pánico crudo. De pronto, estaba fuera del cuerpo que había ocupado hasta entonces, lo que debería ser su cuerpo en cualquier otro sueño.

Aldrik parecía no tener más de quince años. Llevaba el pelo más largo, hasta los hombros, y recogido hacia atrás a la altura de la nuca. Un flequillo desaliñado enmarcaba su cara, y Vhalla lo contempló con una extraña mezcla de amor y miedo por el chico de ojos muy abiertos que estaba solo en ese lugar oscuro con un hombre al que ella odiaba más que a nada o a nadie.

La habitación estaba llena de una neblina que se fundía de manera agorera con la oscuridad y hacía que solo determinados detalles fuesen discernibles con facilidad. Una única llama parpadeaba en el cavernoso espacio y, estuviera donde estuviera, ni el techo ni las paredes eran visibles a la luz. El suelo era de piedra, con incrustaciones de lo que parecía cristal centelleante. Vhalla trató de verlo mejor, pero una espesa niebla lo cubría cada vez que trataba de enfocar los ojos en él. Había unas marcas de aspecto extraño bajo sus pies que giraban en espiral hacia el centro, donde había un hombre arrodillado, con las manos atadas y los ojos vendados. Temblaba y tiritaba, la tela que cubría sus ojos estaba empapada de lágrimas.

—Príncipe Aldrik. —Egmun dio un paso al frente. Llevaba una chaqueta formal negra y pantalones oscuros; no había ni rastro de su cadena senatorial—. Algún día, serás emperador. ¿Sabes lo que eso significa?

—S... sí.

Vhalla se giró hacia el balbuceante chiquillo.

—Así que eres consciente de que la justicia dependerá de ti. —Egmun dio otro paso más y a Vhalla se le aceleró el corazón, con la sensación de estar atrapada sin salida. No quería estar ahí, no quería ver aquello—. El último deseo de tu madre fue que tu padre te ahorrara estos deberes durante todo el tiempo posible.

—¿De mi madre? —Vhalla vio un destello triste de esperanza en los ojos del chico al oír mencionar a la madre que jamás conoció.

—Pero pronto serás un hombre, ¿verdad? —preguntó Egmun con voz suave.

—Lo seré. —El príncipe niño respiró hondo, como para crecer en toda su altura en un momento.

—Es bastante injusto, ¿no crees? Que tu padre te trate como a un niño. —Vhalla observó al hombre sonreír y supo que este Aldrik todavía no había perfeccionado sus poderes de percepción y manipulación. Si ella podía ver a Egmun por lo que era en ese momento, no tenía ninguna duda de que el Aldrik adulto también podría—. ¿Estás preparado para ser el príncipe heredero que necesita este reino?

—Lo estoy —repuso Aldrik, aunque con dudas obvias. A pesar del frío del lugar, tenía la frente perlada de sudor.

—Entonces, príncipe, por la justicia, por la fuerza de Solaris, por el futuro de este imperio, mata a este hombre. —Egmun hincó de manera dramática una rodilla en tierra. Tiró de la cuerda que ataba una espada corta a su cinturón y le tendió el arma al niño, expectante.

Vhalla no estaba segura de si era su propio corazón el que galopaba desbocado o si era el del joven Aldrik.

—Pero...

—Este hombre le ha robado a tu familia; es un delito de traición. No es un hombre inocente —le aseguró Egmun.

—¿No debería mi padre...?

—Creía que eras un hombre y un príncipe. No te había tomado por alguien que se acobardara ante la justicia o el poder, príncipe Aldrik. —Dio la impresión de que Egmun estiraba sus brazos para sujetar la espada aún más lejos—. ¿Por qué estás aquí?

—Por mi padre, para conquistar el Norte —dijo Aldrik dubitativo. La guerra del Norte había empezado hacía tan solo cuatro años. Aldrik debería tener veinte años, no ser un chico joven.

—Con esto, todo se inclinará a tu favor. —Egmun esbozó una sonrisa alentadora y Vhalla pensó que le recordaba a una serpiente. Aldrik tomó la espada, vacilante.

No, susurró ella en su mente. Como era de esperar, no podía hacer nada y nadie la oyó. Aldrik se giró hacia el hombre arrodillado.

—M... mi príncipe, te... tened compasión, por favor. C... cortadme la mano por m... mi robo. P... pero perdonadme la vida. —Vhalla oyó la voz ruda del hombre a través de sus lágrimas. Aldrik se giró otra vez hacia Egmun.

—Ministro... —dijo con vocecilla débil.

—Los culpables te dirán cualquier cosa, mi príncipe, para salvar el pellejo. Esto también es una lección. —Egmun volvió a ponerse en pie; parecía estar conteniendo la respiración.

Aldrik desenvainó la espada y devolvió la vaina a las manos ansiosas de Egmun. La hoja rielaba como si desprendiera su propia luz.

¡Egmun, para!, gritó Vhalla.

—M... misericordia —suplicó el hombre. Aldrik miró a Egmun con impotencia.

—Mátalo, *Aldrik*.

Vhalla se quedó boquiabierta de la sorpresa al oír la repentina dureza en el tono de Egmun. Se le había acabado la paciencia por fin. Aldrik no pareció darse cuenta. Vhalla solo tuvo un momento para pensar qué, exactamente, era lo que tenía al senador tan ansioso antes de ver al chico apretar la mandíbula con una determinación sombría.

No. Percibió el terror de Aldrik, su incertidumbre, su indefensión infantil, el implacable final de su inocencia… y se sintió al borde de las lágrimas.

Aldrik levantó la espada en alto. Levitó solo un momento por encima de su cabeza. El joven príncipe observó al hombre indefenso delante de él, la vida que Vhalla sabía que estaba a punto de cortarse en seco. Vio el destello de la luz del fuego sobre la superficie de la espada cuando el chico la bajó con torpeza sobre la cabeza del hombre.

No, repitió cuando vio al hombre estremecerse con violencia ante el golpe torpe y débil de Aldrik. El chico levantó la espada otra vez.

¡No!, gritó Vhalla cuando volvió a arremeter con el arma. La sangre salpicó su perfecto rostro juvenil. Aldrik levantó la espada de nuevo.

—¡No! —gritó Vhalla, y se abalanzó hacia delante en dirección a una figura que desapareció cuando ella abrió los ojos.

Un brazo se envolvió alrededor de sus hombros, la sujetó con fuerza contra el pecho de un hombre, y una mano se cerró con firmeza sobre su boca. Su mente estaba confundida y volvió a gritar, el ruido amortiguado por los dedos que cubrían sus labios. Se retorció y pataleó para liberarse de las garras de esa persona, pensando de inmediato en Egmun, las mejillas empapadas de lágrimas.

—Vhalla. —Una voz hecha de medianoche en persona la tranquilizó desde atrás y cortó a través del caos de su cabeza—. Vhalla, para. Todo va bien. Soy yo.

Vhalla soltó un gemidito de alivio y respiró una vez hondo por la nariz. Luego otra. Hasta que Aldrik por fin retiró la mano de su boca, confiado en que no alertaría al mundo entero de su presencia en su cama. Mientras dormía, Vhalla había rodado sobre el costado y Aldrik se había enroscado detrás de ella. Ahora, la joven rodó hacia él.

—Aldrik —musitó con voz débil. Vhalla escudriñó su cara. Después de ver su ser más joven, de repente se le notaba cada año de su edad y demasiados más. Vhalla reprimió un pequeño grito de alivio al ver sus mejillas limpias de sangre—. Aldrik —gimoteó, antes de usar el pecho del príncipe como escudo contra el mundo.

Los brazos del príncipe se cerraron a su alrededor y la besó en la coronilla.

—Estoy aquí. Estás a salvo. Ha sido solo un sueño. No es real —la tranquilizó, mientras deslizaba una mano arriba y abajo por su espalda.

—Sí lo es —balbuceó Vhalla entre sus respiraciones temblorosas y los restos de sus lágrimas. Ya no podía negarlo durante más tiempo. Los sueños anteriores habían estado demasiado enredados con la conciencia de Aldrik como para saberlo a ciencia cierta, pero ahora estaba segura.

—Vhalla, sé de un montón de poderes en este mundo... —Aldrik se echó atrás y deslizó un pulgar por las mejillas mojadas de la chica—. Sé de poderes para leer el futuro en llamas y cenizas. Sé de poderes para escuchar los ecos del pasado en las olas. Sé de poderes que pueden curar casi cualquier enfermedad. Sé de poderes para caminar fuera del propio cuerpo. —Aldrik le sonrió con dulzura—. Pero no sé de ningún poder de los sueños.

—*Sí... sí que era real.*

—*Shh*, lo que dices no tiene sentido. Respira hondo y duérmete otra vez. Apenas ha amanecido y mi padre no habló de hacer tu demostración hasta mediodía. —La besó con suavidad en la frente y la culpabilidad de Vhalla la hizo apartarse de él e incorporarse.

—No lo entiendes. Sí fue real. Mis sueños... no son... —Un escalofrío bajó por sus brazos—. No son siempre sueños.

—Ven, tienes frío —suspiró Aldrik—. ¿Qué es lo que crees que son? —Bostezó, luego parpadeó para despejarse del sueño y apoyó la cabeza en su codo.

Vhalla se relajó un poco. Volvió a tumbarse y se tapó con las mantas, pero evitó su abrazo.

—Son… —Vhalla suspiró, cerró los ojos y se preparó para lo que iba a decir—. Son tus recuerdos.

—¿Qué? —Aldrik la miró con atención renovada.

—Mis sueños, al menos a veces, son tus recuerdos. No sé cómo puede ser, ni por qué, ni cuándo van a suceder, pero es así. —Tragó saliva ante su silencio.

—¿Por qué crees eso? —preguntó, muy serio de repente.

—Porque no existe ninguna razón para que sueñe nada de lo que veo —susurró.

—Los sueños son cosas extrañas, Vhalla. ¿Quién sabe por qué soñamos lo que soñamos? —Aldrik volvió a tumbarse.

—No —espetó cortante. No la estaba tomando tan en serio como quería. Recordó un vívido sueño anterior—. El hombre que te apuñaló era uno de los guardias de tu hermano, era occidental y su hijo estaba en la ciudad que atacasteis.

Aldrik abrió los ojos como platos.

—¿Te lo ha contado Baldair?

—¡No! —Vhalla hizo un esfuerzo por que su cabeza no se convirtiese en un desastre emotivo—. ¡Aldrik, son mis sueños! En otro estabas en un jardín del Oeste con la escultura de una mujer sobre un obelisco con un sol dorado y rubí. Había un hombre que te dijo (a ti, qué ironía) que dejaras de moverte.

—La tumba de mi madre. —Los labios de Aldrik apenas se movieron. Sus ojos ardían de pronto con una intensidad oscura y la agarró de los hombros—. ¿Qué más? —exigió saber—. ¿Qué más has visto? —Clavó los dedos en la piel de Vhalla.

Ella hizo un esfuerzo por recordar cualquier cosa excepto su sueño más reciente.

—A ti en la oscuridad, con otra mujer...

—Por la Madre... —Aldrik agachó la cabeza, avergonzado.

—Cuando... cuando Egmun te obligó a... —A Vhalla le costaba encontrar las palabras, aún horrorizada.

—¿Cuando hizo qué? —Aldrik tenía los dientes apretados—. *¿Cuando hizo qué?*

Por primera vez, Vhalla sintió una pequeña punzada de miedo al ver las manos temblorosas de Aldrik.

—Cuando... cuando te obligó a matar a ese hombre —susurró Vhalla sin apenas mover los labios. Aldrik la miró con los ojos entornados.

—¿Eso es todo? ¿Qué más sabes? Dímelo, Vhalla, y no me mientas. —Su voz sonó dura, desprovista de toda compasión.

—¡Jamás te he mentido!

—Por supuesto que no, solo has hurgado en mi cabeza —rabió.

—¡¿Cómo te atreves?! —Vhalla se soltó de su agarre, ofendida por su insinuación—. Acabo de darme cuenta de qué eran. Solo ahora, esta mañana, he sido capaz de separarme lo suficiente de ti en los recuerdos como para darme cuenta de lo que de verdad son. —Vhalla vio cómo reconocer esos hechos calmaron un poco la ira de Aldrik.

—¿Eso fue todo lo que viste? —repitió, más tranquilo.

—¿De ese sueño? Sí —suspiró—. Ni siquiera sé dónde ocurrió. Estaba todo oscuro.

El príncipe se sentó y apoyó la frente en la palma de su mano con un gran suspiro.

—Aldrik —susurró—. Hubo otro...

—Por los dioses, ¿qué? —masculló—. *Vhalla* —la instó con suavidad.

La joven se mordió el labio. No estaba segura de cómo formar las palabras. Algo sobre todo lo que habían dicho, su reciente sueño, la baja opinión que tenía de sí mismo, habían llevado ese recuerdo en particular a primera línea de su mente. Vhalla se sentó y tomó su mano con suavidad, luego la llevó a sus labios antes de hablar, para tranquilizarlo. Él la miró, y una mezcla de dolor, vergüenza e ira frunció su ceño. Vhalla suspiró y giró su mano de modo que la cara interna de su muñeca mirara hacia arriba. Con su mano libre, puso el índice justo debajo de la palma de la mano de Aldrik, lo deslizó hacia arriba por su antebrazo. La punta de su dedo enganchó la manga y la empujó hacia arriba para revelar el fantasma de una cicatriz que sabía que iba a encontrar ahí. Era tan tenue que contra la palidez de su piel era casi invisible, pero sabía dónde buscarla. Vhalla levantó la vista despacio hacia la de él.

El rostro de Aldrik perdió toda emoción, excepto el horror. Entreabrió los labios. Vhalla contuvo la respiración, dejó que el *shock* lo golpeara en silencio. Al cabo de unos segundos, Aldrik arrancó la mano de sus dedos, como si ella hubiese cortado de verdad a lo largo de su antebrazo. Vhalla solo pudo mirarlo con tristeza antes de que los ojos de él se clavaran en ella el tiempo suficiente como para verse obligada a desviar la mirada.

El silencio se alargó una eternidad. La respiración de Aldrik sonaba áspera y se agarró el brazo que ella había tocado como si le doliera. Vhalla no se atrevió a mirarlo mientras aguardaba su veredicto.

—Nunca tuve la intención de violar tu intimidad —dijo con vocecilla débil. Queriendo o sin querer, daba la impresión de que ella había invadido sus espacios más privados y había robado cosas que no se daban gratis.

Aldrik no dijo nada mientras trataba de recuperar el control de su respiración, los ojos aún clavados en ella. Vhalla sintió cómo irradiaba poder; estaba enfadado, estaba dolido, y eso la hacía sentirse aún más horrible.

—Nunca quise esto. —Intentó explicarse—. Yo nunca lo hubiera hecho…

—Por supuesto que no —escupió él—. ¿Quién querría ver jamás las historias retorcidas y rotas que habitan en mi cabeza? Solo una persona en el mundo debería tener que soportarlas.

Eso atrajo los ojos de Vhalla de vuelta a él.

—Aldrik, no digas eso —susurró con suavidad, abrumada por la ira de su mirada, aunque vio que en realidad no iba dirigida a ella.

—¿Por qué no? —Soltó una risa seca—. ¿Cómo puedes decir eso? Ahora sabes lo que hay ahí. Peor aún, lo has vivido. Dime, Vhalla, ¿qué sientes al descubrir que tu príncipe es un cobarde? ¿Es débil? ¿Es miedoso? ¿Es malvado? ¿Es...?

—*Humano* —lo interrumpió ella con firmeza. Aldrik hizo una pausa—. Aldrik, no sé por qué... —Tomó su mano otra vez y bajó la vista hacia su brazo.

—No te lo voy a contar —dijo con brusquedad. Vhalla dio un respingo, sobresaltada; tampoco había pensado preguntárselo—. Maldita sea. —Aldrik volvió a arrancar la mano de la de ella, se levantó y empezó a caminar arriba y abajo—. Aunque no te lo cuente, cada vez que duermas es una ruleta rusa para ver si lo averiguas. —Luego escupió unas cuantas palabrotas.

Vhalla agarró la manta con fuerza; jamás lo había oído utilizar palabras tan vulgares.

—No le diría nada a...

—No lo sabe ni mi hermano, Vhalla. —Dio media vuelta—. Ni siquiera lo sabe Larel, y ella es la persona más parecida que he tenido en la vida a una verdadera amiga. Intenté decírselo una vez, y la cosa salió espantosamente mal.

Aldrik suspiró y se frotó los ojos con las palmas de las manos.

Vhalla había llegado a pensar que Aldrik era una de las personas más fuertes que conocía. Verlo tan cerca de romperse en mil pedazos la empujó a levantarse.

—Pon punto y final a la Unión. —Aldrik hizo una mueca, negó con la cabeza y se pellizcó el puente de la nariz—. Todo esto empezó después de la Unión —suplicó Vhalla—. Aldrik, por favor, no quiero hacerte daño. Quiero que cierres lo que abrimos.

—¡Y yo quiero que sobrevivas a esta guerra! —casi gritó.

Vhalla parpadeó mientras sus palabras escocían en los bordes de sus ojos. *Aun así.* Aun así, Aldrik seguía pendiente de su bienestar. Incluso cuando estaba sufriendo semejante dolor, incluso cuando ella le había robado una información íntima, se negaba a buscar alivio por el bien de ella.

—Por la Madre Sol, mujer —se quejó Aldrik. Cruzó la habitación y se plantó delante de ella. Soltó su tensión con un suspiro. Despacio, con suavidad, Aldrik le secó las mejillas—. ¿Por qué estás llorando?

Vhalla hipó.

—Porque es posible que seas la persona más asombrosa que he conocido en la vida.

—No lo soy. Si esto lo hubiese hecho cualquier otra persona distinta de ti, es probable que la hubiera matado en ese instante y quemado su cuerpo hasta que no quedara más que polvo —juró Aldrik en tono ominoso.

Vhalla sabía que no debería ser así, pero oírlo descrito de ese modo, llevó una pequeña sonrisa a sus labios. Aldrik suspiró.

—No sé si tendré ganas de hablar de estas cosas jamás.

—No pasa nada.

—Dímelo, de ahora en adelante, sea lo que sea. Cualquier cosa que veas, *necesito* saberlo —dijo muy serio.

—Lo prometo. —Vhalla asintió, aprensiva por lo que pudiera haber encerrado en los recuerdos del príncipe que tanto miedo le daba.

Aldrik suspiró y se apartó de ella.

—Vhalla, necesito algo de tiempo. —Se frotó los ojos cansado—. Entiendo que tú no has elegido esto. —Tragó saliva—. N... no estoy enfadado *contigo* por ello. No te culpo a ti. Pero esto... esto, dejar entrar aquí a alguien ya es mucho más de lo que estoy acostumbrado.

—No me había dado cuenta. —Vhalla se frotó los ojos y agachó la cabeza. Aldrik le dio unos golpecitos en la barbilla para llamar su atención.

—Bueno. Ha sido mejor que bueno. —Sacudió la cabeza—. No puedo ni... formar oraciones. Esto, tú y yo, verme empujado más allá del infierno personal que construí para mí mismo, ha sido bueno. Me he sentido más como un hombre en los últimos meses, semanas, en los últimos días contigo de lo que me había sentido en años. Como si pudiera disfrutar de las cosas sin... sentirme culpable. Bueno ni siquiera es la palabra adecuada para describirlo. Tú me has permitido ser la persona que siempre deseé poder ser y...

—Lo comprendo. —Vhalla le ahorró tener que hacer más esfuerzo—. Esperaré. Tómate tu tiempo.

—Solo necesito entender de verdad lo que es tener a alguien en quien... en quien confiar. —Aldrik evitó la mirada de la joven y frunció el ceño para sí mismo—. Alguien que conozca mis verdades más oscuras y no busque algo de mí ni intente utilizar nada de ello en mi contra.

Vhalla asintió. Respiró hondo para hacer acopio de coraje. Apretó las palmas de las manos contra los ojos unos instantes para reprimir más lágrimas de dolor y frustración. Queriendo o sin querer, ella le había hecho daño y eso hacía añicos su corazón. Y ahora tenía que dejarlo solo a petición suya; aunque necesitara tiempo, ella no lo encajó demasiado bien.

Mientras la conducía por el pasadizo, Aldrik iba encorvado, los ojos sombríos. Había una resignación triste entre ellos ante la supresión de algo que solo empezaba a florecer. Puede que estuviese moribunda, pero Vhalla se juró que no dejaría que la llama que ardía entre ellos se extinguiera.

Como si le leyese la mente, Aldrik se giró hacia ella.

—Gracias.

—¿Por qué? —Vhalla parpadeó confusa.

—Por no huir de mi lado después de... tener que experimentar todo eso. —Aldrik se frotó el antebrazo. Vhalla se preguntó si se daba cuenta siquiera de que lo estaba haciendo.

—Puede que no lo entienda todo —susurró, y se arriesgó a dar un paso hacia él—. Pero quien eras te ha hecho quien eres ahora. Desearía que no hubieses tenido que sufrir nunca, pero aceptaré tu pasado encantada si así puedo compartir tu presente.

Vhalla vio el principio de una sonrisa, pero el príncipe la abandonó enseguida. Tiró de ella para darle un fuerte abrazo y Vhalla oyó cómo su respiración temblaba. Antes de que pudiera perder la compostura, Aldrik dio media vuelta y empujó la puerta secreta.

—Vuelve a mediodía. Mi padre te estará esperando. —Su voz sonó distante.

—Te veré entonces —dijo Vhalla esperanzada.

Pero la puerta ya se había cerrado.

Larel y Fritz estaban jugando una partida de carcivi cuando Vhalla entró con paso vacilante y la mirada perdida en la planta baja de su posada. Les echó un solo vistazo, solo lo suficiente para darse cuenta de que estaban ahí, antes de arrastrar sus pies hacia las escaleras. Una silla arañó contra el suelo.

—Terminaremos luego —oyó decir a Larel. La mujer llegó al lado de Vhalla en un santiamén.

—Larel —susurró Vhalla con voz débil.

—¿Qué pasa? ¿Te duele algo? —Larel apoyó las manos con suavidad en los hombros temblorosos de Vhalla.

—Le he hecho daño, Larel. —La debilidad brotó de su interior y Vhalla se apoyó en su amiga otra vez para que la recompusiera a tiempo de encontrarse con el emperador.

CAPÍTULO 22

Vhalla abrió los ojos para toparse con las caras de asombro de miembros de la realeza, lores y damas. La única persona de la sala que no estaba impresionada era Aldrik. A pesar de que la demostración de Vhalla había sido mejor de lo que incluso ella misma había esperado, el príncipe mantuvo su expresión introspectiva y ambivalente. Sabía que él no podía demostrar el favor que le tenía delante de los nobles, sobre todo después de haber oído a lord Ophain hablar de lo descuidado que había sido con el afecto que ya le había demostrado, pero ahí había un muro más grande que el de la mera actuación. Ya fuese por la Unión, por el Vínculo, por el tiempo pasado juntos, o por una combinación de todo ello, a Aldrik no se le daba bien ocultarle sus sentimientos y Vhalla podía ver el dolor y el miedo en las profundidades de sus ojos cada vez que miraba en su dirección.

Todo el mundo mantuvo las distancias con ella cuando se incorporó en el mullido sofá. Nadie dijo nada. Los mayores ahí reunidos, los de más alto rango bajo las órdenes del emperador, miraron de ella a su líder y se reservaron cualquier comentario hasta oír la evaluación de este.

El hombre más poderoso del mundo se inclinó hacia delante, los ojos centelleantes.

—Bueno, señorita Yarl, desde luego que eso ha sido impresionante.

—Gracias, mi señor. —Vhalla bajó los ojos en señal de respeto.

—¿Esta demostración es replicable infinitas veces? —El emperador se volvió hacia su hijo mayor.

—Siempre que su Canal mágico no esté bloqueado de alguna manera, como por agotamiento o por Erradicación —afirmó Aldrik con un asentimiento.

El emperador se acarició la barba y se giró hacia los nobles ahí presentes.

—Mi hijo ya ha formulado algunos planes sobre cómo podremos utilizar este poder con eficacia en el Norte. Sin embargo, me gustaría que cada uno de vosotros trazara su propia estrategia antes de que lleguemos a la frontera con el Norte.

Hablaron como si ella no estuviese ahí, y Vhalla se movió inquieta en su asiento, retorciéndose las manos en el regazo. Para esta gente no era más que una herramienta, diseñada para ser utilizada como mejor les pareciera.

Un par de ojos captaron su atención. La única persona que la miraba era el príncipe más joven. Sus ojos se cruzaron con los de Baldair y le sorprendió ver simpatía en ellos. Vhalla apartó la mirada. No quería su compasión.

—Muy bien, esto será suficiente por hoy. Puedes retirarte, señorita Yarl. —El emperador agitó una mano en su dirección.

—Gracias, mis lores, mis damas. —Vhalla se levantó, con los ojos orientados al suelo.

—*Ah*, una cosa más —intervino lord Ophain.

Vhalla lo miró con ojos inquisitivos. *¿Qué estaba haciendo?*

—Esta es la primera Caminante del Viento en el Oeste en décadas.

El resto de los nobles estaban confusos, incluso Aldrik no parecía comprender por qué su tío se estaba acercando a ella.

—Vhalla Yarl —empezó lord Ophain, y la miró desde lo alto—. No puedo enmendar los errores de mis antepasados. No puedo expurgar la sangre de los Caminantes del Viento de las piedras de mi castillo. Lo que los Caballeros de Jadar les hicieron a tus hermanos jamás podrá remediarse.

Vhalla desplazó su peso de un pie al otro. Hablar del genocidio de su gente después de saber más sobre las razones que lo motivaron le causó una sensación incómoda en el estómago que bajó hormigueando hasta las puntas de sus pies. No era algo que quisiera oír mencionar siquiera.

—Pero lo que sí puedo hacer es ser un catalizador para un futuro de esperanza, paz y prosperidad entre hechiceros de todo tipo y Comunes. Demostrar que el valor que veo en ti es mucho mayor que solo tu magia.

Vhalla se preguntó si el hombre era sincero, pero en el momento que los ojos de lord Ophain saltaron hacia el emperador, ya no le quedó ninguna duda. Aquello era una declaración, una en la que Vhalla no estaba segura de querer estar implicada o de la que no sabía si comprendía todas sus implicaciones.

—Por lo tanto, es un honor para mí concederte una Proclamación Carmesí.

Un aluvión de murmullos nubló el aire en cuanto las palabras salieron por la boca del lord occidental. Vhalla se movió sin saber muy bien qué hacer o qué decir. Incluso Aldrik tenía una expresión de asombro aturdido en la cara. Algunos nobles parecían confusos, pero los demás occidentales dieron la impresión de llenar pronto los huecos.

Lord Ophain se concentró solo en Vhalla mientras sacaba un lazo carmesí del bolsillo de dentro de su chaqueta. Medía poco más que la mitad del antebrazo de Vhalla, con una anchura de unos tres dedos. El lord se lo entregó y Vhalla deslizó al instante los dedos por la tela. Sobre ella, había símbolos occidentales bordados en hilo de plata; en la parte de abajo llevaba un sello en tinta que mostraba el fénix en llamas del Oeste.

Vhalla levantó la vista hacia el lord, perpleja.

—En realidad, es un título vacío. —Lord Ophain no la obligó a preguntarlo a las claras. Con un asentimiento en dirección al emperador, continuó hablando—. Solo el emperador puede encumbrar a lores y damas a la corte de la nobleza, pero el Oeste mantiene sus tradiciones y honra la vieja usanza. Todo el que sea capaz de leer esas palabras sabrá que a *lady* Vhalla Yarl se la considera desde ahora una duquesa del Oeste por orden de lord Ophain Ci'Dan.

Vhalla lo observó estupefacta. Vacío o no, ese título mostraba más estima por ella de la que había aspirado a recibir en toda su vida. Cometió el error de mirar al emperador y tuvo que hacer un esfuerzo por resistirse al impulso de devolver el pedazo de tela a manos de lord Ophain. Los ojos del emperador Solaris lucían duros como el acero. Vhalla agarró el lazo más fuerte. No significaba nada. Era un símbolo de buena fe, de corregir males del pasado. No suponía ninguna amenaza que pudiera cambiar el actual estado de Vhalla. *Seguro que el emperador sabía eso, ¿no?*

—Me honra, milord —farfulló Vhalla, y volvió a bajar los ojos.

—Si has terminado, lord Ophain —dijo el emperador con frialdad—. La señorita Yarl tiene otras cosas que hacer.

No las tenía, pero estaba impaciente por salir de esa sala que de repente resultaba demasiado opresiva. Hizo una última reverencia y se percató de que, de pronto, la nobleza occidental le dedicaba pequeñas inclinaciones de la cabeza. Todos, excepto uno; un mayor con bigote, a quien Vhalla jamás había visto antes de la demostración, la miraba con un desprecio poco velado.

Le pareció imposible abandonar la sala lo bastante deprisa para refugiarse de vuelta en su posada.

Larel y Fritz la estaban esperando cuando volvió, sentados en una zona de estar a la izquierda de la entrada principal. Daniel y Craig ocupaban el tablero de carcivi a la derecha. Todos ellos levantaron la cabeza al instante cuando ella llegó.

—¿Cómo ha ido? —Fritz fue el más rápido en preguntar.

—Bien. —Vhalla sujetó el lazo en alto con la mano tan apretada que tenía los nudillos blancos—. Me han dado una Proclamación Carmesí.

—¿Una qué? —preguntó Larel.

Daniel y Craig parecían igual de perdidos.

—¿Una Proclamación Carmesí? —Fritz se había levantado de un salto y corría hacia ella—. Creía que el Oeste ya no otorgaba de estas.

—¿Qué es? —Larel cruzó hacia donde estaban Vhalla y Fritz.

—Las Proclamaciones Carmesíes eran la forma en que los viejos reyes del Oeste construían su corte. Con ellas, le otorgaban estatus de noble a la gente —explicó Fritz.

—Entonces, ¿ahora eres noble? —Daniel fue a echar un vistazo en persona.

—En realidad, no —dijo Vhalla, recordando lo que había dicho lord Ophain.

—El emperador abolió la corte del Oeste —continuó Fritz—. Cuando el imperio absorbió a Mhashan, que pasó a ser solo «el Oeste», el emperador no quería una revuelta por parte de personas que eran nobleza antigua. Así que formó la corte imperial como forma de apaciguarlos: le dio a la nobleza antigua nuevos títulos sureños y elevó a sus propios lores y damas para que se codearan con ellos.

—O sea que tomó el control de su poder, ¿no? —Craig se frotó la barbilla. Fritz asintió.

—Y, en consecuencia, absorbió la riqueza de las familias más viejas del Oeste. Bueno, ¿por qué te han dado una?

—Lord Ophain dijo que era un gesto de buena fe, por Los Tiempos de Fuego —resumió Vhalla.

La comprensión se iluminó en la cara de Fritz.

—¿Los Tiempos de Fuego? —preguntó Daniel.

Eso dio pie a que Fritz se lanzara a toda una lección nueva de historia. Una que, dado el interés de Daniel en los Caminantes del Viento, tomó mucho más tiempo. Vhalla escuchó en silencio mientras digería los acontecimientos de la tarde.

El emperador parecía contento con su demostración… *pero sus ojos*. Reprimió un escalofrío. Los ojos del hombre habían estado desprovistos de toda emoción cada vez que los posaba en ella. Cuantas más interacciones tenía con el emperador Solaris, menos dudas tenía Vhalla de que su lugar debajo de él no cambiaría nunca.

—Entonces, ¿simplemente los mataron a todos? —Craig se echó atrás en su silla, consternado.

—Sip. —Fritz asintió—. Y Vhal es la primera desde entonces.

Vhalla respondió a la sonrisa orgullosa de su amigo con una curva cansada de sus labios.

—No obstante… por horrible que eso sea, ahora no podemos cambiarlo, y creo que deberíamos celebrar la proclamación de Vhalla. —Daniel se echó hacia delante en su silla.

—No sé si puedo con otra noche de celebración —declaró Larel dubitativa.

—Algo más tranquilo. Hay un delicioso restaurante occidental no lejos de aquí. —Daniel se puso de pie—. Me encantaría invitar a la Caminante del Viento y a sus amigos.

Daniel le tendió la mano y Vhalla la miró. Desearía poder sentir su alegría. Quería la emoción que había sentido su primera noche en la Encrucijada, emoción a pesar del mar de juegos de poder y manipulación en el que se veía inmersa. Vhalla aceptó la mano de Daniel y dejó que tirara de ella para ponerse en pie. Quedarse ahí sentada y taciturna no la ayudaría a encontrar esa alegría otra vez, y Daniel había sido el catalizador de esta la vez anterior. Tal vez fuese capaz de invocarla de nuevo.

La Encrucijada no decepcionaba nunca. La noche era cálida, interrumpida por una brisa fresca que flotaba por las calles y callejuelas polvorientas. Todos los edificios estaban salpicados de color en forma de vistosos murales, tapices y toldos. Se oía música y risas por todas partes, en armonía con salones de juego y casas de placer. *Es un buen lugar para olvidar quién eres*, decidió Vhalla.

El restaurante era más elegante de lo que Vhalla había esperado, y se sintió abrumada al instante por el menú y la disposición de las mesas. Fritz parecía igual de perdido y Larel sorprendentemente cómoda. Vhalla solo podía suponer que crecer como amiga del príncipe heredero le habría dado a la mujer occidental más información sobre etiqueta de la que hubiese tenido de otro modo.

Vhalla se echó atrás en su silla, su copa acunada en sus manos entre dos platos. Estaba al borde de una neblina que parecía muy tentadora y, aunque no quería inducir dolores de cabeza mañaneros, sí quería quitarle un poco de tensión al día. Daniel también se echó atrás y dejó que la conversación de la mesa discurriese delante de ellos.

—¿Qué opinas de la comida occidental? —preguntó, lo bastante bajito para que solo ella lo oyera. Vhalla salió de su ensimismamiento con un respingo.

—¿Qué? Oh, es deliciosa.

—Yo también lo creo —convino él—. La primera vez que la probé, no sabía qué esperar.

—¿Cuándo fue eso?

—Durante mi primera campaña. —Bebió un trago en ademán pensativo—. Era la primera vez que estaba en el Oeste. Mi familia nunca viajó demasiado.

—¿Cómo acabaste en el palacio?

—Me alisté. —Daniel se encogió de hombros—. Creí que sería una oportunidad de tener una vida mejor —añadió.

—¿No lo ha sido? —Vhalla había oído un deje de desilusión en su voz.

—Sobre el papel, supongo que sí. Después de todo, ahora soy lord. —Tenía el aspecto de alguien que estaba viendo sombras del pasado, en lugar del centelleante esplendor que lo rodeaba en el presente—. Pero por las noches me pregunto si, de no haber abandonado nunca el Este, aún la tendría a ella.

Su tono hizo que a Vhalla le doliera el pecho.

—No pienses así. —Vhalla se recolocó un poco en su silla para mirar mejor a su compatriota oriental. Daniel la observó pensativo, su completa atención era una carga pesada. Vhalla tragó saliva y deseó encontrar las palabras correctas que decir para ayudar a su amigo—. Yo… casi Erradiqué mi magia.

—¿Erradicar?

—Deshacerme de ella. —Daniel la miró boquiabierto, alucinado, como si la mera idea fuese incomprensible para él—. Cuando me enteré de que era hechicera, estaba asustada. Y luego, cuando la Noche de Fuego y Viento, pensé… que todo era culpa de mi magia. —Dejaron el siguiente plato delante de ellos, pero ninguno de los dos hizo ademán de probarlo—. Mi amigo murió a causa de ella.

—Vhalla… —dijo con tono compasivo.

Vhalla sacudió la cabeza; no buscaba su compasión.

—Yo no puedo dar marcha atrás, y tú tampoco. Los dos tenemos que seguir adelante y encontrar la belleza que podamos en el mundo tal y como es.

Daniel la observó con un asombro que la hizo sonrojarse. Vhalla se apresuró a dejar su copa en la mesa y se dispuso a comer lo que tenía delante. Notó el peso de un segundo par de ojos sobre sus hombros y levantó la vista, sorprendida de encontrar los ojos expectantes de Larel. La mujer occidental le sonrió con dulzura.

Cuando terminaron de cenar y volvieron al hotel, Larel siguió a Vhalla a su habitación después de bañarse. Vhalla se sentó en la cama, su amiga detrás de ella para peinar su pelo mojado con dedos mágicos.

—¿Hablabas en serio con lo que dijiste durante la cena?

—¿A Daniel? —La pregunta no tenía sentido; Vhalla sabía muy bien a qué se refería Larel.

Larel murmuró una respuesta afirmativa detrás de ella, sin dejar de secar el pelo de Vhalla.

—Sí —confirmó esta con un asentimiento.

—Me alegro. —Larel aprovechó para darle un fuerte abrazo—. He estado preocupada por ti.

—¿Sí? —Vhalla sabía que era una pregunta tonta. Esta era la mujer que la había abrazado mientras tiritaba y temblaba. Larel había sido la que la había recompuesto pedazo a pedazo después de la

Noche de Fuego y Viento. Y conocía cada fragmento cortante que todavía hería el corazón de Vhalla.

—No eres alguien para vivir envuelta en oscuridad o tristeza. —Larel se recostó en la cama e invitó a Vhalla a hacer lo mismo—. Eres una luz que puede brillar aún más que el sol.

—Eso suena a traición —se burló Vhalla.

—Pues lo digo en serio de todos modos. —Larel se inclinó hacia delante y apoyó la frente sobre la de Vhalla por un breve momento—. Tienes algo en tu interior, Vhalla, algo que la mayoría de las personas no tienen nunca o pierden pronto. No veo el momento de que tú también te des cuenta de ello.

—No soy nada... ni siquiera soy yo misma, soy propiedad de la corona. —Cuanto más lo decía, más hondo calaba. Necesitaba aceptar esa verdad para sobrevivir a la guerra.

Como si Larel percibiera eso, no objetó directamente.

—Lo eres, *por el momento*. Pero pronto estarás de vuelta en la capital para estudiar y hacer grandes cosas.

—Pero no puedo...

—Oh, deja de discutir. —Larel se rio mientras deslizaba los dedos por el pelo de Vhalla con cariño—. Ya lo verás.

Vhalla cerró los ojos.

—¿Y si no lo veo?

—Lo verás.

—¿Seguirás tú ahí para ayudarme? ¿Incluso si no lo consigo? —preguntó Vhalla con voz queda. Se sentía como una niña pequeña que aún necesitaba la seguridad de su manta para enfrentarse a los monstruos que acechaban de noche.

—Sabes que sí —prometió Larel.

—Gracias —susurró Vhalla—. Buenas noches, Larel.

—Buenas noches, Vhalla —respondió su amiga, y sujetó la mano de Vhalla con fuerza mientras esta se dormía.

La puerta se abrió en silencio y el suave suspiro de las bisagras perduró en los oídos de Vhalla. Fritz se había quedado de fiesta con Craig y Daniel después del restaurante. Vhalla se preguntó cuán borracho estaba para colarse en su habitación otra vez. Rodó y enterró la cara en la almohada.

Las pisadas apenas hacían ruido. Sus oídos detectaron el movimiento del aire más que el ruido sobre el suelo. Había algo raro, pero su mente soñolienta no fue capaz de determinar rápido lo que era. Algo sobre las pisadas...

Pisadas. Dos juegos de pisadas.

Vhalla bostezó y se plantó la palma de la mano sobre los ojos. Esperaba ver a Craig y a Daniel, o alguna combinación de ellos con Fritz, pero cuando Vhalla parpadeó y borró el sueño de sus ojos, la figura que encontró de pie al lado de su cama era una pesadilla hecha vida.

Reconoció de inmediato a la norteña que la miraba desde lo alto. Vhalla recordó una noche de fuego, una noche de correr por calles en llamas con un príncipe pegado a los talones. Recordó ser atacada pero advertir al príncipe de que a pesar de haber cuatro atacantes, *aún faltaban dos.*

La luz de la luna centelleó de forma malvada sobre la espada que levantó la norteña. Vhalla la observó paralizada por la sorpresa.

Otra espada cortó a través del aire y Vhalla se giró por instinto hacia el sonido. La primera espada le dio un profundo corte en la espalda y no la empaló solo por su repentino movimiento inesperado. Vhalla ni siquiera registró el dolor del arma al clavarse en su piel mientras su mente trataba de procesar lo que estaba ocurriendo.

Miró la espada del otro atacante, clavada en el centro del estómago de Larel. Un mar de sangre, negra como el carbón en la oscuridad, manaba de la herida. Los ojos oscuros de Larel estaban abiertos como platos de la conmoción. Un sonido estrangulado y burbujeante acompañó el movimiento desenfocado de los ojos de su amiga al deslizarse hacia Vhalla, la sangre empezaba a resbalar por su boca abierta.

Vhalla chilló.

CAPÍTULO 23

El ruido que produjo Vhalla sonó más animal que humano. Fue un alarido agudo, sin palabras, pero expresaba a la perfección la agonía que corría por sus venas en pos de la adrenalina. Arrancaron la espada del estómago de Larel y el asesino la columpió por el aire a toda velocidad, preparado para un segundo ataque. La mujer detrás de Vhalla estaba haciendo lo mismo.

Un instinto singular se apoderó de Vhalla: el instinto de supervivencia. Se abalanzó sobre el asaltante masculino delante de ella, después de gatear a toda prisa hasta el otro lado de la cama y por encima del cuerpo de su amiga. La espada de la mujer falló por poco su segundo golpe, pero le hizo a Vhalla un corte profundo en la pantorrilla a media zancada.

Vhalla cayó al suelo con el atacante, mordiendo y atacando como una bestia rabiosa. Un latido abrumó sus sentidos y Vhalla permitió que los conocimientos de combate de Aldrik tomaran el control. Quería conocer cada horrible manera que pudiese ocurrírsele a él para provocar dolor y tortura a estas viles criaturas.

Movió una mano y desarmó al hombre enseguida. Estaba bien entrenado y arremetió con la mano contraria para quitarse a Vhalla de encima con un manotazo en plena cara. Ella rodó y se recuperó deprisa, a pesar del dolor ardiente en su pantorrilla.

La mujer estaba sobre ella al instante y Vhalla apenas tuvo tiempo de agitar la mano por el aire y desviar la hoja a medio ataque. Ese movimiento permitió al hombre recuperar su arma y Vhalla se vio obligada a agacharse para esquivar otro espadazo. Estaba en inferioridad numérica y no podía maniobrar en esa habitación tan pequeña.

Vhalla corrió hacia la puerta y tuvo que abrirla de rodillas para evitar la hoja que se incrustó en la madera donde su cabeza había estado hacía unos instantes. Salió al pasillo a la carrera. Otros huéspedes de la posada estaban abriendo sus puertas con expresión confusa mientras la Caminante del Viento esprintaba escaleras abajo. La adrenalina era lo único que la mantenía en pie.

La atacante femenina soltó un grito de frustración, aunque ya casi le pisaba los talones.

—¡Muere, *Demonio de Viento!*

Vhalla se giró apenas para esquivar una daga que le habían lanzado y se tropezó con los últimos escalones. Los últimos noctámbulos que pululaban por el vestíbulo se apretaron a toda velocidad contra las paredes exteriores mientras la asesina norteña y la Caminante del Viento caían dando volteretas. Algunos eran soldados que apresuraron a echar mano de unas armas que no llevaban encima. Uno se abalanzó sobre ellas con las manos desnudas solo para que el hombre norteño acabara con él.

Vhalla no tenía tiempo de lamentar la muerte del sureño sin nombre. Le ardía la pantorrilla con lo que sospechaba que era más que dolor. Sus movimientos empezaban a ser lentos y torpes, a pesar de que los instintos de Aldrik permanecían alerta a cada latido de su corazón. Vhalla chocó con una silla y perdió el equilibrio. El espadachín levantó su arma al tiempo que la atacante se recuperaba de una ráfaga de aire que Vhalla había enviado en su dirección.

Una mujer embistió contra el costado del norteño que, desequilibrado, falló en su ataque. Vhalla cruzó una mirada con ese par de ojos desconocidos.

—¡Corre! —Esa fue la última palabra que dijo la valiente mujer antes de que el norteño clavara la hoja curva de su espada a través de su cuello.

Vhalla no sabía de qué podía servir correr, pero lo hizo de todos modos. Salió en tromba por las puertas de la posada y a la plaza al otro lado. El ejército estaba desarmado y con la guardia baja. Los soldados estaban gordos y perezosos después de los días de paz y relajación que les había proporcionado la Encrucijada. Se encontraban tan lejos del Norte que todos habían asumido que estaban a salvo. Terrible error. De hecho, aunque hubiesen estado armados, la mitad de la Encrucijada estaba borracha a esas horas de la noche de todos modos.

No obstante, había una callejuela preparada para acogerla. Vhalla sintió el viento y se volvió a toda velocidad hacia el hombre que corría hacia ella. La ráfaga hizo caer al norteño dando volteretas y su cabeza golpeó la pared de la posada con un crujido audible.

Vhalla había esperado que eso lo matara, lo dejara inconsciente, *lo aturdiera al menos*, pero el hombre parecía hecho de metal o de piedra, pues se limitó a parpadear y se levantó de nuevo. Vhalla dio un paso atrás y le lanzó otra ráfaga de aire, pero fue igual de ineficaz. Vhalla había matado a esta gente la otra vez... *¿por qué no podía matarlos ahora?*

Un grito sediento de sangre llamó su atención y vio que la mujer norteña estaba casi sobre ella. Vhalla proyectó la mano hacia delante, preparada para desviar el ataque, pero el entumecimiento que había estado filtrándose desde su pantorrilla se había extendido a sus dedos, y el viento no obedeció su llamada.

—¡Los ojos! —gritó una voz desde detrás de ella.

Una daga hecha de hielo azul se hizo añicos contra la cara de la asesina, tras pasar rozando la mejilla de la propia Vhalla. La distracción le dio a esta el tiempo suficiente para rodar fuera del camino de la espada. Vhalla se giró, sin aliento, hacia la fuente de la voz.

Fritz echó la mano atrás y otra daga de hielo apareció entre sus dedos. La lanzó, pero volvió a fallar, y Vhalla tuvo que rodar indefensa entre espadazo y espadazo.

Daniel se lanzó a la carga cuando la mujer atacó por tercera vez. Tenía un control sobrecogedor de su cuerpo y cada uno de sus pasos justo anticipaba los movimientos de la asesina. Vhalla reconoció la daga que blandía como la que había comprado cuando habían ido de tiendas juntos. *El soldado la había llevado bajo la pernera de su pantalón desde entonces.*

El oriental demostró cómo se había ganado un brazal de oro, pues ni parpadeó cuando incrustó la daga hasta la empuñadura en el ojo de la norteña. La mujer sufrió un espasmo pero no hizo ni un ruido mientras su cuerpo caía inerte al suelo y se soltaba de la daga de Daniel. Vhalla contempló el cuerpo sin vida pero no encontró compasión alguna. En lugar de eso, volvió su ira hacia el objetivo restante.

El otro asesino, al verse superado en número contra el ejército que se había congregado a toda velocidad con armas en las manos, dio media vuelta para huir.

Vhalla intentó levantarse de un salto al tiempo que proyectaba una mano hacia delante pero sin ningún éxito. Fuera cual fuese el veneno con el que habían impregnado esa hoja le provocó escalofríos por la columna que bloqueaban su Canal. Sin embargo, como si lo hubiesen invocado sus dedos, un infierno brotó de repente y obligó al norteño a tambalearse hacia atrás en su intento por evitar chocar con las llamas.

Vhalla se giró en el suelo en busca del origen del fuego. La multitud se desperdigó como ratas, temerosos de la luz cegadora del fuego que ardía desde los puños de Aldrik hasta sus codos, chamuscando la camisa arrugada que llevaba puesta. Sus ojos oscuros brillaban con intensas llamas y malicia pura. Vhalla no reconoció al hombre que tenía delante como el hombre al que había abrazado y besado el día anterior.

Este era el Señor del Fuego.

Aldrik estaba concentrado en un punto más allá de ella y jugueteaba con el norteño, obligando al asesino a correr para evitar una poderosa y cegadora llama mágica tras otra. Baldair llegó enseguida detrás de su hermano y se quedó paralizado al ver la carnicería delante de él. Vhalla empujó contra el suelo en un intento de mantenerse erguida aunque fuese solo de manera parcial. Ahora estaba a salvo y el latido empezaba a difuminarse; detrás de él, acechaba una agonía que amenazaba con hacerla pedazos.

Aldrik por fin había llegado hasta ella y Vhalla vio sus hombros temblar de ira al ver su cuerpo herido y magullado.

—Lord Taffl, Baldair —les dijo a Daniel y a su hermano, pero sin apartar los ojos de ella en ningún momento—. Apresad a ese hombre y traedlo aquí. *Vivo*.

El príncipe se arrodilló a su lado.

—Vhalla —susurró.

—Aldrik —graznó ella, abrumada por las emociones. Su rostro se retorció de la agonía—. Aldrik, ella... ella está... yo... es mi culpa, *es mi culpa*.

—Vhal... —Fritz había sido el único del creciente grupo de mirones en acercarse a ellos. Él también cayó de rodillas.

Vhalla dejó caer la cabeza entre los hombros y lloró desconsolada.

—Madre, no... —exclamó Fritz. Vhalla esperaba que la estuviese mirando horrorizado a ella, pero no. Miraba más allá.

Siguió la mirada del sureño detrás de ella, más allá de donde Baldair y Daniel estaban arrastrando al asesino doblegado hacia Aldrik. Los ojos de Vhalla siguieron el rastro de sangre que ella misma había dejado hasta la posada, ahora muy necesitada de ser reparada a causa del norteño de piel pétrea que ella había estampado contra su pared. Los ojos de Vhalla se posaron en una pequeña hilera de cuerpos que estaban alineando delante de la puerta. Estaba el hombre al que habían cortado casi por la mitad a través del abdomen, la mujer con la herida en el cuello, otros dos que Vhalla ni siquiera recordaba haber visto caer en la refriega, y luego una mujer occidental.

Vhalla se levantó como pudo, Aldrik y Fritz demasiado consternados para detenerla. A pesar del dolor, echó a correr de un modo torpe y cojo. Daniel trató de agarrarla al pasar, pero tenía las manos demasiado ocupadas manteniendo al norteño bajo control.

Vhalla apartó de un empujón al hombre que estaba situando el cuerpo de Larel en la fila de los caídos. Se desplomó al lado de su amiga.

—No no no no no Larel. —Vhalla apretó las manos sobre la herida mortal de la mujer, como si de algún modo pudiese curarla ahora—. No puedes, ¡no puedes hacerme esto!

Tenía la garganta en carne viva de tanto chillar, pero los oídos de Vhalla apenas distinguían un solo ruido. Se inclinó hacia delante y enterró la cara en el hombro aún caliente de Larel, aferrada a la sombra de su amiga. Aquello era demasiado. Se balanceó adelante y atrás con cada sollozo. *Era demasiado.*

—Vhal. —Fritz puso las palmas de sus manos sobre los hombros de la joven. Vhalla no se movió—. Ti... tienes que ir a que te curen.

—¡No me toques! —chilló histérica. Se retorció para deshacerse de sus manos y se apretó más contra Larel.

—Vhal. —Fritz la agarró.

—¡He dicho que no me toques! —Vhalla se retorció y le lanzó un manotazo. No tenía fuerzas para un ataque ni medio decente, pero aun así Fritz recibió la bofetada en su mejilla empapada de lágrimas. Unos sollozos silenciosos sacudían sus hombros.

Vhalla lo miró desde abajo, completamente perdida.

—Traed a la Caminante del Viento. —La voz del emperador cortó a través de la creciente conmoción de la plaza. Sus ojos azul hielo encontraron los de la joven.

Vhalla agarró el brazo de Larel más fuerte.

—No —susurró.

—Vhal, tienes que ir —suplicó Fritz, que se arrodilló a toda velocidad para impedir que el emperador viese su desobediencia.

—No —le rogó ella a Fritz, al tiempo que negaba con la cabeza—. No puedo, no puedo dejar a Larel así. Me necesita.

—Está muerta, Vhalla. —Las duras palabras de Fritz fueron un cuchillo que cortó a través de los últimos resquicios de esperanza en el corazón de Vhalla—. Y puede que tú acabes igual si no obedeces la llamada del emperador.

Fritz tiró de ella para levantarla y la empujó hacia su regente.

—Es mi culpa... es mi culpa... —susurró Vhalla, repitiendo el mantra en su cabeza una y otra vez.

—¿Qué ha pasado aquí? —exigió saber el emperador cuando Vhalla llegó hasta él.

Todos los ojos estaban puestos en ella. Vhalla tragó saliva y se giró hacia el norteño.

—Era uno de los malabaristas, en el festival.

—¡Habla claro, chica! —El emperador dio un paso al frente.

Aldrik dio también un paso para colocarse en actitud defensiva entre su padre y Vhalla.

—Las personas que atacaron en la Noche de Fuego y Viento, eran los malabaristas del festival, los que habían ido a la capital. Faltaban dos de ese ataque. —La voz de Vhalla resonó vacía en sus oídos.

—¡Y nuestro ataque fue un éxito! No teníamos ni idea de que el emperador Solaris estaba criando Demonios de Viento —escupió el hombre. Su acento era marcado y cerrado, y hubiese sido difícil de entender si su inflexión no estuviese ya grabada a fuego en los oídos de Vhalla a causa de aquella desdichada noche de hacía ya un tiempo.

—Hablas con mucha fuerza para ser un hombre que está a punto de morir —dijo el emperador con voz ominosa.

—Un guerrero no le teme a la muerte —repuso el hombre con arrogancia.

—¿Qué tal morir con la vergüenza de no haber podido matar a la persona que asesinó a tus camaradas? —El emperador hizo un gesto con la cabeza en dirección a Vhalla.

Eso enfureció al hombre, que de repente empezó a forcejear contra Craig, Daniel y Baldair, que hacían esfuerzos por mantenerlo arrodillado.

—Soltadlo —ordenó el emperador.

—Padre... —empezó Baldair consternado.

—¡He dicho que lo soltéis! —El emperador Solaris no era un hombre al que tratar a la ligera, así que soltaron al norteño.

El asesino se abalanzó hacia delante como un velocista en la salida de una carrera, pero no fue a por el hombre más poderoso de todos los reinos, el hombre que había matado a su gente e invadido su tierra natal. El norteño fue a por Vhalla.

La joven no movió ni un músculo cuando las llamas brotaron justo delante de ella. Chamuscaron su ropa de dormir desgarrada y lamieron su rostro, pero no la quemaron.

El hombre parecía resistir también al calor, pero solo durante un breve instante, hasta que la magia lo sobrepasó y lo hizo retorcerse y rodar por el suelo. Su piel empezó a burbujear y a carbonizarse.

El norteño comenzó a boquear, pero se sentó como pudo.

—Tiberum Solaris, el poderoso emperador, *elegido por el sol*, escondido detrás de su hijo y de una niña.

—No soy ninguna niña —amenazó Vhalla. Su susurro lo oyó todo el mundo e incluso el emperador guardó silencio.

—¿Crees que los conducirás a la victoria? —se burló el hombre con desdén, su cara ya una masa de carne mutilada—. Enviamos pájaros, informamos, tenemos *amigos* aquí en el Oeste que no te tienen ningún cariño. Cada centinela, cada soldado, cada hombre, mujer y niño apuntarán sus flechas, sus espadas, sus piedras, sus hachas, sus puños, sus picos y sus venenos hacia ti. No puedes comprender nuestro poder, y morirás.

—Daniel, dame tu daga —dijo Vhalla con suavidad.

—Vhalla...

—¡Dámela! —Apartó los ojos del norteño y su dolor se manifestó como una ira ardiente.

Daniel miró a Baldair con impotencia, y este se giró hacia el emperador. El hombre se lo pensó solo un instante antes de asentir en dirección al guardia dorado. Daniel le dio la vuelta al arma y la sujetó con cuidado por la hoja para ofrecérsela a Vhalla por la empuñadura.

El metal de esta le transmitió a Vhalla la misma sensación que su magia la primera vez que había abierto su Canal: fue un fogonazo de poder. Pero este era más oscuro, de una naturaleza más retorcida y primitiva. Vhalla cojeó hacia el hombre herido. Su pantorrilla protestó cuando le puso peso, tenía la ropa empapada de sangre, propia y ajena, y la culpa lastraba sus hombros.

El norteño levantó la cara hacia ella, los ojos guiñados, cargados de odio e ira. Por el más breve de los momentos, Vhalla se preguntó si había querido a los que ella había matado en la Noche de Fuego y Viento del mismo modo que ella había querido a Larel. Si solo estaba mirando un espejo de sí misma, si solo daba la casualidad de que ella estaba en el lado afortunado del reflejo.

El hombre gruñó y atacó. Vhalla fue a su encuentro. No necesitaba la Unión; esto lo haría sola. Vhalla recordó lo que había dicho Daniel mientras sentía la leve resistencia de la hoja al clavarse directamente a través del ojo del hombre para incrustarse en su cráneo.

No había ningún sonido aparte del viento. Vhalla estaba congelada en el tiempo, contempló el otro ojo abierto de par en par y el rostro sin vida del hombre al que había matado. Esta no era una ira ciega, no era un estallido de poder, y no era un recuerdo que su mente fuese a bloquear después. Era el acto de poner fin a una vida de manera deliberada, y había sido espantosamente fácil.

De repente, Vhalla se sintió mareada y osciló cuando todo su cuerpo empezó a temblar. Se sentía vacía y al mismo tiempo tan llena de agonía que estaba segura de que iba a reventar por las costuras y morir.

Su pantorrilla cedió al menguar su determinación y Vhalla se trastabilló antes de caer.

Daniel hizo ademán de atraparla, pero Aldrik fue más rápido. El príncipe la atrapó y la hizo girar en el sitio, y Vhalla se encontró ingrávida mientras Aldrik la levantaba por los aires y la abrazaba contra su pecho. Hizo una mueca cuando él recolocó los brazos alrededor de la piel cortada de su espalda para encontrar una manera de sujetarla con el menor dolor posible.

Cuando el príncipe se giró, Vhalla pudo ver la cara del emperador. Mostraba una quietud letal y la maldad en sus ojos al verla en brazos de Aldrik fue palpable, pero el príncipe no dijo nada. Miró más allá de su padre y echó a andar hacia el hotel en el que se había estado alojando. Vhalla sintió cada ojo estupefacto y vio cada boca abierta a medida que la gente se abría para dejar pasar al príncipe heredero y a la Caminante del Viento.

—Aldrik —murmuró, procurando hablar lo más callada posible para que solo él la oyera—. Aldrik, tú yo ellos…

—Que digan algo —masculló Aldrik con la mandíbula apretada—. Deja que una sola persona diga algo y me dé una razón para quemarlo todo.

Vhalla sintió el calor en las palmas de sus manos, la fuerza cruda que blandía y prometía cumplir sus amenazas. Luego cerró los ojos y apoyó la cabeza en el hombro del príncipe heredero mientras este la llevaba en brazos a la residencia temporal de la familia imperial. Apretó la cara contra él y dejó que su fuerza protegiera su debilidad mientras sus hombros empezaban a sacudirse y las lágrimas rodaban una vez más por sus mejillas.

CAPÍTULO
24

Aldrik la depositó con cuidado en uno de los divanes, una cáscara repleta de tristeza y lágrimas. Vhalla se hizo un ovillo sobre el costado y casi se atragantó con sus propios sollozos. Aldrik se sentó a su lado, acariciando con suavidad su pelo con los dedos.

Cualquier atisbo de paz que hubiese podido ofrecerle quedó arruinado enseguida por la puerta al abrirse de par en par.

—¡Has perdido la cabeza! —Lord Ophain se dirigió a su sobrino a pasos agigantados.

—Déjanos solos, tío. —Aldrik no apartó los ojos de ella, los dedos perdidos en su pelo.

—Creía que querías protegerla...

—Y está claro que el sitio más seguro para ella es a mi lado. —Había una calma agorera en las palabras de Aldrik.

—¡No, lo que acabas de hacer ahora es poner una diana aún más grande sobre su espalda al mostrarle a todo el mundo que *ella* es el punto débil en la armadura del príncipe heredero! —exclamó—. Aldrik, tienes que llevarla a la habitación de un clérigo y justificar tus acciones —suplicó lord Ophain—. Di que actuaste como lo hiciste solo porque la necesitamos para la guerra. Que quieres que piense que...

Un fuego brotó a su lado cuando el diván de enfrente estalló en llamas. La luz y las llamas repentinas a la espalda de Aldrik hicieron que Vhalla se removiera.

—Tío, juro por la Madre que si tú o cualquier otra persona intentáis llevárosla de mi lado...

—Ya basta, Aldrik. —Vhalla apoyó una mano sobre uno de sus puños cerrados. Las llamas se extinguieron al instante. Ella se desplomó contra el costado del príncipe, cuyo brazo se cerró enseguida alrededor de sus hombros. Vhalla no sabía quién de los dos estaba temblando—. Intenta ayudar. Quizás yo...

Aldrik apretó el brazo y tiró de ella para ponerla sobre su regazo. La sujetó contra él como si tratara desesperadamente de recomponer las piezas rotas de su ser con sus caricias temblorosas. La abrazó con fuerza por la cintura al tiempo que aspiraba una bocanada de aire.

—No, no lo haré. —Miró ceñudo al Lord del Oeste, pero le habló a ella—. No te soltaré.

—Tendrás que soltarla si no quieres que muera de una infección. —El príncipe Baldair estaba en el umbral de la puerta—. La curaré aquí mismo. —Cruzó hasta ellos y dejó en el suelo al lado del diván una de las cajas de clérigo más grandes que había visto Vhalla en su vida.

Los dos hermanos se miraron y Vhalla empezó a pensar que Aldrik iba a cumplir su promesa. Sin embargo, al final relajó los brazos y la volvió a acomodar en una posición reclinada. A continuación, se recolocó a toda prisa para que la cabeza de Vhalla pudiese apoyarse en su muslo.

El príncipe más joven tiró del faldón de la camisa de Vhalla y cortó a través de la tela andrajosa de la espalda hasta el mismo cuello. Vhalla no tenía la energía suficiente como para preocuparse del recato. No tenía energía para hacer nada más que llorar y dejar que Aldrik le secara las lágrimas.

—Padre está reuniendo a los mayores —dijo Baldair al cabo de unos segundos—. Debes ir.

—No la voy a dejar —repitió Aldrik.

—Vhalla necesita descansar —replicó el príncipe Baldair.

—Deberías ir, Aldrik. —Lord Ophain sonaba mucho más sereno—. Si quieres protegerla, *debes* ir. Eres el único que puede representar sus intereses en esa mesa, los intereses de *ambos*.

Las manos de Aldrik dejaron de moverse. Su dolor se extendió de manera palpable por encima de ella y embotó el efecto de los dedos de Baldair hurgando en el corte de su espalda. Vhalla se aferró al muslo del príncipe heredero con los nudillos blancos; sus dedos le iban a dejar moratones.

Aldrik la iba a dejar. Vhalla sabía que tenía que hacerlo, pero eso no lo hacía más fácil. El mundo se lo estaba quitando también. Vhalla no lo podía soportar.

—Baldair. —Aldrik se atragantó con la primera *a*, pero se recuperó enseguida.

Larel también había sido amiga suya, su única amiga en muchos aspectos. Vhalla también se la había quitado. *Era todo culpa suya.* Vhalla apretó los ojos, le temblaba el cuerpo entero.

—No la pierdas de vista ni un instante. Protégela con todo lo que tengas. Asegúrate de que se curen sus heridas y esté bien atendida. Haz esto por mí y no volveré a pedirte una sola cosa en toda tu vida. —La voz de Aldrik sonó áspera, mientras pugnaba con unas lágrimas que no quería dejar caer.

Los cuidados del príncipe Baldair se detuvieron un instante y los dos príncipes compartieron una mirada de comprensión que hacía tiempo que estaba ausente.

—Tienes mi palabra, hermano. Por mi honor.

Aldrik empezó a apartarse de ella, pero Vhalla lo agarró de las manos con las dos suyas para que se quedara.

—N... no te vayas, Aldrik. Por favor, no me dejes todavía. Sé que tienes que hacerlo, pero tod... todavía no. —Los ojos de Vhalla casi hicieron que Aldrik se viniese abajo—. Aldrik, *por favor* —suplicó, y un mar de lágrimas rodaba por sus mejillas.

Aldrik la volvió a acomodar en el diván y se puso de pie a su lado. Luego se inclinó hacia delante, retiró el pelo de su cara una vez más y apretó los labios contra su sien. Vhalla sollozaba.

—Volveré lo más pronto que pueda.

—Prométemelo. —Agarró sus dedos de nuevo—. *Prométemelo* y lo creeré.

—*Lo prometo*, y jamás incumpliré una promesa que te haga, mi Vhalla. —Retiró la mano de la de ella y se enderezó. Vhalla observó cómo la fachada pétrea del príncipe heredero volvía a su lugar habitual. Llevaba la distancia de la nobleza, la ferocidad del Señor del Fuego y la armadura de su título. Era un guerrero preparado para la batalla.

Vhalla cerró los puños y enterró los ojos en los talones de sus manos.

—Es mi culpa, es mi culpa —se lamentó, en cuanto la puerta se cerró a la espalda de Aldrik y su tío.

—No lo es. —No había estado hablando con el joven príncipe, pero él respondió de todos modos.

—¿Y tú qué sabes? —escupió Vhalla con amargura—. No sabes nada sobre tu hermano, nada sobre mí. Nunca has intentado saberlo siquiera. Estabas demasiado ocupado con tus advertencias malentendidas. Así que limítate a callarte por una vez.

El príncipe la complació durante un rato, mientras ponía gasas sobre la herida y la impregnaba de una sustancia pegajosa que se volvió fría al endurecerse. Apretó con suavidad contra su hombro y Vhalla entendió que necesitaba que se tumbara bocabajo para tener acceso a la herida de su pantorrilla. El príncipe empezó a suturar la profunda herida sin avisarle siquiera.

—Esa tenía veneno —farfulló Vhalla.

—¿Qué? —Los dedos del príncipe interrumpieron su trabajo—. ¿Estás segura?

—Estaba afectando a mi magia. —Vhalla asintió. Sus lágrimas amainaron hacia una sensación de embotamiento.

—Tendré que ir a buscar a otra persona para eso. —El príncipe hurgó entre los viales de elixires, ungüentos y antídotos—. No tengo ni idea de qué hacer con los venenos.

—Aldrik lo sabrá. —Vhalla estaba segura. El príncipe Baldair volvió a su sutura y a untar la herida con un ungüento espeso. Cuando terminó, giró en torno al diván para arrodillarse delante de la cara de Vhalla. El príncipe metió dos dedos en el frasco y empezó a masajear la pomada sobre el ojo morado de Vhalla.

—Gracias, mi príncipe —musitó ella a regañadientes.

—Baldair —la corrigió él.

—¿Baldair? —Era sorprendente lo fácil que sonaba el nombre en su boca.

—Llamas a Aldrik por su nombre; es raro que sigas usando mi título conmigo. —Baldair recogió sus cosas y se levantó—. Iré a buscar a Elecia; ella sabrá darte un antídoto.

—Dije que *Aldrik* lo sabría. —Vhalla no tenía ningún interés en ver a la occidental.

—Y Aldrik no regresará en muchas horas —replicó Baldair con firmeza. Su tono se suavizó cuando la vio desinflarse—. Elecia te ayudará.

Vhalla asintió y empezó a recluirse mentalmente para soportar el ataque que seguro que Elecia le echaría encima. Habían pasado días desde la última vez que habían hablado y, en ese tiempo, Vhalla se había convertido en la amante secreta del príncipe heredero, el primo de Elecia. Vhalla cerró los ojos y procuró no pensar en nada.

Cuando la puerta se abrió de nuevo, Vhalla ni siquiera se dio la vuelta. Se mantuvo en tensión, tratando de contener la tiritona. *Su culpa, su culpa, era todo culpa suya.*

—Vhalla. —Elecia tocó su hombro con suavidad y Vhalla dio un respingo que casi la hizo salirse del pellejo al sentir el contacto—. Déjame verte.

La actitud de Elecia no dejaba espacio a las objeciones y, de repente, las manos de la occidental estaban cerradas con cuidado en torno al cuello de Vhalla. Deslizó los dedos por la mejilla de Vhalla, la otra mano recorrió sus hombros, bajó por el centro de su pecho y hasta su muslo.

Vhalla cerró los ojos con fuerza.

—Es la misma porquería que utilizaron con Aldrik —murmuró Elecia—. Pero mucho más débil. No debería ser un problema.

¿Esto era más débil de lo que había sufrido Aldrik? Él tenía más veneno y aun así todavía podía utilizar su magia, cuando la de ella ya había vacilado. Vhalla sintió un aprecio renovado por la fuerza del príncipe heredero.

—¿Dónde está Aldrik? —No pudo evitar preguntarlo.

Elecia suspiró mientras rebuscaba en la pequeña bolsa que había llevado consigo.

—Averiguando cómo mantenerte a salvo. —Elecia se sentó a su lado, inspeccionó el trabajo de Baldair e hizo sus propios añadidos—. A ti y a él...

—Lo quiero. —Vhalla empezó a temblar otra vez, pues sus palabras habían provocado un nuevo río de lágrimas—. Lo quiero, pero soy solo muerte. Soy muerte para todas las personas a las que quiero. Algún día seré también la causa de su muerte.

Elecia la agarró de la cara con brusquedad y giró la cabeza de Vhalla para que la mirara. Los ojos esmeraldas de la mujer refulgían rojos por los bordes, por agotamiento o por lágrimas.

—No lo serás. Yo no te lo permitiré.

—Pero... —gimoteó Vhalla.

—Si vas a estar con él, entonces encontrarás la fuerza para llevar ese manto. No valen las dos cosas, Vhalla Yarl —dijo Elecia con fiereza—. Aldrik lo está arriesgando todo por ti esta noche, así que más vale que estés dispuesta a hacer lo mismo. Porque como le hagas daño, juro que te mataré.

Vhalla hizo un ruido atragantado cuando sus labios fracasaron en su intento de formar palabras. Elecia puso su mano sobre la espalda de Vhalla con un suspiro frustrado y esta sintió un cosquilleo cuando la magia de la occidental activó el ungüento que le había aplicado. Repitió el proceso sobre la pantorrilla y la forzó a tragar dos viales más antes de plantarle un tercero en las manos.

—¿Sueño Profundo? —Vhalla reconoció el olor al instante como la pócima que le había dado Baldair hacía meses durante su juicio.

—No puedes curarte si no duermes. Descansa mientras puedas. —Elecia se puso de pie.

—Espera, no me dejes. —Elecia era la última persona a la que Vhalla hubiese esperado aferrarse, pero la tristeza no seguía las leyes de la lógica.

—No puedo hacer nada más por ti. —Elecia miró a la mujer oriental desde lo alto, el ceño fruncido, pero no soltó su mano.

—No me dejes sola, por favor. —Vhalla agachó la cabeza de nuevo. Larel, quería a Larel. Quería sentirse a salvo y caliente y amada de manera incondicional. *Quería a Larel.*

—Túmbate —suspiró Elecia, antes de sentarse. La mujer no le ofreció más consuelo. No le susurró palabras de consuelo ni le secó las lágrimas, pero se quedó hasta que el Sueño Profundo hizo efecto y la mente de Vhalla se vio por fin forzada a apagarse. Aunque Elecia nunca soltó sus dedos de donde los tenía entrelazados con la afligida oriental.

Vhalla se removió un rato después, cuando alguien la levantó entre sus brazos. El pánico momentáneo se sofocó enseguida cuando sintió su calor, cuando oyó su corazón latir al mismo ritmo lento y fuerte que el de ella. Aldrik la trasladó del diván a la cama y la arropó con las mantas.

Vhalla gimoteó en tono lastimero. Dolía tanto estar despierta... después de la dicha del sueño desprovisto de todo. La cama se hundió un poco cuando él se enroscó a su alrededor.

—Aldrik —murmuró Vhalla, y se apretó contra él.

—Mi Vhalla —suspiró él—. Duerme, todavía no ha amanecido.

Vhalla sacudió la cabeza, con lo que se ganó otro suspiro. Necesitaba saber qué había pasado. Entreabrió los ojos para toparse con la sombra exhausta del príncipe que conocía. Unos círculos oscuros teñían sus mejillas, instalados debajo de sus ojos cansados.

Tenía el pelo lacio y enredado. Y vio la marca de un moratón en su mandíbula que no estaba segura de querer saber cómo había llegado hasta ahí.

—Aldrik. —Uno de los pedazos más grandes que quedaban de su corazón se fracturó al verlo. *Era su culpa*, era su culpa que él tuviera ese aspecto. Ella lo había puesto en esta situación.

—Duerme. Necesitas descansar —insistió otra vez. A pesar de su aspecto, su voz sonaba calmada y serena.

Vhalla se soltó de sus brazos.

—¿Acaso no te importa?

—*¿Qué?*

—¡Larel, Larel está muerta y la he matado yo! —Las palabras de Vhalla estaban empapadas de lágrimas—. ¿No te importa?

Aldrik se incorporó hasta quedar sentado. La miró desde lo alto.

—*¿Que si no me importa?* —masculló con tono hosco.

Vhalla oyó la temblorosa tensión que Aldrik apenas podía controlar, y se arrepintió al instante de sus palabras, pero él habló demasiado deprisa para que ella pudiese retirarlas.

—¿Todavía crees que soy el desalmado Señor del Fuego?

La mera expresión de su cara hizo que Vhalla hipara, ahogada en lágrimas otra vez.

—Aldrik, no… —Negó con la cabeza.

—Está claro que así debe ser, si de algún modo piensas que estoy tan contento, en absoluto afectado por s… su muerte —espetó cortante.

—Lo siento, no pretendía decir eso.

—¿Sabes siquiera cómo nos conocimos? —Aldrik se levantó y empezó a caminar de arriba abajo—. ¿Cómo conocí a Larel?

—Me lo contó una vez —susurró Vhalla, que percibía la ira que irradiaba Aldrik.

—Me dijo que yo la había salvado, que era el príncipe de todos los cuentos, el que salva a la chica indefensa. —Aldrik se rio con amargura; la tristeza disputaba una batalla con el odio a sí mismo en la oscuridad de sus ojos—. Siempre le dije que eso era una tontería, pero nunca le dije lo mucho que necesitaba esas palabras. Nunca le di las *gracias* por ellas. Qué boba era al pensar que yo la había salvado, cuando fue ella la que me salvó a mí.

—Sé que teníais una relación estrecha... —Vhalla se sentó a su lado.

—No tienes ni idea. —Él se giró para mirarla—. Lo más probable es que te criaras rodeada de amigos y personas que disfrutaban de tu compañía. Pero yo, incluso en mis mejores años, era extraño y estaba distanciado por mi condición de noble y por mi magia. Había una sola persona entre mis iguales que me veía como algo que no fuese su príncipe. *Yo tenía a Larel.* E incluso... incluso después de que la apartara de mi lado, ella volvió. Era mucho mejor amiga de lo que merecí tener nunca.

—Eso no es ver...

—Y cuando acudió a mí, papel en mano para marchar contigo, le dije que no estaba preparada.

Vhalla se reafirmó en que *era su culpa.*

—Sabía que no estaba lo bastante entrenada, que no estaba hecha para la guerra. Pero pensé... —Aldrik la agarró por los hombros de repente—. Pensé que podría protegerla. Igual que pensé que podría protegerte a ti. —Vhalla no encontraba qué decir—. Pero ahí estás, magullada y rajada tras un intento de asesinato. Y no hay ninguna razón aparte de la pura... suerte para que no estés tirada en un charco de sangre al lado de ella. ¿No te das cuenta de que lo pensé? —La sacudió y Vhalla hizo una mueca por el dolor en su espalda. Aldrik paró y miró a los ojos muy abiertos de Vhalla antes de dejar caer la cabeza, derrotado—. Larel está muerta y tú muy bien podrías haber muerto también. No he protegido a nadie.

Aldrik se sentó sin soltarle los hombros, el pelo por encima de la cara. Con su siguiente inspiración, Vhalla creyó que iba a seguir hablando, pero soltó el aire despacio, luego otra inspiración temblorosa, llena de más silencio. Los temblores eran pequeños al principio, y empezaron por sus hombros antes de encontrar el camino hasta sus manos, a pesar de resistirse.

Vhalla la oyó, *esa respiración*, la que liberó sus lágrimas. Oyó el extraño ruido atragantado que subió por su garganta cuando por fin se rindió a su propia aflicción abrumadora. Estaba cansado, trabajaba demasiado y había perdido a la persona que consideraba su mejor amiga. Aldrik, el príncipe heredero, el futuro emperador, el Señor del Fuego, el líder de la Legión Negra, un hechicero... era solo un hombre. Y los hombres podían romperse.

Sus dedos se aflojaron y sus manos se deslizaron hacia abajo por los brazos de Vhalla, pero no la soltó. Fue la primera lágrima que cayó sobre la sábana de la cama la que sacó por fin a Vhalla de su propia conmoción y dolor. Estiró los brazos y lo atrajo hacia sí sin vacilar. Apretó la cara de Aldrik contra su pecho para esconderlo. Sabía que, con toda su testarudez, era probable que estuviese avergonzado por mostrar su dolor.

Cuando las lágrimas de Aldrik empezaron a agitar su pecho, Vhalla encontró su propio dolor alimentado por el de él. Lo abrazó con fuerza, le acarició el pelo, deseosa de darle todo el consuelo que él jamás pediría para sí mismo. Los brazos de Aldrik se movieron para envolverse alrededor de la cintura de Vhalla cuando por fin cedió a sus atenciones. La herida de la espalda de ella protestó cuando él se abrazó, pero no dijo nada. Era posible que Aldrik no se permitiera una segunda oportunidad de llorar, pensó, así que no haría nada por interrumpir su lamento.

Vhalla nunca obedeció la orden original de Aldrik de que durmiera, y pronto la luz del sol empezó a llenar la habitación. Incluso después de que amainaran las lágrimas, él permaneció acurrucado entre sus brazos. Vhalla era consciente de que la forma en que estaba retorcido no podía ser cómoda, pero encontraba tanto consuelo en él como el que ella le estaba dando, así que no sugirió moverse.

Cuando Aldrik por fin se separó de ella, apartó la mirada antes de levantarse. Se llevó una mano a la cara y Vhalla miró hacia otro lado para darle privacidad. Aldrik le dio la espalda.

—Tenemos un día largo por delante. —Su voz sonó hueca y distante.

—¿Qué pasará ahora? —En realidad, no estaba del todo segura de querer saberlo.

—Ya lo oíste: los ataques contra ti serán frecuentes y sin misericordia.

Se inclinó hacia delante y levantó la cara de Vhalla hacia él. El rostro de Aldrik ya se había recuperado y, además de los ojos un poco rojos, no tenía el aspecto de un hombre que acabase de llorar durante más de una hora. Tenía la mandíbula apretada en actitud decidida, el ceño fruncido con el peso de la planificación calculada. Vhalla no estaba segura de lo que sentía cuando esa mezcla desesperada de emociones iba dirigida a ella.

—Hoy vamos a fabricarte tres *doppelgangers*.

—¿*Doppelgangers*? —Parpadeó confusa.

—Tres dobles. Ayer por la noche, los mayores discutieron quién de entre todas las tropas se parecía más a ti, con tu misma altura y constitución. Esas mujeres van a venir hoy, una por una, y las convertiremos en ti. —Hablaba con tal precisión que Vhalla supo que esto no era un plan de los mayores, sino suyo—. Cada una cabalgará conmigo, con mi hermano o con mi padre, de modo que, desde el principio, tu localización exacta será un misterio para todo el mundo, incluidos los soldados.

—Si hay tres mujeres, ¿dónde estaré yo? —preguntó.

—Estarás oculta a plena vista. —Acarició su mejilla con suavidad—. Desde hoy, tus dobles poseen tu nombre. Ya no es tuyo.

—¿Qué? —Vhalla estaba abrumada y confundida.

—A partir de mañana, una de ellas será la verdadera Vhalla Yarl. Pero ninguna de ellas será la verdadera Vhalla Yarl. Tú serás una espadachina del montón. Habrás llegado con los soldados de a pie enviados por el Oeste para que nadie pueda cuestionarse por qué no te conoce. Invéntate el nombre y la historia que quieras, pero los necesitarás pronto.

—No puedo... —se quejó con suavidad; ni siquiera sabía cómo sujetar una espada.

—Puedes y lo harás —dijo Aldrik con firmeza. Luego sacudió la cabeza—. Esta es la mejor oportunidad que tenemos ahora, y *no pienso* perderte.

—¿Qué pasa con las otras mujeres? Se convertirán en objetivos —susurró.

—Exacto, y si una de ellas es asesinada, es posible que el Norte crea que ha matado a la Caminante del Viento —afirmó con frialdad.

—Aldrik, pero será la hija de alguien, quizás la madre de alguien o la...

—¡Me da igual! —Vhalla dio un respingo al oír su repentina intensidad. Aldrik cruzó a paso airado hasta el otro lado de la habitación—. Tengo que hacer una elección, Vhalla. Esa elección es tu vida o la de ellas, y para mí no hay ninguna duda. Si mueren, morirán con honor por su emperador. —Se volvió otra vez hacia ella y Vhalla vio, para su horror, que sus palabras eran ciertas, que no le importaban sus vidas. Las había etiquetado de prescindibles.

Vhalla se retorció los dedos.

—Cabalgarás con Baldair...

—¿Qué? —exclamó Vhalla, y se levantó de un salto. Su pantorrilla aulló de dolor y Aldrik llegó enseguida para sujetarla—. Aldrik, no, no me dejes. ¡No me dejes sola!

—Calla. *Shhh.* —Era una orden, pero sus palabras tranquilizadoras tuvieron el efecto deseado—. Debes cabalgar ahí para mantener la fachada de ser una espada. Pero será solo hasta que lleguemos al Norte. —Aldrik retiró el pelo de los ojos de Vhalla—. Cuando lleguemos a la frontera, el ejército se dividirá en grupos más pequeños para movernos por la jungla. Entonces vendrás conmigo.

—Vhalla sorbió de manera ruidosa y las lágrimas volvieron a sus ojos—. Entonces vendrás conmigo, mi Vhalla, mi dama, mi amor. —Aldrik apretó los labios con firmeza contra los suyos, silenciando así cualquier objeción.

—Lo p... —Vhalla hipó.

—Lo prometo. —La mandíbula de Aldrik tembló un momento y entonces la estaba besando de nuevo. Su boca sabía a resignación y Vhalla supo que ese era el sabor que le dejaría—. Ahora, prométeme que serás fuerte.

—Lo prometo. —La cara de Vhalla se contorsionó de la agonía.

Aldrik la abrazó y Vhalla se aferró a él con tal fuerza que le temblaban las manos. Los largos dedos del príncipe se enterraron en su pelo.

—Sacrificaré lo que haga falta sacrificar para mantenerte a salvo.

Vhalla creyó cada palabra, lo cual evocó un nuevo terror que nadaría por sus venas.

Aldrik la condujo a otra habitación en la misma planta y le dijo que esperara ahí. Vhalla no tenía ni idea de qué esperar cuando reapareció al rato con el emperador.

Cerró las manos con fuerza sobre la manta que Aldrik había echado por encima de su ropa desgarrada. El emperador la miró con un desdén poco velado. Aldrik mostraba una actitud neutra y distante.

—Bueno, empecemos. —El emperador Solaris fue hasta una mesa, abrió la carpeta que llevaba y se sentó delante de un puñado de papeles.

Uno por uno, Aldrik hizo pasar a mayores acompañados de mujeres que tenían bajo su mando. Y una por una, Vhalla les contó lo que significaba ser Vhalla Yarl. Les habló de su infancia, de su hogar en Cyven. Les habló de la biblioteca, de Mohned, de su trabajo como aprendiza, de Roan y de Sareem. Les habló de la Noche de Fuego y Viento y de su juicio. Expuso hasta el último detalle de su vida con el emperador y los mayores de testigos.

En realidad, parecía una Proyección. Hablaba y se movía, pero su mente estaba más distante a cada cosa que decía. Cada palabra entregaba pedazos de sí misma y ella iba siendo cada vez menos Vhalla Yarl.

La última fue una mujer casi idéntica a ella en su corta estatura. Parecía una mezcla de sureña y oriental, con el pelo largo y rubio oscuro. Vhalla tuvo la sensación de que era la que más se parecía a ella, a pesar de tener el pelo más claro y los ojos azules. La mujer le dio las gracias antes de marcharse. Vhalla pensó que, si le estaba dando las gracias por la oportunidad de ser ella, no había escuchado una sola cosa sobre su vida.

Entre el recuento de su historia a cada doble y el secretismo requerido para colar a cada mujer en la sala y luego sacarla también de incógnito, la tarea les llevó toda la mañana y parte de la tarde. Para cuando la última mujer fue acompañada a sus aposentos, Vhalla estaba exhausta.

Aldrik y el emperador apostaban por la misma mujer que Vhalla, lo cual significaba que esa sería la doble que cabalgaría en compañía de Aldrik. Vhalla recibió la bolsa de la mujer como su nueva ropa. Aldrik también le plantó una daga y una botella de tinta negra en las manos y le dijo que hiciese lo que pudiese por cambiar su aspecto.

Temblando y sola en la sala de baño, Vhalla se lavó con cuidado la tierra y la sangre de la noche anterior. Observó con atención a medida que aplicaba tinta a su pelo, para cambiar los mechones del castaño al negro. Después de dejar que el color se asentara un poco, lo enjuagó y repitió el proceso tres veces. Inspeccionó su progreso en el espejo y constató que, en efecto, su pelo había cambiado de color.

Vhalla se mordió el labio al recordar lo liso y dócil que había lucido su pelo cuando Larel había usado su calor sobre él. Se tragó un sollozo y pasó sus propios dedos por su pelo con soplos de viento atrapados por debajo. Fue una operación torpe y tardó varios minutos en lograr tener algo de éxito, pero sí que se secó más liso, con un aspecto más occidental y sin su habitual textura ondulada. Así estaba más largo y Vhalla tomó la decisión consciente de no volver a dejárselo corto. Lo había hecho una vez y se había convertido en nadie. Esta vez crecería para ocupar su nueva piel.

Aun así, Vhalla echó mano de la daga. Luego tiró de parte del pelo por delante de su cara y le dio un corte justo por debajo de la frente para hacerse flequillo. Por segunda vez en un año, Vhalla fue incapaz de reconocer a la persona que la miraba desde el espejo. Se inclinó sobre el lavabo y se tapó la boca con la mano mientras pugnaba por contener las lágrimas por la mujer cuyo recuerdo había decidido honrar.

Mantén la compostura. La amiga de Vhalla Yarl había muerto, Vhalla Yarl la lloraría. *Ella no era Vhalla Yarl.* Volvió a mirarse al espejo y reforzó su determinación. Miró a esos ojos duros y esa cara desconocida y se repitió que *ella no era Vhalla Yarl.* Limpió el cuarto de baño deprisa y se puso la ropa de la otra mujer... *su propia ropa*, se corrigió.

Salió de la sala de baño y regresó a donde esperaban el emperador y Aldrik. Los dos hombres la miraron de arriba abajo. El emperador se echó atrás en su silla.

—Funcionará —sentenció, y se frotó los labios con un dedo.

—¿Cómo te llamas? —le preguntó Aldrik.

—Serien —repuso sin dudarlo ni un instante.

—Serien, ¿cómo te apellidas? —le preguntó.

—Serien Leral —dijo, y se percató del momento exacto en que él reconocía su nombre.

Aldrik tuvo que hacer un esfuerzo por mantener la compostura.

—¿De dónde eres? —Aldrik apretó la mandíbula con fuerza.

—De un pueblo llamado Qui. Es un pueblo minero al que espero que no tengáis que ir nunca —recitó. Su historia se la habían puesto en bandeja.

—¿Dónde está Qui? —El emperador se echó hacia delante y cruzó las manos entre las rodillas.

—Está como a medio camino de Norin, por las carreteras viejas.

—¿Tus padres? —preguntó Aldrik.

—Mi padre era un minero y un borracho. Mi madre era una mujer rota que dejó su casa en el Este porque pensó que aquello era amor. Los dos murieron cuando yo era pequeña, y desde entonces trabajé en las minas. —A pesar de sus pequeños cambios para explicar sus ojos, se preguntó si el emperador ubicaría la fuente de inspiración para su historia. Vhalla sonrió con frialdad; *por supuesto que no lo haría*. Larel no había significado nada para él; dudaba que recordase siquiera a la niña que su hijo salvó de las minas de plata de Qui.

—¿Por qué estás aquí? —El emperador cuestionó su mirada confiada.

—Para tener una vida mejor y servir al emperador —dijo con soltura.

—Bien hecho, señorita Yarl. —El emperador se echó atrás en su silla. Vhalla lo observó con curiosidad.

—Señorita Leral —lo corrigió.

El hombre se limitó a reírse bajito.

—Tu armadura está aquí. —Aldrik dio un paso a un lado y le permitió acercarse a la mesa que tenían detrás. Sobre ella, encontró una coraza básica y una cota de malla. Vhalla se quedó aturdida por un momento. Una de las mujeres llevaría la armadura que Aldrik había fabricado para ella. *No*, se recordó, Aldrik había hecho esa armadura para Vhalla Yarl, y *ella no era Vhalla Yarl*.

Agarró la cota de malla. Esta era la armadura de Serien, sencilla y sin adornos. Era el tipo de armadura que encajaría entre una masa de soldados y no se distinguiría de todas las demás. Aldrik la ayudó en silencio y le enseñó a fijar la coraza. Era más pesada que su armadura de escamas, y el peso le hizo apoyarse más en la pierna sana mientras se ponía los guanteletes.

—¿Alguna pregunta? —Aldrik se giró y le entregó una espada. Por suerte, se ataba sobre su pierna izquierda, su pierna buena, así que podía desenvainarla con la mano derecha. Se movió un poco para adaptarse a su peso en la cadera.

Hubo una pausa notable cuando sus ojos se cruzaron. Vhalla se preguntó qué veía Aldrik en ella entonces, a *quién* veía entonces.

—¿Serien?

El nombre sonaba extraño procedente de él y dirigido a ella, pero si alguien podía decirlo y hacerle creer que esa era su nueva identidad, ese sería Aldrik. Sacudió la cabeza.

—Bien, te presentarás ante la Guardia Dorada. Puedes marcharte.

Vhalla asintió. Sus ojos reflejaban la distancia vacía que veía en los de él. Agarró su bolsa de lona del suelo, dio media vuelta e hizo un breve saludo. Tenía los nudillos blancos de intentar bajar las escaleras con la armadura puesta y su pierna herida. Se movía con determinación, pero con cuidado de no abrirse los puntos.

El atardecer estaba casi sobre ellos cuando Serien salió del hotel por una puerta trasera.

CAPÍTULO
25

Los Ritos del Atardecer se celebraban cuando se ponía el sol para que la Madre pudiese enviar las almas de los muertos a los reinos eternos del Padre. Serien asistió con las masas en la plaza central de la Encrucijada. Nadie la miró dos veces. Ella contempló la elaborada plataforma sobre la que había cinco cuerpos amortajados en tela roja.

Uno de ellos era Larel Neiress, la mujer que había pasado innumerables horas reconstruyendo a Vhalla Yarl después de que su mundo la hubiese roto. Esta vez, sin embargo, sus manos no habían estado ahí y Vhalla Yarl se había roto en tres pedazos.

El príncipe heredero estaba de pie delante de los cuerpos mientras una Matriarca con capucha cantaba la endecha fúnebre. Serien rechinó los dientes y protegió su corazón tras altos muros. No lloraría. No podía llorar por una mujer que no había conocido nunca.

Pero sus ojos estaban atentos a todo y vio cómo el príncipe heredero tenía los ojos fijos en el cuarto cuerpo. Percibió cómo se movían sus llamas hacia él a un nivel fundamental que no podía explicarse. Al final, Serien salió de entre la multitud cuando empezó a hacérsele un nudo en el estómago.

Era una vagabunda, una solitaria, el espectro de la Encrucijada sin nada que hacer y nadie que la buscara. Serien se apostó bajo la arcada de uno de los muchos edificios y volvió dos veces después de que la echaran. Al final, el dueño dejó de intentarlo.

Observó a la muchedumbre moverse por ahí, felices de que la vida volviera a la normalidad. Vio a un sureño de pelo desgreñado ir cuatro veces al hotel de las tres vidrieras grandes y regresar a una posada, rechazado y solo cada vez. La punzada de tristeza trepó por el fondo de su garganta, pero se apresuró a sofocarla. *Aquellas eran las emociones de otra mujer.*

Cuando el ejército por fin se reunió en la plaza, preparado para retomar la marcha, Serien era la cáscara exhausta de una mujer. El miedo apenas la había dejado dormir, miedo a lo que su mente traicionera pudiese urdir y miedo a dormir al aire libre. No tenía montura, pero por instinto se colocó en el centro de la columna. Era extraño estar rodeada de tanta armadura plateada, pero hizo un esfuerzo rápido para aceptarlo como su nueva normalidad.

La multitud estalló en vítores cuando la familia Solaris salió del hotel con sus mejores galas. Había seis corceles alineados delante del edificio, tres para la realeza, los otros tres para las figuras de oscuras capas que caminaban a su lado. Tres mujeres, casi idénticas en estatura, encapuchadas bajo capas negras que ocultaban sus rostros, caminaban al lado de cada uno de los miembros de la familia real. En la parte de atrás de sus mantos había un ala plateada. Era una diana preciosa.

Con poco interés, observó cómo una se montaba en un corcel negro con una mancha blanca que bajaba por su cara, como un relámpago. La mujer se situó a la derecha del príncipe heredero. El príncipe miró a quien fuera esa mujer antes de trotar hasta su lugar en la fila.

—Al menos podrían haber intentado disimularlo —comentó uno de los soldados que tenía cerca.

—No cuesta demasiado saber cuál es la Caminante del Viento —convino otro.

—Como si el Señor del Fuego fuese a dejar a su oscuro amorcito fuera de su vista.

Serien no se unió a sus especulaciones en cuanto a la verdadera relación entre el príncipe heredero y la Caminante del Viento Vhalla Yarl, pero aguzó el oído. La mayoría estaba de acuerdo en que había algo entre los dos, pero las teorías eran de lo más variopintas. Dos hombres y una mujer se reunieron con el príncipe más joven cuando este se colocó al lado de la Caminante del Viento encapuchada.

—Muy bien, ¡todo el mundo en formación! —ordenó un oriental.

Serien levantó la vista hacia él cuando su caballo encontró el camino casi hasta su lado. El hombre del brazal dorado bajó la vista y sus ojos se cruzaron. Entornó un poco los ojos y abrió la boca para decir algo.

—Daniel, ¿qué pasa? —preguntó un sureño a su izquierda.

Serien se apresuró a girar la cabeza hacia delante. No debería haber escogido el centro de la columna. Intentó juntar las manos para retorcerse los dedos, pero era difícil con los gruesos guanteletes. Se mordió el labio a cambio.

—Nada —repuso el oriental—. Lo siento, no es nada.

Mantener el ritmo de los caballos era difícil mientras salían de la Encrucijada a paso ligero con toda la pompa que exigía la situación. La pantorrilla de Serien aullaba de dolor y sudaba a mares por el esfuerzo de reprimir sus gritos. Incluso cuando llegó la orden de ralentizar el paso, la cosa no fue más fácil. Estaba segura de que se había abierto los puntos.

Serien mantuvo la vista al frente durante todo el día. La Gran Vía Imperial iba a llegar a su fin pronto. Llegarían a los últimos puestos fronterizos antes del Norte y entonces sería territorio peligroso. Su ánimo sombrío no se correspondía con el del resto de los soldados, así que permaneció sumida en su trance particular hasta que dieron la orden de parar.

Ese fue el primer momento en que se sintió perdida. Todos los demás sabían qué hacer, dónde ir. Tenían sus tiendas de campaña y sus tareas asignadas. No hubo ni un solo titubeo mientras se disolvían en lo que era la vida normal de un espadachín.

Serien se movió despacio y trató de escuchar las conversaciones para ver si alguna confirmaba que pudiera acercarse a uno de los carros de las tiendas y pedir una sin más.

—Soldado —la llamó un hombre desde atrás.

Serien se giró y sintió una punzada en el pecho al ver esos ojos familiares.

—Eres una recluta nueva, ¿verdad? —Daniel se detuvo delante de ella, una mano en la cadera.

—Lo soy —farfulló Serien.

—¿Tu nombre? —La pregunta sonó forzada.

—Serien Larel —repuso, con la esperanza de que tomara nota.

—Deja que vea cómo usas esa cosa. —Señaló hacia su espada.

Serien miró al oriental. ¿En qué estaba pensando? Iba a arruinar su tapadera antes de que acabara el primer día. Uno o dos de los otros miraron con curiosidad al guardia dorado que se dirigía a ella, pero debió parecerles lo bastante normal, porque nadie les prestó demasiada atención.

Serien desenvainó su espada con ademán decidido. Pesaba demasiado y se desequilibró al instante. La agarró con dos manos e intentó estabilizarse. Daniel desenvainó su propia espada y en un solo movimiento fluido hizo que la de ella saliera volando de sus manos y cayera a la arena.

—¡Eso no ha sido justo! —protestó.

—¿Crees que tu enemigo va a ser justo? —Daniel dio un paso hacia ella—. ¿Cuánto tiempo has practicado?

Serien apartó la mirada. No debería haber dicho nada.

—No mucho. —Eso sonaba mucho mejor que «nunca».

—De verdad que el Oeste está rebajando mucho sus estándares. —Envainó su espada y cruzó los brazos delante del pecho. Serien lo miró con cautela—. Porque *sí* eres del Oeste, ¿verdad?

—Lo soy.

—Eso creía. —Soltó un suspiro dramático y puso los ojos en blanco—. Muy bien, te enseñaré.

—¿Qué?

—No voy a dejar que un soldado que esté bajo mis órdenes vaya a la guerra indefenso. —Un tono familiar resonó bajo sus palabras—. Salgamos de entre las tiendas.

Serien lo siguió hasta el desierto que rodeaba a las tropas. No fueron lejos, solo lo suficiente como para tener espacio para moverse en un gran círculo y no tener miedo de columpiar sus espadas.

—No se sujeta así. Mira cómo sostengo yo la mía. —Lo demostró con su propia espada y acabó moviendo las manos de Serien de todos modos—. Así, ¿ves?

—Pesa mucho —susurró ella.

—Es acero forjado. —Daniel se rio bajito—. Ahora, para columpiarla...

Si Serien había estado agotada, dolorida y empapada de sudor por la marcha, no era nada comparado con entrenar con Daniel hasta el atardecer. Le dolía el cuerpo entero, sus hombros gritaban su protesta, y apenas podía levantar la espada para envainarla.

—Suficiente por hoy —dijo Daniel al darse cuenta de su estado. Serien asintió agradecida.

—Daniel —dijo en voz baja cuando se encaminaron de vuelta al campamento.

—¿Sí? —Su tono había cambiado a uno que a Serien le sonaba bien.

—¿Puedo simplemente tomar cualquier tienda?

—¿No tienes una todavía? —Parecía sorprendido.

—No. No me dijeron nada. —Se mordió el labio.

—No va a quedar ninguna libre. —Daniel se pasó el guantelete de una mano por el pelo—. ¿Quieres quedarte conmigo? —Lo preguntó con tal suavidad que estaba claro que dudaba que fuese a aceptar.

—No puedo.

—¿Por qué? —preguntó Daniel con sinceridad—. ¿Por qué no puedes?

—Porque yo...

—No dejaré que duermas en la arena, sola. —A ella tampoco le sonaba demasiado atractivo—. ¿Viajas con alguien, Serien?

Daniel la miró a los ojos y Serien trató de encontrar una respuesta.

—Lo siento, no puedo.

Serien se adelantó y no volvió a mirar atrás.

Al final fue justo como había dicho Daniel. Serien durmió al aire libre con su petate como almohada. Aunque el Sur estaría sumido en lo peor del invierno, el Páramo era caluroso y ese calor perduraba después del atardecer. No empezó a tiritar hasta que la luna estaba a medio camino del cénit.

Cuando Serien se despertó, una manta cubría sus hombros. No llevaba ningún nombre bordado, pero era mejor que las de fabricación estándar. Miró a su alrededor, como si pudiese encontrar al fantasma que se la había echado por encima durante la noche, pero nadie dio un paso al frente.

La usó a la noche siguiente, y la noche después de esa. Una vez, Serien pensó unos instantes en los poderes de la otra mujer, en estirar su mente desde la cárcel de su cuerpo a cubierto de la oscuridad para contactar con cierto príncipe, pero reprimió la idea enseguida. Ese príncipe no le pertenecía. Serien y él no eran nada. Esa noche se durmió discutiendo consigo misma: *Si Serien y el príncipe Aldrik no eran nada, entonces ¿por qué estaba durmiendo fría y sola a la intemperie?*

Para la tercera noche, los otros soldados habían empezado a darse cuenta de que era distante y diferente.

—Practicas mucho con lord Taffl —comentó uno de los soldados que marchaba a su lado.

—Es un honor —repuso Serien con sequedad.

—¿Eres alguien especial para el lord? —Serien no dijo nada—. Eh, te he hecho una pregunta. —El soldado agitó la mano delante de su cara. Ella continuó con la vista al frente—. ¿Qué pasa contigo? —resopló el hombre indignado.

—Deja a la dama en paz —ordenó Daniel desde su montura.

—Está claro que es alguien especial —musitó el hombre en dirección a su amigo.

Las palabras atormentaron a Serien durante todo el día y se las echó en cara a Daniel más tarde. Tiró su espada sobre la arena. Le palpitaba la pierna, suponía que era consecuencia de no haberse quitado las grebas durante casi una semana seguida. Tenía la pantorrilla hecha un desastre; ni siquiera se atrevía a mirarla.

—Creen que hay algo entre nosotros.

—¿Y? —Daniel envainó su espada y recogió la de ella.

—No podemos seguir haciendo esto o pensarán...

—¿Qué? —Le devolvió la espada—. ¿Qué pensarán?

—Que hay algo entre nosotros. —Serien no recuperó el arma.

—¿Y qué?

—Que no pueden —insistió.

—¿Por qué no? —Daniel se encogió de hombros, pero sus ojos revelaron que estaba dolido.

—Porque somos... —La voz de Serien se perdió mientras él daba un paso hacia ella.

—¿Qué? ¿Qué somos? —preguntó Daniel con suavidad. Serien recuperó por fin la espada y la envainó con actitud frustrada—. Yo tampoco tengo palabras para ello, todavía. —Daniel se desnudó emocionalmente delante de ella—. Pero quiero ayudarte, quiero cuidar de ti. Sé que se supone que no debería saber siquiera quién eres, pero lo sé y estoy contento por ello. —Serien sacudió la cabeza e intentó hacer como que nunca había oído esas palabras—. Mírame —dijo Daniel con dulzura. Ella volvió a negar con la cabeza—. *Vhalla*, mírame.

Los ojos de la joven volaron hacia él al oír su verdadero nombre. Hizo añicos su máscara y derribó los muros que con tanto esfuerzo había intentado construir. Hizo que el dolor fuese peor y la verdad más difícil de soportar.

—No me llames así —suplicó—. Por favor, Daniel, no me llames así.

—Es tu nombre. —Se quitó el guantelete a toda prisa y Serien se quedó muy quieta cuando la piel del oriental entró en contacto con la suya, cuando le acarició la mandíbula—. ¿Por qué te lo han quitado?

—Para mantenerme a salvo —hipó en voz baja, tras perder la batalla con las lágrimas.

Daniel suspiró, incapaz de discutir con eso.

—Entonces, deja que yo también te mantenga a salvo. No vuelvas a dormir en el suelo a la intemperie esta noche. Me está haciendo un agujero en el pecho que se hace más profundo a cada momento que pienso que estás ahí.

—Ya sabes por qué no puedo. —La joven no estaba segura si era Vhalla o era Serien la que lo miró en ese momento, pero Daniel no fue capaz de sostenerle la mirada.

—Él te querría a salvo —balbuceó Daniel. Su mano cayó de la cara de ella con el peso de la resignación—. No te tocaré, lo juro.

El sol se estaba poniendo sobre las dunas y pintaba de dorado la piel oriental de Daniel. Vhalla tragó saliva, trató de encontrar a Serien en su interior una vez más. Le dolía el corazón, su mente estaba apesadumbrada, pero no quería dormir con frío otra noche más y estaba *cansadísima*.

Serien asintió.

Daniel la miró incrédulo durante unos instantes. Luego se apresuró a guiarla de vuelta al campamento. El corazón de Serien latía a toda velocidad mientras él la conducía hacia una tienda de tamaño modesto cerca del centro de las fuerzas. Había dos parecidas cerca de ella, la de Baldair no mucho más allá.

Los ojos de la joven se demoraron en la tienda del príncipe. Él lo sabría. Averiguaría lo de Daniel y ella, si es que no lo había hecho ya. *¿Y si se lo contaba a Aldrik?*

Escudriñó a los soldados, paranoica, pero nadie le prestaba atención. Era invisible, una donnadie. Puede que Daniel fuese un lord y un mayor, pero era uno recién nombrado y estaba claro que apenas lo consideraban superior a un soldado raso. A nadie le importaba quién entraba en su tienda ni para qué.

El interior era más grande que la tienda de un soldado medio, cómoda para tres personas. Serien se quedó sentada, medio aturdida, mientras sus ojos se adaptaban a la tenue luz. Daniel no era un Portador de Fuego y no podía conjurar llamas para ver, así que tenían que conformarse con la restante luz del sol y la creciente luz de la luna.

—¿Sabes cómo quitarte esto? —Él ya estaba a medio camino de quitarse la armadura.

—En realidad, no. —Había olvidado lo que le había enseñado Aldrik y era más compleja que los simples ganchos que él había fabricado para su armadura de escamas.

—Deja que te enseñe.

Daniel se movía despacio, como si el más leve movimiento pudiese hacerla huir. En cuanto se quitó la coraza de los hombros, Serien soltó un suspiro de alivio. Había olvidado lo pesada que era esa maldita cosa. La cota de malla se la quitó después con facilidad.

—¿Qué…? —Daniel levantó la pernera de su pantalón antes de que Serien tuviera ocasión de objetar y esta vio de inmediato lo que había llamado su atención. Su pantorrilla estaba cubierta de sangre reseca, las vendas colgaban flácidas e inútiles; la piel estaba desgarrada a causa de los puntos que se habían saltado—. Por la Madre, ¿cómo puedes andar siquiera?

—Me he acostumbrado. —Había una fascinación horripilante en ver su propio cuerpo mutilado. Serien se preguntó si estaba tan tranquila porque ni siquiera su cuerpo parecía suyo. Nada le pertenecía ya, ni siquiera su nombre.

—No, esto está muy mal. —Daniel hurgó en su petate—. Tengo que ir a ver a un clérigo.

—¡No! —Serien lo agarró de la muñeca—. Harán preguntas.

—No, no las harán —la tranquilizó Daniel—. Serien, tú no eres nadie. Yo tampoco soy gran cosa. Los soldados se hieren todo el rato. Deja de preocuparte. —Apoyó la palma de una mano sobre la cabeza de la joven y luego salió de la tienda a toda prisa.

Serien pugnó con las emociones que batallaron en silencio en su interior cuando Daniel se ausentó: culpa, vergüenza, dolor, agotamiento y *alivio*. Estaba contenta de no estar sola.

Daniel volvió a vendarle la pierna y se negó a entrenar con ella durante una semana entera después de eso. Serien empleó la mayor parte de ese tiempo en recuperar horas de sueño perdidas. En cuanto Daniel montaba su tienda, ella desaparecía y se escondía del mundo. En la oscuridad no tenía que ser ni Serien ni Vhalla. Podía no ser nadie, y eso era lo único que le proporcionaba la paz suficiente para cerrar los ojos.

Las patrullas y los centinelas se aumentaron en torno a las tropas, pero no hubo más ataques. La marcha hacia el Norte parecía tan pacífica que era inquietante. Los soldados empezaban a aburrirse, y con su aburrimiento llegaban los chismorreos.

—He oído que por fin ha vuelto a empezar a llevarla a su tienda otra vez. —El charlatán que caminaba al lado de Serien había estado muy emocionado con respecto a esta información en particular.

—¿Quién?

—El príncipe heredero y la Caminante del Viento. ¿Quién si no?

Serien miró de reojo a los soldados que hablaban.

—Aunque he oído que está consumiendo el doble de alcohol que antes.

—¿Suficiente para él y para ella?

—Bueno, tampoco puedo culparla. ¡Yo tendría que estar borracho como una cuba para pensar siquiera en dormir con el Señor del Fuego! —Todos se rieron.

Serien se preguntó cómo podía ser que Vhalla Yarl hubiese estado tan sorda a sus palabras. Ahora, sin embargo, esas palabras se quedaron con ella. Se quedaron hasta que entrenó con Daniel esa noche y las fue soltando con su juego de pies y sus espadazos poco a poco menos torpes.

—Estás mejorando, ¿sabes? —la animó Daniel mientras descansaban lado a lado después.

—¿Sí? —Serien rodó para mirarlo.

—Así es. —Daniel sonrió y Serien hizo algo que no había hecho todavía: sonrió en respuesta.

La expresión se derritió de los labios de Daniel mientras la miraba, como si él se hubiese dado cuenta de lo mismo.

—Vh... Serien —se corrigió, al recordar cómo le había suplicado que no la llamara por su nombre la última vez que lo había usado. Eso le robó la fuerza a Serien y le recordó todas las cosas que estaban rotas en el mundo. Ser Serien era cada vez más fácil.

—¿Sí?

—¿Puedo tocarte?

La pregunta la tomó desprevenida y lo miró parpadeando. Trató de ver su rostro con mayor claridad en la oscuridad. Se acercó un poco incluso, en su intento, pero no sirvió de nada. La luna empezaba a menguar y, con ella, sus noches habían empezado a ser más oscuras.

—¿Qué tipo de pregunta es esa? —susurró.

—Juré que no lo haría —le recordó Daniel—. Pero quiero hacerlo.

—¿Cómo? —El corazón de la joven empezaba a latir furioso en su pecho.

—Todavía no lo sé. —Daniel se acercó un poco—. Pero me gustaría averiguarlo. ¿Puedo?

Serien tragó saliva, la garganta estaba seca.

—Puedes.

La palabra se le escapó; Serien ni siquiera sabía que había estado escondida en su interior. Las ásperas yemas de los dedos de Daniel, callosos por años de manejar la espada, rozaron la frente de la joven, palparon donde estaba su cara en la oscuridad. Entonces se relajaron. Daniel los deslizó despacio por su sien, por encima de la curva de su mejilla, a lo largo de la mandíbula hasta la barbilla. Luego rozaron sus labios, subieron por su nariz, como si fuese un artista que tratara de recrear su aspecto.

—Daniel... yo... —Se le quebró la voz. Las lágrimas amenazaban con brotar por el dolor que sentía en el pecho, que podía partirla en dos. Daniel era demasiado amable.

—¿Qué? ¿Tú qué? —La arena rechinó debajo de él cuando se movió más cerca todavía. Serien podía sentir su calor ahora; lo notaba más caliente de lo que hubiese esperado y fue un consuelo maravilloso—. ¿Qué somos?

Serien abrió la boca e intentó formular una respuesta... pero no tenía ninguna. No sabía cómo podía llamar a Daniel, llamarse a *ellos dos*. Él había ido mucho más allá de su responsabilidad como amigo y, sin que ella se diera cuenta, había empezado a llenar los agujeros que le había dejado su vida anterior. Él la consolaba de noche y borraba sus miedos para el día.

Serien cerró los ojos con fuerza y se apartó despacio.

—Estoy cansada.

Daniel no volvió a hacer esa pregunta.

Hicieron falta poco más de dos semanas para que Craig interrogara por fin a Daniel acerca de su actitud ahora distante y sus extrañas costumbres. En cuyo momento Craig quedó al corriente de todo. Serien se sorprendió de que hiciese falta sentarlo delante de ella y casi decírselo para que se diese cuenta de quién era el cuerpo que estaba habitando.

Eso sí, en cuanto fue consciente de quién era ella, juró protegerla también, y a partir de entonces Serien tuvo dos profesores. La joven no se había dado cuenta de lo mucho que monopolizar el tiempo de Daniel lo había desviado de sus obligaciones, pero en el momento en que dejó de tener que estar con ella a cada segundo después de la marcha, el hombre se dedicó a hacer otras cosas, como atender las peticiones de Baldair o ayudar con la gestión del campamento. Serien estaba enfadada con él por no decirle que había sido una carga y se aseguró de que lo supiera.

Daniel se limitó a reírse. Lo hubiese hecho de todos modos, le aseguró.

Serien había nacido de sangre y muerte, pero incluso ella empezaba a ver el sol salir con todos sus colores. Quizás fuese por el incansable apoyo de Daniel, y de Craig. O quizás fuese porque cada día la llevaba más cerca del último puesto fronterizo del Oeste, donde las tropas se dividirían y ella estaría con Aldrik otra vez.

Algunos soldados habían llamado a ese último puesto un «fuerte», pero ese término era muy generoso. Tenía una muralla improvisada construida con maderos gigantescos y arcilla compactada, pero en el interior había poco más que las pretenciosas ciudades de tiendas de campaña que Serien había llegado a conocer tan bien. Aquí no hubo pompa ni celebraciones, nada de vítores ni estandartes ni ceremonias. Estaban al borde de la guerra y no había tiempo para ese tipo de cosas frívolas.

—Descansaremos aquí esta noche —gritó el emperador por encima de las tropas, y su voz flotó por el desierto—. Cuando retomemos la marcha mañana, nos moveremos como tres fuerzas independientes.

Los hijos del emperador lo flanqueaban a derecha e izquierda. Cada uno de los miembros de la realeza iba acompañado de la sombra negra que no se había separado de su lado en ningún momento. Aparte del polvo de sus capas, las Caminantes del Viento no parecían haber cambiado desde que partieran de la Encrucijada.

—Cada legión estará dividida entre mis hijos y yo. Los tres tomaremos rutas diferentes hacia Soricium para aumentar nuestras posibilidades de llegar hasta ahí.

Serien reconoció el nombre de la capital del Norte, el último gran escollo para la victoria del imperio. Cruzó los brazos delante del pecho. Usando los recuerdos de la otra mujer, una sonrisa asomó en sus labios al saber que Vhalla Yarl le había aconsejado una vez al emperador que separara a los miembros de la familia real.

—Vuestros mayores al mando os anunciarán vuestros destinos mañana. Preparaos para la guerra.

CAPÍTULO
26

Serien estaba tumbada en la tienda despierta, escuchando la respiración de Daniel. Observaba cómo su pecho subía y bajaba a la luz de la luna, puntuado por los suaves suspiros de las tierras oníricas. Se preguntó que veía su compañero detrás de sus ojos cerrados. Sus sueños no podían ser en absoluto tan tortuosos como los de ella.

Estar a su lado se estaba volviendo dolorosamente normal, aunque echaba de menos a Fritz y a Larel con un anhelo que no podría rellenarse nunca. En cualquier caso, Daniel era amable y atento. Era considerado y se anticipaba a sus necesidades de un modo sorprendente.

Serien rodó sobre el costado. Si las cosas hubiesen sido distintas, *¿qué serían ellos dos?* Se mordió el labio.

—¿Estás seguro de que esto es buena idea? —Incluso como un susurro callado, la voz del príncipe Baldair llegó hasta ella.

—¿Cuántas veces tengo que decírtelo? —repuso una voz grave y oscura como la medianoche. Su tono susurrante reverberó directo a través de Serien y al interior de una mujer que llevaba semanas reprimida—. No lo aceptaré de ningún otro modo.

—Tú y ella… —Las voces se acercaron y Serien oyó dos pares de pisadas en la arena pasar por al lado de la tienda de Daniel.

—Una vez más, ¿cuántas veces tengo que decírtelo? —En el ojo de su mente, la joven pudo verlo pellizcarse el puente de la nariz.

—Ya lo sé —musitó Baldair incrédulo—. Lo has pensado bien, ¿verdad?

La pregunta fue ignorada.

—¿Cómo está? —Las voces empezaron a alejarse.

—Bien cuidada. Tengo a los míos pendientes de ella. Me informan a diario y he cumplido mi promesa, hermano: ha tenido todo lo necesario para estar bien.

Serien miró de reojo a Daniel.

—Te refieres al oriental.

—¿Cómo lo has sabido? —Baldair parecía tan sorprendido como Serien.

—Tengo que hablar con... —Sus susurros callados estaban casi fuera del alcance de su oído.

Él estaba ahí. *Estaba ahí mismo*, le repitió una voz en el fondo de su mente. Si se movía ahora, lo vería. Serien sabía que no se lo podía permitir. Había tenido un cuidado extremo de evitar a la Legión Negra a toda costa. Era muy consciente de lo que verlo le haría a la otra mujer en su interior.

Cuando las voces se perdieron por completo, Serien tenía los pies debajo de ella y se movían sin que ella se lo hubiese propuesto. Salió de la tienda a toda prisa, rezando por no despertar a Daniel. Los vio a lo lejos, los dos príncipes lado a lado. Caminaban hacia la tienda de Baldair. Una diminuta mota de llama iluminaba su camino y Serien se tambaleó hacia ella, hipnotizada.

La delgada figura del príncipe estaba envuelta en negrura, como recortada de la noche en sí. Sus elegantes dedos estaban cruzados a su espalda. Su presencia irradiaba la esencia de un porte regio a todo el que lo mirara.

—Aldrik —murmuró ella.

Debía de haber sido imposible para él oírla, pero se giró de todos modos. Se quedó paralizado, como si hubiese visto un espectro. Baldair también se giró, curioso por ver qué había cautivado de esa manera a su hermano. En cuanto la vio, lo supo.

Ella dio otro paso adelante y Aldrik no dijo nada, los brazos de repente flácidos a los lados. Serien se tambaleó a través de la distancia que los separaba. Sus ojos estaban perdidos en los de Aldrik y el príncipe heredero tampoco parecía capaz de ver nada más. Los dos eran completamente ajenos a las miradas nerviosas de Baldair, pendiente de si los veía alguien.

—Vhalla —susurró él, y extendió una mano hacia ella.

El príncipe Baldair agarró la muñeca de su hermano.

—A mi tienda. —Le lanzó a ella una mirada significativa y la joven se apresuró a seguirlos.

En cuanto estuvieron los dos en el interior, las manos de Aldrik se enterraron en el pelo de ella. Sus largos dedos se hundieron en los oscuros mechones, como si tratase de enredarse con la mismísima esencia de la chica. Ella sintió cómo Serien desaparecía y, sin la armadura de la otra mujer, Vhalla estaba tan desnuda como un bebé, abierta al mundo y a las emociones que batallaban en su interior.

Inclinó la cabeza hacia arriba, agarró la cara de Aldrik y tiró de él hacia ella. El alto príncipe obedeció su petición silenciosa se agachó para estrellar los labios sobre los de ella. Su cota de malla se clavó en el pecho de Vhalla, cuyos dedos la arañaron en busca de algo a lo que aferrarse. Estaba desesperada por estar con él, por la vida que solo él podía infundirle.

Baldair se aclaró la garganta para llamar su atención. Aldrik se apartó solo un pelín, sus ojos recorrieron el rostro de Vhalla. Deslizó las manos por sus mejillas, las bajó por su cuello y sus hombros. Y la miró, observó la criatura rota y llena de cicatrices, con asombro.

—Creo que iré a dormir con Raylynn esta noche —anunció Baldair.

Los dos se giraron para ver la solapa de la tienda volver a caer en su sitio. Vhalla sintió que un intenso rubor se deslizaba por sus mejillas ante su descaro delante del hermano de Aldrik. Pero la mano del príncipe que se deslizó debajo de su barbilla y devolvió sus labios a su boca borró todo pensamiento al respecto.

Cada leve giro de la cabeza de Aldrik, cada movimiento de sus labios mojados sobre los de ella, era un éxtasis que no había conocido hasta la primera vez que lo había besado. Era el sabor más dulce que había probado en la vida, uno que solo mejoraba a cada momento que pasaba. Era el lugar perfecto en el que perderse y olvidar el dolor. Aldrik apartó el cuerpo, lo cual la hizo gemir.

El arrogante príncipe sonrió contra la boca de la joven. Sus manos manipularon su cota de malla y al final se la quitó por encima de la cabeza entre beso y beso. Cayó pesada a la arena, y apretó su cuerpo contra el de ella una vez más.

Era un baile para el que solo ellos conocían los pasos, cada movimiento lleno de significado. Las manos de él, las de ella, la boca del uno, de la otra, sus cuerpos, todo ello se movía con una precisión perfecta. La parte de atrás de sus tobillos chocó con la cama de Baldair y Vhalla cayó sobre ella. Llevar semejante mamotreto durante la marcha parecía ahora mucho más pragmático de lo que primero le había reconocido al joven príncipe.

Sus manos cayeron sobre las caderas de Aldrik, sus pulgares encontraron el camino bajo el faldón de su camisa. Suave, *por la Madre, su piel era muy suave*. La palma de la mano de Aldrik subió y bajó perezosa por el costado de Vhalla. Se enganchaba de vez en cuando en la camisa y acabó empujándola hacia arriba para exponer la piel desnuda de la joven a las yemas calientes de sus dedos.

Aldrik interrumpió el beso, jadeante y congestionado. El pecho de Vhalla subía y bajaba a toda velocidad mientras lo miraba, sus caras muy cerca. Él no dijo nada, pero sus ojos llevaban la promesa de un mundo de deseo apenas controlable. Vhalla pasó los brazos por detrás de su cuello y tiró de sus labios de vuelta con ella. *No podía mirarla de ese modo sin besarla*. Aldrik la complació con voracidad y descartó cualquier noción tímida previa de invadir su boca.

Los dedos de Vhalla se deslizaron alrededor del cuello de Aldrik, bajaron por su clavícula y se adentraron en la amplia abertura de su camisa. La joven se deleitó con la piel expuesta de su pecho. Él inclinó la cabeza, devoró el cuello de ella.

—Quiero sentirte —gimió ella con suavidad. Fue un sonido que debería estar avergonzada consigo misma por hacer. Pero tenía la cabeza demasiado turbia para eso. Su cabeza no tenía el control ahora mismo.

Aldrik se enderezó, sus rodillas a ambos lados de sus piernas al borde de la cama. La miró dubitativo, inseguro, mientras procesaba sus palabras. Agarró la parte de atrás de su camisa, se inclinó hacia delante, se la quitó por encima de la cabeza y la dejó caer al suelo junto a la cota de malla.

Vhalla lo miró. Su corazón podía martillear o sus pulmones podían respirar; hacer las dos cosas al mismo tiempo era demasiado para su cuerpo ahora mismo. El cuerpo de Aldrik era ágil, con marcados músculos bien cincelados bajo la palidez fantasmagórica de su piel. La diminuta llama proyectaba profundas sombras por su abdomen. Tenía una cicatriz fea en la cadera derecha, otra en el hombro y unas cuantas menores aquí y allá. Estaba casi demasiado delgado y el lustre de su piel rayaba en lo enfermizo. Su nariz estaba un poco torcida y su rostro era anguloso y afilado.

—Eres perfecto —susurró.

Aldrik parecía completamente estupefacto. Estaba claro que otras mujeres no habían pensado lo mismo.

Vhalla estiró los brazos hacia él y Aldrik cedió. La levantó para situarla un poco más arriba en la cama. Su boca estaba sobre la de ella una vez más, sus manos exploraban su cuerpo.

—Te deseo —murmuró con voz ahumada.

—Pues tómame. —Vhalla nunca había sido tan descarada, pero este hombre era fuego. Era vida. Era la única cosa que le había parecido buena o correcta en semanas, y lo quería tanto que le dolía solo pensar en tener que volver a separarse de él alguna vez.

—No —dijo él, como si la palabra fuese una maldición.

—¿Qué? —Los párpados de Vhalla aletearon y cuando abrió los ojos lo encontró mirándola desde lo alto.

Él también tenía los ojos entrecerrados, pues se había estado deleitando en el mismo arrebato de pasión que ella.

—No te tomaré de este modo. —Acarició la mejilla de Vhalla.

—¿Por qué? —gimió ella.

—Porque me importas demasiado como para tomarte de un modo tan lascivo. —Besó su mandíbula, sus acciones completamente enfrentadas a sus palabras.

—¿Y si yo quiero que lo hagas? —Vhalla no podía creer que estuviese casi al borde de la súplica.

Él tampoco, y soltó una risa ahumada y sensual.

—¿Me desearás menos cuando llegue el amanecer?

—Madre, no. —Vhalla cerró los ojos con fuerza. La idea del amanecer, de ser Serien de nuevo, de estar lejos de él, amenazó con quebrantar su espíritu.

—¿Me desearás menos al amanecer siguiente? —Aldrik le dio unos mordisquitos suaves en la clavícula al tiempo que retiraba su camisa con dedos ávidos—. ¿O al siguiente?

—No, no, no —musitó Vhalla, rezando por que no parara nunca de acariciarla.

—Entonces, será una fruta que madurará con tiempo y paciencia. —Aldrik apretó la mejilla contra la de ella y sus labios se movieron contra su oreja al hablar—. Y será aún más dulce cuando sea recolectada.

Había promesas oscuras amontonadas entre sus palabras y que fueron selladas con sus acciones. Con nada más que besos y unas exploraciones tímidas la tenía acalorada desde el pecho hasta las mejillas, su respiración agitada. Vhalla se volvía loca cada vez que sus dedos recorrían los tensos músculos de los hombros de Aldrik y estaba lista para gritar su nombre cuando el fuego del príncipe centelleó sobre su piel, crepitando contra su magia ventosa.

Al cabo de un largo rato, Aldrik rodó sobre el costado y la abrazó de modo que quedara medio encima de él, los brazos alrededor de sus caderas. Aldrik deslizó la mano por su espalda mientras ella lo besaba con parsimonia. Vhalla no estaba segura de cuándo o por qué había amainado el calor, pero cuando lo hizo, se encontró acurrucada contra su pecho desnudo, la cabeza remetida al lado de su cuello y su barbilla y el brazo de Aldrik a su alrededor. La pasión se había asentado a una cálida sensación melosa que cocía a fuego lento en la boca de su estómago.

—Aldrik… —Su susurro se transformó en un bostezo.

—¿Sí, mi Vhalla?

Vhalla sintió su voz reverberar tanto en el cuello como en el pecho del príncipe, y la hizo estremecerse.

—Nada… Solo quería oírte decir mi nombre.

—Vhalla, Vhalla, *Vhalla* —obedeció él, recalcando cada uno con un beso en la frente.

—Si la mañana no llegara nunca, creo que no me importaría… —Su cuerpo empezaba a apaciguarse y los bostezos se volvieron más frecuentes.

—Creo que a mí tampoco —convino él, y la abrazó más fuerte.

—¿A partir de mañana estaremos juntos? —No se había atrevido a preguntarlo antes, temerosa de la respuesta, pero si tenía que prepararse para lo peor, quería saberlo ahora. Necesitaría la noche para mentalizarse.

—Escribí la lista de soldados yo mismo. —Aldrik asintió—. A partir de mañana no volveremos a estar separados nunca.

—¿No sería un sueño precioso? —Vhalla bostezó de nuevo.

—Mi Vhalla, mi dama, mi amor. —Las palabras de Aldrik suavizaron las aristas más ásperas del corazón de Vhalla—. Me haces hacer cosas mucho más peligrosas que soñar. Haces que tenga esperanza, haces que *desee*. —Suspiró con un sonido que era en parte felicidad y en parte dolor—. Por la Madre, todavía tengo que descubrir si vas a ser mi salvación o mi perdición.

Vhalla se retorció para mirarlo, los ojos oscuros del príncipe lucían intensos.

—Yo jamás te haría daño. —Apretó los labios contra los de él.

—Salvación, pues. —Aldrik sonrió contra su boca.

La mañana amenazaba con quemar a través de la lona de la tienda, y Vhalla sentía como que el mundo empezara y terminara con el hombre entre cuyos brazos estaba acurrucada. Su respiración y sus latidos regulares estaban en perfecta sincronía con los de ella y creaban una melodía con un timbre dulce. No del todo despierta, pero tampoco dormida, Vhalla iba a la deriva por una neblina dichosa.

Una neblina que fue interrumpida de repente por la entrada en la tienda de un príncipe de hombros anchos. Vhalla se sentó a toda velocidad, como si hacerlo pudiese ocultar la verdad de haber pasado la noche en brazos del príncipe heredero. Parecía una competición de quién se ponía más rojo: ¿ella o Baldair?

—¡Por todos los dioses, sigues aquí! —Baldair se puso una mano delante de los ojos mientras Aldrik también se sentaba. Las sábanas se arremolinaron alrededor de su cintura para revelar que iba solo medio vestido—. Hermano, la deuda que tienes conmigo es de un tamaño inimaginable.

Vhalla se giró hacia Aldrik alarmada, solo para ver que tenía una sonrisa perezosa desplegada de oreja a oreja. El príncipe heredero se giró hacia ella con aspecto de ser cinco años más joven tras una buena noche de sueño. Aldrik la agarró para darle un beso breve... sorprendente en su pasión, dado el público que tenían.

—Mi hermano tiene razón —susurró Aldrik—. Debo irme o empezarán a preguntarse dónde estoy. —Vhalla asintió—. ¿Me esperas hasta esta noche?

—¿Esta noche? —Vhalla parpadeó en dirección a su príncipe.

—Estaremos juntos otra vez, pero con muchos menos ojos pendientes de nosotros. —Aldrik sonrió.

—¡En territorio enemigo! —Vhalla le dio un puñetazo en el hombro, sorprendentemente juguetona dado el tema.

—Pondré a los mejores hombres de vigías. —Agarró la mano de Vhalla, se la llevó a los labios y besó sus nudillos.

—Cuando queráis —musitó Baldair, claramente incómodo con los amantes que habían compartido su cama.

—Por desgracia, nadie prestará ninguna atención a que una mujer salga de tu tienda de campaña —murmuró Aldrik, mientras se ponía de pie y se vestía—. Así que saldré yo primero. —Se volvió hacia Baldair—. Gracias, hermano.

Había una sinceridad cruda en sus palabras que quedó claro que Baldair no estaba acostumbrado a recibir de su hermano. Ser testigo de ello llevó una sonrisa a los labios de Vhalla. Los dos hermanos no eran tan malos cuando dejaban de pelear

Aldrik le lanzó a Vhalla una última mirada, como si quisiera memorizar su figura. Vhalla asintió. Tendría que ser fuerte solo un rato más; *podía hacerlo*. Después, esa noche, encontraría el camino hasta sus brazos otra vez. Esa idea por sí sola la mantendría cuerda.

Baldair cruzó hasta la cama en el mismo instante en que su hermano se marchó y la miró con atención. Vhalla lo miró a él con recelo.

—Entonces, es real.

—¿El qué?

—Tú y Aldrik. —Baldair apenas podía decirlo, como si las palabras fuesen a echar la cólera de la Madre sobre él.

—Lo quiero —asintió Vhalla—. Y él me quiere a mí.

—Vhalla… —Baldair suspiró y se sentó a su lado en la cama—. *Por favor*, ten cuidado.

—¿Más advertencias? —Vhalla frunció el ceño.

—No como antes. Jamás había visto a Aldrik así. Sé que sus sentimientos no son espejos y manipulación.

—Intenté decírtelo. —Vhalla no pudo disimular su frustración—. Él nunca me haría daño.

—Eso no es lo que temo ahora. —Baldair sacudió la cabeza—. Vhalla, es el príncipe heredero.

—Ya lo sé. —Vhalla agarró las mantas tan fuerte que se le pusieron los nudillos blancos—. ¿Por qué puedes ser tú el príncipe *playboy*, perseguir a quien te venga en gana, y a él lo crucifican por pasar tiempo conmigo? Ni siquiera hemos... —Se calló al tiempo que se ponía roja.

—Porque yo no voy a heredar la corona. —El príncipe la miró con una sinceridad abrumadora—. Yo soy el de repuesto, Vhalla. A nadie le importa lo que yo haga, les importa lo que hace él.

—Pero te quieren. —No era ningún secreto quién era el favorito de la gente común.

—Me quieren porque nunca tengo que impartir castigos sobre ellos, ni llevar a cabo ejecuciones, ni cobrar impuestos. Yo celebro fiestas y abro barricas de vino. —Baldair se rio, pero sonó triste—. Aldrik no les gusta porque será un gobernante justo. A él no le importa que lo quieran o no, le importa hacer lo correcto.

—¿Y qué hay de malo en...?

—Hasta que has llegado tú. —Baldair apoyó la mano sobre la cabeza de Vhalla—. Tú eres la primera cosa que le he visto querer para sí mismo.

—¿A dónde quieres ir a parar? —Vhalla sabía que no le iba a gustar.

—Eso también significa que eres la primera cosa que el mundo sabe que puede quitarle.

Vhalla se quedó de piedra y recordó las palabras de lord Ophain: *El punto débil en su armadura*. Por profundo que fuese su Vínculo, aún estaba aprendiendo cosas sobre su príncipe y Vhalla vio al hombre conocido como Señor del Fuego bajo una nueva luz. Su reputación, sus títulos, lo elevaban y lo protegían mejor que el acero forjado y el cuero hervido.

—Pero trataré de asegurarme de que eso no suceda. —Baldair se levantó y la ayudó a ponerse en pie.

—¿Por qué? —Vhalla lo miró con escepticismo—. No tengo ningún interés en crearme deudas.

Baldair se rio en voz alta.

—No lo hago por eso. Tengo muchas cosas que expiar cuando de mi hermano se trata. Quizás no me había dado cuenta de cuántas hasta que lo he visto contento de nuevo. Sea como sea, considérame tu espada, Vhalla Yarl.

Vhalla lo evaluó, pensativa. Podía estar mintiendo, pero Baldair nunca había parecido malvado a propósito. Ni siquiera podía culparlo del todo por las acciones que la habían desagradado hasta entonces. Si el joven príncipe decía la verdad, todo procedía de un lugar bueno.

Vhalla le tendió la mano.

—Entonces, considérame a mí tu viento.

Baldair sonrió y aceptó la mano que le ofrecía.

Era difícil ser Serien cuando Vhalla estaba tan contenta, pero se puso el disfraz de la otra mujer, mentalmente, al menos. Tenía que ser Serien, era todo lo que podía ser a la luz del día. Ser cualquier otra cosa la haría merecedora de atención, y empezaba a descubrir que disfrutaba de no ser importante.

—¡Ahí estás! —Daniel agitó un brazo para que fuese a desayunar, y Serien se sentó entre Craig y él—. Estaba preocupado.

—Lo siento. Fui a dar un paseo —mintió con facilidad y ninguno de los dos hombres lo cuestionó. Serien se preguntó si los antiguos amigos de Vhalla dirían que mentía mal ahora.

Daniel y Craig estaban tan tranquilos mientras otros soldados ya empezaban a estar de los nervios. Esta era la tercera campaña de los dos hombres y sabían lo que esperar. Serien pensó en preguntarles qué vería, pero hacerlo no tenía sentido. Lo que le aguardaba estaría ahí dijeran lo que dijesen; al menos sabía quién estaría a su lado para enfrentarse a ello.

Así que cuando el ejército se dividió, Serien fue confiada al grupo de Aldrik. Ninguno de los mayores le había dicho que lo hiciera, pero un solo vistazo a los ojos del príncipe y supo que estaba en el lugar correcto. Se enfrentarían al Norte juntos. Serien cerró los puños y abrió un Canal que no debería poseer.

El ejército empezó a asentarse y el emperador cabalgó hasta el frente.

—Antes de que marchemos, ha habido unos cuantos cambios en los grupos para igualar mejor las destrezas de nuestros soldados —anunció—. Las siguientes personas se trasladarán al grupo del príncipe Baldair.

El emperador enumeró unos cuantos nombres y un puñado de soldados de su grupo y del grupo de Aldrik encontraron un destino nuevo.

Dijo unos cuantos nombres más:

—… irán al grupo del príncipe Aldrik.

Hubo más movimiento. Serien desplazó el peso de un pie al otro. Estaba impaciente por partir. El emperador continuó con unos cuantos nombres más, y de repente llamó su atención.

—… y Serien Leral estarán bajo *mi* mando.

El hombre más poderoso de todos los reinos la había encontrado de algún modo entre cientos de soldados, aunque no debía de haber sido muy difícil, puesto que se había colocado como una tonta muy cerca de Aldrik. Serien levantó la vista hacia el príncipe heredero, y un pánico con origen en la otra mujer subió en forma de bilis por su garganta.

El príncipe alternó entre fulminar con la mirada a su padre y mirarla impotente a ella.

Serien no podía negarse y su príncipe no podía hablar en su nombre, no delante de toda esta gente. Serien arrastró los pies para ponerlos en marcha. *Los estaban separando.* El emperador lo había hecho solo para fastidiar. Serien quería gritar, quería derribar al emperador de su enorme caballo con el vendaval más fuerte que sentiría en la vida.

Las emociones de Vhalla la acechaban: el miedo al abandono, el miedo a que sus amigos murieran mientras ella estaba lejos e impotente. Más tarde, Vhalla y todas sus emociones escaparían. Esa mujer temblorosa y timorata rompería a través de la fuerza de Serien y se abriría paso con uñas y dientes hasta la superficie. Lloraría por la injusticia de todo ello, por las advertencias ignoradas y la esperanza ciega.

Pero en este momento, mantendría la compostura. Sería Serien y conservaría su dignidad. Serien mantuvo la cabeza lo más alta posible, tan alta que tensó su garganta y contuvo las lágrimas y los gritos. No le daría al emperador la satisfacción de ver cómo aplastaba los últimos resquicios de su esperanza bajo su bota.

CAPÍTULO
27

Las junglas del norte eran distintas de cualquier cosa que hubiese visto Serien jamás. Los bosques del Sur eran árboles altos, con pocos arbustos y árboles bajos, el suelo cubierto en su mayor parte por una alfombra de ramitas y hojas. El Norte era un contraste denso y opresivo. Los arbustos y árboles proliferaban a todas las alturas, y lianas tan gruesas como su brazo cruzaban como telarañas de rama a rama en lo alto.

La cubierta que creaban los árboles era profunda y todo quedaba envuelto en una neblinosa sombra verde. A pesar del hecho de que estaban en medio del invierno, la humedad del aire hizo que el ambiente fuese de inmediato demasiado caliente para la cantidad de armadura que llevaban.

El terreno ralentizaba su avance y todo el mundo se había sumido en un silencio sepulcral desde el momento en que entraron en el bosque, que formaba una línea abrupta en la arena del Páramo Occidental. Un límite claro creado por árboles talados y quemados marcaba dónde terminaba el imperio. A Serien se le hacía raro pensar que ya no estaba en el Imperio Solaris.

Con un solo paso, el mundo que siempre había conocido terminó.

Aunque no había sido un solo paso. Habían sido incontables pasos los que la habían llevado hasta ahí, y todos habían empezado con una noche lluviosa y un príncipe herido. No todos los pasos los había dado con confianza, y algunos la habían llevado a trampas y obstáculos, pero se sentía extrañamente contenta de haberlos dado todos.

Ahora, sin embargo, no sabía a dónde la llevarían sus pies. Serien estaba a tiro de piedra del emperador y la falsa Caminante del Viento. Miró al hombre por el rabillo del ojo. Montaba confiado a su caballo de batalla, pero sus hombros lo delataban. A pesar de su edad, iba atento, alerta, pendiente de todos los sitios desde los que podía aparecer una amenaza.

La guerra era su parcela, su arte y su legado. A lo largo de su vida, había invadido y conquistado un continente entero para unificarlo bajo su bandera. Serien se giró hacia delante otra vez antes de que se diera cuenta de que lo miraba. Deseó que llegara un ataque pronto; quería ver a este hombre en acción con sus propios ojos.

Pero el día pasó sin incidentes y, para cuando llegó la noche, no se había producido ningún ataque. Durmieron bajo árboles caídos y acurrucados debajo de arbustos. No hubo fogatas ni discusiones alegres. Ni siquiera montaron tiendas de campaña. Serien se hizo un ovillo debajo de un arbolito y se rodeó de musgo. Las noches a la intemperie la habían preparado para esto. Hizo acopio de fuerzas y retrasó las lágrimas una hora más, luego otra, y otra.

Al tercer día, todavía no había llorado. Sus emociones hacia el emperador y la falsa Caminante del Viento empezaban a enfriarse y a replicar las de sus sentimientos hacia el presidente del Senado, Egmun. La joven había observado las acciones de hombres que querían romperla como Vhalla y ahora como Serien, y las consideraba iguales.

Por desgracia para ellos, uno no podía romper lo que ya estaba roto.

Los oídos de Serien tardaron seis días en captar movimiento en el follaje por encima de sus cabezas. Levantó la vista para ver las corrientes de aire discurrir entre las ramas de los árboles. Algo antinatural flotaba en el borde del viento, y Serien lo reconoció como el sonido de unas respiraciones un momento demasiado tarde.

Un puñado de norteños descendió sobre ellos en caída libre, sin dejar de lanzarles una lluvia de dagas que encontraron de inmediato su camino hacia los cráneos de los soldados más desafortunados. Serien hizo además de levantar la capucha de su cota de malla, pero soltó una maldición al recordar que no llevaba la armadura de Vhalla Yarl.

—¡Portadores de Fuego! —gritó el emperador.

Los soldados de la Legión Negra corrieron al perímetro para crear una pared de llamas. Los norteños se vieron atacados por flechas y lenguas de fuego mágicas que quemaban la maleza que estiraba sus tallos de manera antinatural para frenar su descenso. Uno de los hombres cayó justo delante de ella y su cuerpo casi explotó del impacto con el suelo después de una caída tan larga.

Serien respiró hondo y trató de evaluar la situación. El viento le susurró de nuevo.

—¡Vienen más por la *izquierda*! —gritó. Serien desenvainó su espada mientras todo el mundo, el emperador incluido, miraban confundidos a su alrededor.

Sin embargo, su advertencia fue validada en el momento en que los norteños atravesaron las llamas a lomos de bestias gigantescas, distintas de cualquier cosa que Serien hubiese visto en la vida. Eran criaturas felinas con patas de atrás de doble articulación y garras más grandes que el muslo de un hombre. Su espeso pelaje estaba lustroso y fuera lo que fuese lo que lo impregnaba parecía inmune a las llamas por encima de las que saltaron.

Llegaron dos más, cargadas con aún más jinetes que se apresuraron a desmontar y se lanzaron a la batalla con una espada en cada mano. El primero iba en tromba hacia el emperador y la Caminante del Viento, que eran su objetivo claro. El emperador desenvainó su espada y maniobró a su corcel sin miedo para recibir al norteño de frente.

No había color entre uno y otro. El caballo se movía con precisión ante cada orden del emperador Solaris, y este se movía como si su enemigo le hubiese dicho todos los ataques que iba a hacer. Le cortó la cabeza al hombre de un tajo limpio después de esquivar los ataques de sus dos espadas.

Los norteños no parecían interesados en enfrentarse a ninguno de los soldados, y el ejército imperial se vio reducido a luchar por impedir sus gigantescos brincos y saltos en pos de la Caminante del Viento. Aun así, desde algún lugar en medio del caos, Serien logró oír el sonido de la cuerda de un arco. Se giró para encontrar al arquero justo encima de ellos.

La flecha iba directo hacia el emperador, que estaba enzarzado en un combate acalorado. Serien se tragó su orgullo y proyectó una mano por el aire. La flecha se detuvo justo cuando el emperador estaba a punto de girar la cara hacia ella. El hombre no pudo ocultar su asombro cuando la flecha cayó al suelo inofensiva.

Dos ojos cerúleos encontraron los suyos. Serien no vio ni un ápice de cariño, ni una pizca de agradecimiento. Serien apretó la mandíbula y se le pasó por alto el sonido del disparo de otra flecha.

Para cuando alguno de ellos la oyó, ya era demasiado tarde.

Derribó a la falsa Caminante del Viento de su caballo; la mujer cayó hacia atrás de la montura, una flecha sobresaliendo de su cara. La compañía imperial la miró estupefacta mientras los norteños bramaban su victoria y emprendían una retirada bien calculada. Uno por uno, los soldados imperiales se volvieron hacia su emperador, llenos de aprensión.

—Dejadla. —El emperador hizo girar a su caballo para proseguir su camino.

Serien se demoró un instante de más para mirar el cuerpo de la mujer muerta. Podía haber sido *ella*. Esa mujer había muerto por Vhalla Yarl, y Vhalla Yarl ni siquiera sabía cómo se llamaba.

La tierra se volvió más rocosa a medida que ascendía. Serien sabía que no había montañas en el Norte, no como las del Sur, pero algunos de los riscos empezaban a tener un tamaño impresionante. Esa noche tuvieron la fortuna de contar con cuevas y cavernas en las que esconderse. Era la primera vez que los soldados podían relajarse y la mayoría aprovechó a fondo la oportunidad.

Serien se acurrucó en un recoveco de la fachada rocosa, protegida por los cuatro costados. Apoyó los codos en las rodillas y observó sin energía la neblina del atardecer. Ya llevaban una semana de marcha. En otras dos deberían llegar a Soricium. Se agarró los brazos con fuerza. *Entonces vería a Aldrik*. Pensar en la alternativa era demasiado para que incluso Serien pudiese soportarlo.

Dado el hecho de que era la primera oportunidad de privacidad que tenían, no debería haberse sorprendido cuando un mensajero la encontró poco después de ponerse el sol. El hombre la condujo alrededor de varias rocas hasta una pequeña cueva y partió a toda prisa después.

—¿Queríais verme, mi señor? —dijo, tras hacer un saludo formal; el saludo de un soldado, no el de la Legión Negra.

—Sí. —El emperador se levantó y cruzó las manos a la espalda—. Supongo que quieres un agradecimiento por tu acto de heroísmo.

Serien frunció los labios y esperó a que el hombre fuese al grano. Esperó a que llegara a la razón por la que había esperado días después de aquella refriega, por la que había esperado a tener privacidad.

—No todos los días tiene una plebeya la oportunidad de salvar la vida del emperador. —Caminó hasta el otro lado de su pequeña hoguera. Con la forma en que la luz iluminaba su cara, Serien casi podía ver la frente de Aldrik en la de este hombre.

—Fue un honor para mí. —La iba a obligar a jugar a su juego.

—En efecto —convino el emperador—. Fue porque eres mía. Tu libertad, tu vida, tu futuro están en mis manos, Vhalla Yarl.

El uso de su nombre cortó a través de Serien y agotó la fuerza de su álter ego.

Al emperador no se le pasó por alto la vacilación en sus ojos.

—Quiero que tengas muy claro por qué estás aquí.

—Ya sé por qué estoy aquí.

—¿Por qué? —la retó.

—Para ganar vuestra guerra. —Ni siquiera se molestó con la tontería de expiar sus crímenes. Serien... Vhalla... se preguntó si el emperador había decidido su destino en el momento en que puso los ojos sobre aquel torbellino.

—Sí, muy bien. —Empezó a caminar de nuevo—. Me habían dicho que eres lista.

Había un brillo depredador en los ojos del emperador que hizo que Serien cerrara los puños.

—¿Sabes quién me lo había dicho? —preguntó el emperador.

—¿Quién? —Serien trató de erguirse en toda su altura para que el hombre tuviese menos distancia desde la que mirarla desde lo alto.

—Mi hijo mayor.

Con eso, le había lanzado el guante. A Serien le bullía la sangre. *De eso era de lo que iba todo aquello.*

—Es muy inteligente, mi señor.

—Suele serlo —murmuró el emperador mientras la miraba de arriba abajo. Serien ya sabía que no daría la talla—. Hablando de él, nuestros dos grupos se fusionarán otra vez después del Desfiladero, para la última etapa del viaje.

Serien hizo un esfuerzo por mantener una expresión neutra; estaba segura de haber fracasado en su intento. El emperador siguió mirándola desde lo alto.

—¿Por eso me habéis llamado, mi señor? ¿Para decirme eso?

El emperador se rio, divertido por su fachada atrevida.

—No, solo quería darte las gracias por estar tan atenta. Es bueno saber que, cuando te concentras en tu deber, no eres inútil.

—Gracias. —Serien dio un paso atrás, fingiendo haber oído el permiso para retirarse que no había en la voz del emperador.

—Oh, y señorita Yarl. —La joven se detuvo—. Te recomiendo que mantengas esa concentración donde debe estar: en llegar viva hasta el frente y proporcionarme mi victoria. No toleraré que te distraigas con fantasías de chiquilla o ideas equivocadas.

Serien apretó los puños tan fuerte que las correas de sus guanteletes amenazaron con romperse. Rechinó los dientes y tensó la mandíbula. Oía las amenazas del emperador alto y claro.

—¿Me has entendido? —La voz del emperador sonó con una calma letal.

—A la perfección.

La conversación perduró en la mente de Serien mientras cruzaba el campamento furiosa de vuelta a su escondrijo. Se repitió una y otra vez en su cabeza mientras trataba de encontrar una posición lo bastante cómoda en la que dormir. Y cuando por fin lo consiguió, el emperador la recibió en sus sueños...

El emperador estaba sentado a su lado. No, no era ella. Vhalla se salió de la figura onírica de Aldrik. El rostro del príncipe lucía duro y el fuego iluminaba sus ojos. Vhalla siguió la dirección de su mirada y se vio a sí misma, parte etérea y parte concreta, en una jaula que le resultaba muy familiar. Estaba acurrucada y temblando, la sangre goteaba desde la parte de atrás de su cabeza, por su mandíbula y sobre el suelo. La fuerza que brillaba en sus ojos marrones era como un teatro de sombras; le faltaba verdadera sustancia. Eso estaba claro, no solo para ella, sino para el hombre cuya memoria estaba ocupando.

La mano de Aldrik tenía el puño cerrado con tal fuerza que la piel se le había quedado lívida por falta de sangre. Era imposible que Vhalla lo hubiese visto desde el otro lado de la sala del tribunal durante el juicio original, pero la mandíbula del príncipe estaba apretada hasta el punto que su cara temblaba y se estremecía. El emperador estaba hablando, pero para los oídos de Aldrik las palabras sonaban informes entre la tormenta de ira ardiente en su cabeza.

Las emociones de Aldrik discurrían con claridad, sin filtros, a través del recuerdo inducido por la Unión mientras abandonaba la sala. No podía cuidar de ella. Si la miraba, perdería la cabeza. Si la miraba, todos sabrían lo mucho que se preocupaba por ella.

En cuanto las puertas de los aposentos imperiales se cerraron detrás de él y de su familia, Aldrik alargó sus zancadas y enseguida duplicó la distancia entre su padre y él. Vhalla podía sentir cómo su magia temblaba y palpitaba con una necesidad innegable: la necesidad de llegar hasta ella.

—*Aldrik* —*lo llamó el emperador.*

El príncipe se quedó inmóvil. Su rostro lucía inexpresivo, pero Vhalla sentía el tornado de emociones que desgarraba su pecho. La imagen de su padre lo llenaba de pánico.

—*Te necesito en el consejo de guerra; el Norte se está volviendo demasiado atrevido y tendremos que contestar esta agresión con la fuerza.*

—*Iré enseguida* —*repuso Aldrik, muy rígido.*

—*Vendrás ahora.* —*El tono del emperador fue bastante casual, pero algo peligroso brillaba en sus ojos.*

Vhalla sintió cómo Aldrik hacía acopio de valor, una cosa extraña que nunca había pensado que el hombre conocido como el Señor del Fuego tuviese que hacer.

—*Está claro que la definición de «cuidado» de la guardia es deficiente.* —*La voz de Aldrik rezumaba veneno*—. *Voy a educarlos.*

—*Eso no es asunto tuyo.* —*El emperador le restó importancia al tema con un gesto de la mano y echó a andar por otro pasillo.*

—*Sí lo es.* —*La desesperación inundó el pecho de Aldrik y rebosó hacia el de ella*—. *Ya te he dicho que ella puede ganar tu guerra. Solo estoy protegiendo nuestros intereses.*

—*Razón por la cual no he hecho que mataran al monstruo antes de que volviera a ver la luz del día.* —*El emperador hizo una pausa para mirar a su hijo*—. *¿Los intereses del imperio, Aldrik?*

—*Siempre por el bien mayor de nuestro imperio.* —*Las palabras eran ensayadas. Las había dicho tantas veces que brotaron por la boca de Aldrik sin pensar, completamente desprovistas de emoción. Sonaban tan* huecas que Vhalla pudo sentir la presa que temblaba en el interior del príncipe, la que contenía una súplica de «déjame ir con ella»—. No te interesa que muera, padre. Ya te lo he dicho, puedo entrenarla, moldearla…

—Lo sé, lo sé. —El emperador se volvió hacia Baldair, que Vhalla casi había olvidado que estaba ahí—. Baldair ve a buscar a un clérigo para curar a la mascota de Aldrik.

—Padre… —Baldair frunció el ceño.

—Gracias. —El emperador ignoró por completo el tono desaprobador en la voz de su hijo menor.

Aldrik se quedó de pie en silencio mientras el emperador seguía su camino. Vhalla percibió su resignación. Vio su aceptación de una verdad más profunda: a pesar de todos sus deseos, no podía acudir al lado de la mujer con la que más deseaba estar.

—Baldair —susurró Aldrik cuando el emperador estuvo justo lo bastante lejos como para no oírlo.

—¿Qué quieres? —Vhalla percibió el toque de desilusión en Aldrik al oír la desaprobación que impregnaba las palabras de Baldair.

—Ve a curarla tú mismo —le pidió Aldrik.

—¿Qué?

—Ve tú mismo, maldita sea —bufó Aldrik—. Me lo debes.

—No te debo nada. —Baldair cruzó los brazos delante del pecho.

—¿Qué ha pasado con eso de ser el noble caballero que aboga por la protección de los débiles y los inocentes? —masculló Aldrik con desdén. Vhalla notó su satisfacción cuando vio cambiar la expresión de Baldair. El príncipe heredero sabía justo qué palabras emplear para empujar a su hermano en la dirección que él quería—. Me lo debes por los últimos seis Elixires de la Luna que les sisé a los clérigos sin que ellos lo supieran. A menos que prefieras que reconsidere ese arreglo.

—Vale, vale, pero no lo hago por ti —musitó Baldair indignado—. Sino por la chica.

—Perfecto. —Aldrik se alejó, satisfecho por el momento. Su padre iba unos pasos más adelante y parecía ajeno al intercambio de palabras susurradas entre los hermanos. Aldrik abría y cerraba los puños.

Maldijo todo lo que había amado en la vida. ¿Cómo podía haber pensado siquiera que estar cerca de ella pudiese acabar bien? ¿Cómo podía haberse permitido emborronar tanto las líneas con esa mujer?

Las preguntas emanaban de la mente de Aldrik para colarse en la conciencia de Vhalla mientras el príncipe bajaba a paso airado por el pasillo. Una silla estalló en llamas a su paso, otro arrebato de emoción indomable. Aldrik frunció el ceño en su dirección y extinguió el fuego.

Vhalla se despertó tiritando en el Norte con pensamientos robados de la conciencia onírica de Aldrik. *Él tenía que recuperar el control. No podía dejar que los demás se dieran cuenta. No podía dejar que se enteraran de lo que ella era.*

CAPÍTULO
28

Los soldados decían que «El Desfiladero» había sido antaño el río más grande del mundo, pero hacía mucho que se había secado. A Serien le costaba creer que la profunda quebrada rocosa hubiese podido contener agua en algún momento.

Pero en algún lugar al otro lado de la grieta estaba Aldrik. Puede que el emperador hubiese querido asegurarse la sumisión de Serien a base de amenazas, pero todo lo que había hecho era darle un punto en el tiempo al que esperar. Otro día, quizás dos, y habrían cruzado El Desfiladero; y ella estaría con él otra vez. Tendría cuidado, pero le contaría las amenazas de su padre y, de algún modo, se sobrepondrían a ellas.

Serien miró al emperador por el rabillo del ojo. No se interpondría en su camino, por mucho que lo intentara. No podía ni imaginar lo que su hijo sentía por ella y lo que ella sentía por él. Pero algún día se lo demostrarían.

Había pasado medio día cuando oyó los primeros ruidos de acero contra acero y los sonidos de un combate arrastrados por los vientos del Desfiladero. Serien se estremeció, fría de repente a pesar del calor de la jungla.

Aldrik.

Tuvo ganas de correr, de esprintar, su corazón se aceleró a un ritmo salvaje. Aldrik la necesitaba. Era así. Estaba segura. Vhalla podía sentirlo a través del Vínculo.

Ni Vhalla ni Serien estaban preparadas para el momento en que las tropas doblaron un recodo. Varios fuegos quemaban las copas de los árboles mientras los soldados luchaban en el otro lado del Desfiladero. Era un ataque a tumba abierta y ella estaba demasiado lejos para poder ser de utilidad. Vhalla buscó frenética para intentar encontrar a Aldrik entre el caos.

El Norte, sin embargo, no había corrido ningún riesgo con respecto al lado desde el que se aproximaría su presa, y el *shock* de los soldados imperiales era la oportunidad ideal para un segundo ataque sorpresa. Hombres y mujeres, guerreros enfundados en cuero hervido, se abalanzaron sobre ellos desde la maleza que tenían justo delante.

El emperador, frenético, trató de dar órdenes, pero estaban demasiado desorganizados y los habían tomado desprevenidos. Los norteños cortaron a través de la primera fila con facilidad. Los soldados imperiales intentaron recomponerse, y la segunda y tercera fila de hombres y mujeres desenvainaron sus espadas. Pero la sorpresa los volvía torpes y las puntas de sus hojas rebotaban contra la mágica piel pétrea de sus enemigos.

Lo que había sido una unidad organizada sucumbió enseguida al caos. Los soldados veteranos gritaban a sus nuevos reclutas que defendieran la línea, pero el campo de batalla ya estaba tan manchado de sangre que los hombres se estaban volviendo locos. El emperador gritaba desde lo alto de su montura, tratando de recuperar el orden. El poder del Norte presionó sobre ellos, decididos a que no fuese así.

Una extraña calma se había apoderado de ella. Los fogonazos de llamas al otro lado de la quebrada se reflejaban en sus ojos e iluminaban una verdad más profunda que resonaba en su interior. Las palabras de Baldair rebotaban por su subconsciente: *Eres un símbolo*. Los dedos de Vhalla fueron hacia la correa de su espada, al tiempo que esquivaba la hoja de la primera norteña en el proceso.

No se enfrentaría a esta gente con terror. Si iba a morir, moriría con dignidad. Vhalla corrió hacia atrás, se arrancó los guanteletes de las manos y sintió el viento debajo de sus dedos mientras desabrochaba su armadura. No moriría como Serien. Si iba a morir, moriría como la Caminante del Viento.

La norteña que la había estado atacando se lanzó a la carga y Vhalla proyectó la mano hacia delante para encontrarse con la mujer. Fue como si el viento hubiese echado de menos sus órdenes, porque respondió con toda su fuerza. La mujer salió volando por los aires, junto a varios norteños más. Vhalla hizo otro gesto con el brazo y otro puñado de norteños cayó por los suelos.

—¡El Demonio de Viento! —aulló uno mientras la señalaba.

Vhalla no se arrugó, sino que se lanzó al ataque. Tenía el viento bajo los pies y el latido del corazón de Aldrik en los oídos. Sacó fuerzas de la fuerza de él. Juntos se enfrentarían a sus enemigos. Juntos serían invencibles.

Vhalla se movía sin esfuerzo entre las espadas según llegaban a su encuentro. No podían tocar al viento. Desarmaba a unos y otros con giros de muñecas y rápidos gestos con los dedos.

Era la primera vez que luchaba de verdad sin miedo. Hasta entonces, incluso en los entrenamientos, siempre había estado asustada. Su poder había sido extraño, luego se había producido la Unión, más tarde había estado el miedo a matar de nuevo... Pero, como Serien, había aprendido a proteger su corazón y ahora era un verdadero agente de muerte.

Le demostraría al emperador, le demostraría al mundo entero, que por fin habían obtenido lo que querían de ella.

Vhalla se abalanzó hacia uno de los guerreros y la palma de su mano cubrió la boca del hombre. Así era como Aldrik había matado a aquella norteña en la Noche de Fuego y Viento. Pero Vhalla no lo haría estallar en llamas. El aire atrapado dentro del cuello del hombre se movió bajo sus órdenes. Los ojos del norteño se volvieron hacia atrás cuando el aire presionó hacia fuera, estiró su piel hasta el límite... Y el viento se liberó con una explosión, arrancando tiras de piel y pedazos de metal en el proceso. La cara y el brazo de Vhalla quedaron empapados de sangre.

El hombre cayó delante de ella y se produjo un silencio casi audible cuando todo el mundo dio la impresión de pararse y contemplar la escena horrorizado. Vhalla miró a los soldados, a sus aliados. Sus ojos se cruzaron con los del emperador, que parecía igual de aturdido.

—¡Luchad conmigo! —gritó. Los hombres necesitaban un líder, necesitaban un símbolo que fuese más que un hombre con armadura dorada. Necesitaban a un Señor del Fuego. O a un Demonio del Viento—. ¡Luchad conmigo! —Vhalla recalcó sus palabras haciendo explotar a otro norteño bajo su mano.

Los soldados imperiales cobraron vida a su alrededor, aunque iban atentos a su viento y tenían cuidado con sus movimientos. El emperador quería que ella le diera la victoria. Pues ella le demostraría cuál era el precio.

Todo lo demás desapareció detrás del tamborileo en sus oídos. Se entregó a su Canal con el viento y a su Canal con su príncipe. Esquivaba los ataques más deprisa de lo que una persona debería ser capaz, saltaba más lejos, y perdió la cuenta de cuántos enemigos murieron bajo sus manos.

Pero nunca antes había utilizado su magia de este modo, al menos no de manera consciente, y al final sintió cómo su poder titilaba. Lo que debía haber lanzado por los aires a varios soldados solo los hizo tambalearse. Vhalla se quedó parada e inspeccionó su mano, como si la hubiese traicionado a propósito.

Una gran llama desde el otro lado del abismo reclamó su atención y, por primera vez desde que empezara la batalla, vio a Aldrik. Todo el mundo, incluso a este lado de la quebrada, se tambaleó por la onda de calor. Vhalla dio un paso hacia él. Había más norteños, muchos más, al otro lado del Desfiladero. Se preguntó qué había pasado con todos los demás soldados. Aldrik parecía tener a cinco enemigos sobre él al mismo tiempo.

El príncipe era como una poesía envuelta en fuego. Su cuerpo se movía con destreza, esquivaba y contrarrestaba los ataques con llamas. El fuego giraba en espiral a su alrededor y su armadura oscura parecía arder mientras Aldrik giraba sobre sí mismo y manejaba las llamas con sus manos y sus pensamientos.

Vhalla proyectó una mano hacia delante. Ver a Aldrik había inspirado a su poder otra vez. Un soldado cayó en las llamas y estas se extendieron sobre él al instante mientras el aire de Vhalla y el fuego de Aldrik se fusionaban. Aldrik se giró hacia ella por instinto y sus ojos conectaron.

Su expresión mostró horror de repente y Vhalla sintió la hoja moverse por el aire detrás de ella. Bajó un hombro y levantó la mano; se preguntó si Aldrik había visto explotar la cara del norteño. Vhalla se giró para comprobarlo y su corazón se aceleró por una razón completamente distinta.

Lo estaban atacando dos norteños, uno por cada lado. Aldrik se agachó y columpió su espada, esquivó los ataques, pero estaba claro que ambos hombres eran combatientes muy expertos. Vhalla dio un paso al frente. Fue entonces cuando se percató de que otros cuatro se cernían sobre él; formaron un semicírculo en torno al príncipe y a los dos norteños. Aldrik estaba atrapado contra el borde de la quebrada, todos sus esfuerzos dedicados a los dos que esquivaban sus ataques y se abalanzaban hacia cualquier punto descubierto que veían.

Vhalla contempló cómo lo forzaban a dar otro paso más hacia atrás. Los cuatro del semicírculo movían los labios con fervor.

Vhalla dio otro paso adelante. Aldrik no los había visto. *Tenía que advertirle.*

De repente, los dos soldados se apartaron de un salto y cayeron hacia atrás. Los seis levantaron los puños al unísono. Aldrik parecía demasiado aturdido como para moverse. Apenas fue capaz de dar un paso cuando todos los norteños bajaron sus manos cerradas contra el suelo.

Un crujido, un retumbar, y el suelo onduló bajo los pies del príncipe.

«No», murmuró Vhalla.

Aldrik trató de huir cuando el borde del acantilado se resquebrajó bajo sus pies. Gritó, lastrado por su pesada armadura.

«¡No!», gritó Vhalla.

Echó a correr hacia delante, por encima de sangre y restos, en un intento por llegar hasta él. El ruido de las espadas se perdió detrás de ella, los gritos de los soldados. Solo tenía ojos para su príncipe, que perdió pie cuando la primera roca grande resbaló hacia el Desfiladero mucho más abajo.

«*¡No!*», chilló Vhalla al ver a Aldrik caer hacia atrás.

Los treinta segundos siguientes se alargaron hacia la eternidad. Vhalla corría a ciegas hacia su príncipe, sin pensar en nada más que en llegar hasta él. Los pies de Aldrik por fin abandonaron el suelo cuando el acantilado entero se sacudió y desapareció delante del semicírculo de Rompedores de Tierra. Aldrik estaba perdido, caía en picado entre la tierra suelta hacia el suelo mucho más allá.

Los pies de Vhalla volaban bajo ella y la alejaban de los gritos de los soldados imperiales a su espalda. El viento estaba enredado alrededor de sus tobillos, enganchado bajo sus talones. Tenía que llegar hasta él, tenía que salvarlo. Vhalla saltó por los aires, el viento a su espalda la empujó hacia delante.

Aldrik estaba al otro lado de la ancha boca de lo que antaño había sido un gran río. Y aun así, con un estallido del poder de Vhalla, esta cruzó hasta él, propulsada por el aire, inclinada hacia delante. El pelo de Vhalla azotó la cara de Aldrik y los ojos oscuros del príncipe conectaron con los de ella, alucinado.

Sus labios formaron una sola palabra: «Vhalla», susurró al vendaval que rodeaba su cuerpo en caída libre. Vhalla estiró la mano hacia delante, desesperada. *Llegaría hasta él*. El suelo subía a su encuentro a toda velocidad y Aldrik por fin empezó a estirar los brazos también hacia ella.

El cuerpo de Aldrik se inclinó y zarandeó sobre las bolsas de aire que Vhalla intentó crear debajo de él. Había demasiados factores impredecibles. Vhalla no era lo bastante fuerte, no era lo bastante hábil para detener un cuerpo de este modo. El pánico la impulsó a agotar los últimos restos de su magia en su intento de frenarlo.

La mano de Aldrik intentó agarrarla pero solo encontró aire. Vhalla extendió el brazo, tenía que llegar hasta él. Las yemas de sus dedos rozaron las del príncipe y Vhalla sintió cómo su cuerpo empezaba a ralentizarse, pues el viento se negaba a dañarla. Aldrik la miró y Vhalla vio una emoción consumirlo por completo, una emoción que nunca antes había visto en él: *miedo*. El brazo de Vhalla amenazaba con salírsele del hombro. *La mano de Aldrik estaba tan cerca...* Casi lo tenía, un momento más, unos metros más, una brizna de energía que no se hubiese agotado empujando el viento alrededor de ambos. El suelo era implacable en su deseo de recibir con violencia sus cuerpos en caída libre, y a ella solo le quedaba un intento más antes de que se estrellaran contra él.

Vhalla hizo ese último intento.

Y agarró solo aire. Los dedos de Aldrik resbalaron más allá de los suyos ensangrentados y Vhalla gritó. Lo último que vio fue el momento en que el cuerpo de Aldrik impactó contra el suelo y la sangre se arremolinó al instante alrededor de su figura rota y exangüe, antes de que todo se volviera negro.

SOBRE LA AUTORA

Elise Kova es una autora superventas de *USA Today*. Le gusta contar historias sobre mundos de fantasía llenos de magia y emociones profundas. En la actualidad vive en Florida y, cuando no está escribiendo, se dedica a los videojuegos, a dibujar, a hablar con lectores en las redes sociales, o a soñar despierta con su siguiente historia.

Elise invita a sus lectores a obtener adelantos, información privilegiada y mucho más solo con suscribirse a su *newsletter* en: http://elisekova.com/suscribe

Visítala en internet en:
http://elisekova.com/
https://www.tiktok.com @elisekova
https://www.facebook.com/AuthorEliseKova/
https://www.instagram.com/elise.kova/

Consulta todos los títulos de Elise en su página de Amazon:
http://author.to/EliseKova

AGRADECIMIENTOS

Mi artista de la portada, Merilliza Chan, tengo que empezar por ti, querida, mi creadora de arte oficial. Tu trabajo para las portadas de la saga de *El despertar de la bruja de aire* continúa mejorando, una vez tras otra. Los ruidos que hice cuando vi la portada final de *La caída del príncipe de fuego* fueron inhumanos. Esa armadura… El rostro de Aldrik… Es demasiado bonita. Tú me inspiras a escribir mejor para asegurarme de que la historia que estoy creando cumple las promesas que hace tu arte.

Mi editora, Monica Wanat, ¿dónde estaría yo sin ti? Con un montón de «dijo él/dijo ella», ¡ahí es donde estaría! No puedo decirte cuántas veces he señalado emocionada a la pantalla y he pensado «¡Sí, sí! ¡Eso es justo lo que quería decir!». Estás ahí mismo, dentro de mi cabeza, y elevas mi trabajo a un nivel de profesionalismo pulido que no podría conseguir sin ti. Sé que has tenido muchas cosas en la cabeza últimamente y quiero que sepas que siento una profunda admiración por tu perseverancia.

Katie, espero que de verdad entiendas lo mucho que has influido en todo lo que se ha convertido *El despertar de la bruja de aire*. Si no te tuviera a ti para comentar mis ideas y hablar las cosas en detalle, no estoy segura de qué haría.

Mis lectores beta, Nick, Dani y Jamie, vuestras contribuciones, puntos de vista, opiniones y contrapartidas me ayudan muchísimo a crear una historia tan redonda. Gracias por tomaros el tiempo de trabajar conmigo, de desafiarme, y de lidiar con todas las veces que me dan ataques de pánico al pensar que todas las palabras están mal.

Mi hermana, Meredith, no creo que pueda expresar exactamente lo importante que ha sido para mí tu entusiasmo. Me ha sacado de la monotonía de escribir y editar, y me ha recordado que también debo emocionarme con todo el proceso. Que debo estar orgullosa de lo que he conseguido y disfrutar de verdad de los pasos de este viaje. Sin importar lo cerca o lejos que estemos físicamente, tú siempre serás una pieza fundamental en mi vida.

Michelle Madow, tienes un talento excepcional y eres maravillosa. Me has ayudado a pasar de tener un montón de ideas desorganizadas a ser una «autora de verdad». ¡Estoy impaciente por leer lo siguiente que vas a publicar! Gracias por incluirme en tu mundo y por servirme de guía.

Rob y el equipo de Gatekeeper Press, habéis sido todos absolutamente maravillosos. El trabajo que habéis hecho, toda vuestra ayuda, vuestra perspicacia, vuestra profesionalidad, lo disponibles que habéis estado para mí... es un honor trabajar con vosotros. Hacéis que pasen cosas que yo, francamente, jamás podría conseguir sola, y estoy contentísima de haber decidido trabajar con vosotros. Sé que puedo ser exigente a veces, pero espero... me gusta pensar... que nos ayudamos los unos a los otros a ser mejores.

Mi Street Team, gracias por ayudarme a promocionar, amar y dar vida a *El despertar de la bruja de aire*. Me encanta hablar con todos vosotros y me alegro muchísimo de que estéis conmigo en esta aventura. Cada uno de vosotros ha hecho su parte y más, y solo puedo esperar seguir dándoos grandes historias que disfrutar.

Mis padres, Madeline y Vince, por ser mis animadores más incondicionales y las dos personas con las que sé que siempre puedo contar. Os quiero a los dos.